Lisa Gornick

Der Pfauengarten

W0200051

GOLDMANN

Lesen erleben

Buch

Oyster Bay 1916: Die junge Prudence wächst als Tochter von Bediensteten in der herrschaftlichen Villa Laurelton Hall auf. Zum Anwesen des exzentrischen Louis Tiffany gehört auch der exotische Pfauengarten, wo Prudence und ihre Geschwister Verstecken spielen und eine glückliche Kindheit erleben – bis zu jener schicksalhaften Nacht, in der die Familie Laurelton Hall Hals über Kopf verlassen muss. New York 2013: Die 101-jährige Prudence erhält überraschend Besuch von ihrer Großnichte Grace. Um nach einem bewegten Leben endlich Frieden zu finden, verrät ihr Prudence ein lang gehütetes Geheimnis: was in jener tragischen Nacht in Laurelton Hall geschah …

Autorin

Lisa Gornicks Storys und Essays sind unter anderem in der *New York Times* und dem *Wall Street Journal* erschienen. Die Autorin hat in Yale in klinischer Psychologie promoviert und lehrt an der Columbia University. Sie lebt mit ihrer Familie in Manhattan. »Der Pfauengarten« ist ihr dritter Roman.

Lisa Gornick

Der Pfauengarten

Roman

Ins Deutsche übersetzt
von Angela Schumitz

GOLDMANN

Die Originalausgabe erschien 2019
unter dem Titel »The Peacock Feast«
bei Sarah Crichton Books, Farrar, Straus and Giroux, New York.

MIX
Papier aus verantwortungsvollen Quellen
FSC® C014496
www.fsc.org

Penguin Random House Verlagsgruppe FSC® N001967

2. Auflage
Deutsche Erstveröffentlichung Januar 2022

Umschlaggestaltung: UNO Werbeagentur München
Umschlagfoto: © lain Sharp / Alamy Stock Foto;
FinePic®, München
Redaktion: Susanne Bartel
BH · Herstellung: ik
Satz: Mediengestaltung Vornehm GmbH, München
Druck und Einband: GGP Media GmbH, Pößneck
Printed in Germany
ISBN: 978-3-442-49218-3
www.goldmann-verlag.de

1. Kapitel

New York, 1935

Kurz nach Prudence' dreiundzwanzigstem Geburtstag – also mittlerweile vor einem guten Dreivierteljahrhundert – berichtete ihre Mutter ihr, wie Louis C. Tiffany, der berühmte Glaskünstler, die Mole vor Laurelton Hall, seinem märchenhaften Landsitz an der Oyster Bay mit glasblumenbesetzten Säulen und einem Minarett mit blauen Kacheln, in die Luft sprengte. Durch die Detonation wollte Tiffany den Plan der Gemeinde vereiteln, den Strand wieder für die Allgemeinheit zugänglich zu machen. Als Prudence' Mutter ihr diese Geschichte erzählte, hatte sie nur noch wenige Wochen zu leben und weinte. Am Ärmel ihres Bettjäckchens wischte sie sich ihre Nase ab, die Pupillen von dem Laudanum, das Prudence ihr gab, stecknadelkopfgroß.

Prudence war auf Laurelton Hall zur Welt gekommen. Ihr Vater gehörte zu der Heerschar von Gärtnern, die sich um den knapp zweihundertvierzig Hektar großen, aufwendig gestalteten Park des Anwesens kümmerten, ihre Mutter zu dem Geschwader der Zimmermädchen, die die vierundachtzig Räume sauber hielten. Als Prudence vier war, erhielt ihr Vater eine Anstellung in Tiffanys Stadtvilla an der Madison Avenue, und sie zogen nach New York. Doch Prudence konnte sich noch immer gut an die mit Glasblumen verzierten Säulen, an das blau geflieste Minarett, in dem eine Heizungsanlage verborgen war, und an den von Mr T. entworfenen Springbrunnen erinnern, dessen Wasser von einem Rad mit Lichtern in unterschiedliche Farbtöne getaucht wurde; an die Pfauen, die über den Rasen stolzierten, und an den Totempfahl mit einem Wal auf der Spitze, der die Kurve in der Zufahrt markierte.

Ihre Mutter, immer schon zart, war nun so schmal wie ein junges Mädchen. Sie streckte eine kalte Hand aus und legte sie Prudence schwer auf den Arm. »Ich war gerade im größten Schlafzimmer im zweiten Stock. Obwohl in dem Raum kaum jemand übernachtete, musste ich ihn jede Woche putzen. Als ich das Fenster öffnete, um den Staubwedel auszuschütteln …« Sie zitterte. »Weiße Gischt und ein schrecklicher Gestank. Wie faule Bananen.« Sie zog die Hand zurück und zupfte heftig an dem Bettüberwurf.

»Hör auf. Du machst da noch ein Loch rein.«

»Die Explosion war so laut, dass ich dachte, jetzt sind die Deutschen im Anmarsch.«

Wie ein verblichenes Foto ganz unten in einer Schachtel. Es schien Prudence, als kannte sie die Szene. Das Knistern von Dynamit entlang der Mauer, die Mr T. hatte bauen lassen, um den Sandstreifen, der wie eine Hermelinmanschette zwischen seinem Garten und dem Meer lag und früher der beliebteste Badeort der Bewohner von Oyster

Bay gewesen war, optisch abzugrenzen und ausschließlich für seine Familie zu nutzen. Der Gischtnebel, der sich auf die Granitfelsen am Strand legte, wo die Gemeinde fünfunddreißig Umkleidehäuschen hatte errichten wollen. Auf dem Land, von dem Mr T. glaubte, es gehöre ihm und sonst niemandem.

Warum erzählte ihr die Mutter diese Geschichte?

Weil es keinen anderen Menschen gab, dem sie sie hätte erzählen können. Prudence' Bruder hatte sich vor gut zehn Jahren aus dem Staub gemacht, ihr Vater war im darauffolgenden Jahr gestorben.

Ihre Mutter zog die Bettdecke bis ans Kinn. »Der sechzehnte Juni 1916. Das war das verfluchte Datum.«

2. Kapitel

Ein Sonntag im April 2013

In Prudence' Alter – vor drei Wochen ist sie hunderteins geworden – läutet das Telefon nur noch selten. Als es an diesem Tag um kurz nach zwei klingelt, schreckt sie hoch und merkt erst in diesem Moment, dass sie eingenickt war. Sie sitzt in einem der Ohrensessel am Lesetisch, wo sie den Earl Grey getrunken hat, den Maricel in einer Thermoskanne für sie hingestellt hat, wie immer mit der strikten Anweisung: »Mrs P., Sie dürfen unter keinen Umständen, nicht mal, wenn Jesus in der Küche auftaucht, den Herd anstellen!« Ein Teil der Zeitung ist auf den Teppich gefallen, und als sie sich ins Bewusstsein zurückblinzelt, merkt sie, dass es Sonntag ist, Maricels freier Tag.

An den meisten Tagen läutet das Telefon nicht, weil fast jeder, den sie gekannt hat, nicht mehr lebt. Und bei denen, die es noch tun, scheint das Reden als Kommunikationsmittel nicht mehr en vogue zu sein, wie sie bei ihren Ausflügen immer wieder feststellt. Nach wie vor ist sie überraschend gut zu Fuß, obwohl sie sich auf Maricels Drängen hin stets bei ihr einhakt.

»Hallo«, sagt sie etwas befangen, wie so oft, wenn sie zum ersten Mal am Tag redet. Ihre Stimme klingt dann wie eine alte Schallplattenaufnahme – kratzig und leise.

»Hallo«, hört sie die Erwiderung. Eine Frauenstimme. Freundlich, jedoch mit einer gewissen Bestimmtheit. »Mein Name ist Grace O'Connor.« Die Stimme hält inne, als würde ihre Besitzerin merken, dass Prudence' Atem stockt. »Mein Großvater, Randall O'Connor, war Ihr Bruder, glaube ich.«

Prudence blinzelt nicht. Sie ist so reglos, als wäre sie einem Schwarzbären begegnet. Sie starrt auf die knotigen Verdickungen dessen, was einst wunderschöne Hände waren, wie ihr oft versichert worden war. Auf die dicken Blutgefäße, die durch ihre pergamentartige Haut sichtbar sind. *Nein. Nein danke, das brauche ich nicht*, hört sie eine Stimme in ihrem Kopf.

»Ich glaube, ich bin Ihre Großnichte.«

Die Worte werden von keinem albernen Lachen begleitet. Prudence kann eine erwachsene Frau spüren, was nachvollziehbar ist. Ihre eigenen Kinder – hätte sie denn welche – könnten mittlerweile Großeltern sein, wie sie oft nachgerechnet hat. Doch jetzt stellt ihr Verstand keine solchen müßigen Berechnungen an. Er springt eher wie ein wildes, ungestümes Tier zu dem Tag zurück, zu der seltenen kleinen Nische einer lebhaften Erinnerung, als Randalls erster Brief eintraf. Damals war er vierzehn. Ein Brief, der dem Stempel nach drei Wochen gebraucht hatte, um von Randalls Unterkunft in San Francisco nach Hell's Kitchen zu gelangen.

Dass Randall überhaupt geschrieben hatte, ließ den

Inhalt des Briefes in den Hintergrund treten. Er enthielt kaum Neuigkeiten, mal abgesehen davon, dass Randall bei Charlie wohnte, einem Jungen, den er aus New York kannte, und dass er einen Job als Hilfskraft in einem Blumenladen gefunden hatte. Nachdem ihre Mutter die eine Seite vorgelesen hatte, wischte sich ihr Vater mit dem Handrücken über die Augen. »Na ja, mit Blumen kennt er sich dank mir aus«, sagte er. Die Mutter sog die Unterlippe ein, und Prudence stellte sich vor, dass sie damit die Worte: *Scher dich zum Teufel, Eddie, du blöder Säufer. Wegen dir ist er weg,* zurückhalten wollte. Ihr Vater war kein blöder Säufer gewesen, doch wenn er trank, konnte er liederlich und gemein werden. So wie in jener Nacht, als Randall gegangen war. Er versetzte ihrer Mutter einen Stoß, Randall, der in einem Sportstudio um die Ecke boxte und eine schnelle Rechte hatte, ballte die Fäuste, und der Vater, der sie nie geschlagen hatte, holte gegen Randall aus.

Grace? Hat die Frau das gesagt?

In dem Brief an ihre Eltern hatte ein zweiter gelegen, zusammengefaltet, an sie.

Pru, du bist die Schlaueste von uns. Halt dich von unserem Vater fern, wenn er über den Durst getrunken hat. Er ist kein schlechter Mensch, aber der Whiskey macht ihn zu einem … Na ja, ich will nicht beleidigend werden.

Es folgten noch ein paar Zeilen, dass er sie bald treffen wolle, vielleicht nicht dieses Weihnachten, aber spätestens das nächste. Doch dann verstrich ein Weihnachtsfest nach dem anderen, ohne dass Randall zurückkam, und die Abstände zwischen seinen Briefen wurden immer länger. Als ihr Vater im darauffolgenden Jahr starb und ihre Tante ein Telegramm an Randalls Adresse schickte, telegrafierte die Vermieterin zurück: *Verzogen.* Als zehn Jahre später ihre Mutter starb, hatte Prudence keine Ahnung gehabt, wohin sie ein Telegramm schicken sollte.

Jetzt erklärt die Frau, Grace, dass Randall, ihr Großvater, seit fast zwanzig Jahren tot sei. Dass er ein Kind gehabt habe, Leopold. Ihren Vater.

Prudence ist geschockt. Natürlich ist sie davon ausgegangen, dass ihr Bruder nicht mehr am Leben ist, doch es zu hören, zu erfahren, wie lange es her ist … Sie schließt die Augen, um nachzurechnen. Randall war drei Jahre älter als sie. Vor zwanzig Jahren war er vierundachtzig.

»Ich würde Sie gern sehen«, sagt die Frau.

Sie sehen? Ein Foto von ihr? Reiß dich zusammen, Prudence, mahnt sie sich und meint damit: *Sammle deine Gedanken!* Die neigen nämlich in letzter Zeit dazu, planlos wie Kleinkinder in sämtliche ihnen genehme Richtungen zu stieben. »Mich besuchen? Sie wollen mich besuchen?«

»Ja. Wären Sie dazu bereit?«

Wieder dieses *Nein, nein danke.* Dorothy Tiffany, die Tochter des Arbeitgebers ihrer Eltern, hat Prudence einmal erklärt: »Wir müssen damit leben, dass wir diejenigen, die wir lieben, manchmal enttäuschen.« Sie hätte jetzt, ohne zu zögern, geantwortet – ein festes Nein. Aber sie, Prudence Theet, geborene Prudence O'Connor, kann das nicht. Sie kann es einfach nicht.

»Wann wären Sie denn in New York?«

Stille kehrt ein. Kurz denkt Prudence, dass vielleicht die Leitung zusammengebrochen ist.

»Es tut mir leid. Ich hätte das schon früher sagen sollen: Ich bin jetzt in New York.«

»Jetzt?« Prudence' Herz beginnt zu rasen, als hätte sich der Schwarzbär auf die Hinterbeine gestellt.

»Genau genommen … genau genommen stehe ich vor Ihrem Haus.«

»Hier? Vor meinem Haus?«

»Ja.«

Verwundert stellt Prudence fest, dass sich der Bär umdreht und langsam zwischen den Bäumen verschwindet. Und etwas hinterlässt, was sie lange nicht mehr gespürt hat. Etwas, was eher freudige Erregung als Angst ist. Es ist ewig her, dass sie irgendetwas Spontaneres, Unüberlegteres getan hat, als mit Maricel auf einem ihrer Spaziergänge stehen zu bleiben und sich bei einem Eiswagen ein Eis zu kaufen.

In Gedanken hört sie Maricel schimpfen. *Mrs P., diese Frau könnte Sie beklauen wollen. Oder noch Schlimmeres im Sinn haben. Es gibt böse Leute da draußen, die es auf ältere Menschen abgesehen haben …*

Aber das hier sind nicht irgendwelche Leute. Es ist die Enkelin ihres Bruders. Und was macht es schon, wenn sie es nicht ist? Wenn es jemand ist, der ihr Böses will? Sie befindet sich zweifellos auf der letzten Wegstrecke ihres Lebens. Die Frage ist nur, wohin der Weg sie führen wird. Ihre Mutter, die während ihrer letzten Tage immer wieder »Eddie!« und »Oliver!« schrie, glaubte an den Himmel. Den zweiten Namen kannte Prudence nicht – war es der eines früheren Liebhabers? Oder eines späten, so wie Prudence einen gehabt hat? Und dann ihr Vater, Eddie … Prudence wies ihre Mutter damals nicht darauf hin, dass er, falls es einen Himmel gab, vielleicht, aber vielleicht auch nicht dort sein würde.

»Na gut, dann kommen Sie doch einfach hoch.«

Nachdem der Portier angerufen hat, um eine Miss O'Connor anzukündigen, umklammert Prudence die Armlehnen ihres Ohrensessels und richtet sich auf. Normalerweise sind ihre Nachmittage mit Nickerchen durchzogen, denn regelmäßig am Morgen wacht sie um vier Uhr dreiundfünfzig auf. Ein natürlicher Wecker in ihrem Stammhirn, der sehr exakt ist. Ihr Mann, Carlton, hat diese Exaktheit einmal mit einem Schwarm von Lachsen verglichen, die stets zu dem Gewässer zurückkehren, wo sie geschlüpft sind, um dort zu laichen und schließlich auch zu sterben.

Sie atmet ein paarmal durch, hält sich am Rand des Lesetisches fest und blickt auf den breiten Hudson und den West Side Highway, der sich hinter dichtem Laub verbirgt. Als sie ein paar Jahre nach Carltons Tod von der Park Avenue hierherzog, war das Ufer in New Jersey zum größten Teil noch unerschlossen. Jetzt sieht sie aus dem Fenster in ihrem vierzehnten Stockwerk auch auf Hochhäuser und einen Golfplatz, der aus dieser Entfernung ein Taschentuch sein könnte, das ein Kobold auf den Boden gelegt und geglättet hat. Nur der Fluss ist unverändert. Im Winter mit Eisschollen und vom Wind gepeitschten Wellen, im Sommer glühen bei Sonnenuntergang pflaumen- und papayafarbene Streifen am Himmel darüber. Ein Blick, der ihr, auch wenn sie das nur schweren Herzens zugeben kann, mehr beständige Freude und eine Art Zugehörigkeitsgefühl beschert hat als je irgendein Lebewesen.

Als Carlton starb, war sie siebenunddreißig. Sie hatte keine Kinder. Ihre Eltern waren längst tot, und Randall hatte sich so weit von ihr entfernt, dass seine Abwesenheit einer völligen Nichtexistenz gleichkam. Ein paar Monate nach Carltons Tod drängte Harriet Masters, in deren Inneneinrichtungsfirma Prudence vor ihrer Ehe gearbeitet hatte, sie dazu, zu dem Psychiater zu gehen, den sie selbst aufgesucht hatte, nachdem ihr Mann sich auf dem Dachboden ihres Hauses am Tuxedo Park aufgehängt hatte. Offenbar hatte er während einer seiner heißen Affären mit den Ehefrauen seiner Klubfreunde unter heftigem Liebeskummer gelitten, doch Harriet hatte damals behauptet, er sei eher gelangweilt denn verzweifelt gewesen. Als der Psychiater Prudence nach ihren Freundschaften fragte, erzählte sie ihm von Ella, mit der sie kurz eng befreundet gewesen war, und von Elaine, mit der sie früher in Harriets Firma gearbeitet hatte. Gelegentlich, so berichtete sie ihm, hätten sie und Carlton sich mit dessen Geschäfts- oder College-Freunden und deren Ehefrauen getroffen, vor allem mit Alfred, Carltons Bergsteigerfreund. Aber der regelmäßigste Dinnerbegleiter war CCB gewesen – Charles Culp Burlingham, ein prominenter New Yorker

Anwalt, der im öffentlichen und politischen Leben der Stadt eine wichtige Rolle spielte –, für den Carlton zum Ersatzsohn geworden war, nachdem sein eigener Sohn, der mit Dorothy Tiffany verheiratet war, eine manisch-depressive Erkrankung entwickelt hatte. Am Ende dieser Sitzung diagnostizierte der Psychiater bei Prudence eine erdrückende Einsamkeit, unter der sie schon vor Carltons Verlust gelitten habe. Ihr Problem, erklärte er ihr einfühlsam, sei nicht der Mangel an Gesellschaft, sondern die Tatsache, dass es niemanden gebe, mit dem sie über etwas reden könne, das nicht in der Zeitung stand, geschweige denn bei dem sie sich ausweinen könne.

Sie hebt die heruntergefallene Zeitung auf und nimmt die kalte Teetasse in die Hand. Sie überlegt, ins Bad zu gehen, um sich schnell herzurichten, verwirft dann aber den Gedanken. Sie ist noch nie eitel gewesen, und es beunruhigt sie, wenn sie sich jetzt im Spiegel sieht: Ihre einst so üppige Oberweite, wegen der sie sich früher schämte, weil sie nicht recht zu ihrem zierlichen Körperbau passte, ist zu loser Haut verkommen, die sich über Knochen und Sehnen zusammenfaltet. Ihr einst kürbisrotes Haar ist zwar noch dicht, doch farblos, ihre milchweiße Haut zu trocken und empfindlich für Seife oder Make-up.

Sie geht in die Küche, dreht den Wasserhahn auf und wartet, dass sich der Kessel füllt. Wie hat diese Grace sie überhaupt gefunden? Vielleicht durch dieses Google – ein lächerliches Wort, wie aus einem Limerick für Kinder. Wenn es dieses Google schon in den Jahren gegeben hätte, in denen sie noch dachte, dass sie Randall gern finden würde – hätte sie es dafür genutzt? Oder hätte die Angst davor, was passieren würde, sollten sie sich wiedersehen, überwogen? So wie damals, als Carlton ihr vor ihrer Hochzeit angeboten hatte, einen Privatdetektiv mit der Suche zu beauftragen. »Vielleicht wenn wir uns eingelebt haben«, hatte sie gemurmelt. Doch was hätte sie sagen sollen, wenn der Detektiv Randall tatsächlich aufgespürt hätte? *Du bist am folgenden Weihnachten nicht heimgekommen und am darauffolgenden auch nicht. Du hast es mir überlassen, unsere beiden Eltern zu begraben.*

Sie stellt den vollen Kessel auf den Herd und entzündet die Flamme. Wie üblich, wenn sie sich Maricel widersetzt, stellt sich eine schuldbewusste Freude ein. Schuldbewusst deshalb, weil sie weiß, dass Maricels Gebote – der Herd, die Haustür, die Dusche, was sie anziehen soll, damit sich in ihrer Brust keine Kälte festsetzt – der Sorge um sie entstammen. Sie lauscht dem Geräusch des brennenden Gases, dann regelt sie die Flamme unter dem Kessel. Sollte sich im Aufzug jetzt eine Mörderin nähern, kann sie sich immerhin damit trösten, dass sich an ihrem letzten Tag die Ansammlung kleiner Feigheiten, die ihr Erwachsenenleben ausgemacht haben, nicht vergrößert hat. Feigheiten, die zusammengenommen fast wie Sünden wirken: Sünden eines Menschen, der für ein leidenschaftliches Verbrechen viel zu schwach, zu farblos oder vielleicht auch einfach nur zu selbstgerecht war.

Ja, wenn das ein Hinterhalt ist, wird sie mit sich im Reinen sein, weil sie ihr Leben riskiert hat, um Randalls Enkelin zu treffen.

Halt bloß nicht die Luft an, ermahnt sich Prudence, als sie die Tür aufschließt. *Du willst schließlich nicht in Ohnmacht fallen.*

Vor ihr steht eine schlanke Frau mit trockenen, rauen Wangen. Ihr kastanienbraunes Haar ist zu einem viel zu strengen, zu kurzen Pferdeschwanz zurückgebunden. Als sie lächelt, zeigen sich winzige Fältchen um ihre Augen und perfekte Zähne in ihrem leicht geöffneten Mund.

Ihr Bruder hatte einen Sohn, und dieser Sohn hat eine Tochter bekommen. Prudence lehnt sich an den Türrahmen und bemerkt, wie sich Erstaunen in ihr ausbreitet. Eine Tochter, die jemand regelmäßig zum Zahnarzt geschickt haben muss. Die allerdings eine schlecht sitzende Hose und Schuhe trägt, die für ihr Alter viel zu zweckmäßig sind. Sie muss Anfang vierzig sein, denkt Prudence. Eine Frau, die – Prudence kann mit ihrem Raumausstatterinnenblick durch Oberflächen wie mit Röntgenaugen sehen – so wirkt, als weigerte sie sich, schön zu sein. Eine Person, die etwas aus sich machen könnte, jedoch nicht den Wunsch danach verspürt.

Sie hat der Frau keinen Begrüßungskuss gegeben. Hätte sie das tun sollen? Aber jetzt pfeift der Kessel. »Komm doch rein.« Prudence deutet Richtung Wohnzimmer. »Ich werde uns gleich den Tee bringen.«

Das alles hat kaum eine Minute gedauert, doch in Prudence tobt bereits ein derartiger Aufruhr, dass sie erleichtert ist, sich in die Küche zurückziehen zu können, sich von dem schrillen Pfeifen des Kessels ablenken zu lassen und dann das dampfend heiße Wasser in die Teekanne zu gießen, die sie nicht mehr benutzt hat, seit Maricel ihr den

Tee in eine Thermoskanne füllt. Sie stellt Kanne und Tassen auf ein Tablett und kramt die Butterkekse heraus, die Maricel im Schrank aufbewahrt, eher für sich selbst als für Prudence, die ihre Lust auf Süßes verloren hat.

Das Tablett. Kann sie es tragen? Das Mädchen – natürlich ist die Frau kein Mädchen mehr, aber zwischen ihnen müssen rund sechzig Jahre liegen, deshalb drängt sich die Bezeichnung Prudence einfach auf – steht jetzt auf der Schwelle zur Küche und nimmt es ihr ab, ohne zu fragen.

Prudence läuft hinter ihrem Gast her ins Wohnzimmer. Von hinten könnte man Grace mit ihren schmalen Hüften und dem flachen Hinterteil für einen Jungen halten. In ihren Bewegungen liegt eine gewisse Stille, als hätte sie viel Zeit mit Leuten verbracht, denen es nicht gut geht. Oder mit alten Leuten wie mir, schießt es Prudence durch den Kopf.

»Am Fenster, wenn es dir recht ist«, weist Prudence sie an.

Sie beobachtet, wie sich Grace' Blick aufhellt, als er auf die Vase mit Dahlien fällt, den blutorange- und königlich purpurfarbenen Dahlien, die Prudence sofort gefallen haben, als sie sie vor ein paar Tagen in Plastikeimern vor einem koreanischen Supermarkt entdeckte. Ein Hauch von Farbe in einem ansonsten eher blassen Raum. Prudence fragt sich, ob Grace von ihrem Großvater etwas über Blumen gelernt hat – Randall hat damals doch geschrieben, dass er für einen Blumenhändler arbeite –, ob sie auch etwas von Möbeln versteht, ob sie die Tische mit Chromgestell und einer Glasplatte als Entwurf von Eileen

Gray erkennt, die mit cremefarbenem Leder bespannten Freischwinger als Stücke von Mies van der Rohe.

Grace stellt das Tablett auf dem Lesetisch ab. Sie wartet darauf, dass Prudence in ihrem Ohrensessel Platz nimmt, bevor sie sich auf den zweiten, dazu passenden setzt.

Wie seltsam, denkt Prudence. Vor einer Viertelstunde hat sie hier noch allein gedöst, und jetzt ist der Raum schwindelerregend voll.

Grace greift nach der Teekanne.

»Lass ihn noch ein bisschen ziehen. Zwei, drei Minuten.« Prudence lächelt, um das abzumildern, was ihrer Befürchtung nach wie der grimmige Befehl einer alten Frau geklungen haben könnte. »Nun, Grace – so heißt du doch, oder?«

»Ja.« Grace betrachtet sie freundlich, lässt den Blick aber nicht auf ihr ruhen. Prudence spürt, dass sie ihre nächsten Worte abwägt. »Lustig, dass wir beide Namen von Tugenden haben.«

Prudence muss wohl verwirrt wirken, denn Grace erläutert: »Prudence – Klugheit, Besonnenheit. Und bei meinem Namen schwingt für mich vor allem Mitgefühl und Selbstlosigkeit mit.«

»Ich habe meinen Namen früher gehasst. Ich dachte, er würde bedeuten, ich sei prüde oder, schlimmer noch, prunksüchtig. Mein Bruder, dein Großvater, hat mich immer Pru genannt, doch das änderte nichts an dem hässlichen Laut: Prrr. Aber Grace ist ein sehr schöner Name. Man denkt sofort an die anmutige Grace Kelly.«

»Danke. Allerdings war meine Namensgeberin Grace

Slick. Sie hatte nicht das Geringste mit Grace Kelly zu tun.«

»Aber der Name sagt mir etwas.«

»Sie war eine Rocksängerin. Meine Mutter hat sie ganz am Anfang ihrer Karriere auf einem Konzert mit ihrer damaligen Band Great Society erlebt. Vermutlich sollte ich ihr dankbar sein, dass sie mich nicht Great genannt hat.«

»Das wäre nicht annähernd so charmant gewesen.«

»Meinen Bruder haben meine Eltern Garcia genannt, nach Jerry Garcia. Jerry Garcia von Grateful Dead.«

»Auch von denen habe ich schon mal was gehört.« Prudence legt sich den Schal, der über der Lehne ihres Sessels hängt, um die Schultern. »Also Grace und Garcia?«

»Für die Leute waren wir immer eine Einheit, unsere Namen waren mit einem Und-Zeichen verbunden.«

»Ist er jünger als du?«

»Drei Minuten. Wir waren Zwillinge.«

Zwillinge. Wenn Prudence von Zwillingen hört, denkt sie sofort an Dorothy Tiffany, die ihr einmal gesagt hat, dass sie von ihren Schwestern, den Zwillingen Comfort und Julia, besessen war. Sie folgte ihnen auf Schritt und Tritt, sodass die beiden dazu übergingen, sie »Ich auch« zu nennen. »Das war bestimmt interessant«, sagt Prudence.

»Es war, als würde der beste Freund bei einem wohnen, obwohl wir ziemlich verschieden waren. Garcia offen und überschwänglich, ich zurückhaltend und eher ein Bücherwurm. Er hatte das, was man heute als Lernstörung bezeichnet, aber ich glaube, dass sein Gehirn einfach ein bisschen länger brauchte, um sich zu entwickeln.«

Grace beißt sich auf die Unterlippe, dann fährt sie mit der Zunge darüber, als wollte sie der Geste Einhalt gebieten. »Vielleicht wäre mein Großvater entspannter gewesen, wenn wir nicht so verschieden gewesen wären. Ziemlich lange hasste ich es, dass mir das Lernen so leichtfiel. Es war, als würde ich die Sache für Garcia damit noch schwieriger machen.«

Prudence fragt sich, welche Haarfarbe Grace wohl als Kind hatte. Ihre olivfarbene Haut weist nicht die geringste Spur des irischen Teints auf, den Randall und sie von ihrer Mutter geerbt hatten, und sie glaubt auch nicht, dass Grace die roten Haare von Randall und ihr hat. Dennoch erkennt Prudence eine Familienähnlichkeit in Grace' schlanker Figur und dem eher vollen Busen, eine gewisse Üppigkeit, die in allen anderen Belangen scheinbar aus ihr herausgeprügelt wurde.

»Du hast in deiner Jugend viel Zeit mit deinem Großvater verbracht?«

»Er hat uns großgezogen. Er und Angela, unsere Haushälterin. Mein Vater hat uns auf seiner Türschwelle zurückgelassen. Buchstäblich. Ist mitten in der Nacht bei meinem Großvater aufgetaucht, als Garcia und ich noch kein Jahr alt waren – noch dazu krank und hungrig –, trug uns in die Diele und verschwand. Man hat uns immer erzählt, mein Großvater habe sich in jener ersten Nacht ganz allein um uns gekümmert, und am nächsten Morgen, als Angela kam, sei er so fertig gewesen, dass er sich auf den Küchenboden legte und sofort einschlief.«

»Er hat ihr wohl sehr vertraut.«

»Sie hat von dem Tag seiner Hochzeit an für ihn gearbeitet. Meiner Großmutter gefiel es nicht, wie ihre Mutter ihre Haushaltshilfen behandelte, und sie schwor sich, niemals jemanden für sich arbeiten zu lassen, aber dann schenkten ihre Eltern meinem Großvater und ihr zur Hochzeit ein Haus, das so groß war, dass sie sich nicht alleine darum kümmern konnte. Doch statt einer Farbigen, wie ihre Mutter solche Frauen nannte, oder eines netten irischen Hausmädchens stellte meine Großmutter Angela ein, die damals sechzehn und gerade aus Mexiko gekommen war.«

Ein nettes irisches Hausmädchen? Weiß Grace, dass die Mutter ihres Großvaters genau das war?

»Mein Großvater sagte immer, dass meine Großmutter Angela wie eine kleine Schwester behandelt hat. Statt einer Uniform hat sie ihr sechs Kleider für wochentags und zwei für den Sonntag besorgt, mit dazu passenden Schleifen für ihre Zöpfe. Sie ist mit ihr Vorhänge für ihr Zimmer kaufen gegangen und hat ihr Lesen und Basketballspielen beigebracht. Niemand hat meine Großmutter mehr verehrt als mein Großvater, aber Angela kam gleich nach ihm.«

Prudence stellt sich Angelas Zimmer vor: Vermutlich hätte ein Mädchen aus Mexiko mit Schleifen in ihren Zöpfen Vorhänge mit Blumenmuster ausgewählt. Eine orangefarbene Tagesdecke mit roten Fransen, dazu ein hölzernes Kreuz, um es über ihr Bett zu hängen.

»Als mein Vater zur Welt kam, wurde Angela sein Kindermädchen. Sie wohnte im Haus meiner Großeltern, bis er auszog, dann kaufte mein Großvater ihr ein Apartment in der Nähe. Als wir zu ihm kamen, packte sie ihre Sachen und zog wieder in ihr ehemaliges Zimmer im dritten Stock des Hauses.«

»Sie klingt wundervoll.«

»Das war sie auch. Sie und mein Großvater hielten fest zusammen, auch wenn sie grundverschieden waren. Angela hatte immer ein Lied auf den Lippen und umarmte uns oft. Bei ihr hatten wir das Gefühl, voll und ganz verstanden zu werden. Mein Großvater hingegen war zurückhaltend und penibel und wahnsinnig beschützend …« Grace seufzt.

Prudence überlegt, wie sie den Mittelweg zwischen zu vielen und zu wenigen Fragen finden kann. Eine heikle Herausforderung, wie die Balance auf einem Wackelbrett zu bewahren. Stellt sie zu wenige Fragen, könnte Grace denken, dass sie nicht richtig zuhört. Stellt sie zu viele, bekommt Grace vielleicht den Eindruck, dass sie sie ausquetschen will.

Gern hätte sie gesagt: *Du musst mir nicht alles erzählen.*

Aber damit eigentlich das Gegenteil gemeint: *Erzähl mir alles!*

»Wo waren deine Eltern?«

»Mein Vater war auf Reisen. Kolumbien, Hawaii, Thailand. Überall dort, wo Drogen billig zu haben waren. Erst Gras, dann Halluzinogene, dann mehr Gras, mehr Halluzinogene und schließlich Heroin. Er war ein Paradebeispiel für das, was man in meiner Ausbildung zur Krankenschwester ›Theorie von der Einstiegsdroge‹ genannt hat. Dieser Theorie nach führen weniger suchterzeugende

Drogen zu den stärker suchterzeugenden. Sie trifft nicht immer zu, doch bei meinem Vater scheint es so gewesen zu sein.«

Sie ist also Krankenschwester.

»Vor ein paar Jahren habe ich die Entzugsklinik, in der er mal war, um seine Krankenakte gebeten. Beim Lesen erkannte ich, dass seine Geschichte komplizierter war. Er hatte mystische Vorstellungen von Drogen.«

Prudence nickt. In den Sechzigern hat sie von Leuten gelesen, die glaubten, dass Drogen eine Tür zur Kreativität und zu einem höheren Bewusstsein öffnen können. Selbst Harriet, die damals schon in Rente war, probierte Marihuana aus. Danach berichtete sie ihr allerdings, dass sie sich nur albern gefühlt habe und so müde, dass sie nichts anderes habe tun können, als sich auf ihrem Sofa zusammenzurollen.

»Als ich fünf war, kam mein Vater nach San Francisco zurück. Wir sahen ihn gelegentlich, aber ich war zu klein, um zu begreifen, dass er heroinabhängig war. Entweder war er high oder litt unter Entzugserscheinungen. Dann zitterte er und schwitzte und konnte keine Sekunde lang still sitzen. Schließlich wollte mein Großvater uns nicht mehr mit ihm allein lassen. Er oder Angela waren immer mit im Zimmer.« Grace sieht Prudence an, als wollte sie sich im Voraus entschuldigen. »Als ich neun war, ist er an einer Überdosis gestorben.«

Die Welle von Kummer, die Prudence überrollt hat, als Grace ihr berichtete, dass Randall seit zwanzig Jahren tot ist, nimmt wieder Anlauf, nur ist sie diesmal noch schmerzhafter, noch intensiver. Sie stellt sich ihren Bruder vor, wie er den Kopf in seine knochigen Hände stützt, Kinder, die still in ihren Zimmern spielen, und eine Frau mit langen schwarzen Zöpfen, die in der Küche weinend am Herd steht und in Töpfen rührt.

»Mein Großvater hat es uns erst gesagt, als wir zehn waren.«

»Was?«

»Er hat meinen Vater ohne uns beerdigt und Angela verboten, über ihn zu reden. Ich war zu jung, um in Worte fassen zu können, dass etwas nicht stimmte, aber natürlich merkte ich es. Angela zündete im ganzen Haus Kerzen an, selbst in den Bädern, und an dem Tag, an dem man in Mexiko der Toten gedenkt, baute sie aus den Gedichtbänden, die mein Vater mochte, seinen Drumsticks und einem Babyfoto, das ihn mit meiner Großmutter zeigte, einen Altar.«

»Das ist dir bestimmt sehr seltsam vorgekommen.«

»Alles kam mir seltsam vor. Es war, als hätte sich auf das Haus ein böser Zauber gelegt.«

»Und eure Mutter?«, fragt Prudence.

»Sie hatte einen Nervenzusammenbruch, wie man es damals nannte. Heute würde man es vermutlich als Depression bezeichnen. Ihre Eltern holten sie etwa zur selben Zeit, als mein Vater uns zu unserem Großvater gab, zu sich nach Houston.«

Grace lächelt. Es ist ein wehmütiges Lächeln, mit dem sie wohl sagen will: *Das ist eine sehr alte Geschichte. Du musst jetzt kein Mitleid mit mir haben.* Prudence erinnert sich, dass sie selbst so ein Lächeln aufgesetzt hat, als sie Carltons Familie und sein soziales Umfeld kennenlernte, von denen sie befürchtete, dass sie in ihr nur das arme kleine Waisenmädchen sehen würden.

»Ich glaube, anfangs dachte sie, sie wird wieder gesund und kann uns dann zu sich holen. Als wir klein waren, schrieb sie uns Briefe und schickte uns Zeichnungen und Kassetten mit Kinderliedern, aber irgendwann hörte das auf. Mein Großvater sagte mir später, dass er ihre Eltern über den Tod meines Vaters unterrichtet habe. Sie erklärten ihm, dass meine Mutter immer wieder stationär behandelt werden müsse und mittlerweile in einer betreuten Wohngemeinschaft lebe. Er war sich nicht sicher, ob sie ihr sagen würden, dass mein Vater an einer Überdosis gestorben war. Doch offenbar taten sie es, denn sie rief meinen Großvater noch am selben Tag zurück und sagte, sie wolle zur Beerdigung kommen.« Grace wirft einen Blick auf die Teekanne, dann auf Prudence, die nickt. »Aber sie hat es nicht geschafft.«

Grace schenkt Tee ein, und Prudence spürt, dass vor die Vergangenheit ein Vorhang gezogen worden ist. *Kehr zurück, kehr zurück in dieses Zimmer, zu diesem Tag im April,* mahnt sie sich. *Zurück zu der Frau, die gerade etwas Sahne in deine Teetasse gießt, wie du sie gebeten hast.* »Ich habe dich noch gar nicht gefragt, was dich nach New York geführt hat.«

»Ich arbeite in der Palliativmedizin und halte zwei Vorträge auf der Jahreshauptversammlung unseres Berufsverbandes, die dieses Jahr im Sheraton Midtown stattfindet.«

Grace stellt die Tasse samt Untertasse in Prudence' Reichweite. »Um ehrlich zu sein, habe ich lange daran gedacht, dich zu kontaktieren. Ich schäme mich, wenn ich dir jetzt sage, wie lange. Mein Großvater ist 1993 gestorben, und ich dachte schon damals daran, einen Versuch zu starten. Aber er hatte so lange keinen Kontakt zu dir gehabt. Die Trägheit war einfach größer …«

Was ist los mit dem Vorhang? Ist der Tee nur eine Unterbrechung gewesen?

»Und dann hat mich die Schwester eines meiner letzten Patienten dazu gebracht, wieder daran zu denken. Herman, mein Patient, war neunundachtzig, seine Schwester Rose fünfundachtzig. Ich habe gemerkt, wie stark sie einander noch verbunden waren. Ein paar Tage vor seinem Tod hat sie mir gesagt, dass er sie so gut kannte wie sonst keiner.«

Grace sieht Prudence an, als wollte sie sich vergewissern, dass dieser klar ist, worum es sich bei ihrer Arbeit dreht: dass alle ihre Patienten sterben. »Rose zeigte mir ein sehr altes Foto von Herman, auf dem er auf einem Stuhl saß und ein Neugeborenes in den Armen hielt. Sie wurde zu Hause zur Welt gebracht, und an jenem Nachmittag kam ein Fotograf in das Haus ihrer Eltern und machte das Foto. Herman war so klein, so jung, aber er betrachtete sie unendlich liebevoll.«

Prudence spürt eine Schwere in ihrer Brust, einen Kloß in ihrem Hals. Auch sie ist zu Hause zur Welt gekommen, im Gärtnerhäuschen auf Laurelton Hall. Randall muss da gewesen sein. Doch sie hat nie ein Foto von jenem Tag gesehen und auch nie Geschichten darüber gehört.

»Herman war bei Rose am Tag ihrer Geburt, und sie war bei ihm, als er starb. Ich musste an dich denken und wie traurig es war, dass mein Großvater dich nie mehr gesehen hat, nachdem er New York verlassen hatte.«

Prudence' Augen jucken. Wenn ihre Tränenkanäle in den letzten Jahren nicht so ausgetrocknet wären, würden ihr jetzt Tränen in die Augen steigen.

»Manchmal passieren wundersame Dinge in den Stunden, nachdem ein Mensch gestorben ist. In meinen spirituelleren Momenten denke ich, es ist, als ob der Schleier zwischen Leben und Tod eine kurze Weile durchlässig ist. Der Körper ist noch warm, noch fließen in ihm Flüssigkeiten, doch die Seele ist ihm schon entwichen.«

Bei dem Wort »Seele« fröstelt es Prudence. Sie denkt an den Mann, der vor langer Zeit in ihre Seele geblickt und darin die Wahrheit über sie entdeckt hat.

»Viele Familien wollen den Leichnam möglichst rasch loswerden, aber Rose und Hermans Sohn fragten mich, ob sie sich ein bisschen Zeit lassen könnten, bevor sie den Bestatter benachrichtigten, und dann fragte Rose mich, ob ich noch ein Weilchen bei ihnen sitzen bleiben wollte. Es war später Nachmittag, draußen wurde es schon dunkel, doch das Zimmer war in eine Art Leuchten getaucht. Hermans Sohn hielt die Hand seines Vaters und weinte ein bisschen, aber er lächelte auch seine Tante Rose an, die davon sprach, wie es war, als sie und Herman Kinder gewesen waren. Wie sehr Herman den Apfelkuchen ihrer Großmutter geliebt hatte und dass das Erste, was er in seinem Leben gebaut hatte – er war Ingenieur geworden und hatte sein Leben lang irgendetwas gebaut –, ein Holzschemel gewesen war, damit seine Großmutter besser an die Kuchenformen kam, die sie im obersten Regalfach ihrer Küche aufbewahrte. Er habe den Schemel apfelrot gestrichen, sagte Rose, als Erinnerung für seine Großmutter, genau den Kuchen zu backen.« Grace lässt einen Zuckerwürfel in ihren Tee fallen. »Als Rose diese Geschichte erzählte, musste ich einfach herausfinden, was aus dir geworden ist.«

»Du warst bestimmt überrascht, als du erfahren hast, dass ich noch lebe.«

»Ja, überrascht und froh. Deine Adresse habe ich allerdings erst am Tag vor meiner Abreise herausgefunden. Sonst hätte ich dir geschrieben.«

»Ich bin sehr froh, dass du das getan hast – dass du mich gefunden hast.«

Grace rührt in ihrem Tee. »Kann ich dich fragen … Hast du Kinder?«

Prudence verneint mit einem Kopfschütteln. Selbst jetzt, so viele Jahre nach dieser Weggabelung, fällt es ihr schwer, darüber zu reden.

»Dann bist du vermutlich meine einzige lebende Verwandte väterlicherseits.«

»Abgesehen von deinem Bruder.«

Grace atmet tief durch, dann wischt sie sich mit einer Serviette über den Mund. »Mein Bruder ist zwei Jahre vor meinem Großvater gestorben.«

Prudence wendet den Blick ab, sie will Grace nicht zeigen, wie bestürzt sie ist. Wie kann es da noch einen Tod geben? Drei Generationen: Randall, sein Sohn, sein Enkel?

»Ich erzähle dir gern von Garcia, aber nicht heute«, sagt Grace leise. »Vielleicht kann ich dich noch einmal besuchen? Ich bin die ganze Woche in der Stadt. Bis Samstag.«

»Ja, das wäre mir sehr recht.« Prudence tadelt sich sofort dafür, dass sie so steif klingt, eine Karikatur der Höflichkeit. Aber es stimmt: Sie würde Grace gern noch einmal sehen. Sehr gern.

»Als ich die Sachen meines Großvaters durchgegangen bin, habe ich in seinem Arbeitszimmer ein Kästchen mit Erinnerungsstücken gefunden. Er hat mir diese Dinge oft gezeigt, als ich klein war, aber es war bestimmt mindestens zehn Jahre her, seit ich das Kästchen das letzte Mal geöffnet und die Dinge betrachtet hatte, die er darin aufbewahrte. Dinge, die er nach San Francisco mitgebracht hatte, Zeitungsausschnitte, die er danach sammelte, ein Stapel Briefe von dir und deiner Mutter.«

Ein Großteil von Prudence' Vergangenheit ist tief vergraben, der Ablauf der Ereignisse unklar oder verblasst, die emotionalen Färbungen verschwunden. Doch jetzt treibt die Erinnerung an den Abend, als Randalls erster Brief eintraf, an die Oberfläche. Sie sieht sich, wie sie ein Quadrat aus dem Zeichenpapier, das Dorothy Tiffany ihr geschenkt hat, ausschneidet und darauf ihrem Bruder zurückschreibt. Wie sie sorgfältig in Druckbuchstaben die Adresse seiner Pension auf einen Umschlag notiert, wie sie zur Post geht und sich nach dem Porto erkundigt und wie sie danach auf eine Antwort wartet, Tag für Tag, obwohl sie weiß, dass es zwei Wochen dauern wird, bis ihr Brief das Land durchquert hat, und dann weitere zwei, selbst wenn ihr Bruder ihr sofort antwortet, bis sein Brief wieder bei ihr eintreffen wird.

»Ich habe die Briefe mitgenommen. Eigentlich das Kästchen samt seinem Inhalt. Ich könnte dir alles zeigen.«

Prudence kam es damals wie mehrere Jahre vor, bestimmt aber wie mehrere Monate, bis sie die Antwort endlich in den Händen hielt … Die Zeit dazwischen ein weißer Fleck in ihrem Leben … Und dann ihre Mutter, die weinte, als sie Randall einen Brief schrieb und ihn an den Blumenladen schickte, in dem er laut seiner früheren Wirtin arbeitete. Die Adresse hatte sie ihnen geschrieben, als sie ihnen mitgeteilt hatte, dass er umgezogen war. Ihre Mutter weinte nicht nur, weil sie ihrem Sohn mitteilen musste, dass sein Vater gestorben war, sondern auch, weil sie ihm nicht sagen konnte, dass er in seinen letzten Stunden nach ihm gefragt hatte. Sie konnte ihm nur schreiben, dass sein Vater in Mr Tiffanys Stadtvilla an der Madison Avenue aus einer Höhe von fünf Metern von einer Leiter gestürzt war und dabei eine der dekorativen Glaskugeln an einer Kette, an der er sich vergeblich festzuklammern versuchte, mit sich in die Tiefe gerissen hatte.

Grace wirft einen Blick auf ihre Uhr. »Es tut mir leid, aber ich muss jetzt gehen. Ich treffe mich noch mit ein paar Leuten unserer ersten Vortragsrunde. Könnte ich am Dienstag so gegen sechs vorbeischauen? Vielleicht kann ich dich zum Essen einladen?«

»Ich bitte Maricel, die Frau, die mir hilft, uns ein leichtes Abendessen zuzubereiten.«

»Ich möchte dir keine Umstände machen.«

»Sie wird sich freuen, für uns zu kochen. An mir sind ihre kulinarischen Fähigkeiten vergeudet. Was magst du?«

»Ich fürchte, das wird ein bisschen schwierig. Ich bin Veganerin.«

»Veganerin? Ist das eine Art Vegetarierin?«

»Mit strikteren Einschränkungen. Ich esse keinerlei tierische Produkte. Aber ich könnte etwas mitbringen …«

»Maricel kann uns Reis mit Bohnen und Okra kochen und dazu einen Salat machen. Wäre dir das recht?«

Grace erhebt sich. »Das wäre perfekt. Ich bin seit dem Tod meines Bruders Veganerin. Anfangs war es etwas rein Körperliches. Ich konnte einfach nichts schlucken, was getötet worden war oder von einem Tier stammte. Dann nahm das Ganze eine politische Dimension an. Ich habe meinen Großvater damit in den Wahnsinn getrieben. Er aß am liebsten Fleisch und Kartoffeln.«

Prudence stemmt sich aus dem Sessel hoch. Sie spürt, dass Grace sie beobachtet, ihr jedoch keine unnötige Hilfe anbieten möchte. »Damit sind wir aufgewachsen. Corned Beef, Kohl und immer Kartoffeln«, sagt sie, sobald sie sicher auf ihren Füßen steht.

Sie ist froh, dass heute nicht einer der Sonntage ist, an dem Thomas, Harriets Enkel, der jetzt Prudence' Rechtsanwalt ist, sie zum Essen ausführt. Sie möchte in ihrem Sessel sitzen und aufs Wasser blicken und die Momentaufnahmen des Mannes, zu dem ihr Bruder wurde, verdauen. Er war noch ein Junge, als er sich vorbeugte und ihr einen Kuss auf den Scheitel drückte, um dann davonzuschleichen, während ihre Mutter ihren Vater einen betrunkenen

Narren schimpfte. Er rasierte sich noch nicht. Jetzt muss sie verarbeiten, dass er später geheiratet hat – offenbar eine reiche Frau, wenn deren Eltern ihnen zur Hochzeit ein Haus geschenkt haben –, dass er einen Sohn bekam, der drogensüchtig wurde, dass er seine zwei Enkel mithilfe einer mexikanischen Haushälterin namens Angela großzog, dass er sein Leben lang Fleisch und Kartoffeln aß und vor zwei Jahrzehnten gestorben ist.

Während Grace auf den Aufzug wartet, steht Prudence halb im Flur und hält die Wohnungstür mit ihrem Rücken auf. Die beiden lächeln und nicken einander zu, bis der Lift kommt und Grace darin verschwindet. Dann, als Prudence an Maricels Anweisung denkt – *beide Schlösser zusperren, Mrs P., aber nicht die Kette vorlegen. Die müssen Sie weglassen, damit ich reinkommen kann* –, tut sie zum ersten Mal an diesem Tag das, was diese ihr immer wieder einschärft.

3. Kapitel

Prudence – Laurelton Hall und New York, 1914 bis 1933

Die wenigen Überbleibsel von Prudence' persönlichen Erlebnissen auf Laurelton Hall werden so von den Eindrücken der vielen Fotos überlagert, die sie von der Villa gesehen hat, dass sie nicht mehr weiß, was ihre eigenen Erinnerungen sind.

Ein paar Szenen verdichten sich jedoch. Ihre älteste Erinnerung ist die, wie sie auf einem versteckten Aussichtsplatz hinter einem eingetopften Zitronenbaum sitzt. Ein kleiner Junge, etwa so groß wie sie, kauert neben ihr und umklammert eine Feder. Mädchen in weißen Kleidern, die auf ihren schlanken Schultern Silbertabletts tragen, überqueren die Terrasse. Auf jedem Tablett liegt ein Pfau. Sein regenbogenfarbenes Federkleid hängt über den hinteren Rand, die Federn verheddern sich in den langen, offenen Haaren der Trägerinnen. Der Junge bohrt seine Zunge in ihre Handfläche, als sie ihm ihre Hand auf den Mund presst.

Nach Carltons Tod hat sie wieder für Harriet Masters gearbeitet. In dieser Zeit unternahm sie an einem verschneiten Märznachmittag einen Ausflug in die New York Public Library, die riesige, altehrwürdige Bibliothek mitten in Manhattan. Sie hatte vor, dort Landsitze aus der Zeit von Laurelton Hall zu recherchieren, denn einer ihrer Kunden plante, seine Villa, die ein Jahr später errichtet worden war, für eine horrende Summe neu auszustatten. Mit ihren feuchten Überschuhen saß sie in dem kühlen Zeitschriftenraum und betrachtete Fotos in einer Ausgabe der *New York Times* vom Mai 1914, die bei ebenjenem Ereignis, an das sie sich schwach erinnerte, aufgenommen worden sein mussten. Überrascht stellte sie fest, dass sie damals erst zwei Jahre alt gewesen war.

Später wurde dieses Ereignis als Pfauenfest bekannt, doch in den gravierten Einladungen, die Mr Tiffany an »150 Genies« verschickte, kündigte er den Abend geheimnisvoll als Gelegenheit an, die Frühlingsblumen auf seinem Landsitz zu genießen. Die ausschließlich aus Männern bestehende Gästeschar – Maler, Verleger, Architekten, Tiffanys engste Freunde, der Edelsteinexperte seines Vaters – war mit einem Privatzug von New York City nach Oyster Bay gebracht worden und kurz vor Sonnenuntergang angekommen. Am Bahnhof wurden die Männer von einer Autoflotte abgeholt und die eine Meile lange Zufahrt hoch zur Villa chauffiert. Speziell für diesen Anlass hatten die vierzig Gärtner purpurfarbenen und roten Phlox, weiße und rosafarbene Lorbeerrosen und blaue und gelbe Tulpen so nebeneinander gepflanzt, dass jede Gruppierung wie buntes Glas wirkte.

Das Diner wurde von einer Prozession aus fünf heiratsfähigen jungen Damen eingeläutet, gefolgt von Kindern in absteigender Größe, die *paons en volière* – gebratene Pfauen – und *cochons de lait farcie* – gefüllte Spanferkel – präsentierten. Die Chefköche des Restaurants Delmonico hatten das Mahl mit von Laurelton Hall stammenden Produkten und Tieren zubereitet. Während der berühmte Harry Rowe Shelley Orgel spielte, führte eine ernste Miss Phyllis de Kay, deren Vater zu den Bediensteten gehörte, die drei jüngsten Töchter von Tiffany und eine ihrer Freundinnen zu den Gästen. Alle fünf Mädchen trugen weiße griechisch anmutende Gewänder, die mit Bändern geschlossen wurden, die quer über ihre Brüste und um ihre Hinterteile verliefen. Von der Terrasse aus ging es in den riesigen, mit blühenden Apfelzweigen geschmückten Speisesaal, von dem aus man einen herrlichen Blick auf den Sund hatte, der nun, da es dunkel geworden war, im Glanz von vielen Lichtern funkelte. Miss de Kay trug eine aus dem Federkleid eines Pfaus hergestellte Kopfbedeckung. Der Kopf des Vogels saß so auf dem ihren, dass sein klaffender Schnabel zwischen ihren Augen ruhte und das Krönchen eine Art kleinen Fächer auf ihrem Scheitel bildete. Sie und die zwei Mädchen hinter ihr trugen extrem schwer wirkende Tabletts mit jeweils einem gebratenen Pfau, dessen Gefieder nach der Zubereitung kunstvoll über sein Fleisch drapiert worden war, die anderen zwei Mädchen hielten riesige Sträuße in der Hand, bestehend aus langen Pfauenfedern.

Als Prudence die Bildunterschrift unter einem der

Fotos eingehend las, wurde ihr bewusst, dass es Dorothy war, die den dritten Pfau auf ihrer Schulter trug. Sie hielt das Tablett wie in einem stummen Protest etwas tiefer als die anderen beiden, und im Gegensatz zu ihren Schwestern, den Zwillingen, die eine vor, die andere hinter ihr, wurde ihr Gesicht von den langen Haaren verdeckt. Ihr Blick schien auf den Kopf des Tieres zu fallen, doch Prudence konnte Dorothys Verfassung an der Art erkennen, wie sie die Arme abwinkelte und so starr dastand, als wäre sie eine der Säulen von Laurelton Hall mit ihren bunten gläsernen Kapitellen.

Den Mädchen folgten sechs weitere Kinder, Tiffanys Enkel und Enkel seiner Freunde, ebenfalls in weißen Gewändern und Tüchern, die sich von ihren Köpfen bis zu den Knöcheln ergossen. Sie umklammerten brennende Fackeln und bestreuten die einhundertfünfzig außergewöhnlichen Männer, die an großen achteckigen Tischen saßen, mit Rosenblütenblättern aus Weidenkörben. Die Nachhut bildeten noch kleinere Kinder, die als dicke Köche verkleidet waren – man hatte ihnen Kissen unter die Kostüme gestopft und lange Schürzen umgebunden. Jedes von ihnen trug ein Tablett mit einem Spanferkel.

Auf den Fotos waren die glasigen Augen der Pfauen nicht zu erkennen, doch in Prudence' Erinnerung hatte der kleine Junge, der neben ihr hinter dem Zitronenbaum kauerte, bei ihrem Anblick entsetzt zu weinen angefangen. Selbst mit zwei Jahren war ihr damals wohl klar gewesen, dass sie nicht an diesem Ort sein und heimlich zuschauen sollten, denn sie hatte dem Kleinen den Mund zugehalten.

Dann die nächste deutliche Erinnerung, die Prudence an Laurelton Hall hat. Sie wird von ihrem Vater hochgehoben, damit sie besser sehen kann, wie eine Braut aus einem glänzenden schwarzen Wagen steigt. Sie erinnert sich, dass die Wagentür aufgeht und unter dem Applaus von Bediensteten und Gästen ein weißbeschuhter Fuß erscheint. Erst als Prudence Carlton begegnete, dessen Eltern als enge Freunde des Bräutigamvaters bei dieser Hochzeit von Dorothy Tiffany und Robert Burlingham zugegen gewesen waren, verband Prudence ein Datum mit dem Bild: September 1914, nur wenige Monate nach dem Pfauenfest. Carlton erinnerte sich an dieses Datum, weil er damals gerade erst nach Groton gekommen war. Im Internat hatte er sich für sein heftiges Heimweh geschämt und auch weil ihm die überwiegend aus dem Norden stammenden anderen Jungs so seltsam vorkamen. Genauso seltsam, als wäre er nach England gegangen, was tatsächlich hätte passieren können, wäre nicht der Krieg ausgebrochen.

In ihrem ersten Brief an ihren Sohn hatte Carltons Mutter von der Hochzeit in Oyster Bay berichtet, zu der sie und sein Vater gefahren waren, kurz nachdem sie ihn in Groton abgeliefert hatten. Es sei keine große Sache gewesen, schrieb sie. An der kurzen Zeremonie in der Kirche in Cold Spring Harbor und dem sich anschließenden schlichten Hochzeitsfrühstück bei den Tiffanys zu Hause hätten nur Verwandte und enge Freunde teilgenommen. Prudence war rot geworden, als Carlton ihr erzählte, dass seine Mutter beschrieben hatte, wie die Bediensteten den Eingang zum Speisesaal gerahmt hätten: die Frauen in gestärkten Schürzen und mit Buketts aus rosafarbenen Pfingstrosen in den weißbehandschuhten Händen, die Männer mit Nelken im selben Farbton in den schwarzen Anzugaufschlägen. Sie war errötet bei dem Gedanken, dass Carltons Eltern vielleicht ihre Eltern gesehen hatten, die bestimmt dort aufgereiht gestanden hatten.

Der Duft der Glyzinien, die von der Decke hingen und in Töpfen auf den Tischen im Speisesaal von Laurelton Hall standen, sei so überwältigend gewesen, schrieb Carltons Mutter, dass ihr schlecht geworden sei. Zwischen den Zeilen konnte Carlton lesen, dass sie von dieser ihr unpassend erscheinende Hochzeit zutiefst enttäuscht gewesen war. Schließlich heiratete der Sohn von CCB, einer prominenten Persönlichkeit, eine Tiffany. Zudem wirkte sie nachgerade verärgert, dass ihr eine prunkvolle Veranstaltung verwehrt worden war, bei der die Braut ein Kleid mit einer fünf Meter langen Schleppe getragen und ein Orchester zu einem üppigen Dinner mit Tanz aufgespielt hätte, auf der auch sie selbst eine prachtvolle Robe hätte tragen können. Verärgert, weil sie den langen Weg nach Oyster Bay auf sich genommen hatte, um Dorothy in dem schlichten Brautkleid ihrer Mutter zu sehen, einem Kleid, das zur Hochzeit von dieser gepasst hatte, die mit fünfunddreißig als alte Jungfer gegolten und einen Witwer geheiratet hatte. Verärgert, dass ihr nur ein Frühstück serviert worden war, das sich kaum von dem unterschied, welches am Ostersonntag auf ihren eigenen Tisch kam.

Prudence' letzte Erinnerung an Laurelton Hall beginnt mit einem Geruch: dem Geruch von überreifen Äpfeln in einer Kiste in der Küche, in der sie fiebrig schlummert. Ihre Mutter arbeitet im zweiten Stock, Molly, die Köchin, passt auf sie auf. Mollys Atem riecht nach Hefe, ihre Hände sind mit Mehl bestäubt. Molly flößt Prudence mit einem Löffel kaltes Wasser ein, und Molly setzt sie auch aufs Plumpsklo.

Dann ein Schrei. Ein schriller, lang anhaltender Schrei. Molly – zumindest denkt Prudence, dass sie es war – hält Prudence' Mutter fest und zwingt sie, einen Schluck aus einer Whiskyflasche zu trinken. Damals wusste Prudence natürlich nicht, dass es Whiskey war, doch später ist sie sich dessen ziemlich sicher. Molly legt eine Decke um die Schultern ihrer Mutter, die auf der Rückbank eines Wagens von Mr T. zusammengesunken ist; Prudence sitzt zum ersten Mal in ihrem Leben in einem Auto, und obwohl sie noch so klein ist, ist ihr klar, dass sie ihre Aufregung verbergen muss. Dann verändert sich alles, und sie leben nicht mehr im Gärtnerhäuschen am Meer, sondern in dem Apartment in Hell's Kitchen.

Ihr Vater verlässt jeden Morgen das Haus und fährt mit der Straßenbahn zu der siebenundfünfzig Räume umfassenden Stadtvilla der Tiffanys, die an der Ecke Madison Avenue/72nd Street liegt. Dort kümmert er sich um die tropischen Pflanzen im Atelier des Künstlers. Den Mittelpunkt des riesigen, sich über zwei Stockwerke erstreckenden Raumes bildet ein frei stehender Kamin, dessen Rauchabzug majestätisch bis zur Decke reicht. Gelegentlich kommt der Vater spät und gereizt nach Hause, aus einer Bar, in die er an den Zahltagen mit anderen Männern geht, die für Tiffany arbeiten. Prudence' Mutter verlässt die Wohnung nur, um einzukaufen oder in die Kirche zu gehen. Zum Gottesdienst bedeckt sie die Haare mit einem weißen Spitzenschal. Unter ihrem Kopfkissen bewahrt sie den wie ein Auge aussehenden bunten oberen Teil einer Pfauenfeder auf.

Bald wird Prudence eingeschult, und in ihre Erinnerungen treten andere Kinder und Klassenzimmer und Schneestürme und ein Pferd, das vor ihren Augen auf der gepflasterten Straße zusammenbricht und sich dann mit Schaum vor dem Maul auf die Seite wälzt. All dies kommt ihr wie ein Vorspiel für den Abend vor, als ihr Vater ihre Mutter schubst und Randall die Fäuste gegen ihn erhebt.

Die Mutter schreit: »Du darfst deinen Vater nicht schlagen! Das darfst du nicht! Gott wird dich verfluchen, und es lasten wahrhaftig schon genügend Flüche auf dieser Familie!«

»Lass ihn. Soll er es doch versuchen, der kleine Scheißer!«, höhnt der Vater und holt zum Schlag gegen Randall aus, doch dieser duckt sich. Der Vater verliert das Gleichgewicht, fällt rückwärts und schlägt sich den Kopf am Tisch an.

Ihre Mutter kümmert sich um die Beule, die sich an seinem Hinterkopf bildet. »Prudence, rasch, hol mir etwas Eis!«, ruft sie.

Aber Prudence sitzt auf ihrer Bettkante in dem Zimmer, das sie mit ihrem Bruder teilt, und sieht ihm dabei zu, wie er seinen Rucksack packt: zwei Hosen, zwei Hemden, den irischen Fischerpullover, den ihre Großmutter für ihren Vater gestrickt hat und der jetzt Randall gehört, dazu ein Buch: *Der Ruf der Wildnis.* Zuletzt das Holzkästchen, das etwa so lang und breit wie ein Schulheft ist, aber höher, und mit einem Messingriegel verschlossen wird. Manchmal hat Randall ihr erlaubt, es zu öffnen und die weißen Steine, die gläserne Fliese und den oberen Teil einer Pfauenfeder zu betrachten, der in einem besseren Zustand ist als die Feder unter Mutters Kopfkissen. Sorgfältig gereinigt, das Auge immer noch königlich blau schimmernd.

»Mein Gott!«, ruft die Mutter, als der Vater sich übergibt und besudelt. »Prudence, bring mir ein nasses Tuch!«

Ihr Bruder beugt sich vor und flüstert ihr ins Ohr: »Ich liebe dich, Pru. Ich schreibe dir«, und sie starrt auf den Boden und bringt vor Entsetzen kein Wort heraus.

Am nächsten Tag schreibt Prudence ihr erstes und einziges Gedicht in ihrem Leben:

Mein Bruder hat gehen müssen.
Wo er wohl sein mag?
Ich will keinen küssen.
Mutter weint den ganzen Tag.

In jener ersten darauffolgenden Woche liest sie das Gedicht wieder und immer wieder und starrt auf das Bett, in dem ihr Bruder geschlafen hat. Sie weiß, dass er nicht in wenigen Tagen zurück sein wird, wie ihr Vater behauptet. Das Gedicht verwandelt ihr Elend. Aus brutalem Schmerz, einem Druck in ihrer Brust, bei dem sie das Gefühl hat, sich zusammengekrümmt ins Bett legen zu müssen, wird etwas, womit sie sich abfinden und was sie in ihrer Erinnerung festhalten kann.

Nachdem Randall weg ist, geht ihre Mutter nicht mehr in die Kirche und schickt Prudence mit einer Liste zum Einkaufen. Weil Prudence fürchtet, dass ihre Mutter noch im Bett liegt, wenn sie von der Schule heimkommt, gewöhnt sie sich an, ihren Vater in der Arbeit zu besuchen. Sie betritt das Haus durch den Dienstboteneingang, und wenn Mr T., wie meist am Spätnachmittag, nicht da ist, lässt der Butlergehilfe sie unbegleitet ins Atelier gehen. Vielleicht beschneidet ihr Vater gerade die Pflanzen, die wie ein kleiner Regenwald in einem Treibhaus in einer Nische wachsen, oder er steht auf einer Leiter und poliert die Lampen an ihren schmiedeeisernen Ketten, deren Glieder aus kleinen Elefanten-, Vogel- und Affenfiguren bestehen. Manchmal bringt Prudence etwas braunes Packpapier mit und skizziert darauf mit Stiften aus ihrem Federmäppchen den Raum: den Kaminofen mit dem Rauchabzug, der wie ein uralter Baumstamm aussieht, das Goldfischglas, das über einem Springbrunnen hängt, die Bilder, die Mr T. zum Teil selbst gemalt hat, wie sie erfährt.

Nur ein einziges Mal sieht sie Mr T. bei ihren Besuchen. Sie sitzt gerade in einer Ecke des Ateliers und zeichnet, als sie schwere Schritte hört. Ihr Vater erstarrt beunruhigt. Verängstigt duckt sie sich hinter ein Kanapee, aber das wäre nicht nötig gewesen, denn Mr T. sucht offenbar jemanden; er steckt nur den Kopf durch die Tür und verschwindet gleich wieder, ohne ihren Vater zu grüßen.

Eines Nachmittags kommt eine Lady zu Besuch. Zuerst späht diese wie Mr T. nur in den Raum, doch als sie Prudence' Vater entdeckt, tritt sie ein.

»Eddie! Ich wusste gar nicht, dass Sie hier arbeiten.«

»Ja, Miss Dorothy – äh, Verzeihung, Mrs Burlingham.« Ihr Vater stellt die zinnerne Gießkanne weg und wischt sich die Hände an seiner Baumwollschürze ab. »Mittlerweile schon seit sieben Jahren.«

Die Dame legt eine unbehandschuhte Hand auf seinen Arm. »Bitte nennen Sie mich Dorothy. Sie kennen mich von klein auf.« Sie schüttelt den Kopf. »Es kommt mir einfach seltsam vor, wenn Sie Mrs Burlingham zu mir sagen.«

Als Dorothy Prudence bemerkt, die wie üblich in einer Ecke sitzt, um zu zeichnen, fängt Prudence' Herz alarmiert an zu rasen. Wird ihr Vater seinen Job verlieren, weil sie hier ist? Wird die Lady sie ins Erdgeschoss zerren, damit der furchteinflößende Mr T. sie auspeitschen kann?

»Ist das Ihre Tochter, Eddie?«

»Jawohl. Das ist Prudence. Sie kommt manchmal nach der Schule hierher.«

Die Lady kommt auf sie zu. Selbst mit elf weiß Prudence, dass Dorothy mit ihrem Pagenkopf und dem bis auf einen schmalen Gürtel und weißen Kragen schmucklosen braunen Kleid nicht so glamourös ist, wie es eine reiche Lady sein sollte. Ihre Augen verleihen ihr etwas Merkwürdiges und gleichzeitig Exotisches: Sie liegen tief unter dichten Brauen und haben einen warmen, aber auch distanzierten Ausdruck. Prudence kommt es vor, als würde die Frau sie durch eine Glasscheibe hindurch betrachten.

Als die Lady lächelt, verändert sich alles. Es ist ein mütterliches Lächeln. Sie beugt sich vor, damit sie die Zeichnung betrachten kann, an der Prudence arbeitet – wieder einmal der frei stehende Kaminofen. »Das ist ja richtig perspektivisch. Und die fast beängstigende Magie des Ofens hast du auch gut eingefangen. Er wirkt wie aus einem Märchen.«

»Das habe ich mir auch gedacht«, sprudelt es aus Prudence heraus. »Er erinnert mich immer an ›Hans und die Bohnenranke‹.«

»In dem Ofen könnte ein Unhold kleine Kinder braten …«

Prudence wirft einen Blick auf ihren Vater. Hat er etwas dagegen, dass sie mit der Lady plaudert? Doch er steht mit seiner Gießkanne schon wieder im Treibhaus und kümmert sich um die Orchideen. »Oder ein trauriger Riese ganz alleine hausen?«

»Deine Fantasien sind netter als meine. Meine Tochter Mabbie zeichnet auch gern. Aber sie ist erst sechs und nicht halb so geschickt wie du.«

Eine Woche später kehrt die Lady mit einem Zeichenblock und einer Schachtel Pastellkreiden zurück. »Die lagen auf Mabbies Staffelei, aber sie braucht sie nicht. Damit kannst du die Pflanzen und die Blumen zeichnen. Ich glaube, sie werden so echt aussehen, dass ich ihren Duft riechen kann.«

An dem Tag, als Randalls erster Brief eintrifft, liegt ihre Mutter nicht mehr im Bett, als Prudence mit ihrem Vater von der Tiffany-Villa nach Hause kommt. Sie macht Knödel für das Huhn, das sie selbst beim Metzger gekauft hat. Dann liest sie laut Randalls Brief vor, und später sieht sie Prudence dabei zu, wie diese mit dem persönlich an sie gerichteten zusammengefalteten Brief in das Zimmer geht, das sie mit Randall geteilt hat und das jetzt ihr alleine gehört. Später trocknet Prudence das Geschirr ab, während ihre Mutter abspült, und sie ist froh, dass die Mutter sie nicht aufgefordert hat, ihr Randalls Brief zu zeigen. Sie fragt nur: »Wer ist Charlie? Dein Bruder hat geschrieben, dass er mit einem Jungen namens Charlie zusammenwohnt.« Und Prudence kommt sich wichtig vor, weil sie es weiß: der Junge mit der schwarzen Haarlocke, die ihm immer in die Stirn fiel, der eine Ballonmütze trug und auf dem Bahnsteig Zigaretten rauchte. Randall hat mit ihr darüber gesprochen, dass Charlie eines Tages einfach seine Sachen gepackt hat und nach San Francisco aufgebrochen ist. »Der hat es geschafft, dieses Drecksloch zu verlassen.«

Ihre Mutter betupft sich die Augen mit dem Schürzensaum. Später legt der Vater den Arm um sie, und zum ersten Mal seit Randall weg ist, weicht sie nicht vor ihm zurück.

Im folgenden Jahr stürzt ihr Vater von einer hohen Leiter im Atelier von Mr T. Ihre Mutter sagt, er habe das Gleichgewicht verloren, als er versuchte, eine der Glaskugeln abzustauben. Doch ein Diener verbreitet das Gerücht, Eddie sei angetrunken von der Mittagspause zurückgekehrt. Er stirbt in der Notaufnahme. Ihre Mutter verfällt in eine Schockstarre und überlässt es Prudence, die mittlerweile zwölf ist, und ihrer Tante, sich um alles Notwendige zu kümmern.

Am Morgen nach dem Tod ihres Vaters stattet ihnen einer der Anwälte von Mr T., ein rotgesichtiger Mann namens Mr Bromston, einen Besuch ab und sagt ihnen, dass sie die Rechnung für die Beerdigung an ihn schicken sollen. Er nimmt den Hut nicht ab, und seinen Mantel zieht er auch nicht aus. Er spricht mit ihrer Mutter in einem strengen, verächtlichen Tonfall, der Prudence Angst einjagt. Hat der Vater durch seinen Tod ein Verbrechen begangen? Wird ihre Mutter an seiner Stelle ins Gefängnis müssen?

Einige der Dienstboten aus dem Haus an der Madison Avenue nehmen an der Totenwache im Wohnzimmer der Familie teil. Nicht der Butler, den Prudence' Vater hinter seinem Rücken gern »Mr Zu-gut-für-Uns« genannt hat, aber einer der Diener, zwei Zimmermädchen und Mr Feeney, der in den Jahren, als Prudence' Familie noch auf Laurelton Hall gewohnt hat, dort für die Heizungsanlage in dem blau gefliesten Minarett zuständig war und sich jetzt in New York um den Fuhrpark von Mr T. kümmert.

Mr Feeney verbeugt sich steif vor ihrer Mutter, die starr auf einem Stuhl neben dem Herd sitzt. Prudence' Tante hat ihr die Haare gekämmt und ihr mit einem Löffel etwas Wasser eingeflößt. Sonst hat sie seit dem Sturz ihres Mannes nichts zu sich genommen. Als Prudence Mr Feeney fragt, ob sie ihm ein Glas bringen soll, damit er mit den anderen Männern Whiskey trinken kann, erwidert er: »Nein danke. Ich trinke keinen Alkohol mehr.« Er kneift die Augen zusammen, als wollte er sagen: *Wenn nur diese anderen Dummköpfe es mir gleichtäten*, und Prudence denkt, dass er damit bestimmt auch ihren Vater meinen würde, wäre der noch hier.

»Dann vielleicht einen Tee, Mr Feeney?«

»Was für ein höfliches Mädchen du bist. Ja, ein Tee würde mir sehr guttun – wenn es nicht zu viele Umstände macht.«

Nachdem ihm Prudence eine Tasse Tee mit einer Untertasse und einem Keks darauf gebracht hat, klopft er auf den Platz neben sich auf das Sofa. »Setz dich und leiste mir ein bisschen Gesellschaft«, sagt er, und dann erzählt er ihr, dass ihr Vater der einzige Gärtner auf Laurelton Hall gewesen sei, dem Mr T. gestattete, die Pflanzen zu berühren, die er selbst jede Woche für den Brunnenhof aussuchte und arrangierte. Und dass einmal ein Dienstmädchen von einem der Pfauen, die auf dem Grundstück herumliefen, angegriffen worden sei und Prudence' Vater daraufhin zu Mr T. gegangen sei und gemeint habe, die Vögel müssten eingezäunt werden.

»Es sind wunderschöne Tiere«, fügt Mr Feeney hinzu. »Mr Darwin war bestimmt sauer, weil die Männchen die bunten Federn haben und die Weibchen sich ein Männchen aussuchen können. Aber sie können auch ziemlich bösartig sein, vor allem in der Balzzeit. Ich habe schon gehört, dass sie Menschen die Augen ausgepickt haben.«

Mr Feeney seufzt. »Mr T. liebte seine Pfauen. Wenn sie im Herbst ihr Federkleid wechselten, befahl er Riley, seinem Tierpfleger, die Federn aufzusammeln. Riley wusch und bestäubte sie mit Talkum, und dann band dein Vater Sträuße daraus. Der größte, den wir je zu Gesicht bekamen, stand im Wohnzimmer neben dem Kamin in einer Vase. Jedenfalls hatten wir alle Angst, Mr T. zu bitten, die Pfauen in eine Voliere zu stecken. Dein Vater hatte genauso viel Angst, aber er wusste, dass es für die Töchter und Enkel von Mr T. und auch für euch gefährlich war, wenn die Vögel frei herumliefen. Also fasste er sich ein Herz, trug Mr T. das Anliegen vor, und bald darauf wurden die Pfauen tatsächlich auf die hintere Seite des Anwesens verbannt.«

Ein paar törichte Stunden lang stellt sich Prudence vor, dass Mr T. oder vielleicht auch seine Tochter Miss Dorothy, die Dame, die ihr den Zeichenblock und die Malkreiden geschenkt hat, zur Totenwache oder wenigstens zur Beerdigung kommen wird. Sie wünscht es sich sehr, aber gleichzeitig fürchtet sie sich auch davor wegen ihrer Mutter, die auf ihrem Stuhl neben dem Herd wie eine Wahnsinnige aussieht.

Mr T. erscheint nicht, doch am Morgen der Beerdigung flattert ein Brief für Prudence von einer gewissen Mrs Robert Burlingham ins Haus. Erst als Prudence die ersten Zeilen liest, versteht sie, dass Mrs Robert Burlingham Miss Dorothy ist.

Liebste Prudence,
es tut mir unendlich leid, dass dein Vater bei einem tragischen Unglück ums Leben gekommen ist. Ich bin mit meinen vier Kindern in Connecticut, und Mikey, mein Jüngster, ist ziemlich krank. Ansonsten wäre ich natürlich zur Beerdigung gekommen.

Ich habe viele mir sehr teure Erinnerungen an deinen Vater. Liebend gern sah ich ihm dabei zu, wie er die Farbfolien in dem Rad unter dem Springbrunnen in unserem Haus austauschte. Mein Vater hatte stets ganz genaue Vorstellungen, aber war immer sehr zufrieden mit der Arbeit deines Vaters.

Mit vierzehn kam ich auf ein Internat in Catonsville, Maryland. St. Timothy's war eine reine Mädchenschule. Obwohl ich darum gebeten hatte, sie zu besuchen, hasste ich es, dort zu sein. Wir wurden in vielerlei Hinsicht als Freigeister erzogen – wir durften auf Laurelton Hall umherstreifen und Blumen und Austern sammeln, auch wenn mein Vater es mit der Pünktlichkeit übergenau nahm und im Haus keinerlei Unordnung duldete. Im Internat bekam ich schreckliches Heimweh und zählte die Tage bis zu den Ferien.

In meinen zweiten Sommerferien reiste mein Vater mit einer leitenden Mitarbeiterin seiner Glasfabrik ins Ausland, was mich zutiefst betrübte. Jeden Morgen ging ich zu deinem Vater in den Rosengarten und erzählte ihm von meinen Sorgen: wie sehr ich meine Mutter vermisste, die drei Jahre zuvor gestorben war, dass meine Zwillingsschwestern Julia und Comfort immer zusammen waren, während ich niemanden hatte, wie gemein es von meinem Vater war, in meinen Schulferien nicht da zu sein.

Dein Vater ließ mich zu Ende jammern und versicherte mir am Schluss stets, das Herz werde heilen. Ich weiß noch gut, wie er mir erzählte, wie unglücklich er war, als er seine Mutter mit fünfzehn in Irland zurücklassen musste und alleine hierherkam. Ich konnte gar nicht glauben, dass er sie seitdem nicht mehr gesehen hatte. Eigentlich hätte ich mich schämen sollen, dass ich mich darüber beschwerte, dass mein Vater nur diesen einen Sommer weg war, doch deshalb hat er mir seine Geschichte bestimmt nicht erzählt. Vielmehr brachte er mich damit dazu, an das zu denken, was meine Mutter gesagt hätte: dass wir nie vergessen dürfen, wie viel besser es uns geht als all den armen, bedauernswerten Menschen, die zu Hunderten mit dem Gestank von offenen Toiletten und der unerträglichen Sommerhitze in einem düsteren Wohnblock leben müssen. Ich erkannte, wie viel ich hatte, wofür ich dankbar sein sollte.

Zum letzten Mal sah ich deinen Vater auf Laurelton Hall am Abend vor dem Pfauenfest meines Vaters. Die Freundin meines Vaters, Patsy, hatte darauf beharrt, die Prozession zu üben. Dein Vater kam mit einer riesigen Schachtel voller Pfauenfedern auf die Terrasse und half meiner Schwester Julia und unserer Freundin Francesca Gilder beim Aussuchen der Federn, die sie tragen würden. Er sortierte ein Häuflein von Federn aus, die zu kurz oder beschädigt waren, und meinte, die würde er seinen Kindern geben. Ich weiß noch, dass ich damals dachte, dass sie großes Glück hätten, einen Vater wie ihn zu haben.

Bitte übermittle deiner Mutter mein tiefstes Beileid.

Herzlichst

Dorothy

Prudence hat noch nie einen Brief mit so vielen Worten gesehen. Wie bei den drei Briefen, die Randall nur an sie gerichtet hat, kommt sie sich auch diesmal als etwas Besonderes vor. Allerdings löst er zugleich schlechte Gefühle in ihr aus. Glaubt Dorothy denn, dass Prudence' Familie wie die armen bedauernswerten Menschen im Gestank lebt?

Außerdem hat sie den Eindruck, dass Dorothy angenehmere Erinnerungen an ihren Vater hat als sie selbst.

Und sie ist froh, dass sie nicht zur Totenwache gekommen ist.

Nach der Beerdigung bleibt die Schwester ihrer Mutter noch vier Tage bei ihnen, doch dann muss sie zurück zu ihrer Familie nach Staten Island. »Wenn deine Mama bis zum Ende der Woche nicht angefangen hat zu essen«, weist sie Prudence an, »gehst du zur Apotheke an der Ecke und sagst jemandem, dass er mich unter dieser Nummer anrufen soll. Das ist das Telefon des Lebensmittelhändlers in unserem Viertel. Er wird seinen Jungen beauftragen, mich zu holen.«

Prudence nickt.

»Sie kann noch heute und morgen im Bett bleiben, aber danach solltest du sie dazu bringen, aufzustehen und sich wenigstens zu waschen und ins Wohnzimmer zu setzen.«

Doch am nächsten Morgen ist Prudence' Mutter schon auf. Sie hat sich gekämmt und Porridge zum Frühstück gekocht, das sie mit reichlich Sahne und Zucker verfeinert und dann in Butter zu runden Küchlein brät, die Prudence so gern mag. Sie isst zwei Stück und beobachtet, wie auch ihre Mutter ein paar Bissen von einem kaut und hinunterschluckt.

»Und jetzt fort mit dir«, sagt ihre Mutter. »Ab in die Schule.«

Jeden Monat kommt ein Laufbursche mit einem Umschlag vom Büro von Mr T. Ihre Mutter gibt dem Jungen einen Nickel Trinkgeld und zählt, wenn er weg ist, die Geldscheine. »Ich muss mir einen Job suchen, es sei denn, wir leben den Rest unseres Lebens von Suppe und leisten uns nie mehr ein neues Kleid«, erklärt sie Prudence irgendwann.

Als Prudence dreizehn wird, arbeitet ihre Mutter als Näherin in der Möbelabteilung von Wanamaker's. Sie hat das Nähen von ihrer Mutter gelernt, die bei einem Hutmacher in Cork in die Lehre gegangen ist. Bei ihrer ersten Arbeitsstelle in der Tiffany-Fabrik in Queens, wo sie eines der schnellsten Mädchen war, die aus den kleinen Buntglasteilchen Lampenschirme zusammenstellten, hat sie bemerkt, dass sie geschickte Hände hat, wurde aber nach ihrer Hochzeit entlassen. So erging es dort allen Mädchen, wenn sie heirateten. Ihre Vorarbeiterin Clara Driscoll, die Bridgey, wie sie Prudence' Mutter nannte, ins Herz geschlossen hatte, sorgte dafür, dass sie und ihr Mann sich um eine Anstellung auf Laurelton Hall bewerben konnten.

»Clara Driscoll ist diejenige, die die Lampen entworfen hat«, erzählt Prudence' Mutter ihr. »Sie ist dafür nie gewürdigt worden, aber sie hat all die Zeichnungen angefertigt und sich in jeder Saison neue Designs ausgedacht.

Und für die Hälfte all der berühmten Fenster auch.« Eines Sonntags nahm Clara, die eine begeisterte Radfahrerin war, Prudence' Mutter und zwei andere Mädchen aus der Fabrik mit zum Platz am Memorial für General Grant. Dort wollte sie ihnen das Radfahren beibringen. Sie besaß ein eigenes Fahrrad, ein zweites mietete sie bei einem Laden in der Nähe. Die beiden Kolleginnen hatten Angst, sich daraufzusetzen, doch Prudence' Mutter, die Kleinste der drei, schwang sich gelenkig auf den Sattel und konnte schon nach einer halben Stunde fahren.

Ihre Mutter lacht, als sie Prudence die Geschichte erzählt. »Clara strahlte, als wäre ich ihr Baby, das die ersten Schritte macht. Sie war unendlich stolz auf mich. Ein paar Wochen später lud sie mich auf eine kleine Spritztour ein, doch damals hatte ich gerade deinen Vater kennengelernt, und der Sonntag war sein einziger freier Tag, und ...« Sie seufzt. »Ich war ein ganz normales junges Mädchen, und damals war es das Wichtigste, dass ein Mädchen einen Verehrer hatte.«

»Hatte Clara denn auch einen?«

»Sie war verwitwet. Eine junge Witwe. Als sie wieder heiratete, musste auch sie auf Geheiß von Mr T. ihren Arbeitsplatz räumen.«

Ihre Mutter wird bei Wanamaker's nach geleisteter Arbeit entlohnt. Im Sommer und in den Schulferien hilft Prudence ihr. Sie bezieht Knöpfe für Sofas mit Stoff und näht Perlen auf Kissenränder. Eines Tages blickt die Abteilungsleiterin, eine korpulente Frau namens Mrs Clarkson, Prudence über die Schulter, während diese in der Mittagspause Skizzen macht. Danach darf Prudence ein paar Entwürfe anfertigen, die die Verkäufer den Kunden geben. Dafür wird sie extra bezahlt. Es ist zwar nicht viel, aber es reicht für einen Frühjahrsmantel für ihre Mutter und einen Osterhut für sie.

Als Prudence sechzehn ist, ermuntert Mrs Clarkson sie, an einem stadtweiten Zeichenwettbewerb teilzunehmen. Dem Gewinner winkt ein College-Stipendium. Prudence hat nie daran gedacht, aufs College zu gehen, und ist selbst überrascht, als sie tatsächlich den ersten Preis gewinnt.

Die Frau, die für die Stipendien zuständig ist, lädt Prudence in ihr Büro ein. »Du bist ein hübsches Mädchen«, stellt sie mit einer sehr pointierten Aussprache fest.

Prudence spürt, wie sich von ihrer Brust aus rote Flecken auf ihren Wangen ausbreiten. Macht die Frau sich über sie lustig?

»Das begreifst du jetzt noch nicht, und das ist gut. So kannst du dich besser auf deine Arbeit konzentrieren.«

Wenn ihre Mutter schläft, betrachtet Prudence das, was sie von sich in dem verkratzten Spiegel über dem Waschbecken im Bad erkennen kann: ihre lockigen roten Haare, ihre blasse Haut, ihre veilchenblauen Augen. Den Schauspielerinnen, die ihre Mutter und sie bewundern, ähnelt sie nicht im Geringsten. Ihre Haare sind viel röter als die von Clara Bow oder Marion Davies, ihr Körper, abgesehen von ihren Brüsten, viel schmäler als der von Bebe Daniels oder Billie Dove. Und sie kann sich nicht vorstellen, dass sie je den kühnen Blick einer Norma Shearer oder einer Dolores del Rio aufsetzen könnte.

Sie legt die Urkunde des Wettbewerbs ganz unten in die Schublade mit ihrer Unterwäsche. Zu Randalls Briefen, dem von Dorothy Tiffany und einem Blatt Papier, auf das sie aus einem Buch aus der Bücherei ihrer Highschool Auszüge eines Gedichts abgeschrieben hat. Es trägt den Titel »A Graveyard«. Ihre Englischlehrerin hat es ihnen laut vorgelesen.

... Nichts hat das Meer zu bieten als ein wohlgeformtes
Grab.
Die Tannen aufgereiht zur Prozession – jede mit einem
smaragdgrünen Truthahnfuß gekrönt –
zurückhaltend wie ihre Umrisse, schweigend;
Verdrängung ist freilich nicht die herausragende
Eigenschaft des Meeres;
das Meer ist ein Sammler, es antwortet prompt mit
raffgierigem Blick ...

Nachdem die Lehrerin das Gedicht – verfasst von einer Frau namens Marianne Moore – vorgelesen hatte, schlug Prudence im Wörterbuch, das in einem Regal an der hinteren Wand des Klassenzimmers steht, das Wort »raffgierig« nach. Bei der Definition verkrampfte sich ihr Magen: »geldgierig, räuberisch«, war da zu lesen. Sie musste an den Anwalt denken, der sie am Morgen nach dem Tod ihres Vaters besucht hatte, geradeso als hätte er ihre Mutter mit diesem hässlichen Begriff bezeichnet.

Sie kann ihn kaum denken.

Raffgierig.

Prudence schreibt sich mit dem Stipendium an der New York School of Fine and Applied Art für den Studiengang Innenarchitektur ein. Dort erfährt sie, dass bis vor Kurzem überwiegend Männer – Architekten und berühmte Künstler – dafür zuständig waren, die Häuser der Reichen auszustatten. Doch nach und nach wurde dieses Monopol von Damen der Oberschicht angegriffen, die selbst Firmen gründeten und ihre Kunden aus ihrem sozialen Umfeld gewannen. Louis C. Tiffany, liest Prudence, gehörte zu den Ersten des neuen Berufsstandes des professionellen Innenausstatters. Das Atelier, das er in seiner Stadtvilla an der Ecke 72nd Street und Madison Avenue entworfen hatte – wo ihr Vater bei einem Sturz zu Tode kam –, wird in einem Artikel im *Ladies' Home Journal* als einzigartig in Amerika, vielleicht sogar in der gesamten westlichen Welt beschrieben. Es gilt neben Laurelton Hall als sein Meisterwerk.

Jeden Sonntag kommt Mr Feeney zum Tee, ein eingefleischter Junggeselle mit Fingernägeln, die trotz seiner Arbeit als Mechaniker stets blitzsauber sind, wie Prudence' Mutter erstaunt bemerkt. Mr Feeney lebt in Washington Heights bei einer »Cousine«, die als Bedienung im Delmonico arbeitet. Beim Pfauenfest gehörte sie zu den Frauen, die die gebratenen Pfauen und Spanferkel servierten, nachdem sie im Speisesaal zur Schau gestellt worden waren. Während sich seine Cousine an ihrem Arbeitsplatz auf den frühen sonntäglichen Ansturm zum Abendessen vorbereitet, sitzt Mr Feeney bei ihnen im Wohnzimmer und lobt das Kleid von Prudence' Mutter oder die Scones, die sie in Erwartung seines Besuchs gebacken hat. Vielleicht betrachtet sie Mr Feeney als Verehrer, doch Prudence gegenüber erwähnt sie nichts dergleichen. Aber sie gibt auch nicht offen zu, dass Mr Feeneys sogenannte Cousine keine Blutsverwandte ist.

Wie Clara Driscoll nennt Mr Feeney Prudence' Mutter Bridgey. Prudence bemerkt, dass sich ihre Mutter nicht nur über Mr Feeneys Komplimente freut, sondern auch auf den Klatsch, den er jede Woche mitbringt: über die Gesundheit von Mr T., um die es zunehmend schlechter bestellt ist, über die Besuche von dessen Tochter aus Wien, wo sie all ihre Kinder und auch sich selbst von der Tochter des berühmten Professor Freud behandeln lässt. Zwar erwähnt Mr Feeney es nicht ausdrücklich, doch offenbar hat Dorothy ihren Mann verlassen. Mr Feeney zufolge – bei dieser Information senkt er die Stimme – leidet der Ärmste an einer Nervenkrankheit und lebt jetzt bei seinen Eltern, wenn er nicht gerade in einem Sanatorium weilt. »Sie ist zwei Tage geblieben und dann wieder zurückgefahren«, berichtet Mr Feeney. »Könnt ihr euch das vorstellen? So reich zu sein, dass man für einen zweitägigen Besuch einen Ozeandampfer besteigt?«

Kurz vor Prudence' einundzwanzigstem Geburtstag stirbt Mr T. Ihre Mutter liest die Nachricht in der Zeitung und erfährt die Einzelheiten später von Mr Feeney. »Es heißt, dass Dorothy nicht zur Beerdigung kommen wird. Vermutlich haben ihr die zwei Tage, die sie hier war, genügt, um sich ausführlich von ihm zu verabschieden.«

Als der erste Monat nach dem Tod von Mr T. ohne den üblichen Besuch des Laufburschen aus dessen Büro verstrichen ist, geht Prudence' Mutter auf dem Heimweg von der Arbeit zur Post, um nachzusehen, ob der Umschlag ihr diesmal geschickt und aus welchem Grund auch immer nicht zugestellt worden ist. Nachdem sie mit leeren Händen in ihre Wohnung zurückgekehrt ist, hängt sie ihren Hut an den Haken neben dem Eingang, zieht sich um und fängt an, Kartoffeln zu schälen. »Vielleicht ist es nach seinem Tod im letzten Monat in bisschen drunter und drüber gegangen«, meint sie zu Prudence. Doch als in der folgenden Woche immer noch kein Besuch gekommen und auch kein Umschlag in der Post gewesen ist, gibt sie Prudence eine Karte mit dem Namen des Anwalts, Mr Franklin Bromston, und der Adresse seines Büros und bittet sie, in ihrer Mittagspause dort vorbeizugehen und nachzufragen.

Seit dem Tod ihres Vaters hat sich Prudence' Mutter, abgesehen von der unmittelbaren Zeit danach, wacker geschlagen. Sie arbeitet, führt den Haushalt, besucht jeden Samstag ihre Schwester in Staten Island und hat sich in dem Semester, in dem Prudence an der Pariser Zweigstelle ihrer Hochschule studierte, ihr gegenüber kein einziges Mal beklagt, obwohl Prudence' Tante ihr gestanden hat, dass ihre Mutter sich jede Nacht in den Schlaf geweint habe, weil sie »dich, Prudence, mein Liebes«, so sehr vermisste.

»Kannst du nicht selber gehen, Mum? Es ist mir peinlich, dort nachzufragen.«

Ihre Mutter starrt auf den Fußboden. »Leute wie dieser

Anwalt machen mir Angst. Ich würde kein Wort herausbringen.«

Am Morgen zieht Prudence ihr marineblaues Georgette-Kleid an, das mit Perlmuttknöpfen von der gegürteten Taille bis zum Samtkragen geschlossen wird. Sie pudert sich die Nase und steckt ihre Haare zu einem strengen Knoten. Mittags fährt sie mit der Subway zu der Adresse auf der Karte und mit dem Aufzug zu Mr Bromstons Büro in den fünften Stock.

Hinter dem Schreibtisch im Vorzimmer sitzt ein älterer Herr, der sie über einen Kneifer hinweg, der auf einer knolligen Nase sitzt, misstrauisch beäugt.

»Verzeihung, Sir. Ich möchte gern mit Mr Bromston sprechen.«

»Haben Sie einen Termin?«

Prudence' Mund wird trocken. Warum hat sie nicht daran gedacht, einen Termin auszumachen, als ihre Mutter ihr das Kärtchen in die Hand drückte? »Nein, Sir.«

»Und worum geht es?«

»Mein Vater, Edward O'Connor, hat für Mr Tiffany gearbeitet.«

Der Mann zieht die Brauen hoch und schürzt die Lippen. Prudence fragt sich, ob er ihren Vater gekannt hat. Es fällt ihr allerdings schwer, sich ihn in diesem Büro vorzustellen.

»Mr Bromston speist in seinem Klub zu Mittag.« Der Mann wirft einen Blick in einen Terminkalender auf seinem Schreibtisch. Nach einer schieren Ewigkeit rückt er seine Brille zurecht und sieht Prudence wieder an. »Vielleicht könnte sich Mr Bromston vor seinem ersten Nachmittagstermin kurz Zeit für Sie nehmen. Warten Sie dort drüben.« Er deutet auf eine Bank an der gegenüberliegenden Wand.

Nachdem eine Stunde vergangen ist, in der Prudence zu eingeschüchtert war, um zu fragen, ob sie die Toilette benutzen dürfe, gibt der Mann ihr zu verstehen, ihm zu folgen.

Mr Bromstons Büro ist lang und schmal wie ein Tunnel und schrecklich überhitzt. Kurz glaubt Prudence, dass der Raum leer ist, doch dann entdeckt sie Mr Bromston, der hinter seinem riesigen Schreibtisch fast verschwindet. Bis auf seine strenge Miene sieht er nicht aus wie der Anwalt, der am Morgen nach dem Tod ihres Vaters bei ihnen vorbeigeschaut hat. Jener Mann war stattlich, eigentlich zu groß für ihr Wohnzimmer. Der hier ist dürr und kämmt sich die wenigen verbliebenen Haarsträhnen über seine Glatze.

Er bedeutet ihr, auf einem Stuhl ihm schräg gegenüber Platz zu nehmen. Der Stuhl hat eine gerade Rückenlehne, wodurch sie so aufrecht sitzt, dass sie ihm zu ihrem Entsetzen ihre Brüste entgegenstreckt.

»Sie sind nicht verheiratet?« Er klingt, als hätte er sie gefragt: *Sind Sie eine Prostituierte?*

Sie schüttelt verneinend den Kopf.

»Also sind Sie Miss O'Connor.« Er klopft mit seinem Stift auf den Schreibtisch. »Miss O'Connor, meine Zeit ist knapp.«

Sie ist so durstig und ihr Mund so trocken, dass sie befürchtet, die Worte könnten ihr in der Kehle stecken bleiben. »Verzeihen Sie, dass ich Sie belästige, aber wir haben diesen Monat unser Geld von Mr Tiffany nicht erhalten.« Sie schluckt, befeuchtet die Lippen. »Meine Mutter hat mich gebeten, Sie aufzusuchen und nachzufragen.«

Mr Bromstons nahezu wimpernlose Augen verengen sich. Prudence kann sich nicht beherrschen und wirft einen Blick auf ihre Brust, um zu sehen, ob ein Knopf aufgesprungen ist.

Als sie den Kopf wieder hebt, stellt sie fest, dass Mr Bromston eine Feder in ein Tintenfass taucht. Einen Moment lang glaubt sie, dass er einen Scheck ausstellen will, doch stattdessen zieht er ein Blatt Papier aus dem Mülleimer. Er schreibt etwas darauf und schiebt ihr das Blatt mit einer scharfen Bewegung seines beängstigend dünnen Handgelenks zu.

Sie hebt die Hand, um das Papier daran zu hindern, auf den Boden zu fallen, dann beugt sie sich vor, um zu lesen, was darauf steht. Es ist ein einziges Wort, in Großbuchstaben. »EXTORSION.«

»Wissen Sie, was das bedeutet, Miss O'Connor?«

Seine Stimme ist jetzt sehr laut.

»Ja, Sir«, erwidert sie, obwohl sie es in Wahrheit nicht besser versteht als damals das Wort »raffgierig«. Sie weiß nur, dass es etwas gleichermaßen Hässliches heißen muss.

»Wir dulden keinerlei Extorsion«, knurrt Mr Bromston und klopft bei jedem Wort mit seinem Stift auf den Schreibtisch. »Haben Sie mich verstanden, Miss O'Connor?«

Ihr ist so heiß, dass sie Angst hat, in Ohnmacht zu fallen.

»Genug ist genug. Das ging jetzt siebzehn Jahre lang so, diese Zahlungen an Ihre Familie.«

Ihre Unterwäsche ist durchgeschwitzt, und als sie den Mund aufmacht, klingt ihre Stimme schrill wie die eines Kleinkindes. »Verzeihung, Sir, aber ich denke nicht, dass es so lange gewesen ist. Mein Vater ist vor neun Jahren gestorben.«

Mr Bromston starrt sie an, als müsste er entscheiden, ob sie lügt oder einfach nur dumm ist. »Wir schreiben das Jahr 1933, Miss O'Connor. Zum ersten Mal erfolgte eine Zahlung an Ihre Familie im Juni 1916. Brauchen Sie einen Stift und ein Blatt Papier, um zum gleichen Ergebnis wie ich zu kommen?«

Brich jetzt nicht *in Tränen aus*, mahnt sie sich. *Du darfst auf gar keinen Fall weinen.*

Er faltet die Hände. »Überbringen Sie die Nachricht Ihrer Mutter, Ihrem Bruder oder mit wem auch immer Sie zusammenwohnen: Genug ist genug.«

Sie senkt den Kopf, als sie sich vorstellt, dass sie ihrer Mutter sagen muss, dass der Laufbursche aus dem Büro nicht mehr kommen wird.

»Sie haben lange genug abgesahnt, Missy«, dröhnt der Anwalt. »Haben Sie mich verstanden, Miss-yyy?«

Als er aufsteht, sieht sie, dass er kaum größer ist als sie.

Er deutet auf die Tür. »Und jetzt raus hier!«

4. Kapitel

Randall & Leo, San Francisco, 1923 bis 1962

In der Geschichte, mit der Grace und Garcia aufgewachsen sind – einer wahren Geschichte, wenn auch von einigen der hässlichsten Details befreit –, ist ihr Großvater Randall mit vierzehn in den Westen gekommen, als blinder Passagier in verschiedenen Zügen von New York nach San Francisco. Sechs Jahre vor dem Börsencrash vervierfachte sich die Zahl der Männer, die sich so auf den Weg in eine bessere Zukunft machten, aber ein substanzieller Kern lebte schon lange in Bahnwaggons: Männer ohne Familien oder festen Job, einige boshaft und gefährlich, vor allem wenn sie den ganzen Tag getrunken hatten, die meisten jedoch recht freundlich. Viele waren stolz auf ihre Fähigkeiten und brachten sie gern einem Jungen bei: etwa wie man sich auf einen fahrenden Zug schwang, wie man erst den Rucksack in Fahrtrichtung rausschmiss und dann selbst absprang, ohne sich sämtliche Knochen zu brechen. Gern erklärten sie einem Jungen, welche Schaffner einen in Ruhe ließen, solange man die geladene Fracht nicht beschädigte oder zahlende Passagiere nicht belästigte in den zehn Tagen, die es dauerte, um das, was ihr Großvater immer als »unser großes Land« bezeichnete, zu durchqueren. Der einzige negative Vorfall auf Randalls Reise war nicht von einem Mitreisenden oder Schaffner verursacht worden, sondern von einer Düngerexplosion in einem benachbarten Waggon. Randall erlitt dabei einen Gehörschaden im linken Ohr.

Erst als Grace älter war, verstand sie, dass bei ihrem Großvater, wenn er »unser großes Land« sagte, nicht wie bei so vielen eine kitschige patriotische Begeisterung mitschwang. Vielmehr kam darin zum Ausdruck, wie überwältigt er von der goldenen Weite der Prärie, den riesigen Kakteen in der Wüste und den beeindruckenden Sequoias im Nordwesten gewesen war. Ein alter Mann, vielleicht auch einfach nur ein Mann, der ihrem Großvater damals alt vorgekommen war, hatte ihm die Namen von Blumen und Pflanzen beigebracht, die er nie wieder vergessen sollte: Mädchenauge, Agave, Sonnenhut.

In San Francisco traf ihr Großvater Charlie, einen Jungen aus Hell's Kitchen, der noch nicht lange in der Stadt war, und die beiden kümmerten sich umeinander. Charlie arbeitete in einem Blumengeschäft. Jeden Morgen musste er um drei Uhr auf dem Markt im Süden der Stadt die Blumen holen, die die Farmer aus dem sonnigen Umland zum Verkauf anboten. Anfangs fand ihr Großvater keine richtige Arbeit. Er half Charlie, wofür dieser ihn unter seinem Bett in dem Schlafsaal seiner Pension übernachten ließ und ihm jeden Tag ein paar Münzen gab, damit er sich Brot und Bier kaufen konnte.

»Du hast mit vierzehn Bier getrunken?«, fragte Grace erstaunt.

»Wir tranken alles, was die Leute uns gaben. Bier war billiger als Milch, die mir lieber gewesen wäre, aber immerhin wurde man davon satt.«

Als der Junge, der in dem Blumengeschäft fürs Putzen und den Abfall zuständig war, entlassen wurde, weil er ein paar weggeworfene Blüten für seine Mutter mitgenommen hatte, empfahl Charlie Mr Crowell, dem Ladenbesitzer, Randall. Bald fiel dem Chef auf, dass Randall ein Händchen für Blumen hatte. »Ich nehme an, dass die Jahre auf Laurelton Hall, wo es vierzig Gärtner gab, auf mich abgefärbt haben.« Randall wurde zum Floristenlehrling befördert – falls man das so nennen konnte, da für ihn dieser Aufstieg hauptsächlich längere Arbeitszeiten, aber nicht mehr Geld bedeutete. Doch obwohl er zu dem Zeitpunkt erst fünfzehn war, war er schlau genug, es als Chance für sich zu erkennen.

Crowell, ein mürrischer Mann mit vernarbten Händen infolge zahlloser Unfälle beim Blumenschneiden, hatte eine loyale Kundschaft, die aus älteren Damen aus San Franciscos besserer Gesellschaft bestand. Sie bewunderten seinen viktorianischen Stil beim Arrangieren von Blumen, wobei er sich auf opulente Sträuße in kräftigen Farben konzentrierte und die Stängel einzeln und symmetrisch in reich verzierten Vasen anordnete. Das hatte er in den drei Jahren als Lehrling bei einem bekannten Floristen in London gelernt. Erst durfte Randall nur die Blumen aus den Eimern holen, dann die Stiele trimmen, bis ihm nach einem halben Jahr »der letzte Schliff« übertragen wurde. Nun durfte er die Sträuße und Blumenarrangements mit Grün und die Anstecksträußchen mit Draht versehen und alles kunstvoll einwickeln.

Schon nach einem Jahr wurde Randall abermals befördert, diesmal zum Floristengehilfen. Er bekam sogar einen eigenen Lehrling zugewiesen, der all seine bisherigen Aufgaben übernahm. Seine Arbeit bestand nun zum größten Teil darin, Blumenarrangements für die Lunches der Ladys und für kirchliche Charity-Veranstaltungen herzustellen. Doch dann fing er an, sich durch Lesen weiterzubilden. Besonders gut gefielen ihm die Aufsätze einer gewissen Miss Gertrude Jekyll, einer innovativen englischen Gartengestalterin und Künstlerin und einer Verfechterin für natürlich wirkende, wenn auch sorgfältig durchdachte Arrangements von Sträußen. Randall begann, die Wirkung dieser subtileren, weniger aufdringlichen Gebinde an ein paar ausgewählten Kundinnen auszuprobieren. Wie er zu Recht vermutet hatte, war besonders Mrs Cecelia Brown von dem frischeren Stil angetan. Mrs Brown war eine elegante große Frau, die als Kind die Sommer in Südfrankreich zusammen mit ihrer Tante verbracht hatte, wo diese sie nach Collioure zum Abendessen bei Matisse mitnahm. Sie hatte in eine wohlhabende Eisenbahnerfamilie aus Chicago eingeheiratet und war nun Herrscherin über eine Villa mit neun Schlafzimmern und einem wunderbaren Blick auf die Bucht, die noch nicht von der Golden Gate Bridge verschandelt wurde, wie sie sich später oft beklagen sollte.

Als Mrs Brown Mr Crowell bat, Randall mit der Blumendekoration für den Charity-Kostümball des Frauenvereins von Pacific Heights zu beauftragen – einem im gesellschaftlichen Kalender von San Francisco wichtigen Ereignis, bei dem sie in jenem Jahr der Damengruppe vorsaß –, setzte Crowell Randall unter dem Vorwand des Diebstahls sofort auf die Straße. Doch der Schuss ging nach hinten los, denn die Verleumdung erboste Mrs Brown dermaßen, dass sie beschloss, Randall einen eigenen Blumenladen zu finanzieren. Innerhalb weniger Tage fand sie ein Geschäft für Randall in der Jackson Street, beglich die Anschaffungskosten der Einrichtung und der Werkzeuge, um sie später mit den Kosten für die Blumen für den Ball zu verrechnen, und überredete in einer groß angelegten Kampagne all ihre Freundinnen, fortan ihm ihre Aufträge zu geben. Man schrieb das Jahr 1928, und Randall war neunzehn.

Grace' Großvater überstand die Depression, indem er täglich achtzehn Stunden arbeitete. Er stellte eine Witwe ein, die die Kunden begrüßte, die Buchhaltung erledigte und beim Putzen aushalf, doch alles andere übernahm er selbst. Noch vor Sonnenaufgang fuhr er zum Großmarkt, band Sträuße, wickelte sie ein, beseitigte die nicht unerhebliche Menge an Abfall und lieferte die Bestellungen sogar aus, wenn seine Kunden ihre Fahrer nicht zum Laden schicken konnten. Seine natürlich-ländlichen Blumenarrangements für den Kostümball des Frauenvereins waren im Gesellschaftsteil vieler Zeitungen lobend erwähnt worden, sodass die Kundinnen nie ausblieben.

1931 lud ihn Mrs Brown ein, sie nach England zu begleiten. Dort besuchten sie Miss Gertrude Jekyll, und Mrs Brown ermöglichte es Randall, etliche von deren schlichten Vasen zu erwerben. Diese nutzte Randall anschließend in San Francisco als Bühne für seine charakteristische Art, Blumen betont lässig zusammenzustellen, wie es Matisse auf seinen Gemälden, die Mrs Brown ihm gezeigt hatte, mit Kurtisanen gemacht hatte.

Eine Zeit lang überlegte Grace, ob ihr Großvater Mrs Browns Geliebter gewesen sei, bevor er ihre Großmutter kennenlernte. Später vermutete sie jedoch, dass er mit Mrs Browns Unterstützung vielmehr als Begleiter junger Damen fungiert hatte, deren Verehrer als Offiziere im Ausland waren. Er selbst war aufgrund der Beeinträchtigung seines Gehörs für kampfuntauglich erklärt worden.

So kam es, dass Randall im Herbst 1942 – damals dreiunddreißigjährig – durch Mrs Browns Vermittlung Carolyn Duprew zu einem Tanzabend in einen Privatklub begleitete. Miss Duprew war eine schlanke, anämisch wirkende Blondine – sie war zweiundzwanzig –, deren Verlobter als Pilot im Kampfeinsatz war. Carolyns Vater Winston, ein gichtgeplagter Bankier mit einer affektierten englischen Art zu reden, und ihre Mutter Anita, eine schrille Frau, deren aus Mississippi stammende Familie dafür bekannt war, ihre Bediensteten noch heute wie ihre ehemaligen Sklaven zu behandeln, sollten ebenfalls an der Veranstaltung teilnehmen.

Etwa eine Stunde nach ihrer Ankunft wurde Winston von einem Offizier der Air Force, der erst das Haus der

Duprews aufgesucht hatte und vom Butler zum Klub weitergeleitet worden war, darüber informiert, dass das Flugzeug, an dessen Steuer der Verlobte seiner Tochter, Boyd Alexander, gesessen hatte, über dem Libyschen Meer abgeschossen worden war.

Mit vom Alkohol und erhöhtem Blutdruck erhitzten Wangen rief Winston laut, das Orchester übertönend, Randall zu, dass dieser ihm in den Herrensalon folgen möge. Dort informierte er ihn sofort über den grässlichen Vorfall.

»Verdammt«, wiederholte er zahllose Male. »Und verdammt heiß hier drinnen, finden Sie nicht auch, mein Freund?« Immer wieder zerrte er an seiner Fliege.

Als Winston Deprew ihn »mein Freund« nannte, war Randall klar, dass er sich weder an seinen Namen erinnerte noch wusste, was er jetzt tun sollte. Er hatte Angst um seine Tochter, die schon mehrmals in der Öffentlichkeit ohnmächtig geworden war, und vor seiner Frau, die dazu neigte, ihren Gefühlen auf höchst dramatische Weise Ausdruck zu verleihen.

»Nun, Sir, wenn Sie mir gestatten, meine Meinung zu äußern …«

»Absolut, junger Mann, absolut. Ich bin für jeden Rat dankbar. Carolyn wird die Nachricht zutiefst erschüttern. Vielleicht wäre es angemessen, einen Arzt hinzuzuziehen. Gibt es nicht irgendwelche Spritzen, die man in einem solchen Fall verabreichen kann?«

»Vielleicht sollten wir den Abend hier einfach beenden, dann könnte ich Carolyn nach Hause begleiten, wo Sie ihr die Nachricht überbringen?«

Winston starrte Randall an, als hätte dieser soeben entdeckt, wie man Blei in Gold verwandelt. »Brillant. Natürlich, natürlich, genau so machen wir es. Und ich gehe jetzt mit meiner Frau nach Hause und erzähle ihr dort …« Er neigte den Kopf nachdenklich abwechselnd nach links und rechts, als würde er sich vorstellen, was dann passieren würde. »Und anschließend bereiten wir uns auf das vor, was uns bevorsteht.« Womit er wohl meinte, dass er dann endlich den grässlichen Smoking ausziehen und ein paar Whiskeys kippen könnte. »Sie folgen uns zusammen mit Carolyn, sobald Ihr Aufbruch nicht als übermäßig früh auffällt.«

»Jawohl, Sir. Das klingt nach einem guten Plan.«

Doch dann legte sich noch einmal das reine Grauen auf Winstons Gesicht. »Und später bleiben Sie doch hoffentlich, bis wir es ihr gesagt haben, oder, mein Freund?«

Einen Moment lang war Randall versucht zu erwidern: *Sind Sie wirklich so ein Idiot? Ich habe Ihre Tochter erst heute Abend kennengelernt.* Dann aber versuchte er, sich in Carolyn hineinzuversetzen: Wie würde es ihr ergehen, wenn sie die Nachricht vom Tod ihres Verlobten nur in Anwesenheit ihres vor Aufregung schnaufenden Vaters und ihrer aufgeblasenen Mutter erfuhr?

Carolyn Duprew überraschte Randall damit, dass ihre Schultern nur leicht und kurz erzitterten. Ihr Vater schwitzte stark, ihre Mutter weinte hysterisch. Zum Teil deshalb, weil sie bei einem namhaften Designer, der für Madeleine Vionnet gearbeitet hatte, bevor die Pariser Haute-Couture-Häuser wegen des Kriegs schließen mussten, bereits die Anzahlung für ein Brautkleid in Höhe der Hälfte des Preises geleistet hatte. Anita Duprew, eine Frau, die nie verstand, dass eine Consommé und ein Waldorfsalat viel eleganter wirkten als die Hummer à la Newberg und das Filet Mignon mit einer Soße à la Beurre et Champignons, die sie ihren Gästen bevorzugt zum Lunch vorsetzte – einer dieser Gäste hatte die Gerichte hinter vorgehaltener Hand einmal als pompös und vulgär bezeichnet –, war gleichzeitig bekanntermaßen geizig. Es würde sie schier umbringen, würde sie die exorbitante Summe verlieren, die sie bezahlt hatte, um hundert Perlen einzeln durchbohren zu lassen, damit diese an das Mieder und die Unterärmel des Brautkleids ihrer Tochter genäht werden konnten. Die Schneiderei, die diese Arbeiten durchführen sollte, war so exklusiv, dass man für den ersten Beratungstermin ein Empfehlungsschreiben benötigte.

Carolyn ging mit Randall zur Haustür, streckte die Hand aus und dankte ihm, dass er sie zum Tanzabend begleitet hatte. Mit einer hochgezogenen Braue entschuldigte sie sich bei ihm dafür, dass er hatte mit ansehen müssen, wie … Sie beendete den Satz nicht. Dann lächelte sie süß und brach Randall das Herz.

Am darauffolgenden Sonntag stattete Randall Carolyn Duprew einen Besuch ab. Carolyn schockierte ihre Mutter, indem sie verkündete, dass sie und Mr O'Connor ein wenig spazieren gehen und anschließend einen Tee miteinander trinken würden. Sobald sie das Haus hinter sich gelassen hatten, nahm Carolyn Randalls Arm, führte ihn zu den Stufen der steilen Lyon Street und hüpfte dann kichernd wie ein Schulmädchen die Treppe hinab. Sie schlenderten zur Bucht, schlugen den Weg zur Fisherman's Wharf ein und fuhren schließlich mit der Straßenbahn zum Mark Hotel. Dort tranken sie Tee, aßen ein paar Törtchen und gingen schließlich zu Cocktails und Toasts mit Kaviar über. Währenddessen berichtete Carolyn Randall, wie es zu ihrer Verlobung mit Boyd Alexander gekommen war.

Boyd Alexander war ein Cousin dritten Grades ihrer Mutter. Er stammte aus einer Familie in Hattiesburg, die einst Baumwollplantagen mit rund tausend Sklaven besessen hatte und später nach Kolumbien gegangen war. Dort gehörten ihr dann Bananenplantagen mit Arbeitern, die ebenfalls wie Sklaven behandelt wurden. Boyd hatte seine Pilotenausbildung in Oakland absolviert und war der dringenden Aufforderung seiner Mutter nachgekommen, indem er den Duprews seine Aufwartung machte. Anfangs hatte Carolyn an Boyds Südstaatenmanieren und seiner Selbstsicherheit Gefallen gefunden, aber es war, als hätte er den grausamen Zug seines Ururgroßvaters – seines Namensvetters – geerbt, dem nachgesagt wurde, er habe mit großer Freude das Auspeitschen seiner Sklaven – Männer, Frauen, Kinder – nicht seinem Vorarbeiter überlassen, sondern selbst übernommen.

Randall ballte die Hände zu Fäusten, als Carolyn ihm berichtete, dass Boyd in ihrem zweiten Studienjahr auf dem Mills College in Oakland, wo sie im Hauptfach Kunstgeschichte studiert und in der Volleyballmannschaft der Mädchen mitgespielt hatte, sich ihrer mit Gewalt bemächtigt und sie geschwängert hatte.

»Ich weiß schon, wenn man mich heute sieht, würde man nie denken, dass ich Volleyball gespielt habe. Doch damals wog ich knapp zehn Kilo mehr und war die Stärkste in unserer Mannschaft. Ich schaffte ein Dutzend Liegestütze und rannte fünf Kilometer, ohne außer Atem zu geraten.« Sie seufzte. »Und jetzt sehe ich aus wie eine Heldin in einem Brontë-Roman – als könnte mich ein Windstoß umpusten.«

Als ihr klar war, dass sie schwanger war, vertraute sich Carolyn ihrer Mutter an und bat sie, ihr bei einem Schwangerschaftsabbruch zu helfen. Doch ihre Mutter weigerte sich und wollte auch nicht einsehen, dass ihre Tochter aufgrund einer Vergewaltigung schwanger geworden war und nicht, weil es ihr an moralischer Festigkeit gefehlt hatte. Stattdessen beharrte sie auf einer Verlobung, wollte Carolyn allerdings wegschicken, sobald man ihr die Schwangerschaft ansah, und das Kind nach der Geburt zur Adoption freigeben. Anschließend sollte Carolyn dann zu einer standesgemäßen Hochzeit heimkehren. Vor ihrer Schwangerschaft hätte sich Carolyn mit allen Fasern ihres Seins gegen diesen Plan gesträubt, aber sie war mit einer schlimmen Morgenübelkeit geschlagen, die ihre Mutter den Bekannten gegenüber als Magenleiden ausgab. In der dreizehnten Woche erlitt sie eine Fehlgeburt und verlor gefährlich viel Blut, weil ihre Mutter sie nicht in ein Krankenhaus einweisen lassen wollte – vermutlich weil dann die Kunde von ihrer Schwangerschaft die Runde gemacht hätte. Das alles war nur acht Monate her, und sie litt noch immer unter einer derart starken Blutarmut, dass sie sich bis vor Kurzem kaum vom Sofa hatte erheben können, was ihr als Vorwand gelegen kam, um sich nicht von Boyd verabschieden zu müssen, als dieser ins Ausland abkommandiert wurde.

»Nun solltest du verstehen«, sagte Carolyn, »dass ich jetzt Trauer für einen Mann heucheln muss, den ich verachtet habe, und dass ich die Kranke geben muss, obwohl ich in Wahrheit eine Fehlgeburt hatte, die die Folge einer Vergewaltigung war. Und die Zukunft? Ich werde meinem zukünftigen Ehemann wohl vorspielen müssen, dass ich noch Jungfrau bin …«

Sie nahm einen tiefen Schluck von ihrem Sherry. »Du bist der Erste, dem ich die wahre Geschichte erzählt habe, mal abgesehen von unserem Hausarzt und meiner Mutter. Sie hat mich schwören lassen, dass mein Vater nie etwas davon erfährt.«

Randall legte seine Hand auf die ihre. Er musste sich auf die Zunge beißen, damit er sie nicht auf der Stelle bat, ihn zu heiraten.

Da er unter den gegebenen Umständen kaum um sie werben konnte, sie sich aber dennoch so oft wie möglich sehen wollten, heckten die beiden einen Plan aus: Carolyn wollte ihm Unterricht in Französisch und Kunstgeschichte geben, denn in den zwei Studienjahren auf dem Mills College hatte sie einiges gelernt. Drei Abende in der Woche trafen sie sich in der Bibliothek ihres Vaters, umgeben von den ledergebundenen Büchern, die Anita bestellt hatte, um die Regale zu füllen, und die weder sie noch Winston je aufgeschlagen hatten. Nachdem sie die Lektionen hinter sich gebracht hatten, lasen sie gemeinsam Bücher über die Geschichte der Architektur und der Landschaftsgestaltung sowie die Monografien von Frederick Law Olmsted zur Bedeutung von öffentlichen Parks für die kulturelle Anpassung von Immigranten an die amerikanischen Demokratieideale und Gepflogenheiten.

Als Randall Carolyn mit dem Werk von Gertrude Jekyll bekannt machte, reagierte sie noch leidenschaftlicher darauf als er und Mrs Cecelia Brown. Was für ein befreiender Gegensatz zu dem übersättigten, grell dekorierten Haus ihrer Mutter, in dem Carolyn nie auch nur den kleinsten Hauch von Klarheit oder Natürlichkeit gefunden hatte! Eine Mutter mit einem von Miss Jekylls Gärten, dachte Carolyn, wäre in Tränen ausgebrochen, hätte ihre Tochter ihr erzählt, dass sie von einem Mann unter dem Vorwand, dort würde es neugeborene Kätzchen geben, in eine Scheune gelockt worden war. Einem Mann, der ihr mit seiner feisten Hand ins Gesicht geschlagen hatte und sie dann so gewaltsam genommen hatte, dass ihre Oberschenkel und ihr Hinterteil hinterher mit Blutergüssen übersät gewesen waren. Eine Mutter mit einem von Gertrude Jekylls Gärten, in denen die Wege mit Rosen gesäumt waren und die Salate und Paprikapflanzen ohne Übergang neben Schnittblumen gediehen, hätte einen renommierten Arzt für einen Schwangerschaftsabbruch gefunden und bestimmt keine Anzahlung für ein Brautkleid geleistet, das mehr kosten sollte als das Jahresgehalt ihres Dienstmädchens.

Ein Jahr nach Boyds Tod hielt Randall bei Winston

Duprew um die Hand seiner Tochter an. Winston war zwar nicht der Schlaueste, doch sein gesunder Menschenverstand sagte ihm, dass Randall mit seiner Intelligenz und seinem ausgeglichenen Wesen Carolyn ein guter Ehemann sein würde. Schließlich hatte seine Tochter einiges hinter sich – chronische Magenbeschwerden und die Tragödie mit Boyd – und ein bisschen Glück verdient. Anita hingegen geriet völlig außer sich und gab erst nach, als Mrs Cecelia Brown, die sie verehrte, jedoch gleichzeitig fürchtete, ihr einen Besuch abstattete. Dabei deutete Mrs Brown an, dass sie die wahre Geschichte über Carolyn in Umlauf bringen würde, sollte Anita sich Randall gegenüber weiterhin so niederträchtig aufführen. Natürlich hätte Anita Duprew zu gern gewusst, von wem Cecelia Brown von der Sache erfahren hatte. Vielleicht von der Kanaille von Arzt, der nach Carolyns Fehlgeburt ins Haus gekommen war? Oder etwa von Carolyn persönlich?

Tatsächlich traf Letzteres zu. Carolyn hatte geahnt, dass sich ihre Mutter gegen ihre Hochzeit mit Randall sträuben würde, der in ihren Augen trotz all seiner Erfolge nur ein einfacher kleiner Ladenbesitzer war. Aus diesem Grund hatte sie Mrs Brown zum Tee in das Japanische Teehaus im Golden Gate Park eingeladen. An diesem Ort konnte sich Carolyn sicher sein, dass weder ihre Mutter noch deren Freundinnen aufkreuzen würden, denn die japanische Familie, die dieses Teehaus seit fast hundert Jahren betrieben hatte, befand sich im Moment in einem Internierungslager.

»Ach, meine Liebe! Mein liebes Kind, wie grauenhaft!«, rief Mrs Brown aus, nachdem Carolyn ihr offenbart hatte, was Boyd ihr angetan hatte. Carolyn entdeckte in Mrs Browns Augen aufrichtiges Mitleid, das sich in Wut verwandelte, als dieser aufging, welchen Anteil Anita Duprew an dem Leid ihrer Tochter hatte und was diese alles unternehmen würde, um die Heirat zwischen ihrer Tochter und Randall zu verhindern. Randall, dessen Vorfahren aus Irland stammten, der katholisch war und der keine Familie besaß – keine Familie bedeutete in Anita Duprews Denken natürlich: über kein Familienvermögen verfügte. Aber Randall hatte doch eine Familie, eine Mutter und eine Schwester namens Prudence, wie Cecelia Brown einfiel. In dem Moment hatte sie Carolyn für deren Mut, ihr Leben mit Randall verbringen zu wollen, in ihr Herz geschlossen. Der Florist war für Mrs Brown einer der anständigsten jungen Männer, die sie kannte, mit mehr Kampfgeist und Charakterstärke gesegnet als all die Söhne der sogenannten besseren Gesellschaft, zu der sie und Anita Duprew gehörten.

»Anita, Schätzchen, Liebes«, fügte Cecelia Brown am Ende ihres Besuches bei Mrs Duprew hinzu und nahm deren Hand. *Was für eine schreckliche Frau*, dachte sie bei sich. *Ich hoffe, ihre Bediensteten vergiften irgendwann die grauenhafte Schildkrötensuppe, die sie immer noch für den Gipfel der Haute Cuisine hält.* »Denk doch nur daran: Jetzt wird die Anzahlung des Kleids von dem Designer aus Madeleine Vionnets Haus nicht umsonst gewesen sein. Und unter Randalls Aufsicht wird der Blumenschmuck bei der Hochzeit garantiert göttlich und du die Göttin von Pacific Heights sein.«

In dem Jahr seit Boyds Tod hatte Carolyn ein bisschen zugenommen und auch wieder ihren frischen Teint zurückerlangt. Mit dem goldblonden Haar, den grünen Augen und den runden Oberarmen sah sie in Randalls Augen wie eines der Bauernmädchen aus, die er vor zwanzig Jahren vom Zugwaggon aus erblickt hatte und die Stoff seiner Fantasien gewesen waren. Mädchen, die aufstanden, um Kühe zu melken oder die Veranda zu fegen oder Wäsche aufzuhängen, stark, großzügig und zufrieden mit der warmen Sonne und gesunden Babys. Als Carolyn Randall fragte, ob es ihm schrecklich viel ausmachen würde, wenn sie erst in ihrer Hochzeitsnacht intim werden würden – es würde ihr unendlich viel bedeuten, wenn sie das, was sie als ihre erste Erfahrung betrachtete, erst machen würde, wenn sie verheiratet wären, denn das erste Mal – sie reckte das Kinn vor, atmete tief durch und hielt den Kopf gerade – habe nichts mit Liebe zu tun gehabt, sondern sei ein Übergriff gewesen –, da traten wieder Tränen in Randalls Augen. Aber diesmal waren es nicht Tränen des Kummers und der Wut wie damals, als sie ihm von der Vergewaltigung erzählt hatte, sondern der Liebe. Er liebte Carolyn dafür, dass sie den Mut hatte, ihren Wunsch direkt zu äußern.

Um des Friedens willen erlaubte Carolyn ihrer Mutter, die Hochzeit zu planen. Als sie dann endlich in ihrem Kleid mit den hundert Perlen am Mieder und den Handgelenken den Ballsaal im Fairmont Hotel betrat, drückte sie Randalls Hand ganz fest, so als wollte sie sagen: *Nur noch ein paar Stunden, dann werden wir unser eigenes Leben füh-*

ren. Und als sie in der Nacht in ihrem dreistöckigen viktorianischen Haus an der Locust Street, das Carolyns Eltern ihnen zur Hochzeit geschenkt hatten und in dem Carolyn ihre erste gemeinsame Nacht mit ihrem Ehemann verbringen wollte, endlich allein waren, konnte Randall, der sich fest vorgenommen hatte, seine frisch angetraute Ehefrau mit Vorsicht und Geduld zu behandeln, sein Glück kaum fassen, als er herausfand, wie lustvoll und kühn sie im Ehebett war.

Sehr zum Entsetzen ihrer Mutter ging Carolyn Angela regelmäßig zur Hand. Gemeinsam putzten, kochten und backten sie. Am Spätnachmittag machten sie gern Spaziergänge zum Julius-Kahn-Sportplatz, um Tennis und zur Entrüstung der Nachbarschaft auch Basketball zu spielen. Abends, wenn Randall sich in der Bibliothek im ersten Stock um die Rechnungen und die Korrespondenz seines Geschäftes kümmerte, verwandelte Carolyn den Speisesaal in ein Klassenzimmer. Sie stellte eine Tafel auf eine Staffelei, bereitete einen Stapel Unterlagen vor und brachte Angela Lesen, Rechnen und die Grundzüge amerikanischer Geschichte bei. Waren sie mit ihrem Unterricht fertig, lockte Carolyn Randall ins Musikzimmer. Dort begleitete sie Angela auf dem Klavier, die mit ihrer wundervollen Stimme traurige Schumann-Lieder sang, deren deutschen Texte Carolyn ihr in Lautschrift transkribiert hatte.

Die ersten zwei Ehejahre, erfuhr Grace von ihrem Großvater, seien das reine Glück gewesen. Er und ihre Großmutter reisten viel, zwar wegen des Krieges nicht nach Europa, aber nach Yosemite, der Gegend, die ihr Held Frederick Law Olmsted so pries, nach Hawaii und nach Mexiko, wohin sie auch Angela mitnahmen, damit diese ihre Familie in Veracruz besuchen konnte.

Kurz nach ihrem sechsundzwanzigsten Geburtstag verkündete Carolyn Randall, es sei an der Zeit, eine Familie zu gründen. Das war das Ende ihrer unbeschwerten Freude am Sex, denn fortan hatte ihr Intimleben das Ziel, ein Kind zu zeugen. Zwei Jahre verfolgten sie es und befürchteten bald beide, es vielleicht nie zu erreichen, bis Carolyn endlich schwanger wurde. Wegen ihrer vorangegangenen Fehlgeburt verordnete ihr der Arzt in den letzten drei Monaten ihrer Schwangerschaft strikte Bettruhe. In der Zeit übernahm Angela, die mittlerweile neunzehn war, die gesamte Hausarbeit, kochte und kümmerte sich um Carolyn.

Grace' Vater, Leopold Duprew O'Connor, kam im Februar 1948 zur Welt. Ihre Großmutter verlor bei seiner Geburt so viel Blut, dass sie sich anschließend sofort einer Gebärmutterentfernung unterziehen musste. Danach litt Carolyn wieder an Blutarmut und gab viele Aufgaben an Randall und ihre Mutter ab. Und zwar nicht, weil sie ihrem eigenen Urteil nicht traute, sondern weil sie sich nur allzu bewusst war, wie begrenzt ihre Kraft war. Jeder Schritt fühlte sich an, als würde sie eine zentnerschwere Last mit sich herumschleppen.

Da klar war, dass Leo, wie Randall und Carolyn ihren Sohn nannten, ihr einziges Kind bleiben würde, überhäuften sie ihn mit Liebe und Aufmerksamkeit. Angela wurde Leos Kinderfrau, Emmaline, die für Carolyns Mutter gearbeitet hatte, führte von nun an den Haushalt. Als Leo zwei wurde, ging es Carolyn wieder besser, doch die anstrengenden Nachmittagsausflüge mit Leo überließ sie Angela. Jeden Morgen hörte sich diese Mr Randalls Anweisungen an: Sie solle den kleinen Leo unbedingt an die Hand nehmen, sobald die Haustür hinter ihnen zufalle, und ihn nicht mehr loslassen, bis sie den Park erreicht hätten, damit Leo bloß nicht unter ein Auto gerate. Im Park solle sie ihn niemals aus den Augen lassen, denn es gebe böse Menschen, die Kinder entführten. Das oberste Gebot bestand jedoch darin, ihn unter gar keinen Umständen in die Nähe von Wasser zu lassen, weder in der Bucht, die sich nördlich und östlich erstreckte, noch am offenen Meer im Westen. Andere Kinder in der Nachbarschaft verbrachten ihre Nachmittage häufig an den Stränden der Stadt, planschten in Schwimmreifen im seichten Wasser und buddelten mit Schaufeln und Eimern im Sand, doch Mr Randall untersagte derartige Ausflüge strikt. Der Pazifik sei viel zu rau, Kinder könnten in den Wellen oder deren Sog ertrinken, erklärte er Angela mit derselben Stimme, mit der er auch hätte sagen können: *Rasch, alle Mann in den Keller. Wir werden bombardiert.*

Trotz der drei Erwachsenen, die ihn behüteten, und den Verboten seines Vaters war Leopold ein ganz normales Kind. Er hatte Freunde, wurde auf Geburtstagsfeste eingeladen und besuchte einen kleinen Kindergarten in der Nähe ihres Hauses. Seine Mutter brachte ihm Lesen und Klavierspielen bei, von seinem Vater lernte er Baseball spielen und golfen, womit dieser Winston zuliebe begonnen hatte. Jedes Jahr unternahmen die drei – Leos rotgesichtiger Großvater, sein ernster Vater und er selbst – Golfausflüge nach Carmel oder Palm Desert. Die riesigen Swimming Pools und Shirley Temples, die sein Vater ihn zur Cocktailstunde trinken ließ – die für seinen Großvater um vier Uhr anfing –, gefielen Leo ebenso gut wie das Golfspielen. Jeden Sonntag aßen sie bei seinen Großeltern zu Abend, und anschließend fragte sein Großvater ihn unweigerlich, ob er gern seine Andenken an den Ersten Weltkrieg sehen wolle: ein Bajonett, einen grünen Metallhelm und eine österreichische Zeitung.

Mit sechs wurde Leo in der Schule angemeldet, die schon sein Großvater besucht hatte. Die Presidio Academy, eine reine Knabenschule. Jeden Morgen fuhr ihn der Chauffeur seiner Großeltern dorthin, denn seine Großmutter beharrte darauf, dass es für Kinder nicht angebracht sei, die öffentlichen Verkehrsmittel zu nutzen. Leo trug dann einen marineblauen Blazer mit Messingknöpfen, die Angela auf Anweisung seiner Großmutter regelmäßig auf Hochglanz polierte, und eine Hose mit Bügelfalten. Einmal im Monat besuchte er mit seinem Großvater dessen persönlichen Friseur, der seinen Haaren, die noch blond waren, jedoch von unten her bereits nachdunkelten, einen Fassonschnitt verpasste, den die Jungs in der Schule den Presidio-Mecki nannten: an den Seiten ganz kurz und oben ein bisschen länger, damit sie nicht wie Kadetten aussahen.

Die Jungs wurden von ihren Lehrern mit ihrem Nachnamen angesprochen, und mittags wurde ihnen im Speisesaal das Essen von älteren Schwarzen serviert, die scheinbar nur einen Vornamen hatten. Der Rektor, ein Klassenkamerad von Leos Großvater, saß mit der Lehrerschaft dann an einem Tisch ganz vorne im Saal. »Mr O'Connor«, ermahnte er Leo des Öfteren, »wenn Sie sich nicht gerade halten, behindern Sie das Wachstum Ihrer Wirbelsäule, dann wird Ihr Name nie neben dem Ihres Großvaters und meinem auf den Plakaten der Basketballmannschaft im Foyer stehen.« Der Rektor vermied es taktvoll, Leos Vater zu erwähnen, der nur bis zum Alter von zwölf Jahren eine Schule besucht hatte.

Doch Randall war ein eifriger Leser. Jedes Jahr nahmen sich Leos Eltern einen Autor vor, dessen Werke sie gemeinsam lasen: Shakespeare, Melville, Tolstoi, Ibsen. Als Leo alt genug war, um solche Urteile zu fällen, kam ihm sein Vater wesentlich gebildeter vor als sein Großvater, der zwar in Yale studiert hatte, sich in puncto Lektüre jedoch auf den *San Francisco Chronicle* und das *Life Magazine* beschränkte.

Leos Vater überließ es dessen Großvater und seiner Mutter, sich mit schulischen Belangen auseinanderzusetzen. Nur ein einziges Mal griff Randall ein. Damals war Leo sieben, und die Schüler der Presidio Academy begannen mit dem obligatorischen Schwimmunterricht, den er ebenso entschieden ablehnte wie das Spielen am Meer. Aus diesem Grund wollte Randall für Leo eine Ausnahmeregelung erwirken.

Bei dem Termin, den sein Vater mit dem Rektor ausgemacht hatte, musste auch Leo anwesend sein. Mit seinen Klassenkameraden hatte er bereits das Schwimmbecken der Schule im Keller besichtigt. Dort roch es nach nassem Hund, und Leo fürchtete sich vor dem eiskalten Wasser, vor dem die älteren Jungs sie gewarnt hatten. Deshalb hoffte er, dass es seinem Vater gelingen würde, ihn davor zu bewahren.

Der Rektor stopfte seine Pfeife und legte das Feuerzeug neben den Aschenbecher. Dann musterte er Leos Vater streng. »Mr O'Connor, seit ich mit Leopolds Großvater auf diese Schule gegangen bin, ist es Pflicht, dass jeder Junge die Schwimmprüfung ablegt, bevor er in die vierte Klasse kommt. Es ist eine Frage der Sicherheit, dass die Jungs schwimmen lernen. Zwei der Überlebenden der Titanic waren ehemalige Presidio-Schüler, und ich bin mir sicher, dass sie ihr Leben zumindest zum Teil unserem Programm verdanken.«

»Aber heute sind auf den Schiffen ausreichend Rettungsboote vorhanden, das weiß ich aus eigener Erfahrung von meiner Überquerung des Atlantiks.«

»Mr O'Connor, Sie sehen doch sicher ein, dass es Gelegenheiten gibt, in denen ein Mann schwimmen können sollte. Und für unsere Schüler ist es nicht nur eine Frage der Ehre, schwimmen zu können, sondern auch die Prüfung zum Rettungsschwimmer abzulegen. Es sind etliche Fälle dokumentiert, in denen Presidio-Jungs oder auch Ehemalige in ein Gewässer gesprungen sind, um einen anderen Menschen vor dem Ertrinken zu retten.«

Leos Vater litt sichtlich. Er starrte auf seine Knie. Am liebsten hätte Leo mit Fäusten auf den Rektor eingeprügelt, aber er musste dringend aufs Klo und fürchtete, sich bei abrupten Bewegungen womöglich nicht mehr beherrschen zu können.

Als sein Vater den Kopf hob, wirkte sein Gesicht teilnahmslos. »Welche Sicherheitsvorkehrungen werden im Schwimmunterricht getroffen?«

Der Rektor spürte, dass er dem Sieg nahe war, und änderte seinen Tonfall. »Zwei Lehrer, die geprüfte Rettungsschwimmer sind, behalten die Jungs permanent im Auge. Wir haben nie die barbarische Praxis anderer Knabenschulen angewandt, die Kinder einfach ins tiefe Wasser zu werfen und sie selbst herausfinden zu lassen, wie sie sich mit Paddelbewegungen über Wasser halten können. Dabei lernen die Jungs doch überhaupt nichts. Wir weisen sie in der ersten Unterrichtswoche in die Grundlagen des Atmens ein, ohne dass sie auch nur einen Zeh ins Wasser stecken.«

Leo sah, dass sein Vater nickte. War das eine Zustimmung? Willigte sein Vater wirklich ein, dass er am Schwimmunterricht teilnahm, vorausgesetzt, er würde nie auch nur einen Fuß ins Wasser tauchen?

»Nach dieser ersten Woche geben wir ihnen Schwimmbretter, auf denen sie liegen, während sie die richtigen Fußbewegungen üben. Dann erklären ihnen die Lehrer, wie sie mit dem Kopf unter Wasser schwimmen und über der Wasseroberfläche atmen können.«

Bei dem letzten Satz fürchtete Leo, sein Vater würde in Ohnmacht fallen, so wie es seine Mutter ab und zu tat.

Als der Rektor sich erhob, kicherte er ein wenig, wobei es Leo eiskalt den Rücken hinunterlief. »Mr O'Connor, abgesehen von einem aufgeschürften Knie und einem verstauchten Zeh ist es in unserem Schwimmunterricht noch nie zu irgendwelchen Unfällen gekommen. Wir gehen also davon aus, Ihren Sohn am übernächsten Montag in der passenden Kleidung zu seiner ersten Schwimmstunde begrüßen zu dürfen.«

Leo wurde ein hervorragender Schwimmer. Er war drahtig wie sein Vater, hatte jedoch die breiten Schultern seines Großvaters Winston und damit die ideale Figur für den Schmetterlingsstil, wie sein Sportlehrer ihm bescheinigte. Die Schwimmstunden fanden nach dem regulären Unterricht statt, und wenn ihn seine Mutter abholte, steckte sie gern die Nase in sein nach Chlor riechendes Haar und umarmte ihn. An Tagen, an denen sie sich kräftig genug fühlte, liefen sie gemeinsam nach Hause oder fuhren mit der Straßenbahn nach Nob Hill, wo sie in einem der italienischen Cafés Eis aßen und seine Mutter ihn mit langatmigen Witzen unterhielt. Die Samstagnachmittage, wenn sein Vater in seinem Geschäft arbeitete, verbrachten Leo, seine Mutter und Angela gern im Golden Gate Park. Dort gingen sie zu den Mammutbäumen und maßen mit ausgebreiteten Armen den Umfang der größten von ihnen. Anschließend setzten sie sich auf den feuchten Boden, lehnten sich aneinander und atmeten tief den urwüchsigen Duft ein.

Wenn Angela ihn von der Schule abholte, traf er seine Mutter zu Hause meist in ihrem Atelier an. Von dort hatte man einen Blick auf den rückwärtigen Garten, in dem die Provence-Rosen und die Kletterpflanzen seines Vaters wuchsen. Da Leo einen Großteil des Tages nicht da war, bestand Angela darauf, wieder die Zubereitung des Abendessens von Emmaline zu übernehmen. Meist gab es köstlich gewürzte Gerichte, über die seine Großmutter halblaut schimpfte, wenn sie und sein Großvater die Familie zum Essen besuchten. Ihr Zorn wurde noch geschürt von der sichtlichen Freude, mit der sein Großvater Angelas Empanadas, Maisbrote und vor allem ihre Karamellflans verschlang.

Kurzum, es war das reine Paradies.

Das Paradies endete für Grace' Vater abrupt, als er acht war und seine Mutter erkrankte. Sie litt an Krebs, der wohl irgendwo in ihrem Bauch saß, wenn Leo alles richtig verstand. Sein Vater weigerte sich anzuerkennen, was seine Mutter nie bezweifelte: dass sie bald sterben würde. Wenn sie auf die Zeit anspielte, in der es sie nicht mehr geben würde, verließ sein Vater den Raum. Er konnte es nicht ertragen, wenn sie so etwas sagte. Manchmal hörte Leo mitten in der Nacht die Haustür. Dann verließ der Vater das Haus, weil er nicht schlafen konnte, und ging ein paar Schritte spazieren. Kehrte er wieder zurück, konnte Leo die leise Stimme seiner Mutter vernehmen.

Nachmittags kletterte Leo oft zu ihr ins Bett und vergrub das Gesicht in ihrem seidenen Nachthemd. Dann fuhr sie ihm mit den Fingern durch seine Haare, die mittlerweile mehr braun als blond waren, küsste ihn auf die

Wangen und schmiegte ihren Körper, der sich jede Woche ein bisschen schmaler anfühlte, an den seinen.

Eines Tages fand Leo nach seiner Heimkehr von der Schule seine Mutter im Salon vor. Sie lag auf Kissen gestützt auf dem Sofa. Ein hübscher Spitzenschal war wie eine Decke über sie gebreitet. Der Raum war mit schönen Gemälden und Stühlen, auf denen dunkelrote Seidenkissen lagen, ausgestattet. Es war kein Zimmer, in dem sie je saßen, wenn sie keine Gäste hatten, und erst recht nicht lagen, wie seine Mutter es jetzt tat. Sie bedeutete ihm, die Schiebetüren zu schließen. Er steckte den Zeigefinger durch den Messingschieber und zog, bis die schweren Holztüren sich in der Mitte trafen und sie abschirmten. Seine Mutter rutschte ein wenig, um Platz für ihn zu machen, und glättete den Fleck auf dem Sofa, wo er sich neben sie setzen sollte.

Dann begann sie zu sprechen, so leise, dass er sich zu ihr beugen musste, um sie zu verstehen. »Dein Vater möchte nicht, dass ich offen mit dir über mein Sterben rede, aber das kommt nur daher, weil er so traurig ist. Wenn er klarer denken könnte, würde er mir sicher zustimmen, dass wir dich darauf vorbereiten müssen.«

Leo starrte auf seine Schuluniformhose, die locker seine dünnen Oberschenkel umspielte, während seine Mutter seine Hand streichelte. Seine Gedanken wanderten zu dem Baseballspiel auf dem Julius-Kahn-Spielplatz, zu dem die Jungs aus der Nachbarschaft sich gleich treffen wollten.

»Leo.«

Seine Mutter würde ihn nicht alleine dorthin gehen lassen, doch Angela würde ihn bestimmt begleiten. Er wollte zu gern dabei sein, aber er wollte seine Mutter auch nicht allein lassen. Zum ersten Mal in seinem Leben war er sich bewusst, dass er zwei Dinge gleichzeitig tun wollte, und es fühlte sich seltsam an, fast so, als würde er mit dieser Erfahrung etwas verlieren, was nie wieder zurückkäme.

»Leo«, wiederholte seine Mutter, und das Baseballspiel rückte in den Hintergrund. Er sah zu ihr hoch, um sie wissen zu lassen, dass er zuhörte. »Mehr als alles andere wünsche ich mir, dass du keine Angst hast.«

Die Augen seiner Mutter glänzten in dem matten Licht. Er spürte, dass sie ihm etwas Wichtiges sagen wollte und sich dazu durchgerungen hatte, ihr Bett zu verlassen und auf dem Sofa zu liegen, damit sie es ihm genau hier sagen konnte. Er bemühte sich, sie zu verstehen, doch es kam ihm so vor, als müsste er ihre Worte aus einer fremden Sprache in eine ihm vertraute übersetzen, und selbst danach wollten die Sätze keinen Sinn ergeben. Er runzelte die Brauen und sah einen Moment lang nichts, weil die Hand seiner Mutter über seine Stirn strich.

»Ich werde sterben. Dein Vater weigert sich, der Realität ins Auge zu blicken. Aber es ist die Wahrheit, und ich möchte dir helfen, dich darauf einzustellen.«

Er nickte ernst. Für den Bruchteil einer Sekunde kehrte das Baseballspiel in seine Gedanken zurück, und mit seinem Nicken nahm er davon Abschied. Er wollte seine Mutter anspornen weiterzureden, weil ihm selbst mit acht Jahren klar war, wie viel es ihr bedeutete, und weil er sie so sehr liebte wie sonst nichts und niemanden auf dieser Welt.

»Ich werde dir erklären, was es heißt zu sterben.«

»Ich weiß, was es heißt.«

»Ja, mein Schatz. Ich bin mir sicher, dass du eine ganze Menge weißt. Aber ich werde dir erzählen, was du nicht weißt, was niemand weiß, bis er selbst kurz davorsteht. Und selbst dann weiß man es nur, wenn man nicht zu viel Angst hat, darüber nachzudenken.«

»Hast du nicht zu viel Angst?«

»Nein, mein Schatz. Es macht mir überhaupt keine Angst. Meine Ängste – aber das ist das falsche Wort, vielleicht sollte ich lieber sagen: meine Sorgen – drehen sich eher um dich und deinen Vater. Würde ich mir keine Sorgen um euch zwei machen, wäre ich völlig gelassen. Mein Leben war zwar nur kurz, aber größtenteils sehr glücklich. Ich bin mit allem aufgewachsen, was sich ein Mädchen nur wünschen kann. Ich bin gern zur Schule gegangen, ich war gut im Sport, ich habe die Kunst geliebt. Und dann habe ich deinen Vater getroffen, der für mich der wundervollste Mann der Welt ist. So klug, so kreativ, so mutig, so gütig. Wir waren zusammen sehr glücklich.«

Seine Mutter führte seine Hand an ihre Lippen und küsste seine Fingerknöchel. »Und dann habe ich dich bekommen, meinen wunderschönen, klugen, liebevollen Sohn.«

»Machst du dir keine Sorgen um Angela?«

»Doch, auch, aber nur ein bisschen. Dort, wo Angela aufgewachsen ist, gehört der Tod zum Alltag. Ihre Mutter hat die Hälfte ihrer Kinder verloren, bevor sie drei wurden. Angela versteht den Tod besser als wir. Sie wird sich um dich und deinen Vater kümmern. Eine große Aufgabe, die sie fordern wird.«

»Woher weißt du, dass sie bei uns bleiben wird?« Jetzt weinte Leo und befürchtete, seine Mutter könnte vielleicht denken, er weine nicht wegen ihr, sondern wegen Angela. Weil er Angst hatte, dass er Angela verlieren könnte, falls – nein, seine Mutter hatte nicht »falls« gesagt –, wenn sie starb.

»Das weiß ich einfach. Mein Wissen reicht weit über alles hinaus, was Angela mir mit Worten mitteilen könnte.«

»Wie das?« Er hatte das Gefühl, dass er das unbedingt verstehen musste, dass er sich sicher sein musste, dass Angela da sein würde, bevor er weiter mit seiner Mutter reden konnte.

»Weil sie mich liebt. Sie liebt mich, weil ich sie wie eine kleine Schwester geliebt und mich um sie gekümmert habe. Und dich hat sie seit dem Moment deiner Geburt geliebt. Sie war die Erste, die dich in den Armen gehalten hat, noch vor mir, weil ich damals sehr schwach war. Sie wird dich nie verlassen, und sie wird nicht sterben.« Seine Mutter lächelte. »Na ja, irgendwann wird auch sie sterben, so wie wir alle. Aber das wird noch lange nicht passieren, vielleicht erst dann, wenn du Enkel hast.«

Leo nickte abermals.

»Und jetzt sag mir bitte, was deiner Meinung nach passiert, wenn jemand stirbt.«

Ihm wurde klar, dass er das nicht wusste. Sein Wissen

ging nicht über das Wenige hinaus, was er in der Sonntagsschule gelernt hatte, die er auf Drängen seiner Großmutter hin besuchte. Aber dort erzählte man ihnen hauptsächlich Geschichten aus der Bibel und brachte ihnen Weihnachtslieder bei. Noch nie hatte jemand darüber gesprochen, was passierte, wenn man starb. Sie hatten nur erfahren, dass Jesus ins Leben zurückgekehrt war. Würde auch seine Mutter ins Leben zurückkehren?

»Kommst du in den Himmel?«

Ihm war, als könnte er durch seine Mutter blicken, nicht nur in sie hinein, sondern auch durch sie hindurch und hinter sie. Er spürte ihre Liebe auf eine Weise, wie er den Regen in der Luft spürte, noch bevor die ersten Tropfen auf seine Haut fielen. Er schmeckte die Tränen in ihren Gedanken.

Er betrachtete ihr Gesicht. Sie sah müde aus, sehr müde, und zum ersten Mal auch alt, sehr alt. So alt wie die Mammutbäume im Golden Gate Park.

Würde sie heute sterben? An diesem Nachmittag?

Seine Mutter krümmte sich ein wenig und fuhr sich mit den Fingern über die trockenen Lippen. »Liebling, bitte Angela, uns etwas zu trinken zu bringen. Sag ihr, dass ich nur ein Glas Wasser möchte, aber du kannst gern eine Limonade haben.«

Er hatte ein schlechtes Gewissen, weil er erleichtert war, den Raum verlassen zu können und in die Küche zu eilen. Angela stand am Herd und rührte eine Suppe um, denn etwas Festes konnte seine Mutter nicht mehr essen. Er umarmte sie so heftig, dass sie sich beinahe verbrannt hätte, bevor sie sich vom Herd abwenden konnte. Sie setzte sich auf einen Küchenstuhl, zog Leo auf ihren Schoß, und er weinte an ihrem warmen Körper und hörte sie murmeln: *»Niño, mi niño«*, bis er sich endlich so weit beruhigt hatte, dass er sie um ein Glas Wasser für seine Mutter und eine Limonade für sich bitten konnte.

Als Angela und er mit den Getränken den Salon betraten, schlief seine Mutter. Aus Angst, dass sie starb, während sie weg waren, wagte er es nicht, Angela zu fragen, ob sie mit ihm zum Baseballspielen auf den Julius-Kahn-Spielplatz gehen würde.

Seine Mutter lebte noch sieben Monate. Leo dachte, sie habe seinen neunten Geburtstag abgewartet, denn eine Woche später war sie tot. In diesen sieben Monaten hatten sie sich noch oft über den Tod unterhalten, so oft, dass er sich schon fast daran gewöhnt hatte.

Anfangs drehten sich die Gespräche darum, was genau passieren würde. Es würde eine Zeit geben, wenn sie nichts mehr essen oder trinken konnte, dann würde ihr der Arzt so viel Medizin gegen die Schmerzen geben, dass sie irgendwann in einen Schlaf gleiten würde, aus dem sie nicht mehr erwachen würde. Sie erklärte ihm, ihr Atem würde vor ihrem Tod vermutlich seltsam klingen, vielleicht wie der eines alten schnarchenden Mannes.

»Das wird bestimmt komisch. Vielleicht höre ich mich dann so an, als würde ich gurgeln.«

An dem Tag dieses Gesprächs waren sie in ihrem Schlafzimmer. Leo saß auf einem Stuhl neben dem Diwan, auf dem seine Mutter lag. Er konnte sich nicht vorstellen, dass das komisch sein würde.

»Irgendwann werde ich dann tief Luft holen und danach zu atmen aufhören. Es wird so sein wie ein ewiger Schlaf.«

»Und aus ihm wacht man nie mehr auf?«

»Nein, man wacht nie mehr auf.«

»Was ist, wenn du auf die Toilette oder dich kratzen musst?«

Seine Mutter zerzauste ihm die Haare. Vor ein paar Monaten hätte sie über seine Frage noch laut gelacht. Jetzt lächelte sie nur matt. »Das ist das Gute am Sterben. Man muss nicht mehr auf die Toilette, und nichts juckt mehr.« Sie hatte nicht gesagt: *Und nichts tut mehr weh*, aber er ging davon aus, dass auch das so sein würde.

»Und was passiert, wenn du zu atmen aufgehört hast?«

»Dann wird der Arzt mir die Augenlider schließen.«

»Kannst du das nicht mehr selber?«

»Nein.«

»Kann ich das dann für dich tun?«

»Ich weiß nicht, ob du das darfst. Aber vielleicht möchtest du es jetzt gerne tun?«

»Ja.«

Sie lag reglos da und starrte an die Decke. Er beugte sich über sie, legte seine beiden Mittelfinger auf ihre Lider und zog sie nach unten. »Das ist alles?«

»Ja.« Sie küsste seine Fingerknöchel. »Eines möchte ich dir noch sagen: Du musst nicht unbedingt dabei sein, wenn ich sterbe. Vielleicht wirst du in der Schule sein, und das ist völlig in Ordnung. Ich möchte nicht, dass du deinen

Unterricht versäumst, weil du neben mir sitzt und darauf wartest, dass ich meinen letzten Atemzug tue.«

»Aber ich möchte gern bei dir sein, wenn du stirbst.«

»Ich weiß, mein Schatz, und vielleicht bist du es ja auch. Aber niemand kann sagen, wann genau es so weit sein wird, und es wird für dich bestimmt nicht schön sein, mit all den weinenden, jammernden Erwachsenen in einem dunklen, stickigen Raum zu sitzen. Ich fürchte nämlich, dass es genau darauf hinauslaufen wird, und ich will nicht, dass du keine Hausaufgaben mehr machst oder du wegen mir deine Freunde nicht mehr regelmäßig siehst. Es wird auch so schon schwer genug für dich sein, da sollst du nichts nacharbeiten müssen und dich nicht körperlich unwohl fühlen, weil du nicht jeden Tag rumgerannt bist, wie es Jungs in deinem Alter tun sollen.«

Leo fing an zu weinen. Er konnte den Gedanken nicht ertragen, vielleicht nicht da zu sein, wenn seine Mutter sterben würde. Einen Moment lang kam ihm das schlimmer vor als ihr baldiger Tod.

»Und jetzt kommt das Wichtigste. Ich möchte, dass du mir ganz genau zuhörst, und dann reden wir morgen und nächste Woche und vielleicht auch noch öfter darüber.«

Sie reichte ihm ein Taschentuch und wartete, bis er sich die Augen getrocknet und die Nase geputzt hatte. Dann sah sie ihn an, als wollte sie einschätzen, ob er bereit war, das zu hören, was sie ihm sagen wollte.

»Ich werde immer bei dir sein.«

Einen Moment lang stieg Panik in ihm auf. Sollte das bedeuten, dass sie ein Geist werden würde?

»Ach, mein Schatz, es tut mir leid. Das hat bestimmt ziemlich unheimlich geklungen.«

Die Zeit, in der er es genossen hatte, wenn sein Herz zu rasen begann, kam ihm vor wie in einem anderen Leben: ihre Versteckspiele, bei denen seine Mutter mit einem lauten »Buh!« aus einem Schrank sprang; wenn sie so taten, als wären sie französische Touristen, und sich bei dem Schaffner in der Straßenbahn mit einem *»Merci, Monsieur!«* für eine Information bedankten und Leo sich kaum zügeln konnte, bis sie oben am Russian Hill ausstiegen, um endlich zu quietschen: »Mama, er hat uns geglaubt!«

»Ich wollte damit sagen, dass ich in dir weiterleben werde. Du wirst dich in Gedanken mit mir unterhalten können. Du bist alt genug, um zu wissen, was ich zu bestimmten Dingen sagen würde.«

Sein Brustkorb fühlte sich schwer an, wie mit Steinen beladen. Er bekam kaum noch Luft. Er wollte sich auf seine Mutter werfen, aber er hatte Angst, ihr damit wehzutun. Er wollte mit den Füßen aufstampfen, aber dann würde Angela den Lärm hören und hereinstürmen und ihn rausschicken, damit seine Mutter sich ausruhen konnte. »Ich bin nicht alt genug! Ich weiß nicht, was du sagen würdest!«

»Ich schildere dir mal ein Beispiel: Du sitzt am Esstisch, Angela hat dir Limabohnen auf den Teller getan, und du denkst, dass sie wie Hasenkacke aussehen. Du willst keine Hasenkacke essen, sondern nur den Rinderbraten und den Kartoffelbrei. Was würde ich sagen?«

»Probier sie einfach mal. Himbeeren wolltest du auch

nicht essen, als du sie zum ersten Mal gesehen hast, weil du gedacht hast, dass sie wie eklige haarige Käfer aussehen, und dann konntest du gar nicht genug davon bekommen.«

»Ganz genau!« Seine Mutter lachte. Sie klang seltsam, und Leo wusste, dass sie sich dazu zwang und es ihr schwerfiel. »Siehst du? Du weißt ganz genau, was ich sagen würde. Du kannst dich immer fragen: ›Was würde Mama dazu sagen?‹, und ich werde dir in deinen Gedanken eine Antwort geben.«

»Okay.« Er runzelte die Stirn, weil die Vorstellung immer noch ein bisschen unheimlich war. »Versprichst du mir das?«

»Das verspreche ich dir hoch und heilig. Und es kommt noch besser.«

»Was denn noch?«

»Es wird Dinge geben, über die du gern mit mir reden möchtest, wenn du älter bist. Dinge, die dich jetzt nicht interessieren, zum Beispiel Mädchen.«

Er schnitt eine Grimasse.

»Ich weiß, dass dir das jetzt aus der Luft gegriffen vorkommt, aber das wird sich bald ändern. Oder vielleicht möchtest du dich dann ja auch mit mir darüber unterhalten, welchen Beruf du ergreifen sollst. Das ist jetzt wirklich der wunderbarste Teil: Obwohl du heute nicht weißt, welche Fragen du mir irgendwann mal stellen möchtest, werde ich dich hören, wenn die Zeit gekommen ist. Dann kannst du mich fragen, und wir werden Gespräche in deinen Gedanken führen.«

»Also stirbst du gar nicht wirklich, sondern verlierst nur deinen Körper?«

Seine Mutter schloss die Augen. War sie zu müde, um weiter mit ihm zu reden? Als sie die Augen wieder aufschlug, griff sie nach seiner Hand, in der er das Taschentuch zusammengeknüllt hatte. »Nein, mein Schatz, ich werde wirklich tot sein. Das darfst du nie vergessen. Ich werde wirklich tot sein, aber wenn du mich lässt, kann ich in dir weiterleben, als Teil von dir.«

Als er die Liebe und das Zögern in ihrer Stimme hörte, brach er wieder in Tränen aus. »Aber, Mama, natürlich werde ich dich lassen.« Und dann vergaß er den wehen Bauch seiner Mutter und den Schmerz, den sein Gewicht ihr verursachen könnte. Er warf sich auf sie und weinte und weinte, während sie beruhigende Worte murmelte und mit ihren Daumen Kreise auf seinem Rücken beschrieb und schließlich sein Gesicht mit dem Ende ihres Schals trocknete und seine Stirn küsste.

Jahre später, lange nachdem er sie angeschrien hatte, nicht mehr mit ihm zu reden, weil er nicht mehr wissen wollte, was sie sagen würde, konnte er immer noch ihre Lippen auf seiner Stirn spüren.

»Ich werde immer auf dich aufpassen«, hatte sie ihm gesagt. »Du wirst immer in meinem Herzen sein und ich in deinem. Nach meinem Tod wird dich Angela oder der Chauffeur deiner Großmutter von der Schule abholen, und Angela wird mit dir beim Essen sitzen, und dein Vater wird deine Hausaufgaben kontrollieren und dir vor dem Einschlafen etwas vorlesen. Sonst wird sich nicht viel ändern.«

Er hatte ernst genickt. Aus ihrem Mund hatte alles ganz einfach geklungen, wie eine Art Wachablösung, aber als es so weit war, war es überhaupt nicht so. Seine Großmutter schrie bei der Beerdigung, sein Großvater strauchelte, stürzte auf dem Weg zum Friedhof und zerrte sich dabei die Sehnen im Handgelenk, sodass Leos Erinnerungen an den Tag auch aus dem Arm seines Großvaters in einer blauen Baumwollschlaufe bestanden. Angela zündete in jedem Zimmer ihres Hauses Kerzen an, damit keine bösen Geister hereinschlüpfen konnten, während die Seele seiner Mutter hinausschlüpfte, um ins Jenseits zu gleiten.

Bei seinem Vater verstärkte die Trauer seine Ängste um Leo, und am schlimmsten waren nach wie vor die, die mit Wasser zu tun hatten. Leo durfte nicht das Wochenende bei seinem Freund Gary und dessen Familie in ihrem Haus am Russian River verbringen, zu dem er eingeladen war. An dem Tag, als seine Klasse einen Ausflug auf die Halbinsel Point Reyes unternahm, um dort geologische Besonderheiten zu studieren, beharrte sein Vater darauf, dass Leo zu Hause blieb. »Mein Sohn kann leider nicht mitkommen«, informierte er die Schulsekretärin, »aber morgen wird er wieder am Unterricht teilnehmen.« Angela durfte ihn nicht einmal unbeaufsichtigt in der Badewanne sitzen lassen. Die eisernen Verbote seines Vaters schüchterten sie dermaßen ein, dass sie sogar den Blick aufs Wasser vermied, wenn sie gemeinsam unterwegs waren.

In seinen Gedanken beklagte sich Leo bei seiner Mutter über seinen Vater. »Er lässt mich nichts tun. Er lässt mich nicht mit auf Schwimmausflüge, und ich darf keinen Freund besuchen, wenn er sich nicht vorher vergewissern konnte, dass wir nicht an den Strand gehen.«

In seiner Vorstellung nahm seine Mutter seine Hand und erwiderte: »Ich weiß, mein Schatz, sein Verhalten lässt sich schwer erklären. Um sich selbst hat er nämlich in ähnlichen Situationen keine Angst. Vor unserer Hochzeit hat er mit Mrs Brown mehrmals auf einem Schiff den Atlantik überquert. Er verhält sich nur so, weil er dich unendlich liebt und unendliche Angst hat, dich zu verlieren.«

»Ich werde ja wohl kaum in der Badewanne ertrinken!«

»Dein Vater würde entgegnen, dass schon viele Kinder dabei ums Leben gekommen sind.«

Dann dachte er an seinen Vater, der seit dem Tod seiner Mutter so hager geworden war, dass Leo seine Augenhöhlen sehen konnte. Er stellte sich vor, wie er die Arme um seine nach Rosenwasser duftende Mutter legte, und dann ließ er seine Wut auf seinen Vater ein paar Tage lang ruhen und verkniff sich beim Essen, während sein Vater sich bemühte, die Stille mit einem Gespräch zu füllen, die bissigen Bemerkungen, die er sich ausgedacht hatte. *Darf ich das Glas Wasser trinken, oder ist das zu gefährlich? Was ist, wenn ich huste, mich am Wasser verschlucke und etwas davon in meine Lunge gerät? Gibt es nicht auch Kinder, die dabei abgekratzt sind?*

Erst viele Jahre nach dem Tod ihres Großvaters konnte Grace ihn als ein Ganzes sehen und nicht als ein großes

Durcheinander von Einzelteilen, manche außergewöhnlich, andere unendlich kompliziert. Dann verstand sie auch, warum ihr Vater, Leo, hatte ausbrechen müssen, um nicht zu ersticken. Allerdings wurde ihr nie klar, warum er ausgebrochen und dann trotzdem gestorben war.

Zu der Zeit arbeitete sie schon etliche Jahre in der Palliativmedizin. Ben, ein Freund, den sie während der Ausbildung kennengelernt hatte und der sein Doktorandenstudium in Philosophie aufgegeben hatte, um das zu machen, was er als echte Arbeit bezeichnete, statt sich geistigen Ergüssen hinzugeben, hatte ihr sein Nietzsche-Kompendium überlassen. Als sie die Aphorismen las, war sie überrascht, dass Garcia und sie aufgewachsen waren, ohne sich philosophische Fragen zu stellen. Dabei war ihr Großvater außerordentlich intelligent gewesen. Nach dem Tod ihrer Großmutter hatte er ihre einstigen gemeinsamen Leseprojekte fortgesetzt und seine Lektüre auf die Weltgeschichte, die Botanik und die Wirtschaftswissenschaften ausgedehnt. Jeden Tag las er den *San Francisco Chronicle* und einen Großteil der *New York Times* und des *Wall Street Journal.* Zudem monatlich den *Scientific American, The Atlantic* sowie *The New Republic.* Aus seinen Kenntnissen der Finanzwirtschaft schlug er sogar Kapital, indem er das Geld, das er selbst verdiente, und das, was ihre Großeltern für sie beiseitelegten, klug investierte. Außerdem besaß er einen ausgeprägten Sinn für Ästhetik, der sich in der Zusammenstellung von Blumen ausdrückte. Aber niemals war er einen Schritt zurückgetreten und hatte sich gefragt: Was macht ein Leben lebenswert?

Stattdessen hatte er nach Prinzipien gelebt, die er als gegeben akzeptierte. Es waren gute Prinzipien – er war durch und durch redlich in seinen Geschäften, er behandelte seine Kunden wie seine Mitarbeiter respektvoll und unterstützte andere Menschen, aber er betrachtete seine Haltung niemals als etwas, das er aus verschiedenen Möglichkeiten ausgewählt hatte. Für ihn liefen Dinge völlig selbstständig ab, wie Fotosynthese oder Osmose oder Thermodynamik. Nie hatte Grace erlebt, dass ihr Großvater sein Handeln hinterfragte. Nie hatte sie mitbekommen, dass er überlegte, was er tun sollte.

Bis auf ein einziges Mal: als er erfuhr, was Garcia wollte. Was er von ihnen verlangte. In dem Moment hatte sie gesehen, dass er ins Wanken geriet. Zwar nur kurz, sehr kurz sogar, aber es war das Erschreckendste, was sie je erlebt hatte: dieser Mann, der niemals von seinen Vorgaben, sich selbst auferlegten Pflichten und Gepflogenheiten abwich, hatte erschüttert und besiegt gewirkt.

5. Kapitel

Ein Dienstag im April 2013

Geschafft! Ihr Vortrag kam gut an, ihre erste Diskussionsrunde ist vorbei, ihr Lampenfieber hat sich in Luft aufgelöst. Zwei Tage nach ihrem ersten Besuch bei Prudence fühlt Grace sich im Aufzug zu deren Wohnung erleichtert und glücklich.

Ihr Vortrag handelte von Gedanken zum Augenblick, in dem der Tod eintritt. Fast alle ihre Patienten und die meisten Angehörigen haben feste Vorstellungen davon, wie ihr Ende aussehen wird. Nur die wenigsten, denen noch Wochen oder Tage bleiben, malen sich die mystischen Momente so wie in Esoterik-Bestsellern aus: ein goldenes Licht, eine leise Stimme, die den Weg durch einen dunklen Tunnel weist, ein unbeschreiblich köstlicher Duft. Die meisten stellen sich eher auf einen Horrorfilm ein: Die Luft wird knapp wie beim Ertrinken oder beim Ersticken. Der Schmerz so überwältigend, dass man das Bewusstsein verliert, und danach … nichts.

Grace hat die Erfahrung gemacht, dass kaum ein Zusammenhang zwischen den Vorstellungen über die letzten

Momente des Lebens und der Frage besteht, inwieweit sich die sterbende Person und ihre Angehörigen mit dem bevorstehenden Tod abgefunden haben. Wer entspannt ein mystisches Finale erwartet, ist vor einem albtraumhaften Abschied ebenso wenig gefeit wie derjenige, der schreckliche letzte Momente befürchtet. Grace sieht ihre Aufgabe darin, Familien zu helfen, das Leid der finalen Tage und das kommende Leid der Hinterbliebenen zu lindern, unabhängig davon, woran die Einzelnen glauben.

Gelegentlich – wirklich nur sehr selten – wird Grace Beobachterin von etwas, das über den Fokus auf den letzten Atemzug hinausgeht: von einer sterbenden Person, die so im Reinen mit sich ist, dass der Tod so natürlich für sie ist wie Laub, das im Herbst von den Bäumen fällt, oder der abnehmende Mond. Herman Green, dessen Schwester Rose in Grace den Wunsch ausgelöst hat nachzuforschen, was aus Prudence geworden ist, ist so ein Mensch gewesen. Er lebte allein in dem Haus, das er und seine Frau, die er drei Jahre zuvor beim Sterben begleitet hatte, gebaut hatten, bis ihn ein Schlaganfall ins Krankenhaus und an den Punkt brachte, von dem es kein Zurück mehr gibt: Er war halbseitig gelähmt, konnte nicht mehr sprechen, musste aufgrund einer gebrochenen Hüfte das Bett hüten und bekam dann auch noch eine Lungenentzündung, sodass er ausschließlich mit Sauerstoffmaske atmen konnte. Als sein Arzt ihm erklärte, dass nun nur noch ein Hospiz oder eine häusliche Sterbebegleitung für ihn infrage kämen, sorgte David Green, Hermans einziges Kind, ohne zu zögern, dafür, dass sein Vater in seine Wohnung nach San Francisco verlegt wurde.

Am Tag vor Hermans letztem Umzug begutachtete Grace wie immer, wenn schwerkranke Patienten aus dem Krankenhaus in ihr Zuhause oder das eines Verwandten verlegt wurden, Davids Wohnung. Sie wollte sich vergewissern, dass alles – verschiedene Geräte, die Medikamente, der Pflegeplan – bereitstand. Normalerweise waren die Angehörigen in einer solchen Situation ziemlich überfordert, doch David Green wirkte gelassen. Am Telefon hatte sie erfahren, dass er einundfünfzig und geschieden war, dass er als Neurowissenschaftler auf dem Gebiet der Evolutionspsychologie forschte und von seiner Drei-Zimmer-Wohnung mit dem Fahrrad nur fünf Minuten ins Labor brauchte. »Mein Vater kann mein Schlafzimmer haben«, sagte er, als er ihr die Wohnung zeigte, »ich schlafe in meinem Arbeitszimmer.« Behutsam schlug Grace vor, dass ein Krankenhausbett für seinen Vater bequemer sein würde.

Während sie die Bestellung für das Bett, die Schaumstoffmatratze gegen Liegegeschwüre, die Sauerstoffflasche, die Windeln und die Einmalhandschuhe für die Pflegekräfte aufgab, nahm David sein Bett auseinander. Ein Einzelbett, wie sie bemerkte. Wie ihr eigenes.

»Sie sind praktisch veranlagt«, stellte sie fest, nachdem sie ihre Telefonate beendet hatte.

David Green wischte sich die schütter werdenden Haare aus der Stirn. »Nicht im Vergleich zu meinem Dad.« Er deutete auf das Stehpult in seinem Arbeitszimmer, in dem er sein Bett wieder zusammenbauen wollte. »Das hat er noch letztes Jahr für mich gemacht. Er hat das Holz in seiner Werkstatt zurechtgesägt und lasiert und dann hierhergebracht. Ich habe viel von ihm gelernt.« Auf sein breites jungenhaftes Gesicht legte sich der Ausdruck eines erwachsen gewordenen Kindes, dessen Liebe für einen Elternteil frei von jeglichen Verbitterungen geblieben ist. »Früher haben wir Baumhäuser und Schlitten gebaut. Und ein Gokart, als ich dreizehn und mir sicher war, ich würde mal Rennfahrer werden. Als ich dann anfing, mich für die Naturwissenschaften zu interessieren, hat Dad mir geholfen, mein erstes Mikroskop zu bauen.«

In den siebenundzwanzig Tagen, die Herman noch lebte, nachdem er ins Schlafzimmer seines Sohnes umgezogen war, verließ er sein Bett nie und sagte kein einziges Wort. Dennoch lernte Grace ihn bei ihren täglichen Besuchen besser kennen als Patienten, mit denen sie eine dreimal so lange Zeit verbrachte und die mit ihren brüchigen Stimmen unendlich lange Geschichten mit sich als Helden erzählten. Sie hörte nie Hermans Stimme, doch sie sah seine Augen: wie er David ohne ein Wort seine tiefe Liebe spüren ließ, wenn dieser in den letzten Wochen zu einer fast ununterbrochenen Lobrede ansetzte.

»Bis ich erwachsen war, habe ich nie darüber nachgedacht, was du für mich getan hast, Dad. Es kam mir einfach selbstverständlich vor, wie süße Kirschen im Sommer oder Schnee im Winter.« Tränen liefen über Davids Gesicht, während er weitererzählte: »Du warst nicht einer der Väter, die darauf bestanden, dass ihr Sohn um sie kreiste wie ein Planet um die Sonne, seine Schuhe mit demselben Ledertuch wie sie polierte und dasselbe Baseballteam wie sie anfeuerte.«

Herman hielt Davids Hand. Unter seiner Nasenbrille, über die er mit Sauerstoff versorgt wurde, verzogen sich seine Lippen zu einem winzigen Lächeln. Grace stand auf und wollte die beiden alleine lassen, doch David bat sie stumm und mit feuchten Augen, zu bleiben und sein Zeuge zu sein. Also setzte sie sich ans Fußende des Krankenhausbettes und häkelte, wie Angela es ihr beigebracht hatte, während David seinem Vater erklärte, was dieser für ihn getan hatte. Sie fertigte winzige Deckchen für Neugeborene auf der Intensivstation an, die Sunny, ein koreanischer Arzt, leitete, in den sie sich vor zehn Jahren wegen seiner grenzenlosen Bemühungen um jedes neue Menschenkind mit Herzschwäche vielleicht verliebt hätte. Ja, vielleicht wäre es so gekommen, wenn es mit dem Sex zwischen ihnen geklappt hätte. Da es nicht so gewesen war, war sie erleichtert gewesen, als Sunny und Ben, ihr Freund aus der Pflegeausbildung, ein Paar geworden waren und sie sich damit begnügen konnte, ihnen eine gute Freundin zu sein. An Weihnachten übernachtete sie bei ihnen und schaute am Morgen in ihrem Strumpf nach, den die beiden für sie gefüllt hatten.

Sie hörte zu, während David Herman an die *Westinghouse Science Talent Search* erinnerte, einen Wettbewerb für naturwissenschaftlich besonders begabte Schüler. Damals war Herman die ganze Nacht über wach geblieben und hatte Davids Berechnungen der Kalorienaufnahme von Mäusen, die vor einem Fernseher aufgewachsen waren, mit denen von denjenigen Tieren verglichen, die keinem Fernseher ausgesetzt gewesen waren. Sie hörte zu, wie

David seinem Vater erzählte, dass er nie vergessen werde, was passiert war, als er ihn und seine Mutter damit konfrontierte, dass er sein Medizinstudium an den Nagel hängen wollte. Immerhin hatten die Eltern sein Studium bereits zwei Jahre finanziert, bis er begriffen hatte, dass er die Entwicklung des Gehirns und ihre Auswirkung auf die Intelligenz und das Wesen des Menschen untersuchen wollte und er dafür Neurowissenschaften und nicht Medizin studieren müsse. »Ich bin froh, mein Sohn. Ich bin sehr froh, dass dir das klar geworden ist«, hatte sein Vater gesagt, mehr nicht.

Herman lag in seinem Bett und musste mit einem Löffel für Babys gefüttert werden, doch er war bis zu seinem letzten Atemzug der Erwachsene in dem Raum geblieben und hatte sich nicht seiner Verantwortung für diejenigen entzogen, die er liebte. Selbst ganz zum Schluss, als er nahezu ständig schlief und sich in einem Stadium befand, in dem selbst Joghurt schwer zu schlucken und unmöglich zu verdauen war, wie Grace David und den Pflegekräften erklärte, riss er sich jedes Mal zusammen, wenn ihn seine Schwester mit Taschen voller Essen besuchte, das sie für ihn gekocht hatte. Dann ließ er sich von Rose mit ein paar Löffeln ihrer Hühnersuppe und ihres Apfelmuses füttern, drückte ihren Arm und bedankte sich mit einem Nicken, bis Grace Rose die Schüssel abnahm und meinte, Herman werde später versuchen, noch etwas zu sich zu nehmen. Sie befürchtete, Herman könne mit dem Essen in seiner Kehle kaum atmen oder würde schmerzhaften Durchfall bekommen.

Und jetzt wird sie von Prudence, ihrer einhunderteinjährigen Großtante, mit einem Kuss auf jede Wange begrüßt. Ohne irgendwelche Anzeichen, dass ihr in naher Zukunft der Tod bevorsteht.

»Hier«, erklärt Prudence mit einem Nicken Richtung Dielenbank, »hier kannst du deine Sachen ablegen. Hast du Hunger? Sollen wir gleich essen?«

Grace hat Hunger. Sie war vor ihrem Vortrag so nervös, dass sie zum Mittagessen nur eine Handvoll Nüsse gegessen hat. Vermutlich isst Prudence wie die meisten Leute ihres Alters ziemlich früh zu Abend.

»Gern. Komm, ich helfe dir.«

Sie legt ihre Jacke und die Umhängetasche mit dem Holzkästchen ihres Großvaters in der Diele ab und folgt Prudence in die Küche. An dem sorgfältig zubereiteten Essen – der Schüssel mit Reis und Bohnen, der Servierplatte mit Okraschoten, die mit Frischhaltefolie bedeckt auf der Theke steht, den Gurkenscheiben im Salat, die noch ein paar zarte dekorative Streifen Schale aufweisen – erkennt Grace, die zahllose Betreuer für ihre Patienten eingestellt und auch gefeuert hat, dass Maricel ein wahrer Schatz ist.

Prudence deutet auf ihr Esszimmer. »Wenn ich alleine bin, esse ich am Lesetisch im Wohnzimmer, aber Maricel hat darauf bestanden, dass wir hier essen.«

Der lange schmale Tisch ist mit zwei goldfarbenen Sets und gebügelten Servietten gedeckt. Auch Angela hat die Tischwäsche immer gebügelt, so wie die Bettwäsche und all ihre Kleidung einschließlich Garcias Unterhemden.

Grace wartet, bis sie am Tisch sitzen, dann erkundigt sie sich nach den abstrakten Gemälden an der Wand.

»Ich habe sie auf einer von Kunststudenten organisierten Ausstellung gekauft, kurz nach meinem Einzug hier.« Prudence lächelt traurig. »Carlton hätten sie nicht gefallen. So wie alles Nichtgegenständliche. Selbst Whistler war ihm suspekt.«

»Mein Großvater war genauso. Nur bei der Gartengestaltung und dem Zusammenstellen seiner Blumen war er unkonventionell. Er war einer der Ersten in der Branche, die sich dafür aussprachen, sich nicht nur am Künstlerischen, sondern auch am Natürlichen zu orientieren.«

Grace spürt, wie wach Prudence ist und wie sehr sie sich zurückhalten muss, um sie nicht nach weiteren Details zu fragen, denn schließlich ist es ja noch früh am Abend. Normalerweise obliegt Grace das Zeitmanagement. Sie achtet stets sorgfältig darauf, wann eine Aufforderung, mehr zu erzählen, eine Tür öffnet oder schließt. Sie ist es nicht gewohnt, dass jemand ihr gegenüber Vorsicht walten lässt und auf sie eingeht.

Prudence erzählt ihr von ihrer einzigen Reise nach Kalifornien. Ihre einstige Chefin schickte sie Anfang der vierziger Jahre dorthin, weil sie, um ihrer Firma in jenen schweren Zeiten das Überleben zu sichern, eine Geschirrlinie in Anlehnung an die *Franciscan Ceramics* entwickelt hatte. Prudence deutet auf die Servierplatte mit den Okraschoten, die aus jener Keramikmanufaktur stammt und mit dem Muster »Desert Rose« verziert ist, einem der erfolgreichsten jener Firma. Sie hat sie damals aus Kalifornien mitgebracht.

Als sie bemerkt, wie Grace die Platte betrachtet, befürchtet Prudence, dass sie ihr altmodisch vorkommt. Oder, schlimmer noch, kitschig. Dabei hat Prudence Dekoration nie als etwas Spielerisches betrachtet und immer die Schlichtheit darin gesucht.

Sie erzählt Grace, wie anders ihr damals Los Angeles vorkam. Alles lag so weit auseinander. Sie brauchten einen Chauffeur, um von einem Ort zum anderen zu gelangen. Was sie nicht sagt: *Wie seltsam es doch ist, dass ihr auf jener Reise nie in den Sinn kam zu versuchen, ihren Bruder zu treffen.*

»San Francisco ist viel kleiner. Eigentlich braucht man dort kein Auto. Ich habe allerdings eines, weil ich manchmal schnell wohin muss.« Grace seufzt. Egal, wie sehr sie sich auch bemüht, im Privaten ihre Arbeit außen vor zu lassen, findet sie sich auch jetzt in einer dieser Sackgassen wieder. Sie denkt an Pfleger, die nicht mehr weiterwissen und sie um Mitternacht um Hilfe bitten. Etwa beim Spritzen von Schmerzmitteln, wovor sie Angst haben, obwohl sie es ihnen doch mit Orangen beigebracht hat. Sie denkt an erwachsene Kinder, die wollen, dass sie offiziell den Tod feststellt, denen es im Grunde aber nur darum geht, in jenen numinosen Stunden, wenn der Raum von der Aura eines Menschen erfüllt ist, der gegangen ist, nicht allein zu sein.

Und jetzt sitzt sie da und kann nicht umhin zu bemerken, dass Prudence nicht mehr als zweihundert Kalorien zu sich genommen hat: ein paar Bissen Okra, ein paar Gabeln Reis mit Bohnen, zwei Gurkenscheiben. Wie oft hat sie die Angehörigen angewiesen, sich wegen Essensfragen nicht mit ihren todkranken Liebsten zu streiten? Sie essen ganz automatisch das, was ihnen in diesem Stadium als das Beste erscheint, lehrt sie immer. Allerdings weist nichts darauf hin, dass Prudence sich in ihren letzten Lebenswochen befindet.

Nachdem Prudence die Gabel endgültig weggelegt hat, räumt Grace den Tisch ab und stellt das Geschirr in die Spülmaschine, während Prudence Tee kocht und ein Tablett mit der Kanne und Buttergebäck belädt.

»Ich glaube, wir haben Maricels Wunsch, das Esszimmer zu nutzen, Genüge getan«, stellt Prudence leise lächelnd fest. »Trinken wir den Tee im Wohnzimmer.«

Grace trägt das Tablett zu dem Lesetisch vor dem Fenster und holt dann ihre Umhängetasche aus der Diele. Sie setzt sich in den Ohrensessel gegenüber von Prudence und lässt den Tee noch ein bisschen ziehen, wie sie es ihr bei ihrem ersten Besuch geraten hat.

»Wann hast du das letzte Mal mit meinem Großvater gesprochen?«

»Mit Randall gesprochen? Das war wohl an dem Abend, als er wegging. Grundgütiger, vor neunzig Jahren.« Prudence blickt auf den Fluss hinaus. »Wenn man alt wird, richtig alt, erscheinen einem all die Jahre unwirklich. Wenn mir jemand sagen würde, ich hätte mich verrechnet und wäre in Wirklichkeit erst einundsechzig, würde ich denken: ja, natürlich.«

Sie sieht wieder Grace an. »Oder hast du das gar nicht wörtlich gemeint? Wolltest du eher wissen, wann wir zuletzt Kontakt hatten?«

Grace nickt. Sie weiß selbst nicht ganz genau, was sie gemeint hat.

»In seinem ersten Jahr, als Randall im Westen war, hat er uns mehrmals geschrieben, aber seine Briefe wurden schon bald immer seltener. Als mein Vater starb, schickte meine Tante ihm ein Telegramm. Später erfuhren wir, dass er es nicht erhalten hat, weil er umgezogen war. Ich weiß nicht mehr, wann seine Briefe endgültig ausblieben, doch nach dem Tod meiner Mutter hatte ich keine Ahnung, wo und wie ich ihn erreichen könnte.«

Grace gießt den Tee ein. Sie erinnert sich daran, dass Prudence Sahne nimmt, aber keinen Zucker. Es gibt nur eine Handvoll Leute, von denen Grace weiß, wie sie ihren Kaffee oder Tee trinken: ihr Großvater, Angela, Kate, ihre beste Freundin seit der fünften Klasse, und Garcia.

Garcia: keine Milch, drei Würfel Zucker.

Sie kann die Kanten des Holzkästchens in ihrer Umhängetasche spüren, die an ihren Füßen liegt. Als sie das Kästchen einpackte, hat sie sich nicht weiter überlegt, ob es gut wäre, es Prudence zu zeigen, sollten sie sich treffen. Doch jetzt kommt es ihr wie ein Fels in einem tosenden Fluss vor. Entweder man hält bei ihm an, oder man kehrt auf seiner Höhe um, oder man manövriert darum herum, lenkt das Kanu oder Floß durch die schmale Passage zwischen Fels und Ufer. Und vertraut darauf, dass es dahinter keine Stromschnellen gibt, keinen dreißig Meter tiefen, schäumenden Abgrund.

Ein Dutzend Mal im Jahr sitzt sie Ehepartnern, erwachsenen Kindern oder, was sie stets am meisten berührt,

Eltern gegenüber, die sie fragen: »Sollen wir es Grandma/Dad/unserem Sohn sagen, dass er/sie einen inoperablen Tumor/Krebs im vierten Stadium beziehungsweise ALS hat?« – eine Krankheit, bei der man irgendwann nicht einmal mehr laufen, reden, schlucken kann. Ein Dutzend Mal im Jahr überlegen Angehörige in ihrer Anwesenheit, ob es nicht besser wäre, der Mutter, dem Mann, dem Bruder, der Tochter diese Information für die ihr oder ihm noch verbleibende Zeit zu ersparen. Sechs Monate, sechs Wochen, sechs Tage. Ein Dutzend Mal im Jahr presst Grace die Hände zusammen und sagt: »Ich verstehe Ihre Sorge, aber das Wissen, dass wir es mit dem Tod zu tun haben …« An diesem Punkt wirft sie stets ein: »Das, was jetzt kommt, ist natürlich nur meine Philosophie. Wenn Sie jemand anderen kennen, dem Sie diese Frage stellen können, sollten Sie auch mit ihm sprechen.« Dann fährt sie fort: »Niemand, und auch das ist wieder nur meine persönliche Ansicht, sollte einem anderen Menschen die Möglichkeit nehmen, sein Leben bewusst zu Ende zu leben.«

Normalerweise folgen Nicken und Tränen, doch manchmal reagieren die Menschen auch mit Zweifeln und Unverständnis. Dann muss sie ihnen erklären, wie viel in diesem letzten Lebensabschnitt gerade durch das Wissen um den Tod passieren kann: Vergebung, Wiedergutmachung, Liebe, die nie ausgedrückt wurde. Und dass so etwas ein Segen ist, nicht nur für den Sterbenden, sondern auch für die ganze Familie. Doch jetzt sitzt sie da und fragt sich, ob sie Prudence das Kästchen zeigen soll. Ob es, da sie ihren Bruder neunzig Jahre nicht gesehen hat, ein

Geschenk sein oder zum Aufbrechen einer Wunde führen wird, wenn sie die Dinge betrachtet, die für Randall die Reste und Erinnerungen an das waren, was sein Leben gewesen war, bevor er seine Familie verließ.

Grace beugt sich vor. Blut strömt ihr in den Kopf, sie sieht dunkle Kreise und Lichtblitze vor ihren Augen, spürt das flaue Gefühl im Magen, das in den ersten Jahren nach Garcias Tod ihr stetiger Begleiter war. Dann holt sie das Holzkästchen aus der Tasche und stellt es vor Prudence auf den Tisch.

Prudence starrt es an. Verblüfft erkennt sie, dass es das Kästchen ist, das Randall damals aus dem Regal in ihrem gemeinsamen Zimmer genommen und in seinen Rucksack gesteckt hat. Kurz denkt sie, dass ihr Herz stehen bleiben könnte, wenn sie das Kästchen ihres Bruders öffnet. Sie wagt es nicht, Grace anzuschauen, wagt es nicht, die junge Frau sehen zu lassen, was sich, wie sie befürchtet, deutlich in ihrer Miene spiegelt.

Das Kästchen ist schwerer, als es Prudence erwartet hat. Sie hebt es hoch, atmet den Holzgeruch tief ein, presst die schmale Seite mit dem Messingverschluss an ihre Brust, dorthin, wo Randalls Abwesenheit in den ersten Wochen danach ein Loch geformt hat. Morgen für Morgen wachte sie mit einem Gefühl der Verwirrung auf, bis die Erkenntnis einsetzte, dass er weg war und sich zwischen ihrem Herzen und ihrem Bauch ein schreckliches Vakuum aufgetan hatte.

Wenn das Mädchen, die junge Frau, diese Grace, sie nicht beobachten würde, Prudence würde das Kästchen an ihr Gesicht heben, um zu riechen, ob der Geruch ihres Bruders noch an dem Holz haftet. Wäre Grace nicht hier, würde sie das Holz vielleicht sogar ablecken. Doch so etwas kann sie in Anwesenheit einer anderen Person natürlich nicht tun. Wie übertrieben, wie grotesk so ein Verhalten wirken würde! Stattdessen stellt sie das Kästchen wieder auf den Tisch.

Grace wendet den Blick ab, wie sie es in Anwesenheit der Familien tut, wenn sie ihnen ihre Gedanken über das Recht zu wissen, dass wir sterben, mitgeteilt hat. Für die meisten Menschen spricht sie nur etwas aus, was sie bereits begriffen haben, und wenn sie dann ihren Kopf dreht, gesteht sie ihnen die nötige Ungestörtheit zu, damit sie ihre klügste, großzügigste und wichtigste Entscheidung treffen können. Den anderen – diejenigen, über die sie sich später, wenn sie schon auf dem Weg zu ihrem nächsten Termin ist, noch viele Gedanken machen wird – erspart sie damit, ihr Entsetzen darüber zu bemerken, dass der Fels immer näher kommt und niemand weiß, was hinter ihm liegt.

Durch das Fenster sieht sie die blutrote Scheibe der Sonne am Horizont, den Fluss, der in dem unvergleichlichen Licht am Ende des Tages glänzt. Die Ostküste dessen, was ihr Großvater immer als »unser großes Land« bezeichnet hat. Sie ist schon etliche Male hier gewesen, ohne ihre Großtante ausfindig zu machen. Und ihr Großvater? War nicht auch er in der Stadt und hat ein, zwei Nächte vor und nach seiner Atlantiküberquerung mit Cecelia Brown hier verbracht? Dachte er damals nie daran, seine Schwester und seine Mutter zu besuchen? Lebte seine Mutter zu jener Zeit überhaupt noch?

Wenn Grace als Kind die Schule einmal ausfallen lassen musste, weil sie krank war – was nicht oft vorkam –, verließ ihr Großvater seinen Blumenladen gegen Mittag, um nach ihr zu sehen. Dann nahm er immer das Holzkästchen aus seinem Büro mit, vermutlich weil er dachte, es würde sie unterhalten. In ihrem Zimmer zog er den Sessel neben das große Bett mit Baldachin, auf dem sie wie eine angeschlagene Prinzessin lag und auf dessen Nachtkästchen eine Karaffe mit Wasser stand, das Angela erst kochte und dann auf Raumtemperatur abkühlen ließ. Grace' Großvater hätte dem Wasser stets gern noch Eiswürfel hinzugefügt, doch das verbot ihm Angela standhaft.

Dann legte er ihr das Holzkästchen in den Schoß und forderte sie auf, seinen Inhalt aufzuzählen, bevor sie es öffnete.

»Es sind Steine darin, die du am Strand vor Laurelton Hall gesammelt hast«, antwortete sie ernst. »Eine blaue Fliese, die dir dein Vater geschenkt hat, Kopien von Zeitungsartikeln, die du in der Bücherei gefunden hast. Der eine handelt von einer Hochzeit, der andere von einem großen Fest.«

»Das Fest war das Pfauenfest, und es fand vor der Hochzeit statt. Aber die beiden Feste lagen nur wenige Monate auseinander. Das Jahr?«, fragte ihr Großvater dann immer wie bei einem IQ-Test.

Daraufhin runzelte Grace die Stirn und versuchte, sich zu erinnern, und Angela, die wie immer, wenn Grace oder

Garcia krank waren, in einer Zimmerecke saß und häkelte, machte tadelnd »ts, ts«, um die Ausfragerei zu unterbinden. Dann befahl ihr Großvater Angela verärgert, den Raum zu verlassen, sie könne ja eine kleine Glocke neben Grace' Bett auf den Nachttisch legen, damit diese klingeln konnte, sollte sie etwas brauchen. Doch Angela weigerte sich stets, ihren Platz zu räumen.

»Mr Randall«, pflegte sie zu erwidern, »in meinem Land lässt eine Mutter ihr krankes Kind nicht allein.« Grace' Großvater setzte dann einen finsteren Blick auf, war aber insgeheim froh, dass Angela so wachsam war. Auch wenn er sie in ihrem Glauben, der Todesengel könne sich in den Raum schleichen, sobald sie nicht mehr Wache hielt, nicht bestärken wollte. In dem Glauben, dass sie, hätte sie seine Anweisung nicht befolgt, ihn mit Mrs Carolyn in deren letzten Momenten ihres Lebens allein zu lassen, den dunklen Todesboten niedergerungen oder einen Handel mit ihm eingegangen wäre, dass er sie statt Mrs Carolyn mitnähme.

»1914?«, vermutete Grace.

»Stimmt. Der Artikel stammt vom vierundzwanzigsten Mai, aber das Fest fand schon am fünfzehnten statt.«

Daraufhin durfte Grace das Kästchen öffnen und einen Blick auf die gehefteten Seiten werfen, die ihr Großvater ordentlich beschriftet hatte. Unter seiner Aufsicht betrachtete sie die Fotos: die fünf jungen Mädchen in ihren langen weißen Kleidern. Drei von ihnen schienen lebendige Pfauen zu tragen, doch ihr Großvater hatte ihr erklärt, dass sie gebraten worden waren und ihnen das Federkleid nur für die Präsentation nachträglich übergestülpt worden war. Ein Mädchen trug den Kopf eines Pfaus wie eine Art Hut. Ihr Gesicht wirkte blass und reglos, wie aus Stein gemeißelt. Dazu eine Gruppe von Kindern mit Kochmützen und ausgestopften Schürzen, die sie dicker wirken ließen als die gefüllten Spanferkel, die sie auf ihren Tabletts hochhielten.

Als Grace dreizehn war, konnte sie auch die meisten der anderen Gegenstände in dem Kästchen aufzählen: weitere Zeitungsartikel, der obere Teil einer Pfauenfeder, ein Foto ihres Großvaters als Vier- oder Fünfjähriger, auf einer Decke mit zwei identisch gekleideten Babys sitzend, und ein Bündel Briefe, das von einer goldenen Schleife zusammengehalten wurde. Doch zu jener Zeit kam sie sich bereits zu alt vor, um ihren Großvater neben sich sitzen zu lassen, wenn sie krank im Bett lag. Außerdem war ihr Großvater mit seinen Gedanken überwiegend bei Garcia, der in der siebten Klasse in Mathe durchgefallen war und Englisch, Geschichte und Biologie nur mit Mühe bestanden hatte. Daraufhin wurde er von einem Psychologen getestet, der eine noch kleinere, noch flexiblere Schule empfahl als diejenige, die Garcia besuchte, nachdem er es auf der Presidio Academy, auf die sein Vater und sein Urgroßvater gegangen waren, nicht geschafft hatte.

Wieder verspürt Grace einen spitzen Schmerz der Sorge. War es falsch, das Kästchen mitzubringen? In ihrer Ausbildung haben sie ihre Lehrer immer darauf hingewiesen, dass man bei Menschen, die am Verhungern sind, sehr langsam vorgehen muss. Man darf nur mit einem oder zwei Löffeln Brühe anfangen, weil eine komplette Mahlzeit den Körper überfordern könnte.

»Hättest du gern, dass ich dir heute nur ein oder zwei Dinge aus dem Kästchen zeige?«

Prudence nickt. In ihrem Blick liegt ein Anflug von Angst. Grace denkt an ihren Großvater, daran, wie er sie auf seiner Fahrt zu Garcia in dem Diner, in dem sie arbeitete, besuchte. In seinem Blick lag dann immer eine gewisse Angst vor den Neuigkeiten, die sie ihm berichten würde. Plötzlich erkennt Grace, dass diese Frau, die ihr gegenübersitzt, die Schwester ihres Großvaters ist: das gleiche herzförmige Gesicht, die gleichen veilchenblauen Augen.

Grace zieht das Kästchen zu sich heran, öffnet mit dem Daumennagel den kleinen Messingverschluss und klappt den Deckel hoch.

Ein schwacher Geruch dringt aus dem Inneren. Prudence atmet ihn ein: eine Mischung aus leichtem Moder, etwas Salzigem, etwas, was zu Staub zerfällt. Ein Duft, der ein vergangenes Jahrhundert umhüllt. Er ruft in Prudence das Antlitz ihrer Mutter wach. Ihr Gesicht, bevor sie in die Stadt zogen: ihr Lachen, bei dem sich ihre Zähne zeigen und Fältchen um ihre Augen bilden; wie sie ihren Zopf löst und ihre roten Haare hundertmal bürstet; ihre mit Sommersprossen übersäten Waden am Strand, an den die Bediensteten gehen dürfen, wenn Mr T., seine Frau und seine Kinder nicht da sind. Ihre Mutter, wie sie den Kern aus einer Pflaume saugt und ausspuckt, bevor sie Prudence die Frucht gibt. Wie sie sie auf eines der Ponys hebt, die vor der Scheune auf der Weide stehen. »So ein großes Mädchen, Prudence. Du bist so ein großes Mädchen.« Prudence selbst, die Socken und Schuhe ausgezogen hat, sodass sie die nackten Zehen in die kühle, feuchte Erde wühlen kann, während ihr Vater den Flieder inspiziert und ihre Mutter sich über die duftenden Blütendolden beugt.

Grace blättert durch verschiedene Kopien, offenbar auf der Suche nach einer bestimmten. Als sie sie gefunden hat, schlägt sie die Blätter an der Stelle auf und reicht sie Prudence.

Fotos von kostümierten Kindern und jungen Mädchen sind darauf zu erkennen, doch Prudence sieht nur die Worte am oberen Rand. In einer Handschrift, die ihrer sehr ähnlich ist, hat ihr Bruder geschrieben: *Das Pfauenfest, 15. Mai 1914.*

Als Prudence die Augen öffnet, sitzt Grace stumm ihr gegenüber am Lesetisch. Die kopierten Seiten liegen noch auf Prudence' Schoß. Sie ist verlegen, weil sie weggedöst ist.

»Wie lange habe ich geschlafen?«

»Nicht lange. Vielleicht zehn oder fünfzehn Minuten.«

»Hoffentlich habe ich dich nicht beunruhigt. Ich wache in letzter Zeit immer sehr früh auf, und tagsüber schlafe ich immer mal wieder ein. Ich fürchte, ich bin wie ein Baby.«

»Ein bisschen besorgt bin ich schon. Aber nicht weil du immer wieder einnickst, sondern weil du hier alleine lebst.«

»Ich habe ja Maricel. Sie kommt jeden Tag außer am Sonntag. Und sie passt auf mich auf wie eine Bärin auf ihr Junges.«

»Aber was ist, wenn du hinfällst oder sonst etwas passiert, und sie ist nicht da? Würdest du einen mobilen Alarmknopf tragen, würde jemand benachrichtigt werden.«

»Wenn ich hinfalle, ist das auch keine Katastrophe. Ich habe ein sehr, sehr langes Leben gehabt. Ich bin wie eine Konservendose, die ihr Mindesthaltbarkeitsdatum längst überschritten hat.«

Was Prudence nicht sagt: *Ein sehr langes Leben, das in einem wahren Überfluss seinen Anfang nahm und nach und nach verkümmert ist, bis jetzt nur noch Maricel und meine schönen Sachen wie die Servierplatte und die Bilder übrig sind.*

»Ich komme am Donnerstag wieder, so gegen fünf. Wäre dir das recht?«

»Gerne. Das wäre schön.« Erst nachdem Prudence die Worte ausgesprochen hat, merkt sie, dass sie stimmen.

»Soll ich das Kästchen hierlassen?«

Prudence nickt. Sie bleibt in ihrem Sessel sitzen, während Grace abräumt. Sie hört Wasser ins Spülbecken laufen und denkt daran, dass sie in Grace' Alter bereits verwitwet war.

Grace kehrt zurück und beugt sich zu Prudence hinunter, um ihr einen Abschiedskuss zu geben.

Was ihr Bruder doch für ein Glück mit dieser wundervollen Enkelin hatte!

»Du musst mich nicht rausbringen. Die Tür schließt automatisch, oder?«

»Ja.«

Nachdem die Tür ins Schloss gefallen ist, betrachtet Prudence noch einmal die Kopien in ihrem Schoß. Sie hat sich so auf die Schrift ihres Bruders konzentriert, dass ihr gar nicht aufgefallen ist, dass sie genau diesen Artikel schon einmal in der Hand gehabt hat, vor gut sechzig Jahren. Damals, als sie mit ihren nassen Überschuhen im Zeitschriftensaal der New York Public Library saß. Einer schweren Zeit in ihrem Arbeitsleben, denn all die Dinge, die sie für ihre betuchten Kunden erwarb, fühlten sich für sie an, als wären sie einzig dazu da, Reichtum zu symbolisieren. Immer wieder schoss ihr der Gedanke durch den Kopf, dass sich ihre Kunden doch einfach ein Schild mit ihrem Vermögenswert auf den Rücken kleben sollten, anstatt ihr Geld für Sheraton-Anrichten und Chippendale-Stühle auszugeben.

Sie betrachtet die Kopien genauer und bemerkt, dass ihr Bruder zwei Artikel zusammengeheftet hat. Im ersten, der schon zwei Tage nach dem Ereignis erschien, stößt sie auf eine kurze Beschreibung des Menüs und eine Namensliste der verkleideten Mädchen und Knaben. In dem zweiten, der eine Woche später publiziert wurde, füllen Fotos der Parade fast eine ganze Seite.

Prudence findet Dorothys Namen unter einem der Fotos. Sie trägt einen Pfau auf einem Tablett auf der Schulter. Ihr dichtes Haar fällt ihr bis zu ihrer Taille, und die Bänder ihres griechischen Gewandes sind so geschlungen, dass ihr Hintern betont wird. Von Tiffany selbst gibt es kein Bild, obwohl sich Prudence schwach an ein Foto von ihm erinnert, auf das sie an ebenjenem Märznachmittag in der Public Library gestoßen ist. Es zeigte ihn auf dem ägyptischen Fest, das er ein Jahr zuvor veranstaltet hatte. Er war als Pascha verkleidet und trug eine seidene Pluderhose. Seine breite Stirn, die ihm einen unergründlichen Ausdruck verlieh, wölbte sich über dunklen Brauen. Auf seinem Kopf saß ein Fez.

Prudence' Lider werden schwer, und wieder döst sie ein. Wer weiß – vielleicht ist es eine Fantasie, ein Wachtraum oder eine Erinnerung: Sie hat sich hinter einer Wand versteckt und beobachtet eine Schar Pfauen. Sie schreien, strecken die Brüste vor, fächern ihre riesigen Schwänze auf. Tausend blaue Augen schimmern und flackern.

Dann ein Geräusch an Prudence' Ohr. Ein kleiner Junge in ihrem Alter kauert neben ihr, sie hat ihre Finger mit seinen verschlungen, und er weint.

6. Kapitel

Leo & Jacie, San Francisco, 1963 bis 1965

Mit fünfzehn war Grace' Vater Leopold nicht mehr zu bremsen. Im Frühling 1963 war er in der neunten Klasse und besuchte in allen schwierigen Fächern – Mathematik, Latein, Chemie – die Leistungskurse. Im nächsten Jahr sollten er und sein bester Freund Gary Co-Captains der Basketballmannschaft seiner Schule werden. Bis dahin hatte sich Leos Auflehnung auf die gedanklichen Zwiegespräche mit seiner Mutter beschränkt. Seine Mutter hatte immer versucht, ihn bei Laune zu halten: *Sei geduldig, sei tolerant, dein Vater liebt dich, noch ein paar Jahre, dann kannst du deine eigenen Entscheidungen treffen.* Leo wusste nichts von den LSD-Experimenten im Menlo Park oder davon, dass Haight-Ashbury bald ein Zufluchtsort für Suchende und verlorene Seelen von Maine bis Texas werden würde, aber er spürte es. Es fiel ihm wie Schuppen von den Augen, denn plötzlich kam ihm das Leben, das er auf seiner Schule und in Pacific Heights führte, völlig absurd vor. Der marineblaue Blazer, den er zum Unterricht trug, die weiße Tenniskleidung, die im Klub seiner

Großeltern Pflicht war, die gestreifte Krawatte für die Sonntagsessen, all dies erschien ihm wie Kostümierungen aus einer vergangenen Zeit.

Im März wechselte Leo wie jedes Jahr vom Basketball- ins Lacrosseteam. Eines Tages im Mai wurde das Training abgesagt, weil das Spielfeld zu nass war. Gary, der im Frühling in keiner Mannschaft spielte, fragte Leo, ob er mit zum Kelly Beach kommen wolle. Der Surfspot lag südlich vom Cliff House, einem Restaurant, in dem Leos Großeltern sonntags oft mit ihm zu Mittag aßen, selbstverständlich nur unter der strikten Auflage seines Vaters, nicht an den Strand zu gehen. Gary, ihr gemeinsamer Freund Jimmy, dessen Bruder Shane, der ein Jahr älter war als Jimmy, und Will, ein Freund von Shane, lernten bei einem jungen Mann namens Flab surfen. Flab verlangte für den Unterricht inklusive der Bretter, die sie bei ihm leihen konnten, zwanzig Dollar, die die Jungs von ihrem Taschengeld abzweigten.

Leos Herz hämmerte so heftig, dass er nur nicken konnte. »Aber ich habe keine Badehose dabei.«

»Nimm doch die aus deinem Spind«, schlug Gary vor. »Marshall« – ein Angestellter, der die Spinde beaufsichtigte – »wird denken, dass du sie zum Waschen mit nach Hause nimmst.«

In Leo stieg eine Welle der Dankbarkeit auf, und er erinnerte sich an die Zeit vor sechs Jahren, als er nach der Beerdigung seiner Mutter in die Schule zurückgekehrt war. Die meisten Jungs hatten sich ihm gegenüber seltsam verhalten, manche hatten ihn sogar gemieden, nur Gary war direkt auf ihn zugegangen. Schon damals war er der Größte in ihrem Jahrgang gewesen. Seine Bewegungen wirkten noch ein wenig unkoordiniert, weil er rasch gewachsen war, doch trotz seiner Unbeholfenheit, die manche Lehrer fälschlicherweise mit Einfalt assoziierten, war Gary schon immer ein ernsthafter Denker gewesen. Bereits mit neun erkannte er die Themen in den Kinderbüchern, die sie damals lasen, sofort und dachte über Fragen nach wie: Muss es Kriege geben? Jedenfalls hatte er Leo nach dem Tod seiner Mutter die Hand auf den Rücken gelegt und war ihm in Leos Erinnerung das ganze Jahr kaum mehr von der Seite gewichen. Gary gesellte sich zu ihm, wenn sie in Zweiergrüppchen laufen sollten. Am Telefon las er ihm geduldig die Wörter vor, die sie buchstabieren sollten: wahr, war; Häute, heute; Stadt, statt; Lehre, Leere. Als sie im Sportunterricht ein Seil hochklettern mussten und es Leo nur zehn Zentimeter über den glänzenden Turnhallenfußboden schaffte, hatte Gary ihn angefeuert: »Komm schon, Leo, du schaffst es! Umklammere das Seil mit den Oberschenkeln und pack fest mit beiden Händen zu, dann kannst du dich leichter hochziehen.«

Shane hatte zu seinem sechzehnten Geburtstag den alten Ford seines Vaters geschenkt bekommen. Zum ersten Mal saß Leo in einem Wagen, den ein Kumpel lenkte. Will kletterte auf den Beifahrersitz, Gary, Jimmy und Leo saßen hinten. Die Fenster waren weit geöffnet, der Fahrtwind fuhr Leo ins Gesicht, und aus dem Radio dröhnten die Beach Boys mit »Surfin' U. S. A.«. Will reckte in einer triumphierenden Geste beide Arme nach oben. Es war aufregend.

Auf dem Parkplatz vom Kelly Beach reichte Jimmy Leo

einen der muffigen Neoprenanzüge aus dem Kofferraum. Die anderen stiegen in die Beine und zerrten den Zwickel so hoch in den Schritt wie möglich, bevor sie die Arme in den Anzug steckten. Leo machte es ihnen nach. Nicht einmal Gary konnte er gestehen, dass er noch nie am Strand entlanggelaufen oder das Meer an Händen oder Füßen gespürt hatte.

»Das da ist Flab.« Gary deutete auf einen jungen Mann, dessen Haare von Sonne und Meer ausgebleicht waren. Er hatte muskulöse Arme und einen Bauch, der ihm über die Surfshorts hing.

»Milchbubis!«, rief er ihnen zu.

»Er trägt nie einen Neo«, erklärte Gary Leo.

»Das Wasser ist euch nur zu kalt, weil ihr untenrum noch keine Haare habt.«

Als Leo den Sand unter den Füßen fühlte, dachte er, sein Herz würde stillstehen. *Leo*, hörte er seine Mutter sagen.

Der Himmel war bewölkt, das Meer noch rund fünfzig Meter entfernt. Weißer Schaum krönte die hohen grauen Wellen.

Leo.

»Verdammte Wellen!«, schrie Shane und rannte mit seinem Brett zum Wasser.

Leo, hör auf.

Er wollte aufhören. Er wollte genau das tun, was seine Mutter ihm sagte.

Lass es deinem Vater zuliebe bleiben. Das Meer sieht wirklich ziemlich rau aus, mein Schatz.

Tränen stiegen ihm in die Augen. Er stellte sich vor, wie

Flab sich über ihn lustig machen würde, wenn er kehrtmachte. Gary und vielleicht auch Jimmy würden es verstehen, aber Shane und Will würden ihn zusammen mit Flab als Weichei verspotten.

Verschwinde!, schrie er in Gedanken. *Verschwinde!* Und zu seinem Erstaunen verstummte seine Mutter.

Die anderen hatten schon einen Monat lang Surfunterricht gehabt, und im Schwimmen im Pazifik waren sie ihm ein Jahrzehnt voraus. Aber beim Basketball und Lacrosse hatte er gelernt, sich mit seinem schlaksigen Körper – »Leo hat seinen Hintern daheim gelassen«, neckten ihn seine Freunde immer – effizient zu bewegen. Sehr zu seiner Verwunderung lösten sich sämtliche Ängste in Luft auf, sobald er im Wasser war.

»Hört zu, was Big Daddy euch zu sagen hat: Dieser Junge wird der Beste von euch werden«, verkündete Flab ihnen nach wenigen Minuten.

In die neue Sprache übersetzt, die Leo ohne die Stimme seiner Mutter im Kopf bald mit Leichtigkeit beherrschte, war es ihm scheißegal, ob er von einem Brett am Kopf getroffen wurde, denn er würde als Sieger dastehen, wenn er eine Welle erwischte, aber auch, sollte er sich die Wirbelsäule brechen und in der Brandung sterben. Der zweite Gedanke – dass er auch ein Gewinner wäre, wenn er starb – überraschte ihn. Er hatte sich nie für depressiv gehalten, war sich ziemlich sicher, es nicht zu sein. Es war ihm nur wichtiger, jetzt zu leben, als lange zu leben. Und er würde nur verlieren, wenn er wie ein Angsthase dastand und die Wellen vom Ufer aus beobachtete.

Danach offenbarte Leo Gary, wie wahnwitzig die Ängste seines Vaters vor Wasser waren. »Der brummt mir Hausarrest auf, bis ich vierzig bin, wenn er herausfindet, dass ich hier war.«

»Wow, Mann, das hab ich gar nicht gewusst. Du hättest es mir sagen sollen.« Gary betrachtete ihn mit der Sorge des Kinderarztes, der er tatsächlich später werden würde. »Mir war klar, dass dein Vater das Gegenteil von locker ist, aber nicht, dass es so schlimm ist.«

»Weißt du noch, wie er mich damals nicht mit deiner Familie an den Russian River lassen wollte?«

Gary nickte.

»Das war dasselbe – er wollte einfach nicht, dass ich in der Nähe von Wasser bin.«

Doch letztlich war alles ganz einfach. Nach dem Surfen begleitete Leo Gary jedes Mal nach Hause, duschte in Garys Bad, wusch sich den Sand und das Meer vom Körper, ließ seinen Wetsuit bei Gary liegen, winkte dessen Mutter zum Abschied und lief die sechs Blocks nach Hause. Wenn er daheim ankam, waren seine Haare trocken.

Verschwinde!, hatte er seine Mutter an jenem Nachmittag angeschrien. *Verschwinde!* Er wusste nicht, dass es ihm wie der Frau des Fischers im Märchen ergehen würde, die sich wünschte, dass sich alles, was sie berührte, in Gold verwandeln würde, dann aber jämmerlich verhungerte, weil auch ihr Essen und Trinken zu Gold geworden war. In jenem Moment hatte Leo keine Ahnung, dass seine Mutter endgültig verschwinden und er ihre Stimme nie mehr hören würde.

Nach den Sommerferien kamen Leo, Gary und Jimmy in die zehnte Klasse, Shane und Will in die elfte, und ihr Surfunterricht endete ebenso abrupt, wie er begonnen hatte. Gary mit seinen großen Füßen und dem breiten Oberkörper war der schlechteste Surfer von ihnen und hatte es als Erster satt, sich in den feuchten, klebrigen Neoprenanzug zu zwängen, das Brett über den breiten Strand zu tragen und im eiskalten Wasser hin und her geworfen zu werden. Aber auch für Basketball interessierte er sich nicht mehr. In seiner Freizeit hörte er Rock 'n' Roll, die Musik von Elvis Presley und den Drifters, die ihre Kindheit geprägt hatte, und die britischen Bands, die jetzt alle so toll fanden.

Leo langweilte sich im Unterricht, aber er war immer ein guter Schüler gewesen. Er hatte das Gefühl, dass ihm gar nichts anderes übrig blieb, als sich seinem Vater zuliebe anzustrengen, denn der hatte ihm gestanden, welche Momente für ihn die schrecklichsten seines Lebens gewesen waren: als Leos Mutter starb und als er die Schule nach der sechsten Klasse hatte verlassen müssen. Mathematik fiel Leo leicht, und er wusste, dass er sich deshalb glücklich schätzen konnte, doch seine wahre Liebe galt den Büchern. Er hatte sämtliche Romane aus der Serie *Die Hardy Boys* verschlungen und war dann auf Thomas Hardy gekommen, weil er gedacht hatte, der habe was mit den Hardy Boys zu tun. Es folgten Upton Sinclair und in keiner bestimmten Reihenfolge, da er die Autoren durch ältere Jungs, einen Lehrer oder beim Stöbern in der Bibliothek entdeckte, Arthur Miller, Dylan Thomas, Saul Bellow, Philip Roth, Jack Kerouac und Allen Ginsberg.

In den Weihnachtsferien drückte Shane, der zum Gras-Dealer der Schule geworden war, Jimmy, Leo und Gary einen Joint in die Hand. Leos Sinneswahrnehmungen schärften sich immens. Als er um Mitternacht heimkam, musste er nach Luft schnappen, weil die Gardenien auf dem Tisch in der Diele so stark dufteten. Das Maisbrot, das Angela für ihn auf der Küchenanrichte stehen gelassen hatte, schmeckte so intensiv nach Butter und war so köstlich, dass er den ersten Bissen lange im Mund behielt und dann den Rest gierig bis auf die letzten Krümel hinunterschlang. Die aß er, indem er seinen Zeigefinger mit Spucke befeuchtete und damit die Backform auswischte. Danach setzte er sich in den Salon und betrachtete die Fotos in dem Album, das seine Eltern bei seiner Geburt angelegt hatten. Die Freude seiner Mutter über ihn sprang ihn selbst jetzt noch, fast sechzehn Jahre später, direkt an. Das Album lag noch auf seinem Schoß, als Angela ihn weckte und nach oben in sein Zimmer schickte.

Im Sommer kifften Leo und Gary fast jeden Tag. Leo kam es vor, als hätte sich eine geheime Tür in ihm geöffnet und der Vogel des Kummers, der seit dem Tod seiner Mutter in seinem Inneren geschlafen hatte, flöge jetzt hinaus. Nicht dass er aufhörte, um seine Mutter zu trauern, doch wenn er oben auf den Twin Peaks einen Joint in Garys Wagen rauchte und auf die breite grüne Schneise von Presidio hinabsah, die wie sein ganz persönlicher Hinterhof unter ihnen lag, und hinaus auf die Strände, an denen sie im vergangenen Sommer gesurft hatten, spürte er, wie sich sein Blick weitete. Er konnte den Tod seiner Mutter als

Teil eines Ganzen sehen. Konnte den Zug sehen, der seinen Vater aus Hell's Kitchen in New York über die Great Plains und die Rockies nach San Francisco gebracht hatte, das damals noch eine Kleinstadt gewesen war. Konnte sich die Jahre vorstellen, in denen sein Vater unablässig gearbeitet hatte, um seinen Floristenbetrieb aufzubauen, bis er schließlich so weit gewesen war, um die Hand seiner Mutter anzuhalten. Er sah sich selbst durch Fäden mit seiner Mutter und seiner Großmutter Anita verbunden und von ihnen mit seinen Ururgroßeltern, die Sklaven besessen hatten. Fäden, die auch von seinem Vater zu dessen Eltern reichten, die Bedienstete gewesen waren. Verdutzt merkte er, dass er nicht einmal ihre Namen kannte. Er wusste nur, dass sein Großvater väterlicherseits als Gärtner und seine Großmutter als Zimmermädchen für Louis C. Tiffany, den Glaskünstler, gearbeitet hatten. Und von ihnen reichten die Fäden weiter zu seinen irischen Ururgroßeltern, die in der großen Hungersnot in Irland die Hälfte ihrer Kinder verloren hatten. Er sah sich selbst, wie er aufhörte, Basketball und Lacrosse zu spielen und auf die Vorderseite seines Geschichtshefters kritzelte: *Tod den Sportlern.*

Mit dem Marihuana purzelten die Offenbarungen aus seinem Inneren heraus, eine nach der anderen, wie Steine, die einen Berghang hinunterrollen.

»Ich werde Dichter«, erklärte er Gary.

»Das ist cool. Sehr cool.«

Gary nahm Gitarrenunterricht bei King, einem jungen Mann, der in einem Schallplattenladen in North Beach arbeitete. Nun erzählte er Leo, er habe entdeckt, dass es beim Musikmachen nicht um die Noten ging, die man von einem Papier ablas und spielte, sondern darum, die Melodie in einem selbst zu finden.

In Leo stieg eine Welle der Liebe auf, der reinen berauschten Liebe, für Gary, für King, für seinen Vater, selbst für seinen Lacrossetrainer, der nicht kapierte, warum er das Team verlassen hatte. »Ja, das verstehe ich total«, sagte er.

»Aber weißt du, was?«, fuhr Gary fort. »Das wird nicht mein Leben werden. Ich bin nicht originell. Man muss originell sein, um Künstler zu sein. Aber ich bin das nicht.« Er legte die Stirn aufs Lenkrad und begann zu weinen.

Leo wurde es ein bisschen unheimlich zumute.

»Es geht mir gut.« Gary warf ihm einen Blick zu. »Das sind gute Tränen. Sie bedeuten, dass ich mir nichts vormache.«

Am Ende von Leos erstem Jahr in der Oberstufe übergab Shane seinem Bruder Jimmy und Leo sein Marihuana-Geschäft, bevor er zu einer Europareise aufbrach. Anschließend plante er, aufs Williams College zu gehen.

»Du brauchst einen Partner«, hatte er Jimmy erklärt. »Jemanden, der auf dich aufpasst. Sonst machen die Kunden mit dir, was sie wollen.«

Und Shane hatte Leo auserkoren, weil er beim gemeinsamen Surfen am Kelly Beach die Furchtlosigkeit in ihm gesehen hatte. Hinzu kam, dass Leo Leute gut einschätzen konnte und auf Shane abgebrüht wirkte, was nicht verkehrt sein konnte.

»Im Gegensatz zu dir, Blödmann«, erklärte er seinem

Bruder, »wird Leo nicht jedem Loser, der ihm was vorjammert von wegen: ›Hey, Mann, gib mir mal paar Gramm, ich verkauf den Stoff und zahl dir das Geld am kommenden Wochenende zurück‹, das Zeug einfach so in die Hand drücken.«

Leo war schockiert, wie viel Geld er damit verdiente. Er kaufte sich einen gebrauchten VW Käfer mit eingebautem Kassettenrekorder. Seinem Vater sagte er, Shane habe ihm den Wagen für die Dauer seiner Reise geliehen. Welchen Unterschied machte schon eine weitere Unwahrheit? Er brachte es einfach nicht über sich, für so etwas das Wort »Lüge« zu verwenden. Er verkündete, den Sommer dafür nutzen zu wollen, für den Hochschulzulassungstest zu lernen. Seine Ausgaben wolle er mit dem Geld bestreiten, das er von seinen Großeltern zu seinen Geburtstagen erhalten und gespart habe.

Im Juli besuchte Leo mit Gary ein Konzert von Great Society, die King Gary empfohlen hatte. Gary war von der Band nicht besonders begeistert, aber Leo fand die Sängerin, Grace Slick, mit ihrer tiefen samtigen Stimme einfach umwerfend.

Als die Band den Song »Darkly Smiling« anstimmte, drängelte sich ein Mädchen neben Leo. Sie trug einen langen Rock, der aussah, als wäre er aus einem indischen Bettüberwurf genäht, und ein Spaghettitop, das ihm einen tiefen Einblick auf ihre großen weichen Brüste gewährte. Leo war gut zwanzig Zentimeter größer als sie, nahm aber an, dass sie ein bisschen älter war. Sie wiegte sich zur Musik, und ihr Arm streifte dabei seinen.

»Du lächelst dunkel«, sagte er.

Sie sah ihn aus schokoladenbraunen Augen an und grinste schief. Er hatte den Eindruck, dass er in ein Gedankennetz in ihrem Kopf verwoben wurde. »Dunkel, funkel«, sagte sie, und in ihrer Aussprache lag die Spur eines Südstaatenakzents. Sie reckte die Arme in die Luft, wobei sich auch ihre Brüste hoben. »Wie Feuerwerk.«

Leo bot ihr seinen Joint an. Sie hielt ihn zwischen Daumen und Zeigefinger und starrte auf die Glut.

»Das Mädel ist auf 'nem Trip«, flüsterte Gary Leo ins Ohr.

Leo nahm dem Mädchen den Joint wieder ab, bevor sie sich die Finger daran verbrennen konnte.

Als das Konzert aus war, weinte und zitterte sie, und als die Jungs sie fragten, mit wem sie hergekommen sei, deutete sie auf die Decke des Klubs und flüsterte dann: »Mit euch.«

Gary legte ihr sein Sweatshirt um die Schultern, beugte sich zu ihr vor, damit er ihr direkt in die Augen sehen konnte, und fragte sie, wo sie wohne. Zu Leos Überraschung nannte sie ihre Adresse sofort. Offenbar funktionierte ein Teil ihres Gehirns noch so weit, dass sie sich an diese wichtige Information erinnerte.

Gary schob eine Hand unter ihren Ellbogen, und zu dritt gingen sie zu Leos Wagen. Das Mädchen kletterte auf die Rückbank und rollte sich zu einer Kugel zusammen. Ihr Kopf hing schlaff vom Sitz runter. Sie wimmerte.

»Mist«, sagte Gary. »Jemand muss bei ihr bleiben, bis sie wieder runterkommt.«

Leo war klar, dass Gary, der für seinen Sommerjob in einem Jugendferienlager früh aufstehen musste, von dem durchgedrehten Mädchen genug hatte. »Ich fahr dich nach Hause, und dann bring ich sie heim. Vielleicht hat sie ja eine Mitbewohnerin, die sich um sie kümmern kann.«

Als sie vor Garys Haus hielten, bewegte das Mädchen die Finger wie beim Fingerspiel »Die freche kleine Spinne«.

»Bist du dir sicher, dass du damit fertigwirst?«, fragte Gary.

»Klar. Außerdem glaube ich, dass die Wirkung allmählich nachlässt.«

Das Mädchen wohnte in einem viktorianischen Haus in Haight. Leo ließ sie im Wagen, während er sämtliche Klingeln drückte. Ein Junge beugte sich aus einem der Fenster. »Gene?«

Leo schrie zurück, dass er nicht Gene sei, aber ein Mädchen mit dunklen lockigen Haaren in seinem Auto liegen habe, die behaupte, hier zu Hause zu sein.

»Sie wohnt in dem Apartment unterm Dach.«

»Wohnt da noch jemand?«

»Nein.«

»Hat sie hier irgendwelche Freunde, die bei ihr bleiben könnten? Sie ist ziemlich zugedröhnt.«

Das Fenster ging zu. Die Luft war wie so oft im Sommer in San Francisco feucht und kühl.

Leo rief seinen Vater von der Telefonzelle an der Ecke an. Zum ersten Mal seit Langem sagte er ihm die Wahrheit. »Ich habe ein Mädchen getroffen, das von irgendwas high ist. Ich möchte sie nicht alleine lassen.«

»Was soll das heißen, ›von irgendwas high‹?«

»Ich glaube, sie hat LSD genommen. Sie wohnt allein, und ich werde erst mal bei ihr bleiben.«

»Leo, wo bist du?«

»In einer Telefonzelle an der Ecke Haight und Clayton.«

»Ich komme zu dir.«

»Nein, Dad.«

»Du musst sie in eine Notaufnahme bringen.«

»Da würde sie ausflippen. Sie braucht einfach nur jemanden, der ein paar Stunden bei ihr bleibt, okay, Dad? Ich leg jetzt auf. Morgen früh bin ich wieder zu Hause.«

»Du kannst sie mitbringen.«

»Ich liebe dich, Dad.«

Leo ging zum Auto zurück. Er stand kurz davor, in Tränen auszubrechen. Vor dem Tod seiner Mutter hatte er seinen Eltern und Angela jeden Tag gesagt, dass er sie liebe. Jetzt konnte er sich nicht entsinnen, wann ihm die Worte das letzte Mal über die Lippen gekommen waren.

Er öffnete die Wagentür und schüttelte das Mädchen, das immer noch in ihr Fingerspiel vertieft war. »Wo sind deine Schlüssel?«

Gehorsam richtete sie sich auf, griff in ihre Tasche und zog einen Makramee-Schlüsselanhänger heraus.

»Gib sie mir.«

Sie reichte Leo die Schlüssel und folgte ihm zum Hauseingang und dann die Stufen hoch bis zu ihrem Apartment.

Leo sperrte die Tür auf und machte das Licht an. Die

Wände schimmerten in unterschiedlichen frischen Farben, an ihnen hingen Aquarellzeichnungen, immer mehrere nebeneinander. Mitten im Raum stand ein Futon, darauf lag ein Tuch aus dem Rockstoff des Mädchens, und in einer Ecke stand eine Staffelei mit einer Mandalazeichnung. Auf dem Tisch neben dem Fenster lagen Makramee-Pflanzenampeln in unterschiedlichen Graden der Fertigstellung.

Das Mädchen brach auf dem Futon zusammen, kroch unter die Decke und schloss die Augen.

Leo setzte sich an den Tisch. Hinter den Garnknäueln stand ein Radio. Er schaltete es ein. Es war auf den gleichen Klassiksender eingestellt, den seine Mutter immer gehört hatte. Er drehte sich einen Joint, nahm ein paar Züge und drückte ihn wieder aus.

Das Mädchen warf sich unruhig hin und her. Leo blieb am Tisch sitzen und lauschte der Klaviermusik, die sich anfühlte, als hätte jemand ein Mikrofon in sein Herz eingepflanzt, um seine Gefühle hörbar zu machen: Er war traurig, aber gleichzeitig hatte er auch das Gefühl, noch nie lebendiger gewesen zu sein. Als das Stück vorbei war, erklärte der Moderator, dass es sich um die *Goldberg-Variationen* gehandelt habe, gespielt von Glen Gould. Leo notierte sich den Namen in dem kleinen Büchlein, das er ständig bei sich trug, seit er wusste, dass er Dichter werden wollte.

Das Stöhnen des Mädchens war bei der Musik kaum hörbar. Schließlich schlug sie die Decke zurück und zerrte an ihrem Trägertop, bis es ihre Brüste entblößte. Sie sahen wie Sandburgen aus, gekrönt von feuchten Kreisen. Leo spürte eine Erektion und deckte das Mädchen wieder zu. Sie rollte sich zusammen und presste die Knie an den Bauch.

Nachdem das Mädchen in einen scheinbar tiefen Schlaf gesunken war, wühlte Leo in der Tasche, die sie auf dem Konzert dabeigehabt hatte. Er stieß auf ein Taschenbuch von einer gewissen Anaïs Nin, eine Dose Patschuli-Handcreme, eine Haarbürste und einen kleinen Skizzenblock mit Zeichnungen von einer großen, beeindruckenden Frau mit langen blonden Haaren und Federohrringen. Darunter stand in Bubble-Schrift: *Lake.*

Ganz unten in der Tasche lag ein Geldbeutel. Leo zögerte, bevor er ihn öffnete, nahm dann aber den Führerschein heraus und las den Namen. Fortan würde das schlafende Mädchen auf dem Futon nicht mehr »das schlafende Mädchen« sein.

Ein texanischer Führerschein. Jacie Klein. Geboren: 25.05.1946.

Sie war neunzehn, einundzwanzig Monate älter als er.

Grace' Noch-nicht-Vater legte sich auf den Boden neben ihre Noch-nicht-Mutter. Sie drehte sich zu ihm um, öffnete die Augen ganz kurz und lächelte ihn dunkel an.

Jacie erwachte erst am Spätnachmittag. Sie schlang die indische Tagesdecke um sich und kramte ein T-Shirt aus der Kommode neben dem Tisch. Sie setzten sich auf den Futon, Jacie im Schneidersitz, Leo mit ausgestreckten Beinen. Er hatte Kaffee gekocht, die Bohnen hatte er im Kühlschrank ihrer kleinen Einbauküche gefunden. Außerdem hatte er eine Papaya aufgeschnitten und ein paar Reiswaffeln mit Erdnussbutter bestrichen.

Vor einem Jahr, erzählte Jacie Leo, hatte sie mit den Zwillingen, auf die sie aufpasste, auf der Wiese vor ihrem Haus gesessen und mit ihnen Einhörner und Meerjungfrauen gemalt. Plötzlich hielt ein Eiswagen am Randstein. »Eigentlich wollte meine Mutter, dass ich im Sommer vor dem College richtig arbeitete. In einem Laden oder als Kellnerin in ihrem Countryclub, irgendwas, wo ich eher mit Leuten in meinem Alter zu tun hätte. ›Vielleicht triffst du ja einen Jungen‹, meinte sie. Aber ich hatte schon die vergangenen vier Sommer auf Max und Rachel aufgepasst, seit sie zwei Jahre alt waren, und wollte das noch einmal machen.«

Jacie wickelte sich eine Haarsträhne um den Zeigefinger. Selbst Leo wusste, dass Mädchen über solche Haare nicht froh waren: zu kraus, zu wild.

»Aus dem Eiswagen stieg ein blonder Typ. Er streckte sich, dann zündete er sich eine Zigarette an. Ich hatte noch nie eine Zigarette geraucht, aber bei ihm sah es aus wie Zen, als würde er an einem Stück Holz schnitzen oder Teig für einen Kuchen ausrollen. Nach ein paar Minuten trat er seine Zigarette aus und beugte sich vor, um die Kippe aufzuklauben. Als er aufstand, sah er mir in die Augen, und da war es um mich geschehen. Es war wie im Märchen von Dornröschen. Dale – zu dem Zeitpunkt kannte ich noch nicht mal seinen Namen – hatte einen Bann gebrochen, und ich wachte auf und wusste, dass ich etwas Außergewöhnliches mit ihm erleben würde.«

Zwei Wochen später verließ sie Houston zusammen mit Dale, nachdem sie ihr Sparbuch mit fast tausend Dollar geplündert und ihren Eltern einen Abschiedsbrief geschrieben hatte: Sie würde mit Dale nach New York fahren, um einen Freund von ihm zu besuchen, und von dort aus würden sie das Land durchqueren, weil Dale den Atlantik und den Pazifik sehen wollte. Sie würden mit dem neuen Truck fahren, den sein Vater gekauft, aber noch nicht für den Eisverkauf ausgebaut hatte. Im hinteren Bereich würden sie schlafen, zu essen würden sie sich unterwegs etwas besorgen. Sie wisse, dass Dale in den Augen ihrer Eltern kein passender Freund für sie sei – sie hatten ihn einmal getroffen, und danach hatte ihre Mutter gemeint: »Er wirkt ja ganz nett, aber sein Leben ist so ganz anders als deines ...« –, aber er sei ein ausgezeichneter Autofahrer. Sie sollten sich also keine Sorgen machen. Nicht die geringsten Sorgen.

Als sie am ersten Abend danach zu Hause anrief, rasteten ihre Eltern völlig aus. Ihr Vater, ein Gastroenterologe, der seine Patienten wie auch seine Angestellten und seine Familie mit immer derselben ruhigen, jedoch sehr autoritären Stimme anzusprechen pflegte – Jacies Bruder konnte ihn perfekt nachahmen, was ihm stets einen kleinen Klaps von ihrer Mutter einbrachte –, verlangte, dass sie ihm sofort – »Auf der Stelle, Jacie!« – sage, wo sie sei. Als sie sich weigerte, drohte er, die Polizei einzuschalten. Es war das erste Mal, dass sie nicht tat, was ihre Eltern von ihr verlangten, und sie musste ihren Vater daran erinnern, dass sie achtzehn war und damit auch rechtmäßig alleine reisen konnte. Ihre Mutter war so hysterisch, dass Jacie nur ein einziges Wort verstand: »Vassar.« Der Name des College, an dem sie im September ihr Studium beginnen sollte.

Leo betrachtete das Mädchen ihm gegenüber auf dem Futon. Sie war definitiv keine Schönheit. Definitiv kein Mädchen, wie er es sich immer erträumt hatte, wenn er darüber nachgedacht hatte, mit wem er wohl das erste Mal schlafen würde. Aber er wusste, dass es dazu kommen würde. Bald, vielleicht sogar noch an diesem Tag.

»Meine Mutter hat versucht, meinen Vater zu überreden, mich auf eine Kunsthochschule gehen zu lassen. ›Sie will einfach nur zeichnen und Romane und Gedichte lesen‹, hat sie zu ihm gesagt. ›Warum darauf beharren, dass sie Wirtschaftswissenschaften oder Chemie studiert?‹ Doch mein Vater ließ nicht mit sich reden. Er meinte, seine beiden Kinder bräuchten einen anständigen College-Abschluss.«

Jacie legte den Kopf schief. Auf ihrem Gesicht lag ein winziges Lächeln, offenbar der Belustigung über die Sturheit ihres Vaters und auch dem Kummer darüber geschuldet, dass sie ihn enttäuscht hatte. Leo war klar, dass sie ihren Vater liebte, obwohl er sich weigerte, sie so zu sehen, wie sie war. War es mit seinem Vater dasselbe? Nein, sein Vater sah ihn durchaus so, wie er war, nur verbot er ihm, so zu sein. Er verbot Leo, den beschützenden Zaun zu durchbrechen, sodass Leo nichts anderes übrig geblieben war, als zu einem Lügner und Heimlichtuer zu werden.

»Ich hatte schreckliche Angst, weit weg auf ein College zu gehen. Meine Mutter und der College-Berater suchten drei aus, an die sie meine Bewerbung schickten, ohne mich zu fragen. Als ich die Zusage von Vassar erhielt, bekam ich einen Schluckauf, der eine ganze Woche lang anhielt. Ich stellte mir vor, wie ich allein in einem Speisesaal in einem riesigen Gewölbe sitzen und mir Kartoffelbrei in den Mund schieben würde, während alle anderen zusammenhockten und lachten und redeten. Als ich meinem Bruder, der schon seit zwei Jahren am MIT studierte, davon erzählte, lachte er mich aus und meinte, ich sei eine Idiotin. ›Was willst du denn machen?‹, fragte er mich. ›Willst du in Houston zu Hause wohnen bleiben und auf ein College in der Nähe gehen? Deine Samstage auf einer Liege am Pool verbringen, während Mom Briefe für die Mitglieder der League of Women Voters in Umschläge stopft und Dad tote Mücken aus dem Pool fischt? Das wäre doch so, als wärst du auf der Highschool geblieben.‹ Es war mir zu peinlich, ihm zu gestehen, dass sich das für mich sehr gut anhörte.«

Leo war fasziniert von Jacies Geschichte. Gary war von Grund auf ehrlich und das Gegenteil eines Angebers, doch Leo hatte noch nie jemanden getroffen, der so völlig frei von Eitelkeit war. Er dachte kurz daran, dass er seinen Vater anrufen sollte, doch er wollte dieses Mädchen, das noch immer unter dem Einfluss von Drogen stand, nicht alleine lassen. Wobei, vermutlich hatte deren Wirkung mittlerweile nachgelassen. Sie wirkte wie ein ganz normales Mädchen, ein Mädchen, das nie Ärger in der Schule gehabt und ihren Eltern niemals Sorgen bereitet hatte. Bis sie es dann plötzlich doch getan hatte. Weil sie vielleicht doch nicht ganz normal war. Er dachte an das seltsame Buch in ihrer Handtasche, an die Aquarelle an der Wand, an den Tisch, übersät mit Makramee-Projekten.

Jacie beugte sich ihm entgegen und massierte ihm die Schläfen mit Daumen und Zeigefingern. Er schloss die Augen. Bis zu dem Moment hatte er gar nicht gemerkt, dass sein Kopf dröhnte. Sie küsste ihn sanft auf den Mund. Der Kuss wirkte sinnlich und züchtig zugleich. Dann lehnte sie sich zurück.

»Als wir in New York ankamen, habe ich Dale bei seinem Freund gelassen und bin mit der Subway in die Bronx gefahren, um die Mutter meines Vaters, Bubba, zu besuchen. Von meinen Großeltern mag ich sie am liebsten. Wenn wir an Weihnachten nach New York fuhren, durfte ich immer bei ihr im Bett schlafen, und sie kaufte die günstigsten Eintrittskarten für den *Nussknacker*. Unsere Plätze waren stets so hoch oben, dass die Tänzer wie Grashüpfer aussahen. Auf der ganzen Subway-Fahrt habe ich in Gedanken geübt, was ich ihr sagen wollte – dass ich mit einem Freund unterwegs sei und so weiter. Aber als ich sie sah, brach ich in Tränen aus und erzählte ihr alles. Ich befürchtete, sie würde darauf beharren, dass ich meine Eltern anrufe, doch sie sagte nur: ›Jetzt ist deine Zeit für Abenteuer gekommen. Ich erzähl dir mal ein Abenteuer, das ich in deinem Alter erlebt habe.‹«

Leo versuchte sich vorzustellen, dass seine Großmutter Anita mit ihm über eines ihrer Abenteuer sprach, aber vor seinem inneren Auge tauchten nur ihre dünn gezupften Augenbrauen und ihr verkniffenes Gesicht unter der dicken Make-up-Schicht auf, wenn sein Großvater Angelas Kochkunst lobte, die für sie nur eine Armeleuteküche war.

»Bubba und ihre Freundin Shirley waren mit dem Bus nach Atlantic City gefahren. An ihrem ersten Abend dort nahmen sie sich als Mutprobe vor, Muscheln zu essen. Sie waren koscher aufgewachsen, und Shirley hatte so große Angst, dass Gott sie auf der Stelle tot umfallen lassen würde, dass sie nach dem ersten Bissen aus dem Diner rannte und kotzte. Aber das sei nicht das Wichtigste an der Reise gewesen, erzählte mir Bubba. Es sei noch etwas viel Wichtigeres passiert.«

»Was denn?«

»Sie hatte Sex.«

Jacie lachte. Es war das erste Mal, dass Leo ihr Lachen hörte. Es kam tief aus dem Bauch. Schwach erinnerte er sich daran, dass seine Mutter, bevor sie krank geworden war, ganz ähnlich gelacht hatte. »Bubba sah aus wie eine Katze, die gerade einen Wellensittich gefressen hat. ›Ich weiß, dass dich das wundert‹, sagte sie. ›Dass eine alte Lady wie ich Sex vor der Ehe hatte. Aber ich habe es nie bereut. Er hieß Morris Dreyer. Ein sehr intelligenter Junge mit Augen, aus denen seine Seele sprach.‹«

Jacie biss von einem Stück Papaya ab, und Leo wischte ihr ein wenig Spucke vom Kinn.

»Am nächsten Tag berichtete meine Großmutter es ihrer Freundin Shirley, und Shirley gab ihr eine Ohrfeige und nannte sie eine Hure. Bubba ohrfeigte sie zurück und sagte, sie sei ein Miststück. Bubba meinte, dass sie das seitdem noch nie jemandem erzählt habe. Aber jetzt«, sagte

Jacie, »gibt es vier Leute, die es wissen: Shirley, Bubba, du und ich.«

»Fünf. Du hast Morris Dreyer vergessen.«

Jacie lachte wieder. Es fühlte sich gut an, sie zum Lachen zu bringen. Leo überlegte, ob der Sex mit ihr sich ebenso anfühlen würde. Es war zwar sehr seltsam, doch er hatte bereits das Gefühl, dass er sie liebte. Ihm war, als hätte er all die Stufen vorher – das Verknalltsein, der Sturm der romantischen Gefühle, das Verliebtsein – übersprungen und liebte nun dieses jüdische Mädchen aus Texas. Später erzählte sie ihm, dass ihre Eltern die Bronx verlassen hatten, in der sie beide aufgewachsen waren, weil ihr Vater in einer gastroenterologischen Praxis in Houston arbeiten wollte. 1943 war Jacies Eltern Houston wie ein anderes Land vorgekommen, weit weg von den Küchentischen in der Bronx, an denen Briefe von Verwandten aus Weißrussland oder Odessa vorgelesen wurden, die von der Ermordung von Juden seitens der Rumänen oder von Verwandten aus Wien oder Berlin oder Frankfurt handelten, die in Arbeitslager deportiert worden waren. Auch wenn tief in ihrem Inneren alle gewusst hatten, dass es keine »Arbeitslager« waren.

»Nachdem mir meine Großmutter von Morris Dreyer erzählt hatte, war ich enttäuscht, dass ich meine Jungfräulichkeit jemandem geschenkt hatte, an den ich mich in sechzig Jahren niemals so liebevoll erinnern würde.« Jacie verstummte.

Wollte sie wissen, wie er darauf reagierte, dass sie keine Jungfrau mehr war, oder was er dazu sagen würde, dass sie es bedauerte, ihren ersten Sex mit Dale gehabt zu haben?

»Es fiel mir unendlich schwer, Dale zu sagen, dass ich nicht mit ihm nach Houston zurückkehren würde, nachdem wir ein paar Tage hier verbracht hatten«, fuhr sie schließlich fort. »Er ging davon aus, dass er nicht gut genug für mich sei. ›Du liest Bücher‹, sagte er. ›Wahrscheinlich wirst du einen Arzt wie deinen Dad heiraten.‹« Jacie senkte den Kopf. »Die Wahrheit war viel schlimmer: Als wir die Rockies erreichten, hatten wir uns nichts mehr zu sagen. Ich war so gelangweilt, dass ich dachte, ich würde wahnsinnig werden.«

An dem Tag, als Dale die Rückreise antrat, zog Jacie zur Untermiete in eine Wohngemeinschaft an der Ashbury Street, die ein Mädchen namens Lake leitete, die die Statur eines Mannes hatte. Lake stellte Ohrringe aus Federn her und trug an allen Fingern Silberringe. Sie nahm Jacie in einen indischen Laden mit. Dort erstand sie zwei lange Wickelröcke, eine bestickte Tunika und eine Pumphose, in der sie sich wie ein Clown vorkam, die Lake jedoch total cool fand. Schon nach wenigen Tagen fand sie einen Job in einem Straßencafé an der Market Street. Sie stellte eine Staffelei in ihr Zimmer, und ein anderes Mädchen, das über ihr wohnte, brachte ihr bei, wie man Makramee-Pflanzenampeln knüpfte. Die und Lakes Federohrringe verkauften sie auf dem Flohmarkt, der jeden Samstag in Berkeley stattfand. Jacie lebte in Lakes Haus, bis der Typ, dessen Zimmer sie bewohnte, aus Indien zurückkam, und zog dann in ihre derzeitige Wohnung.

Leo berührte Jacies angewinkeltes Bein. Die einundzwanzig Monate Altersunterschied zwischen ihnen kamen ihm wie eine riesige Schlucht vor. Sie lebte seit einem Jahr allein, er immer noch zu Hause. Aber irgendwie verlieh ihm das auch eine gewisse Macht. Sein Leben hatte noch gar nicht richtig angefangen, alles war möglich. Sie war bereits vom Highway runtergefahren. Die Abzweigung, die nach Vassar führte, lag weit hinter ihr, sie hatte sich daran gewöhnt, mit dem Nötigsten auszukommen.

Er wusste, dass ihm das zu denken geben und er herausfinden sollte, wie stabil oder instabil sie war, bevor er sich auszog.

»Ich liebe Grace«, sagte sie.

»Grace?«

»Grace Slick. Die Sängerin von gestern Abend.«

»›Darkly Smiling‹ hat mir echt gut gefallen.«

»Das ist mein Lieblingssong von ihr. Ich werde ein Bild davon malen.«

»Wie malt man denn ein Lied?«

»Man malt die Gefühle, die es in einem auslöst.«

Leo nickte. Er konnte die Kreuzung vor sich sehen, beide Straßen waren deutlich markiert. Die vernünftige Route, zu der seine Mutter ihm geraten hätte, wenn er ihre Stimme noch hätte hören können: *Steh auf, gib dem Mädchen einen Kuss auf ihr wirres Haar und geh. Gib Jimmy die hundert Gramm Gras und die Waage, die in der Schachtel unter deinem Bett liegen, sag ihm, dass du aussteigst, und fang an, Liegestütze zu machen und dich wieder fit zu machen. Sag dem Trainer, dass er in der kommenden Lacrosse-Saison wieder auf dich zählen kann. Bemüh dich um Bestnoten und studiere an der Stanford University, wie es Mrs Brown deinem Vater geraten hat.* Deren Mann, ein ehemaliger Stanford-Student, hatte der Uni eine beträchtliche Summe vermacht, sodass sie dort immer noch einen gewissen Einfluss hatte. Dann könnte Leo Anwalt oder Banker werden, das Erbe seiner Großeltern antreten, eine schöne, gebildete junge Frau heiraten. Drei Kinder bekommen. Das älteste, ein Mädchen, würde er Carolyn nennen, nach seiner Mutter. Vielleicht würde ihm seine Mutter dann verzeihen, dass er sie vor zwei Sommern am Kelly Beach verlassen hatte, und wieder mit ihm reden.

Oder er schlug den anderen Weg ein, den namenlosen, an dem nur ein Pfeil auf das wies, was er gerade tat: seine Jeans ausziehen und nackt vor Jacie stehen. Ihr dabei helfen, sich ihr T-Shirt über den Kopf zu streifen, ihre Brüste berühren, den Mund auf die unglaublich braunen Nippel legen, neben ihr unter die Decke kriechen.

Als er in sie eindrang, weinte er, und sie hielt ihn fest und sagte ihm, dass sie von nun an auf immer und ewig zusammenbleiben würden.

Das Letzte, was Leo hörte, bevor er in einen Schlaf glitt, der ihm wie der tiefste seit dem Tod seiner Mutter vorkam, war Jacie, die ihm ins Ohr flüsterte: »Wenn wir unsere Tochter haben, nennen wir sie Grace.«

7. Kapitel

Prudence, an einem Mittwoch im April 2013

Am Morgen sitzt Prudence mit einer Tasse Tee aus ihrer Thermoskanne, die sie am Vorabend nicht ganz geleert hat, und Randalls Holzkästchen an ihrem Lesetisch. Sie öffnet den Messingverschluss, nimmt die kleine blaue Fliese heraus und drückt sie in ihre Handfläche. Ihr Bruder war sieben, als sie umzogen, also alt genug, um auf Laurelton Hall alleine herumzustreifen. Lag ein Stapel Fliesen hinter einem Schuppen oder ein Sack mit ihnen im hinteren Teil der Scheune? War ein Mosaikstückchen herausgebrochen, das er einsteckte?

Sie legt die Fliese neben ihre Teetasse und holt zwei der Zeitungsartikel aus dem Kästchen: Einer ist ein Original, der andere eine Kopie. Sie betrachtet erst das ausgeschnittene Original. Der Artikel stammt aus einer Ausgabe der *New York Times* aus dem Jahr 1957 und handelt von dem Feuer, bei dem Laurelton Hall bis auf die Grundmauern abbrannte. 1957 war Randall achtundvierzig, lebte also schon seit über dreißig Jahren an der Westküste, las jedoch offenbar immer noch Zeitungen aus New

York. Sie versucht, sich vorzustellen, wie er den Artikel aus der druckfrischen Zeitung ausschneidet, das Gesicht, das sie als Kind kannte, gealtert, jetzt vielleicht mit einem ordentlich gestutzten Schnauzer.

Wie bei dem Artikel über das Pfauenfest erinnert sich Prudence schwach, dass sie auch diesen schon einmal gelesen hat. 1957 war Tiffany bereits seit fünfundzwanzig Jahren tot und Laurelton Hall verfallen und zehn Jahre zuvor zu einem Schleuderpreis verkauft worden. Aus diesem Artikel musste sie erfahren haben, dass das Feuer abgesehen von dem Minarett mit der Heizungsanlage nur wenig übrig gelassen hatte.

Den fotokopierten Artikel hat sie ihres Wissens noch nie gesehen. Er stammt aus einer Wochenzeitung aus Oyster Bay vom Juni 1916. Wie war Randall an diesen Artikel gekommen? Hatte er sich direkt an die Redaktion gewandt? In dem Text wird der lange Streit zwischen Mr Louis Tiffany und der Gemeinde um den Strandabschnitt vor Laurelton Hall geschildert. Prudence' Mutter hat ihr davon erzählt, aber keine Details bezüglich der Uferrechte, wie sie in dem Artikel geschildert werden, erwähnt – die gesetzlichen Vorschriften, die den Zugang zu einem Gewässer und dessen Nutzen regeln. Dem Artikel zufolge hatte Mr Louis Tiffany den Rechtsstreit in der ersten Instanz gewonnen. Mit dem Sieg hatte er einen exklusiven Anspruch auf den Strandabschnitt vor seinem Anwesen, auf das Gebiet, das vor diesem Urteil eine öffentliche Badestätte gewesen war. Er ließ eine Mole bauen, die das Wasser umleitete und den Strand um knapp zwanzig Meter erweiterte, und stellte einen alten Schoner auf, der seiner Familie und seinen Gästen als Badehaus diente. Doch die Gemeinde Oyster Bay kämpfte weiter und focht das erste Urteil an. Mr Louis Tiffany stritt nicht ab, dass er am Abend vor der Rückgabe des Landes an die Allgemeinheit die Mole in die Luft gesprengt und damit den Strand zerstört hatte.

Als Prudence das liest, legt sich ein eiskaltes Gefühl auf ihren Brustkorb und rieselt durch ihre Gliedmaßen. Ihre Mutter hat die Explosion wenige Wochen vor ihrem Tod erwähnt. Zu der Zeit befand sie sich überwiegend in einem Nebel aus Laudanum, doch alle paar Stunden, wenn die Wirkung der Droge nachließ und die Schmerzen wieder zunahmen, kehrte sie ins Bewusstsein zurück und hatte ein paar klare Momente.

Sie habe das Fenster geöffnet, um den Staubwedel auszuschütteln, sagte ihre Mutter, und dabei das Dynamit gerochen: ein Geruch wie nach faulen Bananen. Und dann habe sie die Explosion unter ihren Fußsohlen gespürt.

»Dieses Arschloch!«, schimpfte ihre Mutter leise. »Dieses verdammte Arschloch.«

Als Maricel hereinkommt, sitzt Prudence immer noch am Lesetisch, auf dem der Inhalt des Kästchens ausgebreitet ist. Die Falten auf Maricels mahagonibrauner Stirn sind das Einzige, was auf die fast vier Jahrzehnte hinweist, die vergangen sind, seit sie ihre Dorfschule verlassen hat, um als begabte Hochspringerin mit der Mannschaft von Guadeloupe zu trainieren. Vielleicht hätte sie mit ihr sogar zur

Olympiade fahren können, wäre sie nicht mit siebzehn mit ihrer Ältesten, Alina, schwanger geworden.

Wie Grace' Großmutter wollte auch Prudence keine Dienstboten haben, als sie heiratete. Allerdings hatte sie mit Sicherheit andere Gründe. Einmal erzählte sie Carlton, wie unangenehm es ihr sei, wenn jemand ihre Unterwäsche wasche oder die Toilette putze, woraufhin er erwiderte: »Na ja, das ist verständlich.« Den zweiten Teil des Satzes verschluckte er, aber sie war sich sicher, dass der gelautet hätte: *schließlich waren deine Eltern Dienstboten.* Erst als sie nach Carltons Tod die Wohnung an der Park Avenue verkauft hatte und in die viel kleinere an der West End Avenue zog, hatte sie Louise entlassen können, das Dienstmädchen, das schon vor ihrer Hochzeit für Carlton gearbeitet hatte, und Mrs Meechin, die Köchin, die seine Mutter ihm aus Virginia geschickt hatte.

Als Prudence zweiundneunzig wurde, stellte sie Maricel ein, wenn auch nur zögernd. Mit vierundneunzig gab sie Maricels Drängen nach, sie jeden Tag bis auf sonntags von zehn bis drei kommen zu lassen. Anfangs hatte Prudence gedacht, sie tue Maricel damit einen Gefallen, denn die wollte, dass ihre Kinder so aufwuchsen wie die Kinder ihrer Arbeitgeber – mit Sommerferienlagern, privaten Colleges und Zahnspangen. Deshalb hatte sie jahrzehntelang so viele Jobs wie nur irgend möglich angenommen: Tagsüber versorgte Maricel Babys, Kleinkinder und kranke Senioren, nachts putzte sie in Schulen, Kliniken und Büros. Mittlerweile sind ihr Sohn und die zwei Töchter erwachsen. Trotzdem kann Maricel nicht still sitzen.

Es ist, als hätte sie das Gefühl, dass jede Stunde, die sie nicht arbeitet, eine Dollarnote ist, die zu Konfetti wird. Ihr Körper ist an ständige Arbeit so gewöhnt, dass Nichtstun ihr unmöglich geworden ist.

In den neun Jahren, in denen Maricel schon für sie arbeitet, hat Prudence nach und nach erfahren, was ihr passiert ist, seit sie mit achtzehn in dieses Land gekommen ist. Ihre Älteste, Alina, ließ Maricel bei ihrer Mutter und dem nichtsnutzigen Vater der Kleinen zurück und trat eine Stelle als Kindermädchen an, die eine Cousine für sie gefunden hatte. Ihre Arbeitgeber behandelten sie wie eine Zwangsarbeiterin. Sie ließen sie das Sandwich bezahlen, das sie mittags aß, und erwarteten von ihr, sich um ein Baby und ein Kleinkind zu kümmern und daneben auch noch sämtliche Hausarbeiten zu erledigen. Ihre Anstellung endete, als Maricel durch die Küche stürmte, um das Kleinkind daran zu hindern, die heiße Herdplatte zu berühren, und die Mutter sie anschrie, weil sie ein Glas zerbrochen hatte, das in dem Chaos heruntergefallen war. Das Blut schoss Maricel in den Kopf, sie verlor die Beherrschung und beschimpfte ihre Chefin als fettes Miststück und als schreckliche Mutter – ihrer Vorstellung nach die schlimmste Beleidigung, die es gab. Noch am selben Tag schmiss sie den Job hin und ignorierte die Bitten der jammernden Frau, die bei dem Gedanken, sich fortan selbst um ihre Kinder kümmern zu müssen, völlig außer sich geriet.

Drei Jahre lang überwies Maricel jeden Freitag einen Großteil ihres Wochenlohns an Alinas Großmutter. Als der nichtsnutzige Kindsvater bei einer Kneipenschlägerei ums Leben kam, holte sie Alina zu sich in die Bronx. Mittlerweile lebte sie dort mit einem Mann von ihrer Insel zusammen, einem freundlichen Mann, der Gewerkschaftsmitglied war, als Installateur arbeitete und im Herzen ein Mann vom Land geblieben war. Er heiratete sie, adoptierte Alina, und dann bekam sie mit ihm noch zwei weitere Kinder. Alle drei erhielten Stipendien fürs College und gehen nun ihre eigenen Wege: Alina zog nach Mount Holyoke und heiratete, jetzt ist ihr erstes Kind unterwegs; Maricels Sohn ging nach Haverford, um in einer Investmentfirma zu arbeiten, und ihre Jüngste, eine wahre Schönheit, macht an der Northwestern University eine Schauspielausbildung.

»Was ist das denn alles?«, fragt Maricel und deutet auf den Tisch.

»Meine Großnichte wollte mir ein paar Sachen zeigen. Sie hat mich gebeten, Ihnen für Ihr köstliches Abendessen zu danken. Vor allem die Okraschoten haben ihr sehr gut geschmeckt.«

Maricel sagt nichts, doch Prudence weiß, dass sie sich freut. Sie hat Prudence Fotos von sich als Hochspringerin gezeigt, wie ihre langen athletischen Beine über die Latte fliegen. Jetzt beschwert sie sich oft über ihren dicken Bauch und ihre fetten Oberschenkel, das Ergebnis von reichhaltigen Currys mit Ziegenfleisch und Reis mit roten Bohnen – Gerichte, die ihr Mann liebt und sie sonntags gerne kocht.

Als Maricel ein Jahr bei Prudence arbeitete, schlug diese vor, gemeinsam Maricels Heimat, die Insel Les

Saintes, zu besuchen. Für Prudence war die Vorstellung verlockend, die Karibik mit jemandem zu bereisen, der von dort stammte. In ihren Siebzigern und Achtzigern war sie mehrmals dort gewesen, als die kalten Monate in der Stadt ihr zuzusetzen begannen, doch damals war sie kaum aus ihrer Ferienanlage herausgekommen, und dann hatte sie die Lust am Reisen verloren.

Doch Maricel zögerte. »Was ist, wenn Sie krank werden? Auf meiner Insel gibt es kaum Ärzte. Sie müssten mit dem Boot nach Basse-Terre gebracht werden.«

Hinter Maricels vorgeschobener Befürchtung hatte Prudence den wahren Grund ihres Zögerns gespürt: dass sie sich schämen würde, würde Prudence ihre Inselheimat sehen. Wahrscheinlich keine Tropenidylle, sondern nur eine Hütte in den Bergen mit einer Veranda aus Beton und Wasser, das man aus dem einzigen Brunnen holen musste, der das Dorf versorgte.

Sie reden mit der Tochter einer Frau, die selbst ein Dienstmädchen war, wollte Prudence damals sagen. *Meine Mutter trug einen schwarzen Rock und eine gestärkte weiße Schürze und durfte ihren Arbeitgeber nicht direkt ansprechen.* Doch sie hatte befürchtet, dass die Geschichte falsch rüberkommen würde, und geschwiegen. Es fühlte sich ja auch nie richtig an, wenn man einem Kranken von seinen eigenen Krankheiten erzählte.

»Jetzt gehen wir mal duschen, Mrs P.«, sagt Maricel.

Anschließend trinken Prudence und Maricel eine Kanne frisch aufgebrühten Tee, und Maricel berichtet Prudence, dass ein Agent zu dem bevorstehenden Auftritt ihrer Tochter Larissa an der Northwestern University kommen wird. Wenn er sie unter Vertrag nimmt, hat Larissa ihr erzählt, kann sie im Sommer vielleicht in einem Werbefilm mitspielen.

»Aber jetzt hat sie beschlossen, dass sie nach ihrem Abschluss in Chicago bleiben will. Dort gibt es viele kleine Theater und somit auch viele Möglichkeiten für sie, sagt sie.«

Maricel und ihr Mann sind einmal in Chicago gewesen, im Frühling des ersten Studienjahres ihrer Tochter. Prudence hat den beiden damals zwei Flüge und den Hotelaufenthalt spendiert. Maricel weinte, als Prudence ihr die Tickets überreichte. »Aber Mrs P., wie wollen Sie denn ohne mich klarkommen?«, fragte sie und wollte das Geschenk nicht annehmen, bis Prudence sie darauf hinwies, dass es ja nur ein Wochenende sei, also nur ein einziger zusätzlicher Tag, den sie ohne Maricels Hilfe überstehen müsse. Sie werde Thomas Masters bitten, am Sonntag etwas für sie zu Abend zu kochen.

Prudence weiß von einer Reihe unguter Freunde, die Maricels Älteste, Alina, in ihrer Zeit am Mount Holyoke College gehabt hat. Sie weiß von Alinas Abtreibung; denn damals hat sie Maricel den Tipp gegeben, in welcher Klinik Alina vorab eine fachkundige Beratung bekäme und wohin ihre Mutter sie begleiten könnte. Prudence weiß auch einiges über Maricels Sohn, der eine Zeit lang so viel getrunken hat, dass er sich vor seinem Studentenwohnheim übergeben und anschließend vor einem Disziplinarausschuss Rede und Antwort stehen musste. Sie weiß, dass Maricel befürchtet, dass Larissa lesbisch ist. Aber bei all ihren Gesprächen hat sie ihren Bemerkungen immer vorausgeschickt, dass Maricel als Mutter sicher am besten wisse, was für ihre Kinder gut sei, und ihr dann versichert, dass ihre drei Kinder großartig geraten seien. Alle drei. Sie wolle doch wohl keine Kinder haben, die sich nicht wenigstens ein klein bisschen auflehnten, oder? Wie sollten sie sonst herausfinden, was wichtig für sie sei? Wie sonst ihr wahres Selbst entdecken?

Ihr wahres Selbst. Als sie diese Worte äußerte, errötete sie; weil sie sich dabei vorkam wie eine Alkoholikerin, die Mäßigung predigt.

»Ich bin Gott heute noch dankbar, dass ich ein Kind war, als ich Mutter wurde«, pflegt Maricel zu sagen. »Ich wäre vor Scham gestorben, hätte ich damals verstanden, was ich meiner Mama damit antat. Meiner armen Mama. Wegen mir ist sie frühzeitig grau geworden. Ich, die Vorzeigesportlerin der Insel, hatte mich davongeschlichen, um mit den jungen Halbstarken aus unserem Dorf Rum zu trinken. Sie wusste, dass ich mit einem Braten in der Röhre enden würde. Eine Zeit lang hat sie mich eingesperrt und nur für die Schule und fürs Training aus dem Haus gelassen.«

Prudence weiß, wie hart Maricel gearbeitet hat. Sie weiß, wie sehr sie es bedauert, dass sie nicht bei ihren Eltern in deren letzten Tagen sein konnte. Dennoch beneidet Prudence Maricel um ihr Leben. Zwar hat sie sich um jedes ihrer Kinder Sorgen gemacht, doch nun ist sie stolz auf das, was sie erreicht hat. Sie hat drei wunderbare Kinder großgezogen. Allen dreien steht eine gute Zukunft bevor, und sie ist glücklich und dankbar dafür.

Niemand könnte das von Maricel behaupten, was Prudence oft über sich selbst denkt: dass sie wie eine wild wachsende Blume ist. Sie hat ein paar Menschen, deren Wege den ihren gekreuzt haben, triviale, unscheinbare, leicht zu vergessende Freude bereitet. Sie hat reichen Menschen, einigen steinreichen, manchen mit einem passablen Geschmack und zu vielen, die von dem vulgären Wunsch besessen waren, ihren Reichtum zur Schau zu stellen, ihre Häuser eingerichtet. Räume möbliert und dekoriert, die jetzt entweder aus der Zeit gefallen oder längst neu gestaltet sind. Aber sie hat nichts geschaffen, wofür man sich an sie erinnern wird. Es wird nicht ins Gewicht fallen, wenn sie einmal nicht mehr ist.

Es hat Prudence überrascht, dass sie im vergangenen Jahr in Gedanken immer wieder zu einer Frage zurückgekehrt ist, die nun, da der Tod täglich näher rückt, nicht mehr pubertär, sondern überraschend dringlich klingt: Was ist der Sinn des Lebens? Sie weiß, dass ihr zur Beantwortung dieser Frage, die für Philosophen jahrtausendelang im Mittelpunkt stand, das Rüstzeug fehlt. Dennoch ist ihr eine Antwort eingefallen, die ihr am vernünftigsten erscheint: Es gibt keinen Sinn im Leben. Wie ein Baum, eine Rose, ein Rhinozeros überdauern die Menschen einen mehr oder weniger kalkulierbaren Zeitraum. Das Beste, was sie in dieser Zeit tun können, ist zu beschließen, so gut wie möglich zu leben.

Und an diesem Punkt muss sie sich einen Vorwurf

machen: Sie hat zwar wenig Schaden angerichtet, aber auch wenig Gutes bewirkt. Sie hat ein bisschen von den Dingen gekostet, die das Leben ihr aufgetischt hat, aber sie war viel zu vorsichtig, um sich an scharf Gewürztes, Komplexes, Befriedigendes heranzuwagen.

Prudence spielt Bach – sie denkt an den Komponisten immer noch als Carltons Bach – auf dem, was sie immer noch »sein Klavier« nennt. Die Zurückhaltung, die sie in den Inventionen und den kleinen Präludien hört, gefällt ihr mittlerweile besser als die Verspieltheit von Chopin und Debussy, die sie einst liebte. Maricel kommt herein, um das Wohnzimmer noch einmal aufzuräumen. Auf ihrem heutigen Spaziergang hat sich Prudence' linkes Knie bemerkbar gemacht, aber ihren Händen geht es gut, die Finger sind noch gelenkig genug für das vertraute Repertoire. Sie hält inne, als Maricel an den Lesetisch tritt, auf dem noch der Inhalt von Randalls Kästchen liegt. Sie weiß, dass es Maricel stört, wenn sie heimgeht und die Wohnung nicht tipptopp aufgeräumt ist. »Lassen Sie die Sachen liegen«, sagt Prudence und lächelt ein wenig, um den Worten den Befehlsklang zu nehmen. »Ich räume sie weg, sobald ich mir alles angesehen habe.«

Als sie mit ihren Fingerübungen fertig ist, streckt sie sich wie zu dieser Uhrzeit üblich auf dem Sofa aus. Maricel hat das Fenster einen Spaltbreit offen gelassen, denn draußen ist es noch ziemlich warm. Prudence lauscht dem gedämpften Straßenlärm. Die Laute der Menschen draußen wirken tröstlich auf sie. Wie schrecklich es sein muss, ganz allein in einer Hütte auf einem Berggipfel zu hausen oder in einer Höhle am Meer …

Als sie aufwacht, fällt hartes Nachmittagslicht in den Raum, und der Schlaf am Tag hat einen sauren Geschmack in ihrem Mund hinterlassen. Langsam und behutsam, wie sie es gelernt hat, dass es gut für sie ist, hebt sie die Beine über die Sofakante und steht auf.

Sie setzt sich auf ihren Sessel am Lesetisch und nimmt den Stapel Briefe, der von einer goldenen Schleife zusammengehalten wird, aus dem Kästchen. Briefe, die Grace' Großvater aufgehoben hat. Stammt die Schleife aus seinem Laden?

Aus dem Papier steigt ein schwacher Modergeruch auf. Sie löst die Schleife und zählt die Briefe. Es sind sechzehn, chronologisch geordnet.

Überrascht stellt sie fest, dass der erste von ihr stammt. Sie hat ihn mit elf Jahren geschrieben.

14. Mai 1923

Lieber Randall,
wir haben uns alle sehr gefreut, als wir deinen Brief erhalten haben. Jetzt wissen wir, wo du steckst. Vater hat mir gesagt, dass es in San Francisco hohe Hügel gibt und es dort wie auf einer Insel ist, stimmt das? Ich habe Mutter gesagt, dass ich mich an Charlie erinnere und dass er ein netter Junge ist. Keine Sorge, ich habe ihr nicht gesagt, dass er raucht.
Es tut mir leid, wenn du dich gleich schlecht fühlen wirst, aber

Mutter hat schrecklich viel geweint. Vielleicht kannst du bald wieder schreiben? Ich glaube, das könnte ihr helfen, sich nicht so viele Sorgen um dich zu machen.
Am Tag nachdem du weggelaufen bist, habe ich ein Gedicht geschrieben. Ich habe es meiner Klassenlehrerin, Miss Gordon, gezeigt. Sie hat gesagt, dass sie es sehr gut findet, aber auch sehr traurig.
Deine dich liebende Schwester
Pru

Nachdem sie den Brief gelesen hat, drückt Prudence das Blatt an ihre Wange. Vor ihrem geistigen Auge taucht das gelbe Wachstuch mit der roten Blumenborte auf, das auf dem Tisch liegt, an dem sie immer gegessen haben. Dann ihre Hände, die das Quadrat aus dem Zeichenpapier ausschneiden, das Dorothy Burlingham ihr gegeben hat, und das schwarze Tintenfass. Die Worte, die ihr vage bekannt vorkommen, das Kind, das diese Worte vor langer Zeit sorgfältig gewählt hat, sie und gleichzeitig nicht sie.

Sie blättert durch den Stapel und findet nur noch einen weiteren Brief von sich. Hat sie ihm nur zweimal geschrieben, oder hat Randall nur diese beiden Briefe von ihr aufbewahrt?

10. August 1925

Lieber Randall,
Mutter und ich haben uns sehr über deinen letzten Brief gefreut. Ich bin froh, dass es dir in deiner neuen Unterkunft

gefällt und du so eine gute Arbeit hast. Mutter ging es nach Vaters Tod sehr schlecht, aber jetzt geht es ihr wieder besser. Sie hat eine Arbeit als Näherin gefunden, bei Wanamaker's in der Möbelabteilung. Die Kunden suchen sich dort Stoffe für die Bezüge ihrer Möbel aus. Jetzt sind Sommerferien, und ich arbeite mit ihr zusammen. Das ist gut, weil sie pro Stück bezahlt wird, und was ich mache, fließt in ihren Lohn ein. Seit Vaters Tod bekommen wir zwar jeden Monat einen Umschlag von Mr T., doch das Geld von Wanamaker's ist eine große Hilfe.

Hast du eine Freundin? Mutter sagt, dass sie das glaubt. Sie sagt, dass du jetzt sechzehn bist und Vater in seiner Jugend sehr gut aussah, so wie du vielleicht jetzt auch.

Deine dich liebende Schwester

Pru

Die anderen Briefe stammen von ihrer Mutter, bis auf einen, den ihre Tante geschrieben hat. In denen ihrer Mutter wimmelt es von Rechtschreibfehlern: *erlich, Lerer, Anwald.* Die ersten enden stets mit Vorwürfen: Wie konnte Randall seinen Eltern nur so viele Sorgen bereiten? Nach dem Tod von Prudence' Vater und nachdem ihre Mutter eine Anstellung bei Wanamaker's gefunden hat, wechselt der Tonfall. Es wirkt, als hätte ihre Mutter aufgehört, sich leidzutun. Selbst die Handschrift ist kontrollierter, und die Rechtschreibung wird ein bisschen besser.

Die Apteilunksleiterin läst deine Schwester jetzt bei den Entwürfen mithelfen. Deine Schwester kan sehr gut zeichnen …

Nur ein einziges Mal weicht die Mutter in ihren letzten Briefen von diesem munteren, fröhlichen Stil ab. Nachdem sie berichtet hat, dass Prudence in einem Zeichenwettbewerb ein Stipendium gewonnen hat, verändert sich der Ton, und sie verwendet statt blauer Tinte schwarze.

Ich hab dir das nie gesagt, aber ich hätts tun sollen. Glaub nicht, das ich nicht weis, wie schwer es für dich war, das dein Vater dir verbotn hat, von bestimtn Dingen zu reden. Du hast gedacht, dein Vater gibt dir die Schult, aber tif in seim Innern hat er gewust, das du noch ein Kind warst.

Prudence' Lider werden schwer, sie atmet tiefer. Sie legt die Briefe in das Kästchen zurück, wickelt sich den Schal, der auf der Lehne ihres Sessels liegt, um die Schultern und schließt die Augen.

8. Kapitel

Prudence, New York, 1933 bis 1937

Nachdem der Anwalt von Mr T. ihr das Blatt Papier mit dem hässlichen Wort »Extorsion« über seinen Schreibtisch entgegengeschoben und gebrüllt hatte: »Sie haben lange genug abgesahnt«, kamen keine Umschläge mehr. Das war 1933, im vierten Jahr der Wirtschaftsflaute, ein paar Monate bevor Prudence ihren Abschluss an der New York School of Fine and Applied Arts machte. Dank eines ihrer Dozenten, der sie Harriet Masters, der Chefin von Masters Design, empfohlen hatte, erhielt Prudence als eine von nur drei Studentinnen in ihrem Jahrgang ein Jobangebot.

Harriet Masters war eine der ersten Frauen, die nicht als Dame der besseren Gesellschaft, sondern durch eine Berufsausbildung zur Innenarchitektur gekommen war. Sie war in einer Tudor-Monstrosität in Tuxedo Park aufgewachsen, ein Haus, das sie geerbt hatte und in dem sie nach wie vor wohnte. An ihrem einundzwanzigsten Geburtstag heiratete Harriet den angehenden Arzt Akron Masters, der seine Abschlussprüfungen nicht bestanden hatte und in einem Forschungslabor arbeitete. Akron versetzte sie mit seinen ungebremsten sexuellen Gelüsten in Angst und Schrecken, und sie war froh, als sie rasch schwanger wurde und, wie zu jener Zeit durchaus üblich, ihre sexuelle Aktivität einstellen konnte. Ihr Sohn Stewart war zart und kränklich, überraschte jedoch alle, als er früh in die Pubertät kam und in einem Sommer fast zwanzig Zentimeter in die Höhe schoss. In jenem Sommer, in dem Stewart auf ein Internat geschickt wurde und Akron öfter auswärts als zu Hause war, schrieb sich Harriet an der New York School of Fine and Applied Art ein und machte dort 1926 mit sechsunddreißig Jahren ihren Abschluss.

Frustriert in seinem Laborjob malte sich Akron nun wundervolle lange Einkaufsreisen nach Europa aus – die er ohne seine Ehefrau zu unternehmen gedachte, damit er die Freiheit hatte, seine Liebschaften zu pflegen. Deshalb verkündete er, er werde mit Harriet zusammen eine Inneneinrichtungsfirma gründen, die sie Masters Design taufte. Harriet hatte kaum das Namensschild an der Tür befestigt, als Akron sich erhängte. Er hinterließ ein Notizbuch mit unzusammenhängendem Geschreibsel über seinen Liebeskummer wegen einer gewissen Mrs Annette Jergins, die sich weigerte, ihren Mann – Erbe eines durch Handel mit Rüstungsgütern verdienten Vermögens – zu verlassen und ihn zu heiraten. Dass es Mrs Annette Jergins gab, überraschte Harriet nicht – sie und Akron hatten vier Jahre zuvor den letzten geschlechtlichen Verkehr gehabt –, doch es erstaunte sie, dass Akron daran gedacht hatte, sich an eine andere Frau zu binden, die in ehelichen Dingen zweifellos weniger großzügig gewesen wäre als sie. »Dein Vater war von Anfang an ein Schwachkopf«, erklärte sie ihrem Sohn.

Da das Geld ihrer Familie zum größten Teil in Grundstücken steckte, war Harriets Wohlstand in ernsthafter Gefahr, als die Börse zwei Jahre später zusammenbrach. Zu der Zeit arbeiteten dreiundzwanzig Angestellte für Masters Design. Auch wenn die Nachfrage nach Innenausstattern völlig zum Erliegen kam, weigerte sich Harriet, auch nur einem ihrer Mitarbeiter zu kündigen. Stattdessen beauftragte sie, die nur über ein bescheidenes ästhetisches Talent, dafür aber über einen beeindruckenden Geschäftssinn verfügte, ihre Angestellten damit, Möbel, Stoffe, Tapeten und Geschirr nach Originalvorlagen zu entwerfen, die gewinnbringend zur Hälfte des Preises der Originale verkauft werden konnten. Denn Harriet hatte herausgefunden, dass ihre Kundinnen Schnäppchen umso mehr schätzten, je reicher sie waren. Eigentlich hätte es in dieser Zeit keine Rechtfertigung dafür gegeben, eine weitere Person auf ihre Lohnliste zu setzen, doch Harriet gab nach, als einer ihrer ehemaligen Dozenten sie bat, eine Stellung für die beste Studentin jenes Jahrgangs zu finden, die, wie er ihr zuflüsterte, unbedingt eine Anstellung brauche, denn sie habe nur noch ihre Mutter, die als Näherin arbeite.

Prudence wurde Harriets persönliche Assistentin. Rasch war ihr klar, worin ihre Arbeit im Kern bestand: Die Kundinnen wollten, dass ihr Heim wie das von Leuten an der Spitze der Gesellschaft oder wie die Fotos in entsprechenden Zeitschriften aussah, ohne dafür allzu viel Geld auszugeben. Prudence war enttäuscht, denn sie hatte davon getrÃ¤umt, RÃ¤ume zu gestalten, wie sie noch nie gestaltet worden waren, und nicht, die meiste Zeit damit zuzubringen, InstallationszubehÃ¶r und MÃ¶belstoffe zu bestellen. Als Prudence es wagte, dies Elaine, ihrer VorgÃ¤ngerin, die mittlerweile als Dekorateurin arbeitete, zu gestehen, lachte diese. Â»Du hast gedacht, du kÃ¶nntest kreativ werden? Nein, wir sind die persÃ¶nlichen EinkÃ¤ufer reicher Damen, die ihrem Geschmack nicht trauen oder zu viele HÃ¤user und zu viele Essenseinladungen haben, um sich selbst VorhÃ¤nge und Lampen auszusuchen. Und ja, ich weiÃŸ, dass sie euch in der Ausbildung nicht sagen, dass es in diesem Beruf eher um Buchhaltung als ums Zeichnen geht. Wach auf, SÃ¼ÃŸe. Deshalb heiÃŸt das hier auch â€ºJobâ€¹. Es ist Arbeit.Â«

Zwei Jahre nachdem Prudence bei Masters Design angefangen hatte, wurde ihre Mutter krank. Sie hatte das, was man als Frauenkrebs bezeichnete. Leider wurde der Krebs erst entdeckt, als sie kaum noch Appetit hatte, ihre Glieder streichholzdÃ¼nn waren und ihr Bauch auf die GrÃ¶ÃŸe einer Wassermelone angeschwollen war. Der Krebs wuchs rasch, und als der Arzt Prudence informierte, dass ihre Mutter wohl nur noch wenige Wochen leben wÃ¼rde, erklÃ¤rte diese Harriet, dass sie leider kÃ¼ndigen mÃ¼sse, damit sie sich um ihre Mutter kÃ¼mmern kÃ¶nne.

Zu der Zeit war Elaine zur Projektleiterin mit eigenen AuftrÃ¤gen aufgestiegen, und Prudence hatte ihre frÃ¼heren Aufgaben Ã¼bernommen. Gemeinsam arbeiteten sie gerade an der Inneneinrichtung einer Villa in Newport. Dem Besitzer gehÃ¶rten die SchlachthÃ¶fe in Chicago. Angeblich hatte ihm Upton Sinclair einen Besuch abgestattet, bevor er seinen bekannten Roman *Der Dschungel* schrieb. Prudence hatte sich ihren Auftraggeber als klein und dick, mit einer Zigarre zwischen den Lippen und einem ihm aus sämtlichen Poren dringenden Geruch nach Fleisch vorgestellt. Doch er war dürr wie ein Straßenjunge, und es hieß, er würde sich nur von Rohkost ernähren. Bei dem einzigen Treffen mit ihm – danach schickte er nur noch seine Buchhalter – war Prudence völlig unklar, was ihm für seine Villa in Newport vorschwebte. Die Kopie eines französischen oder britischen Landgutes? Ein entspanntes Zuhause, in das er sich mit seiner Frau und seinen vielen Kindern zurückziehen konnte? »Es ist doch ganz einfach«, hatte ihr Elaine, die ebenfalls dabei gewesen war, später erklärt. »Er will, dass alles möglichst teuer aussieht, will dafür jedoch möglichst wenig ausgeben. Goldfolie und Reproduktionen holländischer Meister könnten passen. Der Bursche ist ein reicher Geizhals, der von Kunst keine Ahnung hat, aber ansonsten nicht dumm ist.«

»Seien Sie doch nicht albern!«, sagte Harriet, als Prudence ihr die Kündigung überreichen wollte. »Elaine kann die Treffen, die vor Ort notwendig sind, übernehmen, und Sie können die Bestellungen von zu Hause aus erledigen. Mein Chauffeur kann die Sachen dann bei Ihnen abholen.«

Prudence blickte auf ihre Füße. Sie wollte nicht zeigen, wie dankbar sie war. Es war ihr peinlich.

Nachts ging es ihrer Mutter immer besonders schlecht. Stöhnend warf sie sich hin und her und riss sich die Decke vom Leib. Prudence verabreichte ihr die stärkste Dosis

Laudanum, die laut dem Arzt gesetzlich erlaubt war, und versetzte den Kamillentee, den ihre Mutter noch trinken konnte, mit Brandy.

In manchen Nächten schienen weder Laudanum noch Brandy zu helfen. Dann spürte Prudence, wie erschöpft sie war, eher seelisch als körperlich. Sie schämte sich, weil sie sich in Gedanken schrecklich leidtat. Mit dreiundzwanzig sollte sie ein nach Talkum duftendes Baby in den Armen halten und keine sterbende Frau, aus deren Unterleib ein übelkeiterregender Ausfluss sickerte.

Sie sorgte für ihre Mutter, ohne Hoffnung auf Besserung zu haben. Die einzige Hoffnung bestand darin, ihr Leiden zu lindern. Sie legte ihr warme Umschläge auf den Bauch und massierte ihr die Füße. Die Zehen waren dunkellila, weil sie nicht mehr gut durchblutet wurden. Viele Stunden verbrachte Prudence damit, ihrer Mutter etwas vorzulesen. Sie sang, um das Stöhnen zu übertönen.

Selbst als kleines Kind hatte Prudence nicht wirklich an Gott geglaubt, auch wenn sie erst nach dem Tod ihres Vaters wagte, diese Worte laut zu äußern. Ihr war klar geworden, dass sie mit ihren Zweifeln nicht alleine war – dass auch andere die Existenz eines Gottes infrage stellten, weil es das Böse gab. Wenn es Gott gab, warum hatte es dann die schreckliche Hungersnot in Irland gegeben? Wenn es ihn gab, warum mussten Babys sterben? Doch solche Fragen hatten sie nicht weiter beunruhigt. Vielleicht gab es ja einen Gott, der einfach gemein war. Oder einen, in dessen größerem Plan der Schmerz eine wichtige Rolle spielte. Nein, Prudence hatte sich mit einer elementareren Frage herumgeschlagen: Wenn es einen Gott gab, wer hatte ihn erschaffen? Wie hatte er aus dem Nichts entstehen können?

Als Prudence ihr das sagte, hatte ihre Mutter sie erschrocken angestarrt. Es wäre einfacher gewesen, wenn sie sie geohrfeigt oder ihr befohlen hätte, sich den Mund mit Seife auszuwaschen. Stattdessen hatte sie sich wieder stumm ihrer Näharbeit gewidmet. Offenbar hatte sie sich mit dem Gedanken abgefunden, dass Prudence wie deren Vater, der, nachdem sie Laurelton Hall verlassen hatten, nie mehr einen Fuß in eine Kirche gesetzt hatte, vom Glauben abgefallen war.

Doch jetzt, während ihre Mutter unerträglich stöhnte, betete Prudence. *Bitte, bitte, Gott, Herr im Himmel, Jesus, Allah, wer auch immer, sag mir, was ich tun soll. Soll ich ihr ein Kissen aufs Gesicht drücken? Soll ich sie mit dem Ärmel ihrer Bettjacke erwürgen?*

In der dritten Nacht hatte sie eine Eingebung. Zur Hölle mit den Anweisungen des Arztes. Ihre Mutter brauchte mehr. Mehr Laudanum. Mehr Brandy. Zusammen.

Prudence goss dreißig Milliliter Brandy in eines der hübschesten Gläser ihrer Mutter. Es stammte aus einem Set, das Prudence' Vater ihr einmal zu Weihnachten geschenkt hatte. Bis zur nächsten Laudanum-Verabreichung wären es eigentlich noch zwei Stunden gewesen. Nun gab sie drei Teelöffel statt der vorgeschriebenen zwei in das Glas.

»Mund auf«, befahl sie ihrer Mutter.

Doch die presste die Lippen zusammen und wandte

den Blick ab. Auf ihrer Oberlippe sprossen ein paar dicke Haare. Prudence nahm sich vor, sie anschließend mit einer Pinzette auszureißen.

»Du willst doch, dass ich das tue, oder?«

Die Mutter nickte matt und öffnete zögerlich die Lippen. Mit einem Löffel flößte ihr Prudence die Laudanum-Brandy-Mischung ein. Innerhalb weniger Minuten entspannte sich ihr Gesicht.

Anfangs sah es aus, als wäre sie eingeschlafen, und Prudence fragte sich, ob das die letzte Ruhe sei und ob sie selbst ihren Frieden damit finden könne, einen früheren Tod herbeigeführt zu haben. Zwei Tage früher? Drei Tage? Doch dann rührte sich ihre Mutter wieder. Sie stemmte die Hände in die Matratze, versuchte, sich aufzurichten.

Als sich bei ihren Versuchen die obere Kante der Matratze etwas hob, sah Prudence etwas Blaues hervorspitzen. Sie schob die Hand unter die Matratze und zog den brüchigen oberen Teil einer Pfauenfeder heraus.

Die Mutter sah die Feder und streckte die Hand danach aus. Prudence gab sie ihr. Sie erinnerte sich schwach daran, dass ihre Mutter in den ersten Wochen nach ihrem Umzug, als sie die Wohnung nicht verlassen hatte, mit einer verfilzten Pfauenfeder unter dem Kopfkissen geschlafen hatte. Jetzt vergrub sie die Feder in ihrem Nachthemd.

Prudence half ihrer Mutter, sich aufzurichten und an die Kissen zu lehnen, dann füllte sie aus der Karaffe mit dem frisch abgekochten Wasser ein Glas und hielt es ihr an die Lippen.

Ihre Mutter trank ein paar Schlückchen, dann packte sie Prudence am Arm. »Er war ein Mistkerl. Was er mir angetan hat!«

Prudence stellte das Glas ab und streichelte ihrer Mutter die Hand. Sie wollte nichts über die Missetaten ihres Vaters hören. »Er hat sein Bestes getan, Mom. Ich weiß, dass er Randall hart angefasst hat, aber ich glaube, Randall wäre sowieso gegangen. Sein Freund hat ja schon dort gelebt, in San Francisco.«

»Hat mir den Schlüpfer runtergerissen und sein hässliches Ding in mich reingestopft. In mich, eine verheiratete Frau mit Kindern!«

Prudence stockte der Atem. Sie ließ die Hand ihrer Mutter los. »Von wem redest du?«

»Hat mich ein Dreckstück genannt. Eine dreckige irische Sau.«

Sie starrte in das Gesicht ihrer Mutter. Der Arzt hatte sie gewarnt, der Krebs könne auch das Gehirn angreifen. War das passiert?

Ihr Herz fing laut an zu hämmern. Vielleicht war ihre Mutter einem Mann, der seine Töchter mit gebratenen Pfauen auf Silbertabletts zur Schau stellte, tatsächlich wie eines seiner sechzigtausend Besitztümer vorgekommen?

Ihrer Mutter fielen die Augen zu, ein dünner Speichelfaden zog sich über ihr kantiges Kinn.

Am Morgen bevor sie starb, fragte Prudence' Mutter nach Randall.

»Er kommt«, log Prudence. Randalls letzter Brief lag

Jahre zurück, und sie wusste nicht einmal mehr, wohin sie ein Telegramm hätte schicken können.

Sie verabreichte ihrer Mutter die vorgeschriebene Dosis Laudanum und kochte ihr einen Tee mit Honig, den sie abkühlen ließ und mit etwas Brandy versetzte. Sie flößte ihr den Tee ein und küsste ihre trockene Stirn.

Ihre Mutter sah sie an. »Ob er wohl noch seine roten Locken hat?«

Dann schloss sie die Augen für immer.

Einen Monat nach dem Tod ihrer Mutter erfuhr Prudence von Harriet Masters, dass ein Bauunternehmer die Tiffany-Villa an der Madison Avenue gekauft hatte und sie abreißen wollte. Die Nachricht stimmte sie überraschend traurig. Ihr Vater war im Atelier im Obergeschoss gestorben, doch ihr eigenes Leben hatte an den Nachmittagen dort in vielerlei Hinsicht seinen Anfang genommen. Indem sie auf dem Block, den ihr Tiffanys Tochter Dorothy geschenkt hatte, zeichnete, während ihr Vater die Hängelampen abstaubte und sich um die außergewöhnlichen Pflanzen kümmerte.

Ein paar Tage später vertraute ihr Harriet ihre erste eigene Kundin an. Ella Jameson sprach Französisch und Italienisch, war eine Smith-Absolventin und eine großzügige Kunstmäzenin. Sie und ihr Gatte Lawrence, der ihr jeden Wunsch von den Augen ablas, hatten vor Kurzem eine Stadtvilla in der Nähe des neuen Gracie-Square-Viertels erworben, weil sie in Laufweite der Brearley School wohnen wollten, die ihre zwei Töchter besuchten.

Ella schwebten moderne Möbel vor. »Kein Damast, kein Farn, kein Louis-der-wievielte-auch-Immer!«

Prudence zeigte Ella Fotos eines Salons und eines Speisesaals im Manhattan-Stil.

»Perfekt, aber ich will mit keiner der Entscheidungen belästigt werden. Ich muss mich um die schulischen Belange meiner Töchter kümmern, habe zwei Malern versprochen, ihnen zu helfen, Kunsthändler für sie zu finden, eine italienische Sängerin hat soeben den deutschen Pianisten gefeuert, mit dem sie in der nächsten Woche auftreten wollte, und …«

Prudence bestellte ein weißes Sofa von Jean-Michel Frank für den Salon und Cesca-Stühle von Marcel Breuer für das Frühstückszimmer. Sie ließ Vorhänge mit afrikanischen Motiven für das Zimmer von Ellas älterer Tochter nähen und trieb für die jüngere ein von Calder inspiriertes Mobile auf.

»Ach du meine Güte«, sagte Lawrence, als er die Couchtische von Eileen Gray sah. »Aus Stahl. Aber vermutlich eine vernünftige Entscheidung. Sie werden ewig halten.«

Ella küsste Lawrence auf die Wange. »Ist er nicht ein Schatz?«, meinte sie an Prudence gewandt.

Prudence hatte bemerkt, wie erleichtert Lawrence war, dass sie den ovalen Esstisch seiner Großmutter mit den Klauenfüßen und die Möbel seiner Bibliothek behalten hatte. Seinen Sessel hatte sie mit einem Stoff, der dem Original ziemlich nahekam, neu beziehen lassen.

Im Frühjahr lud Ella Prudence zu einer Dinnerparty ein. Prudence, die vor Kurzem ihren vierundzwanzigsten

Geburtstag gefeiert hatte, war in letzter Zeit als Harriets Gast in der Oper gewesen und hatte auf den Landsitzen ihrer Klienten Wandfarben besprochen und Küchen modernisiert. Bei solchen Gelegenheiten hatte sie bereits mit den Familien ihrer Kunden gegessen. Elaine hatte sie zwar gewarnt, sie müsse vielleicht bei den Bediensteten sitzen, doch dazu war es nur wenige Male gekommen. Aber auf einer Dinnerparty war sie noch nie gewesen. Elaine half ihr bei der Kleiderwahl, doch niemand konnte ihr das abnehmen, was ihr die größte Sorge bereitete: die Konversation. Was sollte sie zu Themen sagen, über die Ellas Gäste ihrer Vorstellung nach mit Leichtigkeit plauderten – Strawinsky versus Rachmaninow, die Lage in Europa, die besten Hotels in Florenz und Nizza?

Ella erzählte Prudence erst im Anschluss, dass sie diesen Abend ausschließlich deshalb geplant habe, um ihr Lawrence' Studienkollegen aus Harvard vorzustellen: den exzentrischen und immer noch unverheirateten siebenunddreißigjährigen Carlton Theet. Acht Monate im Jahr leitete Carlton vier Tage die Woche das New Yorker Büro der Textilfirma seiner Familie, die in Virginia saß. Die Firma war so aufgestellt, dass sie die Aufträge für Uniformen und Fallschirme für den von ihm prognostizierten Krieg erhalten würde. Den Rest seiner Zeit widmete er seinen stillen, doch stetigen Aspirationen: das gesamte Bach-Repertoire zu beherrschen und den höchsten Berg auf jedem der sieben Kontinente zu erklimmen.

Nachdem Ella Prudence mit den Worten: »Und das hier ist die talentierte Inneneinrichterin, die für uns wahre Wunder vollbracht hat. Du weißt ja, dass ich nie die Geduld gehabt hätte, selbst Tapeten oder Kissen auszusuchen«, vorgestellt hatte, stellte Carlton seine erste Frage an Prudence: »Und was denken Sie über das *Gesamtkunstwerk?*« Das letzte Wort sprach er deutsch aus.

Prudence spürte, wie ihr die Röte in die Wangen stieg, ein ihr ebenso vertrautes wie verhasstes Gefühl. Wollte dieser Mann sie einer mündlichen Prüfung unterziehen? Sie sah schwarze Punkte und fürchtete, die Augen schließen zu müssen.

Carlton betrachtete sie eingehend. Sie erkannte, dass ihm dämmerte, dass sie die Frage nicht verstanden hatte, es jedoch seiner Vorstellung von guten Manieren nicht entspräche, sich dahingehend zu äußern. »Ich wollte das nur wissen, weil meine Eltern mit den Burlinghams befreundet sind«, fuhr er fort. »Vielleicht haben Sie in der Zeitung etwas von den Reformprojekten von Charles Culp Burlingham oder CCB, wie ihn die meisten Leute nennen, gelesen?«

Der Name kam ihr tatsächlich bekannt vor. Er war vor zwei Jahren im Zusammenhang mit der Wahl von Bürgermeister La Guardia in der Presse aufgetaucht. Dennoch konnte Prudence sich im Moment an keine Einzelheiten erinnern, ihr Kopf fühlte sich an wie in Watte gepackt. Wollte er sie etwa nach ihrer Meinung zu dem Bürgermeister fragen?

»Mein Vater teilt CCBs politische Ansichten überhaupt nicht. Er hält sie für sozialistisch und verabscheut sie geradezu. Aber weil sie sich in Harvard ein Zimmer geteilt haben, sind sie Freunde geblieben. Als CCBs Sohn Dorothy Tiffany heiratete, waren meine Eltern zu der Hochzeit auf dem Landsitz ihres Vaters eingeladen. Laurelton Hall gilt als Gesamtkunstwerk: Tiffany hat einfach alles an dem Ensemble selbst entworfen, von der Schreibunterlage über die Tapeten bis hin zu den Springbrunnen.«

Prudence befürchtete, ihr würde der Schweiß ausbrechen, was alle sehen könnten. War das ein Test? Ob sie zugeben würde, dass ihre Eltern dort Bedienstete gewesen waren? Dass ihr Vater die Glyzinien geschnitten hatte, mit denen der Speisesaal am Hochzeitstag dekoriert war? Dass ihre Mutter die Betten für die Gäste gemacht hatte? Sie stellte sich vor, wie es aus ihr herausplatzen würde und Ella sie dann am Arm nehmen und in die Küche führen würde, wo sie bei den Dienstboten essen müsste.

»Mir gefällt die Idee«, fuhr Carlton fort. »Aber meine Mutter fand immer, dass Mr Tiffany sie zu verkrampft verfolgt hat.«

»Ich habe Fotos gesehen«, murmelte Prudence und kam sich wie eine Lügnerin vor, die gleich ertappt werden würde. Aber war es denn eine Lüge, wenn man etwas verschwieg? Und im Grunde hatte sie wirklich nur noch sehr bruchstückhafte Erinnerungen an Laurelton Hall. Tatsächlich stammte ein Großteil dessen, was sie davon wusste, von Fotos in Zeitschriften.

»Dieselbe Idee verfolgte Mr Tiffany übrigens bei dem Atelier, das er in seinem Haus an der 72nd Street für sich entwarf«, fuhr Prudence fort. Sie war erleichtert, nun immerhin einen ihrer Meinung nach respektablen

Gesprächsbeitrag leisten zu können. »Doch jetzt wird das Haus abgerissen.«

»Weshalb denn, um Himmels willen?«

»Nach Mr Tiffanys Tod stand es leer. Jetzt hat es die Familie verkauft, und Mr Candela wird an dessen Stelle einen großen Wohnblock bauen.«

Nach dem Essen begleitete Carlton auf dem Klavier Lawrence am Cello. Dieser erklärte, dass es sich um ein Stück von Charles Gounod handelte, bei dem dieser sich am *Präludium Nr. 1 in C-Dur* aus Bachs *Wohltemperiertem Klavier* orientierte. Obwohl Prudence kein geschultes Ohr hatte, spürte sie, dass Carltons technische Fähigkeiten seiner Musikalität im Weg standen. Alles an ihm wirkte angespannt, und er hielt sich so aufrecht, dass er sich nicht voll der Musik hingeben konnte. Andererseits war sie gerührt, wie sehr er auf Lawrence achtete und wie genau er sein Tempo und die Lautstärke seines Spiels schon den geringsten Veränderungen des Cellos anpasste. Prudence saß auf einem der Drehstühle von Le Corbusier, die sie für Ellas Musikzimmer gekauft hatte. Anfangs hatte Carltons Gegenwart sie eingeschüchtert, doch jetzt spürte sie, wie sich dieses Gefühl in liebevolle Fürsorglichkeit verwandelte. Sie stellte sich vor, wie sie neben ihm an dem Steinway-Flügel saß, ihm eine Hand locker auf die Schulter legte und, wenn er mit dem Kinn scharf nach unten deutete, die Noten umblätterte.

Eine Woche später stellte Prudence in ihrem kleinen Büro bei Masters Design gerade eine Liste der Händler zusammen, die sie noch einmal kontaktieren musste, um sich nach dem Lieferstatus der Bestellungen für das Haus in Newport zu erkundigen, als Elaine Carlton hereinführte. Unter seinem Arm klemmte ein Paket.

»Darf ich?«, fragte er und deutete auf den Stuhl gegenüber von Prudence' Schreibtisch. Hinter seinem Rücken hob Elaine eine Braue und grinste schelmisch.

»Letzten Dienstag war ich mit Charles Burlingham zum Lunch verabredet. Ich glaube, ich habe ihn bei unserer letzten Begegnung erwähnt.«

Prudence nickte.

»Er hat mir erzählt, dass seine Schwiegertochter Dorothy ihn gebeten hat, sich darum zu kümmern, dass eines der Aquarelle ihres Vaters aus dem Haus an der Madison Avenue der Tochter eines seiner Gärtner übergeben wird.«

Carlton blickte auf das Paket, das jetzt am Schreibtisch lehnte. Zum zweiten Mal spürte Prudence in Gegenwart dieses Mannes, wie eine schreckliche Hitze ihr aus der Brust ins Gesicht stieg. Denn wieder stellte sie sich vor, dass der Moment gekommen war, in dem sie aufflog: Gleich würde Harriet hereinmarschieren, vielleicht mit einer wütenden Ella im Schlepptau. Wie könne Harriet es wagen, der Tochter eines Gärtners die Inneneinrichtung ihres Heimes anzuvertrauen? Mein Gott, Ella habe Prudence sogar die Hausschlüssel gegeben, ihr den Zugang zu ihren privatesten Räumen gestattet.

Als Carlton den Blick hob, entdeckte sie in seinen Augen jedoch eher eine Art Entschuldigung. Eine Entschuldigung dafür, dass er etwas erwähnt hatte, von dem er wusste, dass sie darüber nicht gern sprach.

»Bei dem Abendessen mit Ella und Lawrence wäre es indiskret von mir gewesen, über Robert und Dorothy zu sprechen, aber die Situation ist tragisch. Robert akzeptiert einfach nicht, dass Dorothy in Wien bleiben wird. Sie hat dort mit der Familie Freud ein völlig neues Leben begonnen. All ihre Kinder haben sich bei der Tochter des Professors einer Psychoanalyse unterzogen, und offenbar lässt sie sich nun selbst zur Psychoanalytikerin ausbilden.«

Prudence war verwirrt. Woher kannte Carlton Mr Feeney, der ihnen bei seinen sonntäglichen Besuchen ihrer Mutter davon erzählt hatte? Denn sie wurde das Gefühl nicht los, dass Carlton ahnte, dass sie das, was er ihr gerade mitgeteilt hatte, bereits wusste.

»Dorothy schrieb, sie habe einen der Gärtner ihres Vaters sehr ins Herz geschlossen, und bei dessen Tochter habe sich schon als Kind angedeutet, dass aus ihr eine Künstlerin werden könnte. Als CCB den Namen nannte, wurde mir klar, dass es sich um Sie handelte, und ich sagte ihm, dass ich das Aquarell persönlich übergeben würde.«

Er legte das Paket auf Prudence' Schreibtisch. Sie wich seinem Blick aus, als sie den Bindfaden löste und das Packpapier auseinanderschlug.

Das im Stil der Impressionisten mit kühnen Pinselstrichen ausgeführte Aquarell zeigte ein Narzissenbeet in einem wahren Farbenrausch. Im Vordergrund stand ein Mann in Arbeitskleidung. Sein Gesicht war nicht zu sehen, denn er beugte sich vor, um eine der Blüten zu betrachten. Im Hintergrund spielten drei rothaarige Kinder barfuß mit einem kleinen Ball.

Prudence sah auf. Carlton musterte das Bild kopfüber. Er hatte sie erkannt. Er wusste, wer sie war. Trotzdem saß er noch hier, ihr gegenüber.

»Ich würde Mrs Burlingham gern schreiben und mich bei ihr bedanken. Könnten Sie mir ihre Adresse zukommen lassen?«

»Selbstverständlich. Ich werde CCB bitten, sie Ihnen zu schicken.«

Carlton stand auf. Sie bemerkte, dass sein Blick noch auf dem Bild ruhte. Auf den drei Kindern im Hintergrund. Sie stellte sich vor, dass er sich bestimmt zurückhalten musste, um nicht zu fragen: *Sind Sie eines dieser Kinder?*

Prudence hängte das Aquarell an der Wand gegenüber ihrem Schreibtisch auf. Ein paar Tage später schickte ihr Carlton Dorothy Burlinghams Wiener Adresse, und Prudence setzte sich sofort hin, um ihr zu schreiben.

Liebe Mrs Burlingham,
danke für das wunderschöne Aquarell Ihres Vaters. Mir bedeutet es sehr viel, weil sich darauf ein Gärtner um etwas kümmert, was eines der Beete von Laurelton Hall sein könnte. Ich bin Ihnen wirklich sehr dankbar, dass Sie mir dieses Bild geschenkt haben.
Ich war sehr bedrückt, als mir zu Ohren kam, dass die Stadtvilla Ihres Vaters abgerissen wird. Ich erinnere mich noch sehr gut an sein Atelier – an den riesigen frei stehenden Kaminofen –, aber auch an Ihren Besuch, als Sie so freundlich waren, mir die Kreiden und den Zeichenblock Ihrer Tochter zu schenken.

Ich fürchte, Sie werden enttäuscht sein zu erfahren, welchen Weg ich eingeschlagen habe. Ich bin keine Künstlerin geworden, auch wenn ich an der New York School of Fine and Applied Arts studiert habe, sondern arbeite als Inneneinrichterin für die Firma Masters Design. Bei der momentanen wirtschaftlichen Lage gibt es nicht viele Leute, die ihre Häuser aufwendig ausstatten wollen, dennoch haben wir ein paar größere Projekte, von denen ich eines betreue. Gelegentlich fertige ich dafür Zeichnungen an, doch den Großteil meiner Zeit verbringe ich als Vermittlerin zwischen Kunden und Lieferanten.
Mr Theet, ein Freund Ihres Schwiegervaters, hat mir das Gemälde überbracht und mir freundlicherweise auch Ihre Adresse gegeben. Er erzählte mir, dass Sie sich zur Psychoanalytikerin ausbilden lassen. Das muss eine sehr interessante Tätigkeit sein.

Prudence hielt inne. Am liebsten hätte sie Dorothy Burlingham Fragen gestellt, die sie ihr unmöglich stellen konnte: *Sind Sie glücklicher, seit Sie Ihren Mann verlassen haben? Akzeptieren Ihre Kinder Ihre Entscheidung? Warum sind Sie nicht zur Beerdigung Ihres Vaters gekommen?* Und am liebsten hätte sie geschrieben: *Ich bewundere Ihren Mut.*

Stattdessen schrieb sie:

Ich habe mir Professor Freuds Buch über Träume besorgt und finde es spannend, auch wenn ich nicht behaupten kann, es gänzlich verstanden zu haben. Der Gedanke, dass sich in unseren Träumen zeigen kann, was wir wirklich denken, und dass sie unsere unerträglichen Gedanken dahingehend

verändern, dass wir sie ertragen können, hat mich tief beeindruckt.
Noch einmal vielen Dank für Ihr wundervolles Geschenk.
Ihre ergebene
Prudence O'Connor

Prudence wunderte sich nicht, als ein paar Tage später eine zweite Nachricht von Carlton eintraf, in der er sie fragte, ob sie ihn zu einem Konzert in die Carnegie Hall begleiten wolle. Auf dem Programm standen Bachs Inventionen.

Während sie vor dem Konzert im Foyer einen Sherry tranken, beobachtete Prudence den Mann an ihrer Seite. Er wirkte noch angespannter, als sie es war. Doch sobald die Musik einsetzte, wurden sein Gesicht und seine Schultern lockerer. Seine Hände ruhten still in seinem Schoß, mit einem Zeigefinger klopfte er den Takt mit. Anschließend nahmen sie in einem Restaurant noch ein kleines Abendessen ein, bei dem er sich sehr zurückhielt. »Bitte bestellen Sie, was immer Sie mögen«, drängte er sie. Er selber könne um diese Zeit leider nur ein kleines Kotelett und etwas Gemüse essen. Dann begann er, das Konzert zu analysieren: wie gut es dem Pianisten gelungen sei, die Melodie in seiner linken Hand mit der der rechten zu verbinden, dass er Bachs Präzision so umgesetzt habe, dass die Musik sich göttlich angehört habe, erfüllt mit Echos und Schatten, aber nicht streng und militaristisch, so wie andere Pianisten das Werk oft interpretierten.

Prudence hörte Carlton zu und spürte dabei, wie etwas

Warmes und Weiches sie durchströmte. Wie sich Gefühle aus einem harten Block lösten, zu dem sie seit Randalls Weggang gefroren waren. Sie fühlte sich zu diesem Mann nicht körperlich hingezogen, doch sie mochte seine kultivierte Art.

Es kam Prudence nie in den Sinn, dass ein Mann wie Carlton – jemand, den ihre Mutter als Gentleman bezeichnet hätte – sie attraktiv finden könnte, doch Carlton tat es ganz offenkundig. Aus welchem Grund? Fühlte er sich bei ihr sicher, weil sie gesellschaftlich so weit unter ihm stand? Eigentlich kam er ihr nicht wie jemand vor, der unsicher war. Vielleicht, dachte Prudence, fand er ihre Person so beruhigend wie die schlichten Dinge, die er offenbar gerne aß.

Wie es wohl wäre, mit einem Mann zusammenzuleben, der so empfindsam und gleichzeitig so asketisch war? Der sich so sehr von ihren Eltern unterschied, denen die wirtschaftliche Notlage die Bescheidenheit diktiert hatte, aber auch von ihren Klienten, in deren Wortschatz der Begriff gar nicht erst vorhanden war? Bei ihren Besuchen im Metropolitan Museum of Art hielt sie sich oft und lange in den japanischen Räumen auf und betrachtete die Tuschezeichnungen von Mönchen in Bambushütten, in denen nur eine Tatami-Matte lag. Würde es so sein, mit Carlton zusammenzuleben? Würde er sie an einen Ort führen, wo niemals ein Pferd mit Schaum vor dem Maul zusammenbrach, wo keine Mutter rief: »Bring mir Eis!«, wo kein Bruder seine wenigen Habseligkeiten in einem Rucksack verstaute und fort in weite Ferne zog?

Als Prudence Dorothys Antwort auf ihren Brief erhielt, lebte sie nicht mehr in der Wohnung in Hell's Kitchen, in der sie nach dem Tod ihrer Mutter noch eine Weile alleine gewohnt hatte, sondern in einer Gartenwohnung an der 82nd Street nahe der York Avenue, nicht weit entfernt von dem eleganten Stadthaus von Ella und Lawrence, wenn auch gesellschaftlich immer noch Welten davon entfernt. Das neue Apartment besaß mit einem Tor im Zaun einen eigenen Eingang, der mit einem Schlüssel zu öffnen war, von dem Prudence ein Exemplar für Carlton anfertigen ließ, als er zu ihrem ersten Liebhaber wurde. Er pflegte in seinem Klub zu Abend zu essen, bevor er gegen neun zu ihr kam. Im Morgengrauen kehrte er in seine Wohnung an der Park Avenue Ecke 77th Street zurück. Die Wohnung lag direkt gegenüber dem Haus, in dem CCB und seine Frau Louie lebten. CCBs Sohn Robert, Dorothys Mann, den diese verlassen hatte, wohnte ebenfalls dort, wenn er nicht gerade in einem Sanatorium weilte.

Liebste Prudence,
es freut mich sehr, dass Ihnen das Aquarell gefällt. Deshalb wollte ich, dass Sie es bekommen – ich hoffte, dass es Ihnen mehr bedeuten würde als sonst jemandem.
Bitte schätzen Sie Ihre Arbeit als Inneneinrichterin nicht gering. Wie Sie vielleicht wissen, war mein Vater einer der ersten professionellen Innenausstatter. Er gründete mit Mrs Candace Wheeler seine erste Firma und führte sie später mit anderen Partnern weiter. Er bekam viele bedeutende Auf-

träge, darunter die Neugestaltung der Innenräume des Weißen Hauses für Präsident Arthur, des Wohnhauses von Mark Twain und des Präsidentenpalastes in Havanna. Doch angesichts seines Temperaments ließ er sich nie etwas vorschreiben. Bei seiner Arbeit folgte er stets seiner Vision und nutzte die Glasfliesen, Tapeten und Möbel aus seinen eigenen Fabriken. Natürlich weiß ich, dass die meisten Inneneinrichter keine derartige Möglichkeit haben.

Die Psychoanalyse hat sich immer für die Kunst interessiert, und Sie haben recht, wenn Sie zwischen Kunst und Dekoration unterscheiden. Die Kunst, so scheint mir, hat mit dem Ausdruck der persönlichen Vision des Künstlers zu tun. Wenn sie gut ist, muss sie wie eine Analyse die dunkle Seite der menschlichen Natur mit einschließen: Aggression und Thanatos, der Todestrieb, sind ebenso stark wie Liebe und Eros, der Lebenstrieb. Selbst mein Vater, der im Alter gern behauptete, sich zu weigern, das Hässliche wahrzunehmen, muss in seinen jüngeren Jahren so gefühlt haben, als er in seinen Gemälden Szenen der Armut darstellte. Die Dekoration vermeidet hingegen die destruktiven Kräfte und schafft bestenfalls eine klare, angenehme Atmosphäre. Mein Vater zitierte oft aus Mrs Whartons Buch über die Inneneinrichtung und wies auf die von ihr verfochtenen Prinzipien der Schlichtheit, Klarheit und Angemessenheit hin.

Das soll natürlich nicht heißen, dass Laurelton Hall nach solchen Prinzipien entworfen wurde. Sie waren vermutlich noch zu klein, als Sie dort lebten, um sich heute an das schwindelerregende Durcheinander erinnern zu können: die chinesischen Räume, das marokkanische Minarett, der englische Garten, die persischen Brunnen, die japanischen Schwerter, die Räume mit Exponaten der amerikanischen Ureinwohner. Meine Schwestern und ich dachten oft, nun habe unser Vater wohl endgültig den Verstand verloren. Er war einer dieser Sammler, über die man gelegentlich in der Zeitung liest. Die erst etliche Monate nach ihrem Tod entdeckt werden, weil sie unter all dem Müll, den sie angesammelt haben, begraben lagen.

Aber ich schweife ab. Was vielleicht daher kommt, dass Sie mich als kleines Mädchen ganz besonders berührt haben. Es freut mich sehr zu hören, dass Sie sich ein Leben aufgebaut haben, das – verzeihen Sie mir, dass ich das so offen sage – größer ist als das Ihrer Eltern. Bitte halten Sie an Ihrer Arbeit fest und lassen Sie es nicht zu, dass eine Ehe zum Mittelpunkt Ihres Lebens wird. Das sage ich aus leidvoller Erfahrung, obwohl ich einen wundervollen Mann geheiratet habe – intelligent, idealistisch und ein treu sorgender Vater –, von dem ich nun getrennt leben muss, weil die Schübe einer schweren Geisteskrankheit sich auf unsere Kinder allzu zerstörerisch auswirkten.

Sollten Sie je nach Wien kommen, würde es mich glücklich machen, Sie in meinem Heim empfangen zu dürfen. Bis dahin, liebe Prudence, erfreuen Sie sich am Aquarell meines Vaters.

Mit herzlichen Grüßen
Dorothy Burlingham

Als Prudence sieben Monate nachdem sie Carlton kennengelernt hatte, herausfand, dass sie schwanger war, befürchtete sie zuallererst, Carlton könne sie verdächtigen, ihn damit erpressen zu wollen. Sie weinte, als sie ihm die Neuigkeit mitteilte. Dann begann sie zu zittern, weil die Februarkälte sich in ihre Wohnung geschlichen hatte.

Sie standen zusammen in der Küche. Carlton trank Brandy, den er in ihrer Küche aufbewahrte, sie umklammerte eine Tasse Earl Grey.

Er umarmte sie steif. Dann erklärte er ihr behutsam, dass er nie Kinder haben könne.

Sie verstand nicht, was er meinte. War er unfähig, ein Kind zu zeugen? Glaubte er etwa, sie täusche die Schwangerschaft vor? Dass sie einen anderen Liebhaber habe? Ihre Wangen brannten. Sie stellte ihre Teetasse auf den Tisch und nestelte an ihrem Schal.

»Diese Entscheidung habe ich vor langer Zeit gefällt«, fuhr er fort. »Die Entscheidung, dass ich kein Vater sein kann. Ich habe dir von dem Wichtigsten in meinem Leben erzählt. Dazu gehört auch, den höchsten Berg auf jedem Kontinent zu erklimmen. Bislang habe ich das nur in Nordamerika und in Europa geschafft. Wenn der Krieg nicht dazwischenkommt, werde ich es in den nächsten drei Jahren in Afrika und Australien versuchen.«

Prudence hielt sich an der Tischkante fest. Sollte das heißen, dass Carlton lieber Berge bestieg, als ein Kind zu haben, oder wollte er lieber Berge besteigen, als ein Kind *mit ihr* zu haben?

»Manche Männer zeugen Kinder und lassen sie dann bei ihren Müttern, die sie alleine aufziehen«, fuhr Carlton fort. »Aber so etwas liegt mir nicht. Und auch im normalen Leben will ich noch Dinge erreichen: Bachs Klavierkanon meistern, meine Sammlung seltener Bücher um asiatische

Schriften ergänzen. Aber einem Kind gegenüber wäre es grausam, auf die Stille zu beharren, die ich beim Klavierspielen benötige. Oder ihm zu verbieten, meine Bücher anzufassen.«

Prudence dachte an ihren Vater, an die Abende und an seine Löhne, die er in einer Eckkneipe durchgebracht hatte, aber auch an ihn in der Zeit, bevor sie Laurelton Hall verlassen hatten. Sie hatte schwache Erinnerungen daran, wie er ein Pony mit ihr im Sattel an einem Strick durch den Pferch hinter der Scheune führte. Wie er sie zu den Pfauen mitnahm, die in der Sonne mit ihren langen Schwänzen wippten. Sie dachte an Mr Tiffany, wie er seine Töchter auf seinen spektakulären Festen vorgeführt hatte. Dennoch hatte Dorothy sich liebevoll und bewundernd über ihn geäußert.

Wenn diese Männer Väter sein konnten, deren Kinder sie trotz allem liebten, warum dann nicht du?, schrie sie stumm.

Carlton nahm ihre Hand. Er ließ sich nicht umstimmen, aber nicht, weil er ihre Gefühle nicht verstand. Das tat er durchaus, und es schmerzte ihn, ihr wehzutun. Aber er konnte nicht nachgeben, ohne sich dabei so zu verbiegen, dass ihm sein Verhalten wie ein Angriff auf die Integrität seines Selbst vorgekommen wäre.

Wenn sie nicht so bald wie möglich abtreiben ließe, erklärte er ihr langsam, doch ohne den geringsten Zweifel in der Stimme, würde er den Kontakt mit ihr einstellen. Sofort. Dauerhaft.

9. Kapitel

Leo & Jacie, San Francisco, 1965 bis 1966

Es dämmert bereits, als Grace' Vater Leo im Bett von Grace' Mutter Jacie aufwacht. Jacie schmiegt sich mit dem Rücken an Leo. Im Zimmer ist es nasskalt, denn vor etlichen Stunden, als er Kaffee gekocht und eine Papaya aufgeschnitten und Reiswaffeln mit Erdnussbutter bestrichen hat, hat er das Fenster gekippt. Alles fühlt sich anders an. Ihm kommt es vor, als wäre er im Schlaf von der Kindheit, in der sein Körper eher seiner Mutter und Angela als ihm selbst gehört hat, an ein anderes Ufer gespült worden, wo er zum ersten Mal mit einem Mädchen geschlafen hat.

Dennoch gibt es da noch seinen Vater an der Grenze, die er überquert hat. Seinen Vater, der nicht weiß, dass Leo nun in einem anderen Land lebt, auf einem anderen Kontinent. Seinen Vater, der erregt Rechnungen und Briefe auf seinem Schreibtisch hin und her schiebt, Zeitschriften und Zeitungen sortiert, Bäume mit seiner Gartenschere malträtiert; der Angela in den Wahnsinn treibt, weil er blaues Band auf die Stellen klebt, wo der Putz seiner Meinung nach mit einer Zahnbürste gesäubert werden sollte; der immer wieder zum Telefonhörer greift, um sicherzugehen, dass die Leitung nicht zusammengebrochen ist; der die hauchdünnen Wohnzimmervorhänge, die Leos Mutter vor langer Zeit aufgehängt hat, aufzieht, um auf die Straße zu spähen. Nach ihm Ausschau zu halten.

Er deckt Jacie zu, zieht sich an und geht runter zu der Telefonzelle an der Haight Street. In den Straßen um das Haus seines Vaters duftet es nach Flieder und Pinien und nach Meer. Hier riecht es nach Müll, nach Hundedreck und nach feuchtem, faulendem Holz.

Er kramt in seiner Tasche nach einem Dime und wählt die Nummer.

Sein Vater hebt beim ersten Klingeln ab. »Leo?«

»Ja, Dad.«

»Wo bist du?«

»An der Ecke Haight und Clayton. Das hab ich dir doch gestern Abend schon gesagt.«

»Jetzt hör mir mal gut zu, Leo: Du kommst sofort nach Hause!«

»Nein«, sagt Leo leise. Er denkt an das, was Jacie ihm erzählt hat – dass sie, bevor sie Houston zusammen mit Dale verließ, stets die Anweisungen ihres Vaters befolgt hat. Hat er sich jemals offen denen seines Vaters widersetzt? Nur in seinem Tun. Er war surfen, hat Gras geraucht, Gras verkauft, den Unterricht geschwänzt. Aber er hat seinem Vater nie offen widersprochen. »Ich bleibe ein paar Tage hier.«

»Wo?«

»Bei dem Mädchen. Von dem ich dir gestern erzählt habe.«

»Dem Mädchen, das Drogen genommen hat und das du heimgebracht hast?«

»Ja. Jetzt geht es ihr wieder gut. Sie ist nicht durchgeknallt. Sie ist eine Künstlerin und sehr klug.«

»Wie alt ist sie?«

»Ein bisschen älter als ich. Neunzehn.«

Ein Gewicht legt sich auf Leos Brust. Zum letzten Mal hat er sich wegen seines Vaters nach dem Tod seiner Mutter so schrecklich gefühlt. Damals war er sich bewusst, dass das Einzige, was sein Vater nicht ertragen konnte, sein, Leos, Kummer war. Mit neun hatte er dieses Paradox nicht in Worte fassen können, aber gespürt: Sein Vater begriff die Dimensionen von Leos Leid so voll und ganz – dass er nicht nur ein Junge war, der seine Mutter verloren hatte, sondern auch einer, der damit noch dazu die helle Freude verloren hatte, mit der sie sein Zuhause erfüllt hatte –, dass er es nicht ertragen konnte, dieses Gefühl in Leos Gesicht zu sehen.

Ein Junge in Leos Alter, dürr und mit wölfischem Blick, sitzt auf einem Treppenabsatz auf der gegenüberliegenden Straßenseite und dreht einen Joint. Vielleicht kann er sich ja neben ihn setzen und mit ihm den Joint rauchen und den Himmel im Westen beobachten, der nun orange-, magenta- und grafitfarben gestreift ist.

»Ich muss jetzt weiter, Dad. Ich ruf dich in ein paar Tagen wieder an.«

Erst am Montag, als er sicher ist, dass sein Vater schon

in sein Geschäft gegangen ist, kehrt Leo nach Hause zurück. Angela schließt ihn in die Arme. »Du böser Junge. Dein Vater kommt vor Sorge um dich schier um. Um drei Uhr morgens höre ich, wie er hin und her läuft. Ich gehe nach unten, mache ihm eine heiße Milch und Kamillentee und drücke ihm eine Scheibe Maisbrot in die Hand. Und heute Morgen …« Sie schnalzt abfällig mit der Zunge. »Dunkle Ringe unter seinen Augen. So wie damals, als deine Mutter krank war.«

»Aber mir geht es gut. Schau mich ruhig an.« Er dreht sich im Kreis, und Angela gibt ihm einen spielerischen Klaps auf den Po. »Ich bin fast achtzehn.«

»Wir haben August. Du wirst erst im nächsten Februar achtzehn.«

»Wie alt warst du denn, als du ganz allein aus Mexiko hergekommen bist?«

»Das ist etwas anderes. Ich bin zu meinem Bruder und seiner Frau gezogen. Und von dort hierher. Ich hatte deine Mama …«

»Und was ist mit meinem Vater? Er war vierzehn, als er von zu Hause weg ist. Hat sich als blinder Passagier auf Zügen versteckt und ist quer durchs Land gefahren. Ich bin doch ganz in eurer Nähe.«

Leo geht ins Obergeschoss in sein Zimmer. Er holt gut hundert Gramm Gras und die Waage aus der Schachtel unter seinem Bett hervor, auf die seine Mutter vor langer Zeit ein Etikett mit der Aufschrift »Leos Kunstwerke« geklebt hat. Er steckt die Sachen zusammen mit ein paar seiner Gedichtbände und einigen frisch gewaschenen und gebügelten Klamotten in einen Koffer und zieht bei Jacie ein.

Am Ende des Monats sind sie Leo & Jacie. Sie sind nur noch getrennt, wenn Jacie im Café arbeitet oder Leo jemandem Gras vorbeibringt. Leo erkennt, dass er sich geirrt hat. Er hat den Punkt »verlieben« nicht übersprungen. Es ist nur anders, als er es sich vorgestellt hat, und es fällt ihm schwer, es zu begreifen.

Eines weiß er ganz genau: Er liebt es, sie zum Orgasmus zu bringen, sie keuchen zu hören und ihre Haut zu spüren, die von einer Lust, von der sie behauptet, vor ihm nichts davon gewusst zu haben, feucht geworden ist. Und dass sie das interessanteste Mädchen ist, das er je getroffen hat. Sie liest ständig, vor allem Werke von Schriftstellerinnen, die er nie gelesen hat: von Anaïs Nin – der Autorin des Buchs, das er in ihrer Tasche gesehen hat –, Virginia Woolf, Isak Dinesen, Djuna Barnes, Flannery O'Connor, George Eliot. Manchmal liegt sie mit einer Tasse marokkanischem Pfefferminztee bis zum Abend im Bett und liest. An anderen Tagen sitzt sie, wenn er aufwacht, im Schneidersitz auf dem Boden und zeichnet mit Kohlestiften in einen der Blöcke, die ihre Mutter ihr schickt, oder sie steht mit Aquarellfarben an ihrer Staffelei. Manchmal packt sie ihre Malutensilien ein und geht in ein Atelier, in dem die Belüftung so gut ist, dass man Ölfarben verwenden kann. Wenn sie zum Essen ausgehen, bestellt sie sich einen Cheeseburger, doch meist kocht sie vegetarisch, mit Tempeh und Kichererbsen und Sojamilch und Weizenkörnern, wie sie es bei Lake gelernt hat. Abends hört sie Musik, bevorzugt weibliche Künstler, und arbeitet an den Makramee-Pflanzenampeln, die sie mit zwei Mädchen, die bei Lake wohnen, immer noch auf dem Flohmarkt in Berkeley verkauft.

Das Zusammenleben mit Jacie, erklärt Leo Gary, ist wie ein Studium im Ausland. Sie kommt ihm vor wie eine fremde Kultur.

»Wie cool«, sagt Gary. »Die meisten Mädchen in unserem Alter sind doch einfach nur Mitläuferinnen. Sie tragen alle die gleichen Klamotten, hören die gleiche Musik, klingen gleich. Jacie ist ein Original.«

»Manchmal habe ich allerdings das Gefühl, dass sie mich gar nicht braucht. Nachdem sie mit diesem Eisverkäufer aus Houston durchgebrannt war, hat sie sämtliche Ängste verloren.«

Gary mustert ihn ernst. »Nein, Mann, da täuschst du dich. Sie braucht dich. Weißt du noch, wie sie an dem Tag war, als wir sie trafen? Ziemlich fertig. Du bist ihr Anker.«

Im September geht Leo wieder zur Schule. Es ist sein letztes Schuljahr. Sein Vater droht, die Schulgebühren nicht zu bezahlen, wenn Leo nicht nach Hause zurückkommt. »Die Entscheidung liegt ganz bei dir«, sagt Leo. »In dem Fall werde ich auf eine öffentliche Schule gehen müssen.«

Randall hat den Rektor der Presidio Academy nicht mehr persönlich getroffen, seit Leo sieben war und er gegen den Schwimmunterricht Einspruch erheben wollte. Jetzt weist ihn der Rektor darauf hin, dass sich Randall keinen Gefallen tut, wenn er Leo die Schule nicht beenden lässt. »Immerhin können wir Ihren Sohn hier im Auge behalten. Ich werde seine Lehrer über die ungewöhnlichen Umstände informieren und sie bitten, darauf zu achten, ob Leo sich seltsam benimmt.« Randall weiß, dass es dem Rektor hauptsächlich darum geht, die Schulgebühren einzustreichen, doch er weiß auch, dass das, was der Mann sagt, stimmt. Also erklärt er sich bereit, weiterhin zu zahlen.

Jeden Morgen fährt Leo mit seinem VW von Jacies Wohnung zur Presidio Academy. Früher hat er sich im Herbst immer dem Crosslaufteam angeschlossen, damit er im Winter fit für Basketball und im Frühling für Lacrosse war. Als er zum ersten Lauftraining nicht auftaucht, passt ihn der Lacrossetrainer beim Mittagessen ab und sagt ihm, er wolle nach dem Unterricht mit ihm reden.

In dem kleinen Büro der Trainer, das im Keller untergebracht ist, mieft es nach Chlor vom Schwimmbad am Ende des Ganges und dem ranzigen Inhalt der Kiste neben der Tür, in der die liegen gebliebenen Sachen gesammelt werden. Der Trainer hat die Füße auf den Metallschreibtisch gelegt, sein Bürstenhaarschnitt lässt seinen Hals noch reptiliengleicher wirken. Er trägt die Haare nicht in der modifizierten Version der Schüler, sondern so kurz geschoren wie früher bei der Marine.

»Ich habe gehört, dass Sie mit einem Hippie-Mädchen zusammenleben, O'Connor.«

Aus dem Mund des Trainers klingt »Hippie« wie etwas Anrüchiges, wie »Nutte« oder »Flittchen«. Leo betrachtet die Plastikfigürchen in Baseballklamotten, die auf dem Regalbrett hinter dem Kopf des Trainers stehen. Es kommt ihm völlig surreal vor, dass er so viele Jahre in diesem Gebäude verbracht hat.

»Sie haben behauptet, dass Sie letztes Jahr viel für die Schule tun mussten und deshalb nicht spielen konnten. Das war eine idiotische Entscheidung. Sie hätten dieses Jahr Mannschaftskapitän sein können.«

Der Trainer knüllt ein Blatt Papier zu einem Ball zusammen und wirft ihn durch einen an der Tür befestigten Basketballring. Er mustert Leo, bevor er sagt: »Meine Güte, Junge, Sie sehen beschissen aus. Sie müssen trainieren, wieder in Form kommen.«

Leo wird schwindlig. Das Büro hat kein Fenster, und er hat das Gefühl, kaum noch Luft zu bekommen. Er zwingt sich, sich zu konzentrieren. »Ich werde auch dieses Jahr nicht spielen.«

Der Trainer starrt ihn eher verdutzt als verärgert an. Er hat schon viele Jungs erlebt, die den Sport hingeschmissen haben, aber noch nie einen so vielversprechenden, einen, der vielleicht sogar in ein College-Team aufgenommen werden könnte. Auch wenn das jetzt eher unwahrscheinlich ist, weil Leo schon im Vorjahr nicht mehr gespielt hat. »Warum? Warum wollen Sie so etwas Schwachsinniges tun?«

»Ich will nicht mehr Lacrosse spielen.«

Der Trainer zerknüllt ein weiteres Papier. »Wollen Sie stattdessen eine andere Sportart machen? Baseball können Sie vergessen, wenn Sie im letzten Jahr nicht trainiert haben. Und selbst wenn Sie in einer Mannschaft unterkommen sollten, werden Sie erst mal nur auf der Bank sitzen.«

»Nein, keinen anderen Sport.« Leo kann dieser dumpfen, wenn auch wohlmeinenden Maschine von einem Mann nicht erklären, dass er im Grunde nur jeden Nachmittag in Jacies Wohnung zurückkehren und William Carlos Williams oder Federico García Lorca lesen will, den er jetzt sogar schon auf Spanisch versteht, und dieses neue Buch mit den Gedichten von einer Frau namens Diane DiPrima, das Jacie ihm gekauft hat. Dass er einen Joint rauchen, aufs Dach klettern und in seine Notizbücher Gedankenfragmente und Gedichtzeilen notieren will, bis Jacie von der Arbeit heimkehrt und bei ihm ist. Dass er danach, erhitzt von der Nachmittagssonne, mit ihr in die Wohnung zurückgehen und sie ausziehen und sein Gesicht in ihren feuchten Brüsten vergraben und darauf warten will, dass ihr Atem härter wird und ihre Oberschenkel weich. Dass er anschließend einen seiner Kunden besuchen will, Burschen, denen er das Gras mittlerweile hundertgrammweise verkauft, nachdem Jimmy aus dem Geschäft ausgestiegen ist und er es alleine betreibt. Die Einnahmen reichen für seinen Eigenbedarf und die Miete und Konzertkarten für Jacie und ihn. Manchmal trifft Jacie ihn hinterher bei dem vegetarischen Inder an der Divisadero Street. Dort essen sie dann Saag Paneer und Chana Masala und trinken Rosenwasserlassi, und zu Hause setzt er sich dann an Jacies Tisch und macht seine Hausaufgaben, während sie ihre Makramee-Sachen knüpft, bis sie nackt unter die Daunendecke schlüpfen, die er gekauft hat, als es nachts immer kühler wurde. Die Papierrollos lassen sie oben, damit sie den Mond sehen können.

Eine Woche bevor Leo achtzehn wird, bittet sein Vater ihn, an seinem Geburtstag zum Abendessen heimzukommen. Es ist sieben Monate her, seit er bei Jacie eingezogen ist. Er hat sich geweigert, seinem Vater seine neue Adresse zu nennen, aber er geht auf den Vorschlag ein, vorausgesetzt, er kann Jacie mitbringen. Es wird das erste Mal sein, dass sein Vater und Angela Jacie treffen. Das erste Mal, dass Jacie das Haus sieht, in dem er aufgewachsen ist.

Leo hat noch nie erlebt, dass Jacie sich um ihr Aussehen Gedanken gemacht hat. Jetzt bügelt sie den bodenlangen indischen Rock, den sie getragen hat, als sie sich kennenlernten, den Rock, der wie die Tagesdecke auf dem Futon aussieht, und entfernt die Flusen von einem schwarzen Rollkragenpullover. Sie wäscht sich die Haare, schlingt sie sich feucht um den Kopf, steckt sie anschließend mit Klammern fest und schläft damit, um ihre krausen Locken zu bändigen.

Nachdem sie sich angezogen hat, fragt sie Leo besorgt, ob sie gut aussieht, und er versichert es ihr. »Du bist wunderschön, Jacie.« Doch in Wahrheit weiß er, dass sie neben Mrs Cecelia Brown in ihrem Kostüm von Chanel, die sein Vater neben Leos Großeltern sowie Gary und Jimmy eingeladen hat, schäbig aussehen wird.

Als sie vor dem Essen im Wohnzimmer sitzen, denkt Leo daran, dass er Jacie zum ersten Mal mit Leuten sprechen sieht, die in seinen Augen Erwachsene sind. Er wundert sich, wie höflich und völlig natürlich sie wirkt, während sie sich mit Mrs Brown über das Houston Art Museum unterhält. Ihre Mutter, erklärt Jacie, sei dort als Dozentin tätig. Mit Leos Großvater plaudert sie über die Arztpraxis ihres Vaters, und Leo merkt, dass sich sein Vater widerwillig freut, als Jacie seinen Garten lobt und sich für die Noten von Leos Mutter interessiert, die immer noch auf dem Klavier liegen. Nur seine Großmutter macht aus ihrer Missbilligung keinen Hehl. Leo ist sich sicher, dass ihr Jacies Kleider ebenso wenig gefallen wie ihre Haare – und noch weniger die Idee, dass ein so junges Mädchen mit einem Mann zusammenlebt, selbst wenn es sich bei dem um ihren achtzehnjährigen Enkel handelt.

Gegen Ende des Essens stupst Leo Gary an, und sie schleichen sich hoch aufs Dach, um einen Joint zu rauchen.

»Mein Alter würde es zwar nie zugeben, aber ich glaube, Jacie gefällt ihm irgendwie.«

»Sag bloß, Blödmann.«

»Was soll das heißen?«

Gary betrachtet ihn belustigt. »Na ja, sie ist ein bisschen wie deine Mom.«

Leo muss sich zurückhalten, um nicht zu fauchen: *Spinnst du? Meine Mom war blond und schlank. Wunderschön.*

»Künstlerisch veranlagt. Unabhängig.«

Leo überrollt eine Welle der Scham. Er ist keinen Deut besser als seine Großmutter, die damals über seinen Vater nur die Nase gerümpft hat. Oberflächlich. Was Gary im Wesentlichen meint: Jacie hat sich gegen Vassar entschieden, weil sie niemals standesgemäß gekleidet zu den Treffen der League of Women Voters hätte gehen können oder wollen; Leos Mutter hat einen Mann geheiratet, dessen Vater Gärtner und dessen Mutter Zimmermädchen war; doch sie hat es getan, weil sie ihn liebte und an ihn glaubte.

Anfang März trudelt Leos Zwischenzeugnis ein. Er hat es bereits vorab rechtzeitig an eine Handvoll Colleges geschickt, um sich zu bewerben. Jede Note ist noch ein bisschen schlechter als im schon schlechten letzten Zeugnis. Sein Vater spricht es nicht aus, doch Leo weiß, was er denkt: Damit kann sein Sohn Stanford und Berkeley vergessen.

Eine Woche später erzählt einer der Lehrer dem Rektor, was er vom größten Arschloch der zwölften Klasse gesteckt bekommen hat: In Leos Spind liegt eine Plastiktüte mit Joints, die er dutzendweise verkauft.

Als Leo zum Rektor einbestellt wird, der ihm mitteilt, dass sein Spind durchsucht und dort Marihuana gefunden wurde, bringt Leo nichts zu seiner Verteidigung vor.

»Ich bin mir sicher«, sagt der Rektor und blickt auf die Plastiktüte, die auf seinem Schreibtisch liegt, »dass Sie die nächsten Schritte kennen. Ich werde Ihren Vater anrufen, und dann wird es ein Disziplinarverfahren geben.«

»Und ich werde rausgeworfen. Sparen Sie sich die Mühe. Ich gehe freiwillig.« Leo steht auf und deutet auf die Tüte. »Behalten Sie das Zeug. Ist guter Stoff. Mein Abschiedsgeschenk.«

Zehn Tage später besucht Leo seinen Vater. Er parkt den VW bei der Treppe der Lyon Street und läuft den halben Weg nach unten. Er raucht einen Joint und beobachtet, wie sich der Nebel um die Pfeiler der Golden Gate Bridge ballt. Früher hat er seiner Mutter immer gesagt, dass die Brücke eigentlich Red Gate Bridge heißen sollte. Er ist froh, dass sie tot ist und er ihren Kummer über ihn nicht sehen muss. Über ihn, der nun alles über Bord wirft, was er gehabt hat.

Sie sitzen im Arbeitszimmer seines Vaters. Sein Vater an seinem Schreibtisch, Leo ihm gegenüber. Sein Vater hat deutlich abgenommen, die Halssehnen sind sichtbar. Auf der Kommode stehen Fotos, die Leo noch nicht kennt – Blumenarrangements seines Vaters, die er im vergangenen Jahr entworfen haben muss.

Sein Blick schweift über die Bücher, die sein Vater zusammen mit seiner Mutter und nach ihrem Tod alleine gelesen hat. Das Holzkästchen mit der Pfauenfeder und den Kopien von Zeitungsartikeln und den Briefen der Mutter und Schwester von Leos Vater steht nach wie vor auf einem Brett ziemlich weit oben im Regal. Leo kann sich nicht daran erinnern, wann er zum letzten Mal in das Kästchen geschaut hat. Vor dem Tod seiner Mutter? Dunkel erinnert er sich an ein paar andere Gegenstände darin. Steine von dem Ort, an dem sein Vater zur Welt kam. Eine blaue Fliese.

Sein Vater sagt ihm, dass er einen Anwalt beauftragt hat. Er hat mit dem Rektor verhandelt, und dieser hat sich bereit erklärt, das Beweismittel aus Leos Spind nicht an die Polizei weiterzugeben. Allerdings unter der Bedingung, dass Leo seine College-Bewerbungen zurückzieht, »um die Ehre der Schule zu schützen«. Wenn Leo dieser Forderung Folge leistet, wird die Presidio Academy keine Information an die College-Zulassungsstellen weiterleiten. Wenn nicht, wird den Colleges schriftlich mitgeteilt werden, dass Leo von der Schule verwiesen wurde.

Leo weiß, dass er seinem Vater genauer zuhören sollte, aber in Wahrheit ist ihm das alles völlig egal. Er hat keinerlei Absicht, im Herbst auf ein College zu gehen. Die Bewerbungen hat er nur deshalb abgeschickt, weil es mühsamer gewesen wäre, allen zu erklären, warum er es nicht tat. Er und Jacie haben bereits beschlossen, nach Norden, nach Mendocino, zu gehen. Dort wollen sie in einer Kommune leben, die Pippy, ein Mädchen, das Jacie über Lake kennt, gegründet hat. Als Jacie erfuhr, dass Pippy in Vassar studiert hatte, nahm sie das als Zeichen dafür, dass Pippys Kommune der richtige Ort für sie sein könnte.

Sobald Leo ein bisschen Geld gespart hat, will er mit dem Rauchen aufhören. Er will clean sein, sich mit Zen-Buddhismus beschäftigen und vielleicht sogar Vegetarier werden. Er wird eine Campingausrüstung kaufen, und dann werden sie in den Norden aufbrechen. Sobald sie sich eingelebt haben, wird er einige seiner Gedichte zu Songtexten umarbeiten und anfangen, Schlagzeug zu spielen, weil er beschlossen hat, dass Trommeln Lyrik ohne Worte ist.

»Okay, Dad«, sagt er nun. »Ich ziehe meine Bewerbungen zurück.«

Im Juni verkauft Leo seinen letzten Grasvorrat. Er raucht einen finalen Joint und gibt seine Waage und die anderen Utensilien an Shane weiter, der den Sommer über zu Hause ist und sich gern wieder um seine ehemalige Kundschaft kümmert. Leo und Gary suchen sich einen Ferienjob in einer Malerfirma.

Den Großteil des Sommers arbeiten sie an einem viktorianischen Gebäude im Mission District. Das Haus gehört einer Dame mit langen silbergrauen Haaren, die gern Hosen mit Gummizug und Paisleymuster trägt. Sie beharrt darauf, dass sie bei ihr zu Mittag essen. Meist gibt es Suppe in riesigen Schüsseln und Hirsebrot, alles selbst gemacht.

Sie sitzen draußen an einem Tisch im Schatten einer Palme und schlürfen ihre Suppe.

»Wie geht es Jacie?«, fragt Gary.

Leo verspürt einen Stich der Eifersucht. Seit seinem Geburtstagsessen, als Gary sagte, dass Jacie wie Leos Mutter sei, ist ihm klar, dass Gary Jacie scharf beobachtet und manchmal Dinge bemerkt, die Leo selbst nicht sieht. Schon in der ersten Nacht, als sie Jacie auf dem Konzert mit Grace Slick trafen, hat Gary sofort erkannt, dass Jacie auf einem Trip war. Manchmal starrt Leo die beiden an, wenn sie sich leise miteinander unterhalten, und hat das Gefühl, dass Jacie Gary näher ist als ihm. Einmal hat er ihr das sogar gesagt. »Leo«, hat sie gegurrt und ihn umarmt, »ich liebe Gary. Er ist eine alte Seele, einer der Menschen, die schon viele Leben hinter sich haben. Aber ich könnte nie mit ihm schlafen. Er ist wie das Yang meines Bruders, aber ohne dessen Feindseligkeit.«

»Warum fragst du?«, will Leo nun wissen.

»Sie kommt mir ein bisschen seltsam vor.«

»Ich glaube, sie muss sich erst daran gewöhnen, dass ich clean bin. So kennt sie mich nicht. Außerdem schläft sie schlecht. Wenn ich nachts aufs Klo muss, sitzt sie an ihrer Staffelei oder auf einem Stuhl am Fenster und starrt auf die Straße.«

Als Gary den Löffel weglegt, weil er ihm aufmerksam zuhören will, verspürt Leo den Impuls, ihm eine runterzuhauen. Entweder das oder einen Joint zu rauchen. Stattdessen schiebt er unwirsch seine Schüssel weg. Er wird noch verrückt, wenn er morgen wieder eine dieser Furzsuppen essen muss, die die alte Dame ihnen auftischt.

Er erzählt Gary nicht, dass es Jacie in Wirklichkeit viel schlechter geht – dass sie in ihrem Café die Nachmittagsschicht übernommen hat, damit sie wieder ins Bett gehen kann, wenn Leo zur Arbeit aufbricht. Er hat keine Ahnung, wie viele Stunden sie am Tag schläft, doch an manchen Tagen schafft sie es nicht zur Arbeit und hat abends, wenn er nach Hause kommt, immer noch ihr Nachthemd an. Manchmal isst sie so gut wie nichts, bis es dunkel wird. Dann wieder steht sie an der Küchentheke und stopft eine ganze Packung Vollkornkekse in sich rein. Wenn sie bei den letzten Keksen angekommen ist, ertappt Leo sie dabei, wie sie unglücklich kaut. Es kommt ihm vor, als müsste sie den gesamten Packungsinhalt aufessen, damit sie immerhin etwas zu Ende bringt. Danach jammert sie rum, dass sie fett wird, und tatsächlich ist sie schon ein bisschen füllig um die Hüften rum.

Ende August geht Gary an die Johns Hopkins University, und Jimmy zieht nach Süden, um an der UCLA zu studieren. Jacie scheint sich eingekriegt zu haben. Sie arbeitet wieder morgens im Café und geht von der Arbeit zu Fuß nach Hause. Sie beschließen, im Herbst und im Winter Geld zu sparen und im kommenden Frühling in Pippys Kommune zu ziehen.

Leo meldet sich zu einem Lyrik-Workshop an, von dem er durch einen Flyer in einer Buchhandlung erfahren hat. Wenn Jacie abends an ihren Zeichnungen arbeitet, macht er ein paar Übungen für den Kurs: ein Sonett schreiben, eine Villanella, ein Gedicht im fünfhebigen Jambus.

Grace Slick verlässt ihre Band Great Society und schließt sich Jefferson Airplane an. Leo und Jacie besuchen ein Konzert von ihnen. Als Grace Slick »Somebody to Love« singt, drückt Jacie Leos Hand und lässt sie nicht mehr los. Später dann, nachdem sie miteinander geschlafen haben, betrachtet sie ihn mit einem derart versengenden Blick, dass er sich dazu zwingt, sich nicht einfach umzudrehen und einzuschlafen, was er am liebsten getan hätte. Stattdessen stützt er sich auf einen Ellbogen und fragt: »Was ist los?« Er fragt nicht: *Was ist denn* jetzt *los?*, wie ursprünglich geplant.

»Ich weiß, dass du mich verlassen wirst. Nicht *jetzt.*« Dasselbe Jetzt wie seins, schießt es Leo durch den Kopf. »Aber eines Tages.«

Er umarmt Jacie, versucht, sie an sich zu ziehen, aber sie stößt ihn weg, damit sie ihm in die Augen sehen kann. »Du kannst ruhig ehrlich sein. Das würde mir helfen.

Dann könnte ich dir vertrauen. Ich könnte glauben, dass du jetzt, in diesem Moment, bei mir bist.«

Erst ist er verwirrt, dann gereizt.

»Ich meine ja nicht, dass du mich diesen Monat oder irgendwann demnächst verlassen wirst. Aber eines Tages wirst du aufwachen und Lust auf eine andere haben. Auf eine Hübschere, Schlankere, weniger Deprimierte. Eine, die mit dir in dem großen Haus deines Vaters leben kann und so aussieht, wie deine Frau aussehen soll.«

Er hat sich noch nie derartige Gedanken gemacht, aber jetzt denkt er darüber nach. Es fällt ihm schwer, sich vorzustellen, dass Jacie in das Leben passt, das er mit seinem Vater und seinen Großeltern geführt hat. Vielleicht wäre es anders, würde seine Mutter noch leben. Sie würde Jacie wegen ihrer Intelligenz und ihrer Künstlerseele mögen. Wegen der Weichheit im Kern ihres Seins. Die Einschätzung seiner Mutter von Jacie hätte zumindest bei Leos Vater über die Engstirnigkeit seiner Großeltern gesiegt.

Die Weichheit im Kern ihres Seins. Die Formulierung ist ihm zum ersten Mal eingefallen, doch sie erscheint ihm völlig zutreffend. So ist Jacie, und so ist auch Gary. Das ist der Grund, warum die beiden auf eine Art verbunden sind, die ihm verwehrt ist. Verwehrt, weil das, was einst weich in ihm war, jetzt hart ist.

»Sei still und schlaf.« Er drückt einen Kuss auf Jacies krausen Schopf und dreht sich zur Wand.

10. Kapitel

Prudence, New York, 1937 bis 1938

Als Carlton Prudence mitteilte, dass er einen Arzt mit einer kleinen Praxis in White Plains gefunden habe, der den Abbruch vornehmen werde, hatte sie nur eine einzige Bitte: dass er CCB nichts davon erzählen würde.

Das kurze Zögern, bevor er zustimmend nickte, verriet Prudence zweierlei: dass Carlton den Grund ihrer Bitte zu entschlüsseln versuchte und dass sie recht gehabt hatte – er hatte wirklich daran gedacht, sich CCB anzuvertrauen. Seit über einem Jahrzehnt wandte sich CCB an Carlton, wenn er über Robert oder Dorothy reden wollte; denn manchmal wusste sogar er nicht mehr, wie er mit den manischen Erregungszuständen seines Sohns umgehen sollte. Ebenso hilflos machte es ihn, dass es Dorothy für nötig befunden hatte, zwischen den vieren – so nannte CCB seine Enkel – und der mentalen Instabilität ihres Vaters nicht weniger als einen ganzen Ozean zu legen, eine Entscheidung, unter der Robert immens litt. Es war klar, dass Carlton nur bei CCB, der ihm so viel über seine eigene Familie offenbart hatte, auf die Idee kommen würde, eine derart persönliche Angelegenheit anzusprechen.

Aber Prudence hatte diese Bitte nicht aus Angst davor geäußert, CCB könnte erfahren, dass sie ohne Trauschein schwanger geworden war. Trotz des konservativen Lebensstils, welchen er und Louie in ihrem Haus pflegten, setzte sich CCB dafür ein, den Menschen, die vom Schicksal weniger begünstigt waren als er, zu einem besseren Leben zu verhelfen. Prudence nahm an, dass diese Empathie von seinen eigenen melancholischen Phasen herrührte. Mit Sicherheit wusste CCB, dass Frauen ungewollt schwanger wurden und weder ihnen noch den Vätern der ungeborenen Kinder ein Vorwurf gemacht werden sollte. Prudence glaubte auch nicht, dass er einen Schwangerschaftsabbruch moralisch verurteilen würde. Vielmehr befürchtete sie, dass CCB eine Gelegenheit finden könnte, es Dorothy zu sagen, und zwar nicht aus Boshaftigkeit oder einem niederen Instinkt heraus. Sondern weil er in Prudence' Lage eine Möglichkeit sehen würde, seine Schwiegertochter in ein intimes Gespräch zu verwickeln, worum er sich seines Sohnes und seiner Enkel willen stets intensiv bemühte. Diese Vorstellung war Prudence jedoch unerträglich: dass Dorothy erfahren würde, wie feige sie sich Carltons Willen beugte; dass sie erkannte, wie wenig Vertrauen Prudence in ihre Fähigkeiten hatte, ein Kind alleine großzuziehen; und wie wenig gewillt sie war, Carlton und das Leben, das er ihr bot, aufzugeben.

In Gedanken versuchte Prudence oft, sich Dorothy gegenüber zu rechtfertigen.

Ich verdiene bei Harriet zwar ganz ordentlich, aber wenn die Miete bezahlt ist und ich eine gewisse Summe für meinen täglichen Bedarf zur Seite gelegt habe, muss ich mir sehr genau überlegen, ob ich mir ein Paar Schuhe oder ein Geschenk für jemanden leisten kann.

Sie sind mit allen denkbaren Annehmlichkeiten und im Luxus aufgewachsen – mit Ponys und in einem Haus, dessen Säulen mit gläsernen Pfingstrosen verziert waren. Sie sind so reich, dass Sie einen Ozeanliner besteigen können, wann immer Sie wollen. Sie haben keine Ahnung, wie es ist, sich nicht einmal den Eintritt in ein Konzert leisten zu können, geschweige denn zu reisen.

Sie können nicht wissen, wie es ist, mehr haben zu wollen …

Als sie sich vorstellte, solche Worte auszusprechen, errötete Prudence. Sie genierte sich so, dass sie den Gedanken nicht zu Ende denken konnte. Denn bedeutete er nicht, dass sie ein Baby abtreiben wollte, nur damit sie in die Carnegie Hall gehen oder nach Rom reisen konnte?

Für die Fahrt nach White Plains mietete Carlton einen Wagen. Als die Krankenschwester in der Praxis Prudence schroff anwies, ihr zu folgen, sah sie, dass Carlton versuchte, ihren Blick zu erhaschen. Er wollte, dass sie seine Sorge um sie in den provisorischen Operationssaal mitnahm; er wollte, dass sie glaubte – wie er es aufrichtig tat –, dass sich an der Abtreibung nicht seine Zuneigung zu ihr messen ließ, sondern dass darin vielmehr eine unveränderbare Grenze ihren Ausdruck fand. So wie die, die ihm einmal an einem jüdischen Kollegen auf einer Beerdigung aufgefallen war, als dieser es nicht vermocht hatte, eine Hostie in den Mund zu nehmen. Dieser Art waren Prudence' letzte Gedanken, als sich die Maske mit dem Chloroform auf ihren Mund und ihre Nase senkte – sie dachte an das Blut und den Leib von Jesus Christus, unseren Herrn. Als sie aufwachte, presste die Krankenschwester ihr ein Tuch zwischen die Beine.

Sie blutete zwei Monate lang. Obwohl sie sich nicht überwinden konnte, sich Elaine anzuvertrauen, spürte sie, dass diese, die sah, dass Prudence' Wangen immer bleicher wurden, Bescheid wusste. »Du brauchst Eisen«, verkündete Elaine. Sonntags und mittwochs briet sie von nun an Leber, wickelte sie in Wachspapier ein und gab sie am nächsten Morgen bei Masters Design einer Angestellten mit der Bitte, sie für Prudence zum Mittagessen aufzuwärmen.

Als ihr Körper drei Monate später wieder in Ordnung war, machte Carlton ihr einen Heiratsantrag und sprach dabei noch einmal ausführlich über seine Ziele im Leben. Nach wie vor sei es ihm ein wichtiges Anliegen, den höchsten Gipfel auf jedem der sieben Kontinente zu erklimmen, Bachs Klavierkompositionen zu meistern, seine Sammlung seltener Bücher zu vergrößern und ganz allgemein nach ästhetischer und geistiger Verfeinerung zu streben. Wie er ihr bereits früher mitgeteilt habe, seien diese Ziele mit Kindern im Haus nicht vereinbar. Er liebe Prudence und werde sie bis ans Ende seiner Tage in Ehren halten und sich um sie kümmern, sollte sie ihn heiraten, doch wenn sie seine Bedingungen nicht akzeptieren könne, werde er weiterziehen und sich eine andere Frau suchen.

»Es gibt viele Männer, die beides tun: Sie haben eine Familie und verfolgen ihre Ziele«, wandte Prudence abermals ein.

»Aber sie vernachlässigen ihre Kinder.«

»Nein«, widersprach sie leise. »Es gibt Männer, die beides tun.«

»Nenn mir einen!«

»Mr Tiffany. Mein Vater hat mir erzählt, dass er stets um fünf nach Hause kam und dann Zeit mit seinen Kindern verbrachte. Sie begleiteten ihn jeden Abend, wenn er nach seinen Blumen sah.«

»Sie begleiteten ihn nicht. Sie liefen hinter ihm her. Das würde ich mir für ein Kind nicht wünschen.«

Prudence hatte das Gefühl, dass es sinnlos war, weiter mit Carlton zu streiten. Warum sollte sie Teddy Roosevelt als Beispiel anführen? Harriet, die auf seinem Landsitz in Oyster Bay unweit von Tiffanys Villa gearbeitet hatte, hatte beobachtet, dass er sich jeden Tag eine Stunde vor dem Essen Zeit nahm, um mit seinen Kindern auf der Wiese zu spielen. Carlton würde mit Sicherheit ein Gegenbeispiel hervorkramen, das ihm CCB und Louie geliefert hatten, die Teddys Cousin Franklin und dessen Frau Eleanor gut kannten.

Stattdessen redete sich Prudence ein, dass Carlton nach ein paar Jahren Ehe seine Meinung schon ändern würde. Er würde sehen, wie stark ihr Wunsch nach Kindern war. Sie hatten noch viel Zeit. Schließlich war es ja nicht so, dass sie unbedingt sofort ein Kind wollte. Jetzt hatte sie ihre Arbeit und sogar eigene Kunden.

Doch Carlton wollte nicht, dass sie nach ihrer Hochzeit weiter berufstätig war. Er plante, in dem Gebäude gegenüber von CCB und Louie wohnen zu bleiben, jedoch in eine größere Wohnung umzuziehen, in der er sich eine Bibliothek für seine seltenen Bücher einrichten konnte und ein Musikzimmer für den Flügel, den er sich zulegen wollte. Außerdem sollten zu der Wohnung auch ein oder zwei Dienstbotenzimmer gehören. Prudence würde sich um die Gestaltung und Einrichtung ihres neuen Heims und anschließend um den Haushalt und alle gesellschaftlichen Verpflichtungen kümmern müssen. Außerdem sollte sie ihn auf einigen seiner Wanderungen in die Berge begleiten. Wenn ihr daneben noch Zeit bliebe, könne sie ja Unterricht an der Art Students League nehmen und ein Atelier mieten.

»Das hast du dir doch immer gewünscht, oder?«, fragte er.

Hatte sie mit Carlton je darüber gesprochen? Sie konnte ihm einfach nicht gestehen, was sie fühlte: dass sie sich das Malen nicht zutraute. Sie konnte sich zwar vorstellen zu lernen, Ölfarben zu mischen, Werke der großen Meister zu kopieren, sich an kleineren Variationen zu versuchen. Doch selbst ein Bild malen? Sich selbst auf einer Leinwand ausdrücken? Das wagte sie nicht.

Sie dachte daran, was Dorothy ihr über den Unterschied zwischen Kunst und Dekoration geschrieben hatte. Was würde Dorothy wohl antworten, wenn sie sie fragte, wie Gemälde entstehen? *Man muss ein ganzer Mensch sein*, würde sie bestimmt erwidern. *Man darf keine Angst haben vor dem, was man ist – Licht und Schatten. Man muss das Böse in einem selbst und der Welt ebenso wahrnehmen wie die Schönheit. Sehen Sie sich nur Rembrandts Selbstporträts oder Velázquez' Gemälde* Las Meninas *mit der verwöhnten Infantin Margarita an. Whistlers* The Gold Scab: Eruption in Frilthy Lucre, *auf dem er seinen einstigen Förderer als einen gierigen Pfau mit Krallen karikiert hat.* So etwas würde sie niemals zustande bringen, und das wusste Prudence sehr wohl.

Aber konnte sie ihre Arbeit aufgeben? Darauf würde Carlton vermutlich beharren. Dorothy Burlingham hatte sich damals in ihrem Brief auch dazu geäußert: Eine Frau sollte unbedingt eine eigene Arbeit haben und diese nach ihrer Heirat auch behalten. Prudence hatte diese Lektion schon sehr früh in ihrem Leben von ihrer Mutter gelernt, die immer gesagt hatte, sie habe sie von Clara Driscoll, ihrer Chefin in Tiffanys Glasfabrik in Queens, gelernt. »Clara hat uns immer gesagt: ›Mädels, ihr müsst das Brot auf eurem Tisch selbst bezahlen können.‹ Deshalb war ich so froh, als dein Vater eine Stellung auf Laurelton Hall bekam, wo ich auch arbeiten konnte.« Doch dann veränderte sich ihre Miene stets, so als würde sie sich schämen. »Aber nach all dem, was dann passierte, konnte ich einfach nicht mehr arbeiten. Ich weiß, dass es grässlich klingt, wenn ich das sage, und ich hoffe, dass Gott der Allmächtige mich nicht dafür bestrafen wird, aber meine Kraft kehrte erst mit dem Tod deines Vaters zurück. Es ging nicht anders, schon allein deinetwegen. Aber sobald ich wieder konnte, kümmerte ich mich als Allerersten um einen Job.«

Als Prudence überlegt hatte, ob sie sich, wie Mrs Clarkson bei Wanamaker's vorgeschlagen hatte, bei dem stadtweiten Kunstwettbewerb anmelden sollte, hatte ihre Mutter ihr auch noch etwas anderes gesagt: »Wenn das Glück dich besucht, spuckst du ihm gefälligst nicht ins Gesicht, sondern bietest ihm eine Tasse Tee an.«

Carlton war ein guter Mann. Er trank nur in Maßen, er spielte nicht um Geld, Ausnahmen waren nur die gelegentlichen Cribbage-Runden in seinem Klub. Er würde weder gegen sie noch gegen sonst jemanden jemals die Hand erheben.

War Carltons Heiratsantrag nicht das Glück, das sie besuchte? Welche vernünftige Frau in Prudence' Lage würde Carlton nicht heiraten?

Carlton und Prudence schlossen im Herbst 1937 den Bund der Ehe und speisten von da an einmal wöchentlich bei CCB und Louie. Wenn Robert nicht in einem Sanatorium war, nahm er seine Mahlzeiten mit einem Pfleger in seiner Wohnung im Obergeschoss zu sich. Einmal hörte Prudence einen dumpfen Knall, woraufhin CCB sich entschuldigte und sich vom Tisch erhob. Später sagte ihr Carlton, dass er den Pfleger angewiesen habe, Robert eine Beruhigungsspritze zu geben.

Auf Prudence wirkte Louie mit ihrem blinden Auge, dem Gehstock und dem Lymphödem, das sich angeblich unter ihrem schwarzen Rock und Überrock verbarg, ein wenig einschüchternd, doch ihre klaren und offen geäußerten Überzeugungen faszinierten sie. Immer wieder vertrat Louie auch ihre Meinung über ihre Schwiegertochter. Zwölf Jahre waren vergangen, seit Dorothy mit den vieren nach Wien umgesiedelt war, doch Louie hatte ihr noch immer nicht verziehen, dass sie vor ihrer Abreise weder Robert noch CCB oder ihr Bescheid gesagt hatte. Sie alle hatten von Dorothys Aufbruch durch ein Telegramm erfahren, als sie und die Kinder bereits an Bord des Dampfers waren.

Sowohl CCB als auch Louie schimpften oft über die grässliche Schulbildung, die die vier in der von Dorothy und einer Freundin gegründeten kleinen Privatschule in Wien erhalten hatten. CCB berichtete, als Mabbie, die Zweitälteste, zehn Jahre als gewesen sei, habe er einen Brief von ihr bekommen, in dem sie »zuerst« mit einem h geschrieben hatte, also »zuehrst«, und dafür »geht« ohne h, also »get«.

»Versteht mich bitte nicht falsch«, sagte CCB. »Ich bewundere Dorothy für das, was sie für die Kinder getan hat, und mir ist durchaus bewusst, dass ihre Behandlung bei Miss Freud nützlich war. Aber sie ist zu weit gegangen. Für Bob, der bereits einundzwanzig ist, wäre es wie auch für Michael besser gewesen, ein gutes Internat zu besuchen, in dem sie auch Sportunterricht gehabt hätten, wie es sich für Jungs gehört. Aber dafür ist es jetzt zu spät. Und die Mädchen wären in einem Internat ebenfalls besser aufgehoben gewesen. Dorothy hätte das wissen müssen, schließlich hat sie doch selbst fünf Jahre lang St. Timothy's in Maryland besucht.«

CCB hielt kurz inne, um den Braten aufzuschneiden, den der Butler serviert hatte.

»In dem Sommer vor Roberts und Dorothys Heirat«, fuhr er fort, »habe ich mit ihrem Vater über ebendieses Thema gesprochen. Es war Louies und mein erster Besuch auf seinem exzentrischen Anwesen.«

CCB wusste, dass Prudence' Vater in Tiffanys Stadtvilla an der 72nd Street als Gärtner gearbeitet hatte. Wusste er auch, dass er mit Laurelton Hall gerade über den Ort redete, an dem sie geboren war?

»Der Abend war etwas peinlich, weil Tiffany Roberts Werben um Dorothy alle möglichen Steine in den Weg legte. Als ihm klar wurde, dass es Dorothy ernst war, verlangte er, dass die beiden sich ein Jahr lang nicht sehen sollten. Wenn sie danach immer noch Gefühle füreinander hegten, meinte er unbekümmert, werde er gerne noch einmal über die Sache nachdenken.« CCB warf einen Blick auf Louie, deren Miene sich bedenklich verfinstert hatte. »Sie regte sich sehr darüber auf.«

»Es war wirklich schrecklich«, fügte Louie hinzu. »Robert war so niedergeschlagen, dass er für ein Praktikum nach Panama ging. Und nachdem auch Dorothy dem Befehl ihres Vaters gefolgt war und sie sich ein ganzes Jahr lang nicht gesehen hatten, verwehrte ihr Tiffany dennoch die Erlaubnis zu heiraten.«

»Warum das denn?«, wollte Carlton wissen.

»Aus reinem Egoismus. Hätte Dorothy geheiratet, wäre er in seinem riesigen Kasten an der 72nd Street ganz allein gewesen und hätte niemanden gehabt, den er herumkommandieren konnte und der ihm beim Angeben zuschaute«, schnaubte Louie. »Er gab erst nach, als Dorothys Halbschwester Mary verkündete, mit ihrer Familie in eine der Wohnungen in dem Haus ziehen zu wollen.«

»Louie, meine Liebe, das ist doch nur eine Vermutung«, warf CCB ein.

Einen Moment lang fragte sich Prudence, ob CCB so ehrlich sein würde zu sagen, was ihr wie das Offenkundigste erschien: Vielleicht hatte Dorothys Vater gespürt, wie labil Robert war.

»Nach diesem Essen«, fuhr CCB fort, »lud Tiffany mich ein, ihn in den Innenhof zu begleiten, wo er seine abendliche Zigarre rauchen wollte. Es sah dort aus wie in einem Osmanenpalast mit einem Springbrunnen, einer gewölbten Decke und einer Orgel, die auf einem der Balkone stand.« CCB schüttelte den Kopf. »Ich weiß noch, wie er die Asche sorgfältig in seiner hohlen Hand auffing. Ich begriff nicht, warum er nicht einen Bediensteten um einen Aschenbecher bat oder dort nicht von vornherein einer stand. Später erklärte ich es mir damit, dass ein Aschenbecher Tiffanys Meinung nach wohl die Wirkung des Innenhofs zerstört hätte.«

CCB gab dem Diener zu verstehen, ihm noch ein Stück Braten zu servieren. »Davor hatte ich Tiffany nur wenige Male getroffen, bei denen er hauptsächlich über seine Fabrik und über neue Entwicklungen in der Glasherstellung gesprochen hatte. Einmal fragte ich mich sogar, ob er hoffte, ich würde ihm bei einem Patent, das er erwähnt hatte, meinen Rechtsbeistand anbieten. Aber an jenem Abend im Innenhof redete er von Dorothy. Er erzählte mir, dass sie in ihrem ersten Jahr auf St. Timothy's sehr unglücklich gewesen sei. Doch sie sei darüber hinweggekommen und sogar Kapitän des Basketballteams geworden. Die Zeit dort habe ihr unendlich gutgetan. Allerdings habe er ihr nicht erlaubt, das letzte Schuljahr zu beenden, weil zu der Zeit keine seiner Töchter bei ihm gelebt und er sich einsam gefühlt habe, wie er mir ohne die geringste Verlegenheit gestand.«

»Derselbe Grund, aus dem er gegen Dorothys Ehe war«, trumpfte Louie auf. »Es hatte absolut nichts mit Robert zu tun.«

»Da hast du recht, meine Liebe«, sagte CCB. »Aber Robert hat mir gesagt, dass Dorothys Vater nicht wollte, dass sie einen Abschluss machte, weil sie dann ein College hätte besuchen können. Er war dagegen, dass seine Töchter studierten.«

Prudence spürte, wie sie an Dorothys Stelle errötete: dafür, dass die Ärmste so gegängelt worden war und ihr Vater alle möglichen ihrer Pläne vereitelt hatte.

»Und jetzt ist Miss Freud genauso abhängig von ihr wie zuvor ihr Vater.« In CCBs Stimme lag plötzlich eine gewisse Schärfe. »Ich habe die Suffragetten unterstützt. Ich glaube, dass Gott zwischen Männern und Frauen keinen Unterschied macht. Aber Miss Freud spielt sich auf, als wäre sie der Vater der vier. Das ist doch ein Frevel, nicht nur meinem Sohn, sondern auch der Natur gegenüber.«

Prudence legte ihr Besteck zur Seite. Gegenüber der Natur? Wollte CCB etwa andeuten, dass Dorothy und Miss Freud eine Art Beziehung unterhielten?

»Nur dank meiner Fürsprache kehrte mein Enkel Bob

in die Staaten zurück, um in Harvard zu studieren, doch er war schulisch und psychisch so wenig darauf vorbereitet, dass er das erste Jahr nicht schaffte. Ich bestand darauf, dass er Sommerkurse besuchte, was dazu geführt hätte, dass er weiter hätte studieren können. Doch er reiste im August nach Wien, und alles war umsonst. Er beschloss, es sei wichtiger, sich weiter von Miss Freud analysieren zu lassen, als nach Harvard zurückzukehren.« CCB schüttelte den Kopf, als könnte er es immer noch nicht fassen. »Mittlerweile hat er ein junges Mädchen kennengelernt. Ich fürchte, damit ist das Kapitel Harvard für ihn abgeschlossen. Außerdem glaube ich, seiner Mutter ist es lieber, dass er jung heiratet und in ihrer Nähe bleibt, als dass er hierher zurückkehrt und einen Abschluss macht.«

CCB rückte auf seinem Stuhl etwas vom Tisch ab. »Obendrein ist bei Dorothy Tuberkulose diagnostiziert worden. Robert ist dafür, dass Bob bei ihr in Wien bleibt, weil er glaubt, dass es ihrer Genesung förderlich ist.«

Prudence wollte sich eingehender nach Dorothys Gesundheitszustand erkundigen, doch Carlton kam ihr zuvor.

»Das ist unfassbar! Egal, wie es ihr gesundheitlich geht, ihre Kinder sollten stets an erster Stelle kommen!«

Zu Hause erkundigte sich Prudence bei Carlton nach Dorothys Gesundheitszustand, doch er schien nichts Näheres zu wissen. Er sagte nur, Robert mache sich unendliche Sorgen um Dorothy, von der er hoffe, dass sie eines Tages doch wieder ihr Eheleben mit ihm aufnehmen würde.

Wochenlang drehten sich die Gespräche beim Abendessen um die vier. Prudence war gerührt, dass CCB Carlton angesteckt hatte, der sich nun ebenfalls äußerst besorgt über das Schicksal von Dorothys und Roberts Kindern äußerte. Bedeutete dies, dass er nachgiebiger wurde und sich womöglich doch noch dem Gedanken an eigene Kinder öffnete?

Prudence brauchte mehrere Tage, bis sie den Mut fasste, ihn danach zu fragen. Beim Essen vermied sie, Carltons wachsamem Blick zu begegnen, während sie an dem von Mrs Meechin zubereiteten Lammkotelett herumsäbelte. Sie konnte es kaum erwarten, dass Louise den Tisch abräumte und ihnen den abendlichen Kräutertee brachte.

»Wenn du hörst, wie wichtig CCB seine Enkel sind, führt dich das nicht dazu …« Sie schluckte. »Führt dich das nicht dazu, deine Entscheidung, keine Kinder zu bekommen, zu überdenken?«

Carlton legte den Kopf schief und betrachtete sie, als wäre sie geistig minderbemittelt – wie jemand, der den Entwicklungen im zweiten Akt eines Theaterstücks nicht folgen kann oder den Unterschied zwischen einem Moment der Stille zwischen den Sätzen einer Sinfonie und dem Ende derselben nicht begreift. »Ganz im Gegenteil«, erwiderte er kühl. »Wenn ich CCBs Leben und all seine Gaben betrachte und mir überlege, wie viel Gutes er in der Welt bewirken könnte, muss ich daran denken, wie tragisch es ist, dass er durch seinen Sohn in dessen Loch der geistigen Zerrüttung gestürzt wurde und Robert diesen Geisteszustand an seine Kinder vererbt hat. Umso stärker bin ich davon überzeugt, dass der Fortpflanzung in unserem sentimentalen Land ernste Überlegungen vorausgehen sollten. Jedes Paar sollte sich einer Überprüfung durch einen Expertenausschuss unterziehen, statt den Dingen ihren natürlichen Lauf zu lassen, wie es bei Hunden oder Kühen der Fall ist.«

Prudence befürchtete, dass ihr Schweiß auf der Stirn stand. Aus keiner von Carltons Äußerungen war bisher je hervorgegangen, dass er bei seiner Familie oder seinen Vorfahren einen Makel vermutete. Wollte er mit diesen Worten vielleicht zum Ausdruck bringen, dass in ihrer Familie Unzulänglichkeiten aufgetreten waren, die es nicht ratsam erscheinen ließen, Kinder in die Welt zu setzen?

Vielleicht hatte er ja recht. Selbst wenn das Geraune, dass ihr Vater an dem Tag, als er in Tiffanys Haus bei einem Sturz von der Leiter ums Leben kam, getrunken hatte, nur boshafter Klatsch gewesen war – an Randalls letztem Abend zu Hause war er zweifellos betrunken gewesen. Und vielleicht würde ja ein Arzt die Bettlägerigkeit ihrer Mutter und deren Äußerungen auf dem Sterbebett – was sie über Mr T. gesagt hatte und dass sie bald alle möglichen Seelen sehen würde – als Hinweis darauf deuten, dass sie psychisch labil gewesen war.

»Ich denke, ich gehe heute früh zu Bett«, sagte Prudence.

Nach ihrer Hochzeit mit Carlton veränderte sich ihre Beziehung zu Ella Jameson. Da Prudence nicht mehr zu Ellas Noblesse-oblige-Projekten gehörte, schienen sich ihre Unterschiede – Ella war sieben Jahre älter als sie mit einer neun- und einer zehnjährigen Tochter – in Luft aufzulösen.

Als Kind hatte Prudence nie eine richtige Freundin gehabt. Aus Angst, ihre Mutter könnte ungewaschen im Bett liegen oder ihr Vater nach einem Kneipenbesuch auf Streit aus sein, hatte sie es nie gewagt, ein Mädchen, das sie mochte, mit nach Hause zu bringen. Und als ihre Mutter nach dem Tod ihres Vaters bei Wanamaker's zu arbeiten begonnen hatte, war Prudence für eine enge Freundschaft zu beschäftigt gewesen, denn sie hatte nach dem Unterricht ja selbst dort gearbeitet. Sogar mit Elaine, die aus einer Familie stammte, in der die Milch für die fünf Kinder oft nicht gereicht hatte, hatte Prudence nie über Randall oder über die Briefumschläge aus Tiffanys Büro gesprochen. Und obwohl sie sich sicher war, dass Elaine die Abtreibung nicht verurteilt hätte, hätte Prudence ihr nie erzählen können, wie es ihr wirklich dabei gegangen war.

Die Freundschaft, die Ella ihr anbot, war berauschend. Mit einem behandschuhten Finger hob sie Prudence' Kinn an, damit sie den Hut besser sehen konnte, von dem ihre Modistin behauptete, dass er Prudence am besten stünde. Hand in Hand saßen sie nebeneinander, damit Ellas Schuhmachermeister für Abendschuhe Maß nehmen konnte. »Deine Füße!«, lachte Ella. »Die sind ja kaum größer als die meiner Töchter.« Gemeinsam mit den Mädchen gingen sie zum Schlittschuhlaufen und spazierten Arm in Arm durch die griechische und die römische

Sammlung im Metropolitan Museum of Art, während Prudence schüchtern erklärte, was sie über das klassische Design gelernt hatte. Im Gegenzug erzählte Ella ihr von dem Jungen, in den sie sich mit fünfzehn verliebt hatte. Zwar konnte Prudence nicht mit eigenen Geschichten dieser Art aufwarten, doch sie amüsierten sich gemeinsam über die Eigenheiten ihrer Ehemänner: Lawrence weigerte sich, Fisch auch nur zu kosten, und Welpen konnten ihn zu Tränen rühren. Carlton beharrte darauf, selbst bei bitterer Kälte mit offenem Fenster zu schlafen, und trank jeden Morgen einen Stärketrunk aus Apfelessig und einer Prise Cayennepfeffer. An den Tagen, an denen sie sich nicht sahen, schrieb jede der anderen vor dem Abendessen einen kurzen Brief, sodass am folgenden Morgen Prudence' cremefarbener Umschlag auf Ellas Frühstückstablett und Ellas blassrosafarbener auf dem Tisch neben Prudence' Tee lag.

Alles änderte sich an einem Donnerstagabend, als Ella und Lawrence Prudence und Carlton in ihr Haus eingeladen hatten. Selbst jetzt, ein Dreivierteljahrhundert später, in dem sich fast alles in Prudence' Erinnerung auf Schnappschüsse reduziert hat, kann sie sich noch lebhaft an jenen Abend erinnern: an den bernsteinfarbenen Sherry, den sie vor dem Essen tranken, an Ellas Kleid, das blau war wie das Ei eines Rotkehlchens, an das Waldgrün des Spinats, auf dem das Huhn Florentiner Art gebettet war.

Nach dem Essen zogen sich die Männer zum Rauchen in Lawrence' Bibliothek zurück, und Ella und Prudence blieben im Esszimmer sitzen. Prudence erzählte vom Lunch am Vortag mit Harriet. Sie hatte Prudence gedrängt, wieder zu arbeiten, und Prudence hatte wiederholt, was sie im Jahr zuvor gesagt hatte, als sie gekündigt hatte: Carlton wolle nicht, dass seine Frau berufstätig sei.

»Harriet hat abfällig geschnaubt. ›Du darfst deinem Mann nicht so viel Kontrolle zugestehen‹, belehrte sie mich. ›Selbst wenn du nicht arbeiten möchtest, lass ihn nicht in dem Glauben, dass du nicht arbeitest, weil er es nicht will.‹«

Ella lächelte. »Ich sehe Harriet deutlich vor mir, wie sie dabei die Schultern strafft.« Sie nippte an ihrem Kaffee, und Prudence, deren Kopf ein wenig benebelt war von dem zweiten Glas Wein, zu dem Lawrence sie überredet hatte, bereute, den Kaffee abgelehnt zu haben.

»Den Rest des Essens hat sich Harriet dann darüber beklagt, dass es ihr Job ist, reichen Leuten Geschmack beizubringen.«

Noch bevor Prudence den Satz beendet hatte, sah sie, wie sich Ellas Miene verdüsterte und schließlich versteinerte. Die schreckliche Hitze stieg Prudence aus ihrer Brust in den Hals, der bestimmt knallrot gefleckt war, und sie musste an den Nachmittag denken, als sie zusammen mit Randall um eine Ecke gebogen war und gesehen hatte, dass ein Pferd zusammengebrochen war. »Warum haben wir nur diesen Weg genommen?«, hatte sie Randall an jenem Abend gefragt, weil sie die Qual in den Augen des Tieres nicht mehr aus ihren Gedanken vertreiben konnte.

Ella entschuldigte sich und stand auf, weil sie nach ihren Töchtern sehen wollte. Prudence blieb in ihrem

Elend allein am Tisch sitzen. Sobald Ella wieder da war, wollte sie sich entschuldigen. *Natürlich habe ich bei dir nie dieses Gefühl gehabt. Du hast einen ganz exquisiten Geschmack. Es war vielmehr umgekehrt: Ich habe durch dich sehr viel gelernt.*

Doch es war nicht Ella, die als Nächstes den Raum betrat, sondern Carlton. Er warf einen übertrieben deutlichen Blick auf seine Uhr und verkündete, der Abend sei wie im Flug vergangen, und sie müssten jetzt auf der Stelle gehen. Seine Stimme war scharf.

Prudence kam es vor, als wäre ein Zug eingefahren, und sie würde zur Eile angetrieben einzusteigen. Sie folgte Carlton in die Diele, wo Ella mit ihrem Dienstmädchen stand, das ihre Mäntel bereithielt. Lawrence, dessen Wangen vom Portwein gerötet waren, den er und Carlton sich nach dem Essen genehmigt hatten, öffnete die Haustür und trat auf den Treppenabsatz.

Es schneite leicht.

»Und dabei haben wir noch nicht mal Thanksgiving!«, verkündete Lawrence. »Ella, du musst die Schlitten für die Mädchen rausholen.«

Ella kommentierte den Schnee nicht. Stumm und ohne sie anzuschauen bot sie Prudence ihre Wange für einen Abschiedskuss, legte Lawrence eine Hand auf den Rücken, um ihn zurück ins Haus zu schieben, und schloss die Tür.

Wie üblich beharrte Carlton darauf, dass sie die fünf langen und die sechs kurzen Blocks bis zu ihrem Haus zu Fuß gingen. Die Straßen waren zu so später Stunde und bei der allmählich wachsenden Schneedecke leer. Prudence, die Carlton nicht zeigen wollte, dass sie zitterte, vergrub die Nase in ihrem hochgeklappten Mantelkragen und schlang die Arme um ihren Oberkörper. Den Elementen zu trotzen war ein Grundpfeiler seiner blaublütigen Erziehung gewesen: Im Sommer war er jeden Morgen vom Anlegesteg des Hauses seiner Großeltern in Maine in den eiskalten Atlantik gesprungen, im Winter war die Familie nach Montana gereist, wo in Jägerhütten übernachtet wurde, um die der Wind heulte wie ein verwundetes Tier. Als Carlton sechs Jahre alt war, verbot ihm sein Vater zu weinen. Wenn doch Tränen fielen, setzte es Schläge. Als Erwachsener legte er dieselbe Haltung bei seinen Bergtouren an den Tag. Zwar wurde die Route sorgfältig geplant, um Gefahren zu minimieren und die Sicherheit zu maximieren, doch wenn er oder seine Bergpartner unterwegs Unbehagen oder gar Angst verspürten, wurde darüber nicht geredet.

Thomas, der Nachtportier, begrüßte sie mit einer Bemerkung über den Schnee. Anders als Ella wollte Prudence nicht, dass die Dienstboten bis zu ihrer Rückkehr aufbleiben mussten, egal, wie spät sie nach Hause kamen. Deshalb gestand sie Louise, die bei ihnen lebte, abends ein paar freie Stunden zu, wenn sie und Carlton ausgingen. Louise sei noch nicht zurück, flüsterte ihr Thomas ins Ohr.

Carlton sperrte die Wohnungstür auf, drückte Prudence einen schnellen Gutenachtkuss auf die Wange und ging sofort ins Bett. Prudence setzte Wasser in der Küche auf und ließ sich eine Badewanne einlaufen.

In der Wanne grübelte sie über das nach, was beim Abendessen passiert war. Anschließend setzte sie sich mit einer Tasse Kamillentee in ihr Ankleidezimmer und schrieb Ella einen Brief.

Liebste Ella,
nach einem köstlichen Abendessen habe ich heute Abend dein Haus tief betrübt verlassen. Ich mache mir Sorgen, dich mit Harriet Masters Bemerkung verletzt zu haben. Lass dir versichern, dass ich dabei nicht an dich gedacht habe. Du hast einen wundervollen Geschmack, und wenn jemand von uns beiden dem anderen etwas beibringen kann, dann du.
Carlton beharrte darauf, dass wir nach Hause laufen. Die Stadt war wunderschön im Schnee, doch ich brauchte anschließend dringend ein heißes Bad und eine dampfende Tasse Tee. Ich hoffe, du und deine wunderbaren Töchter, ihr schlaft bereits tief und fest und wacht morgen in einem wahren Wintermärchen auf.
Herzlichst
deine Prudence

Der Brief kam ihr verlogen vor. Nicht ihre Entschuldigung, die kam von Herzen, doch die munteren Worte, mit denen sie ihren Heimweg und die Stunde zu Hause geschildert hatte. Sie wollte Ella ebenso wenig wie Carlton wissen lassen, dass ihre Füße eiskalt gewesen waren und dass sie sich wegen des Verlaufs des Abends elend fühlte. Und dass Ellas kühler Abschied sie so eingeschüchtert hatte, dass sie den Brief mit »herzlichst« unterschrieben hatte und nicht mit »liebste Grüße« oder »wie immer die deine«, wie sie und Ella es normalerweise zu tun pflegten.

Prudence legte den Umschlag auf den Tisch in der Diele, damit Carlton ihn am nächsten Morgen auf dem Weg zur Arbeit aufgab. Dann würde Ella ihn am späten Vormittag erhalten und ihre Antwort bestimmt am Spätnachmittag in die Post stecken.

Am zweiten Samstag nachdem Prudence ihren Brief losgeschickt hatte, musste sie sich eingestehen, dass Ellas Antwort in der Nichtexistenz einer Antwort bestand. Als sie an jenem Abend *Rigoletto* sahen, war Prudence erleichtert, dass sie endlich einen Vorwand hatte zu weinen – über Gildas Entführung und Rigolettos entsetzte Erkenntnis, sich an der Gefangennahme seiner Tochter mitschuldig gemacht zu haben.

In der Pause schaute Carlton sie fragend an. Sie hatte schon öfter bemerkt, dass er ihre Gefühlsschwankungen zwar mitbekam, darauf aber nicht eingehen wollte. Offenbar war er der Meinung, wenn er das täte, würde er zu viel Nachsicht gegenüber einer ihrer Charakterschwächen zeigen. Stattdessen erzählte er ihr von seinen Plänen. Im September wolle er nach Tanganjika reisen, um mit einem Führer, der eine neue Route ausgearbeitet habe, den Kilimandscharo zu besteigen. Anders als der McKinley, den Carlton in dem Jahr, bevor sie sich kennengelernt hatten, erklommen hatte, könne der Kilimandscharo ohne besondere alpinistische Fähigkeit bezwungen werden. Selbst sie könne das bei einer entsprechenden körperlichen Vorbereitung schaffen, meinte er.

Prudence umklammerte das Champagnerglas, das

Carlton ihr gereicht hatte. Wollte er etwa, dass sie mit ihm den Kilimandscharo bestieg? Bereits vor ihrer Hochzeit hatte sie sich mit Mänteln abgefunden, die den Wind nicht abhielten, und mit Stiefeln, die die Feuchtigkeit durchließen. Doch in einem Zelt auf kaltem steinigem Untergrund zu schlafen erschien ihr ebenso unmöglich, wie einen Elch auszunehmen – eine Fertigkeit, die Carlton bereits mit neun Jahren erlernt hatte – oder einen Mann bewusstlos zu schlagen, wie es laut Carlton ein Bergführer einmal mit einem Bergkameraden getan hatte, der beim Abseilen in Panik geraten war und sie damit beide in Gefahr gebracht hatte.

Als ein Gong verkündete, dass es an der Zeit war, zu ihren Plätzen zurückzukehren, nahm Carlton ihr das noch volle Glas ab.

»Gestern Abend habe ich Lawrence gesehen«, sagte er, während sie sich in ihrer Loge niederließen.

Ihr Magen verkrampfte sich. Das sah Carlton ähnlich: Ihr genau dann davon zu erzählen, wenn sie kaum reagieren konnte, weil gleich das Licht gelöscht würde.

»Er möchte ein Sommerhaus am St. Regis Lake kaufen, in der Nähe des Familiensitzes der Vanderbilts, doch offenbar weigert sich Ella.«

»Warum denn?«

»Sie liegt im Clinch mit der Mutter einer Mitschülerin ihrer Töchter, deren Familie dort ebenfalls die Sommer verbringt.« Carlton bedachte sie mit seinem für ihn typischen schiefen Lächeln. Jemand, der ihn nicht kannte, hätte diesen Ausdruck vielleicht als merkwürdig oder herablassend gedeutet, doch Prudence wusste, es war seine reservierte Art, Ironie oder gar den Anflug von schwarzem Humor zu zeigen. »Ich habe das Gefühl, dass jemand, der Ella mal verärgert hat, nicht darauf hoffen kann, dass sie das je vergisst. Wenn sie jemanden aus ihrem Leben verstößt, dann für immer.«

In den folgenden Tagen spürte Prudence, wie sie in undurchdringlicher Einsamkeit versank. Sie, Prudence Theet, geborene Prudence O'Connor, Tochter von Bediensteten, hatte unabsichtlich Ella Jameson, Teil einer Welt, zu der Leute wie die Vanderbilts gehörten, beleidigt. Dass sie sich aufrichtig und nahezu sofort entschuldigt hatte, spielte keine Rolle.

Doch statt sich über diese Ungerechtigkeit zu empören, schämte sich Prudence zutiefst. Sie schämte sich dafür, dass sie Ella so gern als Freundin gehabt hätte und sich eingeredet hatte, dass das möglich wäre. Trotz ihrer mangelnden Erfahrungen in Sachen Freundschaft hatte Prudence das Gefühl, dass eine Freundschaft mit Großzügigkeit einhergehen sollte. Mit Großmut, die auch Turbulenzen und Meinungsverschiedenheiten aushalten konnte und Raum für Vergebung bot. Aber vielleicht – und diese Möglichkeit schmerzte sie sogar noch mehr – hatte der Bruch mit Ella gar nichts mit dem zu tun, was Prudence gesagt hatte. Vielleicht war Ella der Aufregung, eine Freundin außerhalb ihres eigenen Kreises zu haben – eines exklusiven Zirkels, an dessen Rand Prudence nur durch ihre Ehe mit Carlton existierte –, überdrüssig geworden.

Die Einsamkeit setzte sich in ihren Eingeweiden fest und führte dazu, dass jegliches Essen ihr widerwärtig wurde: Rindfleisch sah wie Kot aus, ein Hühnchen war nur noch ein toter Vogel, Gemüse ähnelte schmutzigem Abfall. Sie litt unter Schlafstörungen und wachte gegen vier Uhr früh auf. Dann schlich sie sich in ihr Ankleidezimmer und sah zu, wie der Himmel heller wurde. Eines Morgens beobachtete sie einen Schwalbenschwarm, der in V-Formation den Himmel aufzuschlitzen schien. Ein paar Momente hob sich ihre Stimmung, als sie sich vorstellte, dass die Vögel vielleicht die Vorhut einer größeren Gruppe wären, doch dann wich dieser Gedanke der Sorge, dass die Gruppe sich verirrt, die Orientierung verloren haben könnte.

Als Prudence' Wangen immer hohler wurden und ihr Schlüsselbein sich spitz im Ausschnitt ihrer Kleider abzeichnete, ging Mrs Meechin dazu über, ihre Gerichte mit einer zusätzlichen Portion Butter anzureichern, und Louise brachte ihr heiße, mit Sahne angerührte Schokolade. Eines Morgens, als sie sich dazu zwang, ein paar Bissen von dem fettigen Rührei zu essen, verkündete Carlton, dass Dr. Hinley, CCBs Privatarzt, der sich mittlerweile täglich um Robert kümmerte, in Kürze vorbeischauen werde, um Prudence zu untersuchen.

Bevor sie Einspruch erheben konnte, musterte Carlton sie streng und meinte: »Das war keine Frage, sondern eine Information.«

Dr. Hinley maß ihren Blutdruck und horchte sie mit einem Stethoskop ab. Er untersuchte ihren Hals und ihre

Ohren. Er tastete ihren Bauch ab und testete ihre Reflexe mit einem Hämmerchen, das er aus seinem Arztkoffer holte. Dann zogen er und Carlton sich in die Bibliothek zurück, und bei Kaffee und ein paar von Mrs Meechins Rosinenbrötchen erläuterte der Arzt seine Diagnose: weibliche Schwermut, vielleicht verbunden mit ihrer Unfruchtbarkeit, von der er ausging, da sie keine Kinder hatten. Das Ganze verstärkt durch eine lang anhaltende Anämie, die, so sagte ihm Carlton, die Folge einer Fehlgeburt war. Hinley verordnete ihr Bettruhe, jeden zweiten Tag Leber, Eisenpillen und in einem Monat eine Reise nach Arizona. Dort, so versicherte er Carlton, würden die trockene Wüstenluft und die Sonne seiner Frau sehr guttun.

Prudence wollte nicht nach Arizona. Sie hatte Angst, dass die Sonne ihre helle Haut verbrennen und es in der Wüstenlandschaft schrecklich still sein würde. Doch sie zwang sich dazu, Leber zu essen und im Bett zu bleiben, egal, wie viele Stunden sie an die Decke starrte und sich dabei immer wieder sagte: *Du warst vor Ella allein, und es ging dir gut. Es wird dir wieder gut gehen.*

Im Dezember starb Louie Burlingham. Zu der Zeit fühlte sich Prudence zwar noch nicht gesund, doch etwas hatte sich geändert. Sie war erleichtert, dass Carlton nun seine Aufmerksamkeit auf CCB und seine eigenen Eltern richtete, die für Louies Beerdigung aus Virginia angereist waren und die Weihnachtsfeiertage bei Carlton und Prudence verbringen wollten. Robert hatte beschlossen,

Dorothy, die wegen ihrer Tuberkulose in einem Sanatorium weilte, unangekündigt in Wien zu besuchen.

Zu Weihnachten war CCB zum Dinner bei den Theets zu Gast. Carlton hatte Prudence' Wunsch, Louise und Mrs Meechin den Feiertag freizugeben, damit sie ihn bei ihren Familien verbringen konnten, stattgegeben. Doch Prudence wusste sehr wohl, wie peinlich es ihm war, dass nun sie das Essen servierte. Die offenkundige Missbilligung seiner Mutter der in ihren Augen unschicklichen Situation verstärkte seine Verlegenheit noch. Erst als CCB das Kartoffelgratin, das Gemüse in Aspik, das Mrs Meechin am Vortag zubereitet hatte, und das Beef Wellington und den herzhaften Plumpudding – Gerichte, die Prudence selbst gemacht hatte – überschwänglich lobte, entspannte sich Carlton etwas.

In den ersten Monaten des Jahres 1938 verfolgte Carlton die sich zunehmend verschlechternde Lage in Europa sehr genau. Er sorgte sich nicht nur um Dorothy und die vier in Wien, über die CCB ihn stets auf dem Laufenden hielt, sondern auch um die Reise, die er für Juni gebucht hatte – verspätete Flitterwochen, die er minutiös durchgeplant hatte. Die Reise sollte in Paris beginnen und dann über Genua, den Lago Maggiore und die Pyrenäen nach Nizza führen. Von dort aus sollte es mit dem Schiff zum Peloponnes gehen.

Anfang März kehrte Robert nur begleitet von Mikey, seinem jüngsten Sohn, am Boden zerstört nach New York zurück. Dorothy hatte ihm erklärt, sie wolle in Wien bleiben und der Familie Freud bei ihrer Abreise nach London helfen. Als die Deutschen eine Woche später in Österreich einmarschierten, befürchteten Robert und CCB das Schlimmste – dass Dorothy und die verbliebenen drei Kinder aufgrund ihrer Verbindungen zu der Familie Freud verhaftet würden. Erst im April erfuhren sie, dass alle vier nach Italien aufgebrochen waren, und ihre Ängste legten sich ein wenig. Trotzdem drehte sich jedes Gespräch mit CCB, der jetzt mittwochs und sonntags zu Carlton und Prudence zum Dinner kam, um Dorothy, die sich zusammen mit der Prinzessin Bonaparte bemühte, die Freuds nach England und in Sicherheit zu bringen. Anschließend waren Roberts wachsende Erregungszustände das Thema; denn ihm war mittlerweile klar geworden, dass auch seine Frau vorhatte, London zu ihrer neuen Heimat zu machen.

In diesem Jahr kündigte sich der Sommer im Mai an. Die Azaleen im Park blühten in der ersten Woche, die einjährigen Blumen in den Pflanzgefäßen an den Eingängen der Park Avenue standen bereits in voller Blüte. Prudence kam die Pracht um sie herum wie eine Strafe für ihre Kinderlosigkeit vor. Sie sah sich in einer Zirkusmanege als Pony, das durch alle Jahreszeiten hindurch dieselbe Runde läuft. Jedes Jahr dasselbe, jedes Jahr ohne Ziel.

Die Nächte waren heiß und drückend, und ihre Schlaflosigkeit wurde unter Carltons prüfendem Blick immer schlimmer. Stundenlang lag sie reglos wie eine Tote im Bett, die Decken zur Seite geworfen. In einer Woche sollten sie nach Europa aufbrechen. Sie erinnerte sich schwach daran, dass sie als Studentin auf ihrer bislang einzigen Fahrt über den Atlantik so gut geschlafen hatte wie noch nie. Damals hatte sie eine Weile die Pariser Niederlassung ihrer Hochschule besucht. Sie hoffte verzweifelt, dass sie auch diesmal wieder gut schlafen würde.

In einer besonders schlimmen Nacht lag sie noch im Morgengrauen hellwach im Bett. Die Samtvorhänge ihres Schlafzimmers waren einen Spaltbreit geöffnet, der schmale Lichtstrahl einer Straßenlampe fiel ins Zimmer und warf ein helles Dreieck auf die Holzdielen. Bald würde Carlton aufwachen. Sie fürchtete, dass er sich zu ihr umdrehen würde, wie er es gern in den frühen Morgenstunden tat, um die Hände unter ihr Nachthemd zu stecken. An den gefährlichen Tagen, die er von seinen Aufzeichnungen über ihren Menstruationszyklus ablas, zog er sich vor dem Samenerguss aus ihr zurück.

Am Abend, an dem sie an Bord gehen würden, läge ihre Abtreibung exakt sechzehn Monate zurück. Im Bett konnte sie nur an eines denken: Warum hatte sie sich von Carlton überreden lassen, sich auf den OP-Tisch zu legen? Warum hatte sie es geduldet, dass der Arzt ihr die Maske mit dem Chloroform aufs Gesicht drückte?

In ihrer Jugend hatte sie genügend Frauen gekannt, die darum kämpfen mussten, ihre Kinder zu ernähren. Sie wusste also sehr wohl, dass Frauen manchmal eine Schwangerschaft beenden wollten, weil es bereits zu viele Mäuler zu stopfen galt oder sie tief in ihrem Inneren spürten, dass sie ein weiteres Wochenbett nicht überleben würden – dass ihr Kind mutterlos aufwachsen würde. Aber all das war bei ihr nicht der Fall gewesen. Sie war jung und gesund. Sie hätte sich auch ohne Carlton um sie – sie hatte das sichere Gefühl, dass das Baby ein Mädchen gewesen war – kümmern können. Harriet und Elaine hätten ihr geholfen, und sie hätte eine Kinderfrau für die Zeit finden können, in der sie arbeitete. Sie hätten bescheiden leben müssen, weit unterhalb des Niveaus, das die Ellas dieser Welt als gesellschaftswürdig betrachteten, doch sie hätte es schaffen können.

Ihre Haut brannte – ob wegen der Hitze oder vor Scham, konnte sie nicht sagen. Sie wusste nur eines: Sie musste unbedingt Morgenluft atmen. Leise, um Carlton nicht zu wecken, schlüpfte sie in die Kleider des Vortags, die Louise noch nicht weggeräumt hatte, und warf sich ein Cape über, unter dessen Kapuze sie ihre losen ungekämmten Haare verbergen konnte.

In der Küche füllte sie ein Glas mit lauwarmem Wasser aus dem Krug. Es war kurz vor halb sechs. In einer halben Stunde würde Mrs Meechin kommen, um das Frühstück vorzubereiten.

Sie wollte nicht, dass Thomas, der mit seinen weißen Handschuhen und seiner Pförtnermütze am Hauseingang stand, sie bemerkte. Es sähe ihm ähnlich, es Carlton zu erzählen. Also nahm sie die Hintertreppe und verließ das Gebäude durch die Dienstbotenpforte, die auf die 72nd Street führte.

Als sie um die Ecke zur Park Avenue bog, fiel ihr eine Bewegung in einem Fenster auf der gegenüberliegenden Straßenseite auf. Es gehörte zum Haus, in dem CCB nun allein mit Robert lebte. Das Ende eines Vorhangs flatterte aus dem offenen Fenster.

Dahinter stand ein Mann. Er schien sich herauszubeugen. Selbst aus dieser Entfernung sah Prudence, dass er einen Schlafanzug trug. Einen blau-weiß gestreiften Pyjama.

Sie zählte die Stockwerke bis zu dem offenen Fenster. Dreizehn, es war CCBs Wohnung.

Dann war der Mann verschwunden. War es Robert gewesen? CCB? Nein, es musste sich um Robert gehandelt haben. CCB würde nicht wie ein Sträfling einen gestreiften Schlafanzug tragen, und außerdem würde er um diese Zeit nicht aus einem Fenster spähen.

Dann tauchte der Mann wieder auf. Das Fenster wurde weiter geöffnet. Ein Blitz aus Blau und Weiß schoss durchs Morgengrauen. Wäre das grässliche Geräusch eines Körpers, der auf das Pflaster prallt, nicht gewesen, Prudence wäre sich nicht sicher gewesen, dass es passiert war.

Ein Schrei ertönte. Prudence konnte sich nicht rühren und auch nicht atmen. Sie starrte auf den blau-weißen Schlafanzug, auf dem sich jetzt Rot ausbreitete.

Die Portiers von CCBs Gebäude hasteten aus dem Foyer. »Jesus, Maria, Heiliger Geist!«, schrie einer. Ein Mann rannte über die Park Avenue und kniete sich auf den Bürgersteig. Er zog seine Jacke aus und deckte den Toten damit zu.

Erst nachdem Carlton sich von Dr. Hinley hatte versichern lassen, dass CCB mit dem Mittel, das er ihm verabreicht hatte, mehrere Stunden schlafen würde, kehrte er in seine Wohnung zurück. Am Eingang erfuhr er von

Jenkins, dem Portier, der die Tagesschicht übernahm, der es wiederum von Thomas erfahren hatte, dass Mrs Theet unglücklicherweise Zeugin von Mr Burlinghams tragischem Tod geworden sei.

Es war gegen zehn Uhr vormittags. Prudence lag im Bett. Trotz des heißen Tages und eines Grogs, den Mrs Meechin ihr zubereitet hatte, nachdem Thomas sie zurück in die Wohnung begleitet hatte, klapperten ihr die Zähne.

»Jenkins hat gesagt, dass Thomas nicht gesehen hat, wie du das Gebäude verlassen hast. Er kann sich nicht erklären, wie du überhaupt dort sein konntest.«

Sie zog sich die Decke vor das Gesicht. Sie konnte es nicht ertragen, verhört zu werden. Sie konnte Carltons vorwurfsvollen Ton nicht ertragen.

»Geh weg!«, flüsterte sie. Das Geräusch, mit dem Robert Burlinghams Körper auf dem Bürgersteig aufgeschlagen war, dröhnte noch immer in ihrem Kopf.

Am Ende des Tages kam ein Kommissar, um ihre Aussage aufzunehmen. Prudence dachte, dass das Carltons Bestrafung dafür sei, dass sie sich im Morgengrauen aus dem Haus geschlichen hatte, ohne es ihm zu sagen. Wie ein unartiges Kind würde sie ihre Missetat schildern müssen. In den zwölf Stunden seit Roberts Sprung hatte sie vor ihrem inneren Auge ausschließlich seinen blau-weißen Schlafanzug gesehen, der sich rot färbte. Jetzt beschrieb sie, wie der Vorhang geweht, wie sich ein Mann herausgebeugt, wie sich das Fenster geöffnet hatte.

Habe sie verstanden, was da passiert sei?, wollte der Polizist wissen.

Sie schüttelte den Kopf, versuchte zu erklären, dass alles so schnell gegangen sei. Doch nachdem der Kommissar sich verabschiedet hatte, merkte sie, dass das nicht stimmte. Noch bevor sie die Stockwerke gezählt hatte, war ihr klar gewesen, dass das offene Fenster zu CCBs Bibliothek gehörte. Schon bevor das Fenster hochgeschoben wurde, war sie sich sicher gewesen, dass der Mann, der sich herausbeugte, Robert war. Noch vor dem Schrei und bevor die Portiers des Gebäudes nach draußen rannten, hatte sie gewusst, dass das schreckliche Geräusch Roberts Ende war.

11. Kapitel

Grace, an einem Mittwoch im April 2013

Am dritten Morgen der Konferenz hält Grace ihren zweiten Vortrag mit dem Titel: »Sterbebegleitung für Straftäter, die auf ihre Hinrichtung warten, und deren Angehörige«. Selbst in einem solchen Fall, wenn der Staat und nicht die Natur der Vollstrecker ist, sei ein würdiges Ende möglich, lautet ihre Kernaussage.

In der Woche zuvor hat sie Sunny und Ben eine frühere Fassung vorgelesen. Als sie zu dem historischen Teil über Exekutionen kam, die sich früher kaum von einer öffentlichen Volksbelustigung unterschieden hatten, erhob Ben laut Einspruch. »So nicht, Gracey. Wir arbeiten in der Palliativmedizin. Wenn du diesen Vortrag auf einer Philosophenkonferenz halten würdest, von mir aus. In meinem Masterstudium bin ich zu Vorlesungen gegangen, wo es mich nicht gewundert hätte, hätte irgendein durchgeknallter Dekonstruktivist eine Waffe auf jemanden gerichtet, der Paul de Man zuvor als Nazi bezeichnet hat …«

Sunny tätschelte Bens Hand. »Ich denke, Ben möchte damit sagen«, er hielt die Papiere mit Grace' Vortrag hoch, die sie auf den Couchtisch gelegt hatte, »dass du Sätze wie ›die Dorfbewohner strömten zusammen, um zuzusehen, wie jemand erhängt wurde‹ und ›Tribünen wurden errichtet, damit die Leute besser sehen konnten, wie ein Mann auf den elektrischen Stuhl geschnallt wurde‹ besser streichen solltest.«

Sie hat den Rat ihrer Freunde befolgt und konzentriert sich in ihrem Vortrag nun auf das Thema Familie: wie ein Elternteil, eine Ehefrau oder ein Kind sich von jemandem im Todestrakt verabschieden kann. Wie der Häftling – sie zügelt sich und fügt nicht hinzu: *viel zu oft ein Schwarzer oder ein kognitiv beeinträchtigter Jugendlicher* –, egal ob schuldig oder nicht, sich seinem Tod stellen kann. Wieder beherrscht sie sich und sagt nicht: *sich seiner Ermordung stellen kann.*

Obwohl sie andere Versionen des Vortrags schon früher gehalten und anschließend hässliche Fragerunden erlebt hat, erstaunt es sie immer noch, dass die gleichen Leute, die Frauen das Recht absprechen, eine Schwangerschaft zu beenden, die Richter unterstützen, die die Todesstrafe verhängen. Als sie an diesem Tag von jemandem gefragt wird, was sie über Euthanasie im Zusammenhang mit Palliativmedizin denkt, reicht es ihr. Schonungslos und offen, wie ihr sehr wohl bewusst ist, erzählt sie, wie ihre Arbeit mit todkranken Menschen sie dazu gebracht hat, die Unantastbarkeit des Lebens glühend zu verteidigen, und wie unmoralisch sie es findet, selbst über den Tod zu entscheiden, egal unter welchen Umständen. Diese Ansicht verhilft ihr mitunter zu seltsamen Verbündeten: Gegner der Todesstrafe,

Tierschützer und Aktivisten gegen die Abtreibung. Meine Gegen-die-Todesstrafe-protestierende-vegane-Recht-auf-Leben-Freundin, so nennt Kate sie. Wenn Kate jetzt nur hier wäre, denkt sie, während unter den verbliebenen Diskussionsteilnehmern die Hölle losbricht und sich Leute, die sich normalerweise verabscheuen, zusammentun, um diejenigen zu beschimpfen, die sie normalerweise zu ihrem Lager zählen, und Sandy, die Leiterin der Gesprächsrunde, tapfer, jedoch erfolglos versucht, einen gemeinsamen Nenner zu finden.

Grace hat Sandy versprochen, mit den anderen zwei Frauen aus der Runde später zum Lunch zu gehen. Doch nach der wütenden Resonanz auf ihre Bemerkungen fragt sie sich, ob die beiden sie immer noch dabeihaben oder sich lieber ohne sie unterhalten wollen. Sie sieht Sandy fragend an, die eine Hand auf ihren Arm legt und eine Braue hebt.

»Möchtest du vielleicht ein Glas Wein?«, fragt Sandy. »Ich jedenfalls könnte eins vertragen.«

Grace nickt. Sie will nicht zugeben, dass sie keinen Alkohol trinkt. Vor ein paar Wochen, als sie per Handy gerade eine zusätzliche Sauerstoffflasche für ihren Patienten Herman bestellte, kam die erste Mail. Der Start einer Reihe von Rundmails, in der für den Lunch verschiedene Restaurants vorgestellt wurden – natürlich samt Links zu Kritiken und der strikten Anweisung, bei der Antwort unbedingt auf »allen antworten« zu klicken. Ihr war nicht bewusst gewesen, dass sie laut seufzte, bis sie den Blick hob und merkte, dass David sie beobachtete.

»Tut mir leid. Es hat nichts mit Ihrem Vater zu tun. Ich halte nächste Woche mehrere Vorträge auf einer Konferenz in New York, und die Mitglieder des Gremiums denken jetzt schon darüber nach, wo wir im Anschluss daran essen gehen sollen. Das nervt mich ein bisschen.«

»Das kann ich nachvollziehen. Paula, meine Ex, war eine ausgesprochene Feinschmeckerin, und es regte sie maßlos auf, wenn ich nicht gebührend begeistert reagierte, wenn sie uns eine Reservierung in einem Fresstempel verschafft hatte, der so angesagt war, dass sie ihr Telefon auf automatische Wiederwahl stellen und einen ganzen Vormittag damit zubringen musste, überhaupt zu der Person durchzudringen, die die Reservierungen vornahm.« David zog belustigt die Brauen hoch. »›Du hast keine Ahnung, was wir für ein Glück haben‹, sagte sie dann immer. Aber in Wahrheit war ich viel glücklicher, wenn ich nach einem Tag voller Vorlesungen und Treffen mit Kollegen und Laborassistenten für uns kochen konnte, als in irgendein Restaurant mit zwei Michelin-Sternen zu gehen.«

»Was kochen Sie denn gern?«

David musterte sie neugierig. »Damit bringen Sie das Problem auf den Punkt. Wenn ich aus einem der Kochbücher gekocht hätte, die Paula mir zum Geburtstag oder an Chanukka geschenkt hatte, wäre sie vielleicht zufrieden gewesen. Aber ich koche nicht nach Rezepten. Ich lasse beim Kochen nicht mal Musik im Hintergrund laufen, sondern einfach meine Gedanken schweifen. Die eine Hälfte meiner Ideen für Forschungsprojekte ist mir beim Zwiebelschneiden, die andere beim Knoblauchhacken gekommen.«

Hermans Augen waren geschlossen. Es war schwer zu sagen, ob er schlief oder zu erschöpft war, die Lider zu öffnen. »Ich koche das, was meine Mutter bei uns zu Hause gekocht hat: Hühnchen, Lasagne, Schmorbraten, gestürzten Ananaskuchen. Die typischen amerikanisch-jüdischen Vorstadtgerichte, vielleicht ein bisschen von Osteuropa beeinflusst.«

»Das, was auch Ihre Tante Rose kocht?«

»Ganz genau. Eigentlich hat meine Mutter Tante Rose das Kochen beigebracht. Rose erzählt immer gern, dass sie nicht mal eine Tasse Tee zubereiten konnte, als sie heiratete, und dass meine Mutter ihre Küche für sie einrichtete und fünf Rezepte auf Karteikarten schrieb, damit sie meinem Onkel Barney etwas zum Abendessen vorsetzen konnte. Als Paula und ich heirateten, schenkte Rose Paula die Karteikarten. Paula bedankte sich höflich und warf sie in den Müll, weil sie die Fettflecken darauf eklig fand.«

Grace maß Hermans Puls. Sie befeuchtete seine aufgesprungenen, blutleeren Lippen und die Mundhöhle mit einem kleinen rosafarbenen an einem Stäbchen befestigten Schwämmchen und schob das zusammengerollte Handtuch von seiner linken auf seine rechte Seite, um seinen Körper etwas zu verlagern. An seinem Rücken waren mittlerweile die Rippen zu sehen. In den zwei Wochen seit seiner Entlassung aus dem Krankenhaus musste er etwa sechs Kilo abgenommen haben. In wenigen Tagen würde er das Essen vermutlich ganz einstellen. Sie nahm sich vor, David zu bitten, Rose Bescheid zu sagen, dass sie nichts mehr zu essen mitbringen solle.

»Irgendwann verzichtete Paula dann auf mich als Restaurantbegleitung und nahm stattdessen Kollegen oder Klienten mit. Sie ist als Anwältin auf Erb- und Vermögensrecht spezialisiert, es mangelte ihr also nie an Begleitpersonen.«

Herman schnarchte leise. David beugte sich vor und küsste seinen Vater auf die Stirn. »Ich habe beschlossen, dass der Schlüssel zu einer glücklichen Ehe darin liegt, dass man friedlich miteinander essen kann. Bevor Leute miteinander schlafen, sollten sie erst einmal das prüfen. Paula und ich wären bei diesem Test mit Pauken und Trompeten durchgefallen. Wenn wir mal zusammen aßen, gerieten wir unweigerlich in Streit, weil ich nicht wollte, dass sie ihr Handy neben sich auf den Tisch legte. Sie war zwanghaft davon besessen, ständig irgendwas zu googeln, und es bereitete ihr schier körperliche Schmerzen, wenn sie eine E-Mail volle zehn Minuten lang unbeantwortet ließ.«

Er nahm seine Brille ab und putzte sie mit einem Hemdzipfel. »Ich habe versucht, ihr zu erklären, dass alles, was ich über das Gehirn weiß, darauf hindeutet, dass wir nicht dafür geschaffen sind, stundenlang auf Pings und andere Signale zu reagieren. Dass man keinen klaren Gedanken fassen kann, wenn man ständig gestört wird. Zu einem unserer schlimmsten Streits kam es während eines Essens bei uns zu Hause. Wir sprachen über einen Film mit Tab Hunter und Debbie Reynolds, den wir vor etlichen Jahren gesehen hatten, konnten uns aber nicht an den Titel erinnern. Paula bestand darauf, ihn zu googeln, aber ich wollte sie unbedingt davon überzeugen, dass unser Gespräch wichtiger als der Name war, und erzählte ihr von einer Untersuchung, die ich kurz davor gelesen hatte – dass schon allein das Vorhandensein des Handys auf dem Tisch die Qualität der zwischenmenschlichen Kommunikation verschlechtert.«

David setzte sich die Brille wieder auf. »Es war blöd und stur von mir, und Paula sah rot. Sie beschimpfte mich als verdammten Kontrollfreak, warf die Schüssel mit den Spaghetti und Fleischbällchen, die ich gekocht hatte, in den Müll und stürmte aus dem Haus.«

Auf Davids Kommode stand ein Foto von ihm, Paula und seinen Eltern. Er hatte Grace gesagt, das Foto sei auf einer Preisverleihung für sein erstes Buch aufgenommen worden. Paula trug ein pinkfarbenes ärmelloses Kleid. Die Frisur, zu der ihre dunklen Haare aufgetürmt waren, wirkte genauso aufgesetzt wie ihr breites Lächeln.

»Fünf Minuten später kam sie wieder zurück und entschuldigte sich. Ich entschuldigte mich auch dafür, dass ich so schrecklich pedantisch gewesen sei, aber in Wahrheit hielt sie all mein Gerede über Kreativität und Einsamkeit, die nötig sei, um gründlich über etwas nachzudenken, für romantisches Geschwätz aus dem Mund eines Studenten im zweiten Semester, der Rilke zitiert.«

Rilke. Sie hatte Garcia Teile von Rilkes *Briefe an einen jungen Dichter* vorgelesen, nachdem er sie gebeten hatte, ein paar Bücher ihres Vaters nach Huntsville mitzubringen. Einen Satz hatte ihr Vater unterstrichen gehabt: »Suchen Sie die Tiefe der Dinge: dort steigt Ironie nie hinab.«

Einen Moment lang war sie versucht, David zu fragen, ob es für einen Menschen zu viel Einsamkeit geben könne, für ein Gehirn zu viele Stunden der Stille. Aber im Lauf der Zeit hat sie gelernt, sich durch die Intimität am Bett eines Sterbenden nicht dazu verleiten zu lassen, ihre Rolle zu vergessen: Sie war die Krankenschwester, sie führte durch die letzten Tage. Ihr Gefühl, sich auf der eigenen Reise verirrt zu haben, durfte dabei nicht ins Gewicht fallen.

Nach dem, was Grace wie ein Riesenbandwurm von E-Mails vorkam, einigte sich die Gruppe schließlich auf ein pseudofranzösisches Bistro. Dort ist es nun schwieriger, als sie erwartet hat, etwas zu finden, was für sie infrage kommt. Sie murmelt etwas von einem großen Frühstück, fragt nach, ob in der Tomatensuppe Sahne ist. Ja, erfährt sie und brummt daraufhin etwas von Laktoseintoleranz. Zum Schluss bestellt sie einen grünen Salat und Pommes, weil sie nicht noch mehr Aufmerksamkeit auf sich lenken will.

Das Gespräch verlagert sich aufs Einkaufen. Eine der Frauen lässt sich lang und breit über ein Shopping-Center aus, einige andere über ein paar Läden in Williamsburg. Danach geht es um Kinder, die Arbeit im Haushalt und College-Berater. Grace schaltet in ihren bei solchen Runden üblichen Ruhemodus. Sie nickt und wirft ein paar Worte dazwischen, wenn es ihr passend erscheint, während ihre Gedanken abschweifen. Heute kreisen sie um die Fotos, die ihr Großvater Garcia und ihr von den Säulen auf der Veranda von Laurelton Hall gezeigt hat. Die

Säulen, deren Kapitelle aus Glasblumen mit spargeldünnen Stängeln bestanden, wurden nach dem großen Brand repariert und stehen jetzt im amerikanischen Flügel vom Metropolitan Museum of Art, das Grace besuchen will, wenn dieses schier unendlich lange Essen vorbei ist.

12. Kapitel

Jacie & Leo, Mendocino, Sommer 1967 bis Januar 1971

In dem Monat bevor Leo und Jacie nach Mendocino ziehen wollen, ruft Pippy, die Gründerin der Kommune, Jacie an. Sie ärgert sich, dass die Männer so tun, als wüssten sie alles übers Errichten einer Scheune oder das Anlegen eines Gartens oder die Verlegung von Rohren, und die Frauen herumkommandieren. Deshalb hat sie beschlossen, nur noch Frauen aufzunehmen. »Du kannst kommen«, sagt Pippy. »Dein Kerl nicht.«

Dann erzählt sie Jacie von Riva Krik, einer anderen Kommune zwölf Meilen nördlich. Riva Krik wird von Peter geleitet, einem Mystiker und ehemaligen Prediger, der eine Weile in Cambridge gelebt hat, wo er viel – Pippy lacht –, echt viel LSD und Meskalin eingeworfen hat. Nachdem er eine Vision hatte, wie er über ein Tal flog, wo riesige Mammutbäume standen, ist er in die Gegend gezogen und hat Riva Krik gegründet.

»Ich werde ihn später in dieser Woche sehen«, sagt Pippy. »Einmal im Monat treffen wir uns und tauschen uns aus. Ich kann ihm ja mal von dir und deinem Freund erzählen, aber du solltest ihm auch schreiben.«

Pippy gibt Jacie Peters Adresse, und Jacie schreibt ihm noch am selben Nachmittag. Sie zeichnet eine Borte aus Efeu und Bauernhoftieren auf das Papier und malt mit Pastellkreiden astrale Muster auf den Briefumschlag. In der folgenden Woche erhält sie ein Antwortschreiben.

Kunstmädchen!
Bring deinen Mann, deine Camping- und deine Malsachen mit. Wenn eure Energie mit unseren Energien harmoniert, könnt ihr in einer unserer Hütten wohnen. Jede Hütte hat ein Bett für zwei Leute und einen Holzofen. Allerdings gibt es weder fließend Wasser noch Strom. Packt also Taschenlampen, Kerzen, Decken und allen sonstigen bürgerlichen Kram ein, ohne den ihr nicht leben könnt.
NAMASTE
Peter

PS: Jeder beteiligt sich mit 25 Mäusen pro Woche an den Gemeinschaftskosten, habt also auch ein bisschen Geld dabei. Am besten in bar.

Als sie in Riva Krik ankommen, hat Leo seit einem Jahr kein Gras mehr geraucht. Es ist Juni. Die Felder sind mit gelben und violetten Wildblumen gesprenkelt, der Boden ist rau und trocken. Bis feststeht, ob sie bleiben können, sollen sie in einem Zelt wohnen. Weder Jacie noch Leo haben je in einem Zelt geschlafen, geschweige denn eines aufgestellt, aber sie schaffen es mithilfe eines anderen Paars: Susan, die in ihrer Highschool in Iowa Cheerleaderin war und auf deren T-Shirt Muttermilchflecken sind, und Tim, ein Schreiner, der bei der Gewerkschaft ist und in dessen buschigem Bart Sägespäne hängen.

Sie erfahren, dass Peter eng mit Goddess befreundet ist. Goddess haust in einem Tipi am Rand des Geländes, wo sie Kräutertränke herstellt, die sie sonntags auf einem Flohmarkt in Fort Bragg verkauft. Ihre Haare sind zu Dreadlocks verfilzt, ihre Haut wettergegerbt wie die eines Andenbewohners. Niemand weiß, wie alt sie ist. Tim erzählt Leo, dass Goddess das Land gekauft hat, nachdem ihre Eltern, die in Saudi-Arabien Diplomaten waren, auf einer Safari in Kenia von Paramilitärs umgebracht worden waren. Allerdings glaubt Tim nicht, dass die Geschichte so stimmt. In Wahrheit, so seine Vermutung, waren Goddess' Eltern CIA-Agenten und wurden deshalb ermordet.

Nach Leos und Jacies erster Woche verkündet Peter, Goddess und er hätten beschlossen, dass ihre Energie mit der von Riva Krik harmoniere. Er führt sie zu einer Hütte neben dem Shiva Spa – einer Art Badehaus mit drei Plumpsklos, einem Waschbecken und separaten Duschen für Männer und Frauen – und einen kurzen Spaziergang entfernt vom Karma Kookhouse, das aus der Küche und ein paar Tischen und Stühlen zum Essen besteht.

Zusammen mit Jacie und Leo lebt nun ein fester Kern von siebzehn Personen in Riva Krik. Meistens schauen zwei bis drei weitere Leute erst mal nur für eine Übernachtung vorbei, bleiben aber manchmal mehrere Monate lang. Peter bezeichnet die Kommune als Stamm. Sie lebten und arbeiteten hier außerhalb des Geldsystems, erklärt er ihnen, wodurch sie die Ausbeutung des Mehrwerts durch faschistische Kapitalisten vermieden. Er drückt Leo ein Buch von Philip Slater in die Hand, das von der korrupten Verwendung von Besitz als Erfolgsmaß handelt.

Die Kommune trifft sich täglich bei Sonnenaufgang, um gemeinsam zu meditieren, einer Ansprache von Peter zu lauschen, die Jacie insgeheim als Predigt bezeichnet, und die kollektiven Aufgaben zu verteilen, die Cathy auf eine Tafel geschrieben hat. Cathy ist spindeldürr und hat ihr Medizinstudium an der Duke University aufgegeben, um Weberin zu werden, jedoch an ihrer Ordnungsliebe festgehalten. Leo geht bei Tim in die Lehre. Er bringt ihm bei, einen Baum mit einer Handsäge zu fällen, das Holz zu trocknen und zu lagern und Nut- und Federbretter daraus herzustellen. Jacie unterstützt gewöhnlich Susan mit den zwei Kindern, die sie mit Tim hat: die vierjährige Malika und den acht Monate alten Fellini.

Wenn Jacie nicht für den Abwasch nach dem Abendessen eingeteilt ist, hilft sie Susan, die Kinder im Waschbecken im Shiva Spa zu baden. Anschließend liest sie Malika etwas vor, während Susan Fellini stillt. Sind die Kinder eingeschlafen, waschen Jacie und Susan Fellinis Stoffwindeln in dem Waschbereich, den Tim vor der Hütte errichtet hat. Das Wasser dafür erhitzen sie auf dem Holzofen. Susan schrubbt jede Windel einzeln, Jacie wringt sie aus und hängt sie auf die Leine, damit sie in der Morgensonne trocknen können. Wenn sie damit fertig sind, geht Susan, die abends meist so geschafft ist, dass sie sich nicht einmal mehr die Zähne putzt, sofort ins Bett, und Jacie geht in das Atelier, das Tim und Leo für sie gebaut haben: eine Hütte mit Regalen für ihre Malutensilien und einem großen Fenster mit Blick auf die hoch aufragenden Mammutbäume auf den Bergen rundum. Wenn sie dann nach draußen schaut, sieht sie den Schein eines Lagerfeuers auf der gegenüberliegenden Seite des Felds, an dem Leo mit Peter und ein paar anderen Männern im Schneidersitz dasitzt. Manche lassen eine Pfeife kreisen, doch Leo hält sich davon fern. Er scheint ohne Drogen glücklicher zu sein.

Ab und zu bimmelt eine Kuhglocke, ein Zeichen, dass sie sich auf der Wiese vor Goddess' Tipi versammeln sollen. Dann hält Peter entweder einen Vortrag, durch den er das Bewusstsein der anderen erweitern will, oder hat wichtige Neuigkeiten. Meistens geht es um die Pumpe, die wieder mal kaputt ist, oder einen aufziehenden Sturm, vor dem sie den Gemüsegarten schützen müssen. Jacie hat jedes Mal Angst, dass mit einem der Kinder etwas ist, wenn nicht mit Fellini oder Malika, dann mit Alda oder Bennett, die Kinder von Gardner, dem Mechaniker der Kommune, und Helen, die sich um die Ziegen kümmert.

Als die Kuhglocke an diesem heißen Septembernachmittag läutet, arbeitet Jacie in ihrem Atelier gerade an einem Aquarellporträt von Malika, das sie nach Kohlezeichnungen malt, die sie im letzten Monat angefertigt hat. Sie versucht, den wundervollen Gesichtsausdruck der Kleinen einzufangen. Malika scheint über eine große Weisheit zu verfügen – als wäre sie mit einem Verständnis von Geburt, Sex und Tod zur Welt gekommen. Die Hässlichkeit im Herzen der Menschen scheint ihr völlig fremd zu sein. Gier, Eifersucht, *Schadenfreude* - ein Begriff, den Jacie auf der Highschool auf Deutsch gelernt und nie vergessen hat. Die Vorstellung, dass ein Mensch sich am Elend eines anderen ergötzt, erschreckt sie zutiefst.

Als sie auf der Wiese vor dem Tipi ankommt, sitzt Leo zwischen Peter und Goddess, und die anderen haben sich in einem Kreis um die drei herum versammelt. Peter rutscht ein Stück zur Seite und gibt ihr mit einem Wink zu verstehen, sich neben Leo zu setzen.

Goddess singt, und die Mitglieder des Kreises fassen sich an den Händen und wiegen sich im Takt.

Dann fängt Peter an zu sprechen. »Ich habe heute alle hier zusammengerufen, weil der Kapitalismus das Gegenteil der Wertschätzung ist. Würden die Bosse ihre Arbeiter wirklich schätzen – und zwar nicht auf die herablassende, triviale Art und Weise, mit der sie sie als ›Mitarbeiter des Monats‹ auszeichnen –, dann würden sie ihnen das auszahlen, was ihnen in Wahrheit zusteht, also den Gewinn ihrer Arbeit. Als Kommune, als Kollektiv müssen wir gegen diese Kultur der Undankbarkeit kämpfen.«

Peter zieht an seiner kalten Pfeife.

Der Mann sollte immer noch Prediger sein, denkt Jacie.

»Es ist an der Zeit, dass wir Leo und Jacie dafür danken, dass sie zu uns gekommen sind und uns ihre Herzen und Körper geschenkt haben.«

Jacie blickt Leo an. Er wirkt überrascht. Überrascht und verwirrt.

»Leo«, sagt Peter. »Du hast das Ego eines Jungen aus privilegierten Verhältnissen abgelegt und arbeitest jetzt mit deinen Händen. Du hast eine kluge Entscheidung gefällt, indem du dich von unserem Tim unterweisen lässt. Die Schreinerei ist ein gutes Handwerk. Jesus war Schreiner. Du hast deinen Geist den Büchern geöffnet, die ich dir gegeben habe. Du bist deiner Frau ein guter Mann.«

Peter zieht ein Aluminiumfolienpäckchen aus seiner Tasche. Jacies Herz hämmert, und ihre Achseln werden feucht, als sie Peter dabei zusieht, wie er die klebrige Substanz in seinen Pfeifenkopf krümelt, und ihr anschließend der Geruch von brennendem Haschisch in die Nase steigt. Er nimmt einen Zug und reicht die Pfeife an Leo weiter.

Jacie sieht Peter flehentlich an. Er muss vergessen haben, dass Leo seit fünfzehn Monaten clean ist. Der Blick, den er ihr zuwirft, ist nicht zu deuten. Es ist, als hätte sich ein Vorhang zwischen sie gesenkt.

Leo nimmt einen langen Zug von der Pfeife.

Nachdem das Haschisch die Runde gemacht hat, bittet Peter Leo und Jacie, ihn in seine Hütte zu begleiten. Dort entfaltet er ein Schreiben und reicht es ihnen. Es ist die Rechnung über die Grundsteuer vom Bezirksamt Mendocino.

»Wir müssen tausendneunhundert Dollar bezahlen.«

Leo lächelt die Rechnung an, als hätte ihm Peter die Ehre erwiesen, einen Blick auf einen heiligen Text zu werfen.

»Ihr müsst eure Eltern bitten, uns auszuhelfen. Tausend von Jacies und tausend von deinen Eltern, dann können wir die Steuer bezahlen.«

Jacie wird wütend. Leos Lippen bleiben in einem berauschten Grinsen geschlossen. Sie hofft, dass er nicht verrät, dass sie sich dafür nicht an ihre Eltern wenden müssten. Sie haben genügend Geld mitgebracht: sie ihr Erspartes von ihrem Kellnerinnenjob, er von seinen Marihuana-Geschäften und später vom Malern.

Zum ersten Mal seit ihrer Ankunft in Riva Krik fühlt sie sich nicht wohl. Sie ist enttäuscht, dass Peter und Goddess Leo und sie schröpfen wollen. Sie schämt sich, weil sie nicht mehr als die anderen zahlen will.

Am folgenden Morgen holt Leo nach der gemeinsamen Meditation tausendneunhundert Dollar aus dem Lederbeutel, den sie unter einer Holzdiele in ihrer Hütte aufbewahren. »Wir geben es Peter gemeinsam«, sagt er und nimmt Jacie an der Hand.

Als Peter das Geld sieht, lacht er und überrascht Jacie damit, dass er – eher dicklich – auf dem Lehmboden vor seiner Hütte einen Handstand macht.

»Lunch geht auf mich, Kinder«, verkündet er.

Jacie denkt sich, dass das so viel bedeutet wie: *Lunch geht auf Riva Krik.* Zu viert – auch Goddess kommt mit – klettern sie in Leos Käfer und fahren zum Cobweb Palace, einem Restaurant in Westport. Dort essen sie alle – auch Goddess, die eigentlich Vegetarierin ist – Lammkoteletts und Ceasar Salad mit importierten Anchovis.

Peter bestellt eine Flasche französischen Wein. »Marx hatte nie vor, die angenehmen Dinge aus der Welt zu verbannen. Der Revolution geht es nicht darum, das gute Leben abzuschaffen, vielmehr will sie, dass jeder am guten Leben teilhat.« Peter hebt sein Glas Bordeaux. »Auf die Revolution! Auf das gute Leben für alle!«

Bei der zweiten Flasche stellt sich Leo vor, wie er in einem Fluss der Geschichte treibt, der scharlachrot und dunkel ist wie der Wein. Zum ersten Mal versucht er, sich die Eltern seines Vaters vorzustellen, die Großeltern, die er nie kennengelernt hat. Er versucht, sich die Schwester seines Vaters vorzustellen, die Tante, die er ebenfalls nie kennengelernt hat, deren Name, Prudence, ihm jetzt jedoch einfällt. Er denkt über die Launenhaftigkeit des Schicksals nach, darüber, dass Cecelia Brown seinen Vater unter ihre Fittiche nahm. Natürlich hat sein Vater hart gearbeitet und bei seiner Arbeit ein besonderes Geschick an den Tag gelegt, doch ohne Glück wäre er ein einfacher Florist geblieben, der im Blumenladen eines anderen gearbeitet hätte, der nie zum Liebling der Gesellschaft avanciert wäre und nie lukrative Aufträge bekommen hätte. Er wäre kein akzeptabler Mann für seine Mutter gewesen, wahrscheinlich wären sich die Familien O'Connor und Duprew nie über den Weg gelaufen.

Wie unglaublich es den Eltern seines Vaters wohl vorgekommen wäre, hätten sie gewusst, dass einer ihrer Enkel wie ein Prinz in Presidio Heights aufgewachsen und mit den Söhnen der reichsten Familien San Franciscos zur Schule gegangen ist; dass Angela, von allen geliebt und geachtet, dennoch ein Dienstmädchen, seine Mahlzeiten zubereitet und seine Hemden gebügelt hat. Wie schrecklich es für seinen Vater sein muss, dass sein Sohn beschlossen hat, zusammen mit seiner Freundin, die in Klamotten rumläuft, die ihm vermutlich wie Lumpen vorkommen, wie ein Tagelöhner in einer Hütte in den nordkalifornischen Wäldern zu hausen.

Der erste Winter ist schrecklich. Egal, wie viele Schichten sie trägt, Jacie wird die Kälte nicht los, die ihr in den Knochen steckt. Von früh bis spät hat sie eiskalte Hände und Füße und zittert unter ihren Kleidern. Die Kinder sind abwechselnd krank. Fellini leidet unter einem starken Husten, der ihn nachts kaum schlafen lässt. Jacie hat sich gerade erst erholt, als schon der zweite Winter ins Land zieht, der noch härter ist als der erste. Im Sommer bringt sie ihre Jeans nicht mehr zu. Morgens ist ihr schlecht, und sie ist so müde, dass sie sich mittags wieder ins Bett legt.

Susan fährt mit Jacie ins Krankenhaus von Fort Bragg, um einen Schwangerschaftstest zu machen. Fünf Tage später kehrt Jacie mit Leo in das Krankenhaus zurück. Leo drückt ihre Hand zu fest, während ein gewisser Dr. Knight drei behandschuhte Finger in ihre Vagina schiebt und ein Stethoskop auf ihren Bauch drückt.

»Gibt es in Ihren Familien Zwillinge?«, fragt der Arzt.

Jacie schüttelt den Kopf.

»Sie ist schwanger?«, fragt Leo.

»Zwillinge?«, murmelt Jacie.

»Schwanger definitiv. Ob es Zwillinge werden, kann ich

noch nicht mit Sicherheit sagen. Wir haben hier keinen Ultraschall, so etwas gibt es nur in der Stadt. Aber ich bin schon länger Frauenarzt, als ihr jungen Leute euch vorstellen könnt, und ich würde sagen, dass zwei Wiegen nicht verkehrt sind.«

Jacie reißt die Augen auf. Entsetzen macht sich in ihr breit. Entsetzen bei dem Gedanken, sich mitten im Winter um ein Baby kümmern zu müssen, ganz zu schweigen von zwei. Wie soll sie auf zwei Babys aufpassen? Wie sollen sie die Hütte warm bekommen? Wie soll sie so viele Windeln waschen? Als sie zu weinen beginnt, nimmt Dr. Knight an, dass sie von Freude überwältigt ist.

Leo fährt mit ihr nach Riva Krik zurück. Sie lehnt den Kopf ans Fenster und kämpft gegen Übelkeit und weitere Tränen an. Sie möchte nach Houston und sich auf die Liege neben dem nierenförmigen Pool ihrer Eltern legen und Anaïs Nin lesen, während ihre Mutter in ihrem *Smithsonian Magazine* blättert. Sie möchte mit den Jackson-Zwillingen auf der Wiese sitzen und Einhörner und Meerjungfrauen zeichnen. Sie möchte, dass Bubba ihr rote Trauben und die mit Schokolade gefüllten Kekse von Stella D'oro bringt.

Auch an diesem Nachmittag bimmelt wieder mal die Kuhglocke. Jacie quält sich aus dem Bett und schleppt sich zu dem Feld vor Goddess' Tipi. Peter gibt Leo und ihr mit einer Geste zu verstehen, sich zu ihm und Goddess auf die Bambusmatte in der Mitte des Kreises zu setzen. *Ist es wieder mal so weit?*, denkt Jacie. *Waren wir nicht erst vor Kurzem hier, als er uns bequatscht hat, die Grundsteuer zu bezahlen? Aber nein. Vor Kurzem ist fast zwei Jahre her.*

Sie lässt sich auf der Matte nieder. Sie kann nicht mehr im Schneidersitz sitzen, ihre Gliedmaßen sind angeschwollen, und ihre Haut riecht unangenehm, wie nach getrocknetem Blut vermischt mit verrottendem Laub und Ziegendung, der auf dem Feld liegt. Ein paar Regentropfen fallen auf ihren Kopf.

»Stamm von Riva Krik«, beginnt Peter, »das Rad des Lebens hat sich für Leo und Jacie weitergedreht. Sie haben ein Baby gezeugt, aus dem zwei geworden sind.« Peter lächelt Jacie wohlwollend an. »Goddess hat mir gesagt, für Riva Krik ist es ein Segen, dass uns Zwillinge beschert werden.« Nach dieser Einleitung folgt eine Predigt über Castor und Pollux. Einer der beiden sei von einem sterblichen Vater gezeugt worden, der andere von Zeus, der in Gestalt eines Schwans Leda vergewaltigt habe, sagt Peter. Bei dem Gedanken, von einem Schwan mit seinen fettigen Federn bestiegen zu werden, wird es Jacie speiübel. Sie atmet tief ein und blickt in den grauen Himmel und auf die riesigen Bäume am Ende der Lichtung.

»Kinder, wollt ihr gern etwas dazu sagen?«

Leo steht auf. Jacie betrachtet den Vater ihrer Kinder mit zusammengekniffenen Augen. Die Haare hängen ihm ins Gesicht, seine Jeans schlackert um sein Hinterteil. »Danke, Peter. Danke, Goddess. Wow! Castor und Pollux. Super!« Er faltet die Hände und senkt demütig den Kopf.

Nur Susan spricht an, was sich in Jacies Kopf abspielt. »Keine Sorge, Jacie. Du hast uns stets großzügig unterstützt. Jetzt sind wir an der Reihe, dir zu helfen.« Jacie denkt an Lake. Daran, wie sie die Kerle, die in ihrem Haus in der Ashbury Street wohnten, dazu gebracht hat, ihre faulen Ärsche zu bewegen und die Badewanne zu schrubben und die Küche zu wischen und ihren Müll vom Boden aufzuheben. Aber Susan ist nicht Lake. Nachts wäscht sie die Windeln, während Tim am Lagerfeuer sitzt und mit Peter und jetzt auch mit Leo Pfeife raucht.

An einem Sonntag im Februar, zwei Wochen nach Leos zweiundzwanzigstem Geburtstag, setzen bei Jacie die Wehen ein. Die Kälte hat an diesem Tag sämtliche Rekorde für Mendocino gebrochen. Das Thermometer, das Gardner vor seiner und Helens Hütte aufgehängt hat, zeigt minus sieben Grad. Leo fährt Jacie ins Krankenhaus nach Fort Bragg, wo Dr. Knight nach achtzehn Stunden Wehen einen Kaiserschnitt macht.

Die Schwester befreit die Babys von der Käseschmiere und wickelt sie in eine blaue und eine pinke Decke. Das Mädchen wiegt zweitausendachthundertfünfzig, der Junge zweitausendsechshundertdreißig Gramm. Jacie wird die Kleine, Leo der Kleine überreicht.

Jacie küsst ihr winziges Mädchen auf die Stirn. Zum ersten Mal, seit sie von ihrer Schwangerschaft erfahren hat, überwältigt sie eine Freude, die so intensiv ist, dass ihr die Kehle eng wird. »Grace«, flüstert sie. »Dunkel lächelnd.«

Leo drückt einen Kuss auf die Stirn ihres winzigen Jungen. »Garcia«, flüstert er. »Wieder unterwegs.«

Als im April endlich wieder die Sonne rauskommt und es warm genug ist, um ins Freie zu gehen, ist Jacie kaum schlanker als vor der Geburt der Zwillinge. Ihr Bauch ist immer noch so gedehnt, dass sie nur mit Mühe in die weiten Kleider passt, die sie im letzten Monat der Schwangerschaft getragen hat. Sie steht jede Nacht drei- bis viermal auf, um die Babys zu füttern. Manchmal, doch allzu oft vergeblich, versucht sie, Leo wach zu rütteln, damit er ihr hilft. Sie bemüht sich, die Freude wiederzufinden, die sie beim ersten Blick auf ihre Tochter und ihren Sohn verspürt hat, doch ihr Glück scheint im Krankenhaus in Fort Bragg geblieben zu sein. Sie weint, während sie Grace füttert, sie weint, während sie versucht, Garcia ein Bäuerchen zu entlocken. Sie weint, während sie erst das eine, dann das andere Baby in den Schlaf wiegt.

Cathy stellt einen Plan auf. Jeden Nachmittag kommt einer der Männer zur Hütte, um Jacie zu helfen. Meistens setzen sie die Babys dann in einen von Gardner entworfenen Tragegurt und gehen so ihrem üblichen Tagwerk nach. Abends kommt eine der Frauen und hilft beim Baden und Füttern und beim Waschen von Kleidung und Windeln.

Das ganze Frühjahr lang lässt Leo *Volunteers*, eine Platte von Jefferson Airplane, auf voller Lautstärke laufen. Tim und er haben eine Musikhütte gebaut, und Gardner konnte auf einer Tauschbörse in Fort Bragg einen gebrauchten Stromgenerator auftreiben. Selbst wenn sie sich in ihrer Hütte aufhält, hört Jacie den Text von »The Farm«, ein Song, bei dem Grace Slick von Jerry Garcia an der Gitarre begleitet wird.

»*Yes, it's good, living on a farm*«, singt Leo mit. Ein noch nicht angezündeter Joint baumelt zwischen seinen Lippen. Er tanzt durch die Hütte, in jedem Arm ein Baby. *»Oh so good, living on a farm.«*

Jacie beobachtet die Babys, die sich an Leos Brust schmiegen. Sie holt das kochende Wasser vom Herd, mit dem sie die Fläschchen sterilisiert, und legt sich wieder ins Bett. Die Laken stinken nach Schweiß und Babykotze und irgendwie auch nach Scheiße. Sie hasst den Song. Sie hasst Jerry Garcia. Sie hasst Grace Slick. Sie hasst das Leben auf dem Land.

Im August kommt ein schmächtiges junges Mädchen mit einem riesigen Rucksack und einem daran befestigten Zweimannzelt und Schlafsack nach Riva Krik. Kitty hat strähniges blondes Haar und ist so dünn, dass zwischen ihren unteren Rippen und dem Druckknopf ihrer abgeschnittenen Jeans nur Luft ist. Sie erklärt Peter, dass sie neunzehn und unterwegs nach San Francisco sei, um sich dort einem Tanzensemble anzuschließen. Doch zuvor wolle sie noch eine kleine Pause einlegen. Goddess, die sich das Recht nimmt, in alles, was sich auf ihrem Land abspielt, die Nase hineinzustecken, durchwühlt eines Morgens, als Kitty im Karma Kookhouse ihren Pflichten nachgeht, deren Zelt. »Siebzehn«, verkündet sie Peter.

Peter zieht an seiner Pfeife. »Woher weißt du das?«

»Ein Führerschein aus Delaware. In ihrem Geldbeutel stecken zweiundneunzig Dollar, und in ihrem Schlafsack liegt ein Teddybär.«

Peter hebt die Brauen.

»Das lächerliche Zelt stammt vermutlich aus dem Pfadfinderlager ihres kleinen Bruders.«

»Und?«

»Höchstwahrscheinlich ist sie von zu Hause ausgerissen«, verkündet Goddess.

In Kittys zweiter Woche in Riva Krik schlägt Leo ihr vor, auf seinen Bongos zu trommeln, während sie ihre Dehnübungen macht, die normalerweise mindestens eine Stunde dauern. Die Übungen beginnen damit, dass Kitty flach auf dem Rücken liegt, abwechselnd ein Bein hochstreckt und dann zu sich zieht, bis das Knie ihre Nase berührt, und schließlich beide Beine über den Kopf nach hinten legt, sodass die Knie neben ihren Ohren sind.

Die Babys sind mittlerweile ein halbes Jahr alt und essen Haferflocken und zerdrücktes Obst und Gemüse. Nachdem Jacie ihnen ihr Frühstück gegeben hat, geht sie mit ihnen ins Freie. Grace steckt in einem Tragesack, der um Jacies nach wie vor dicken Bauch gegurtet ist, Garcia hält sie in den Armen. Kitty ist gerade auf allen vieren und macht einen Katzenbuckel, Leo sitzt hinter ihr und trommelt und wiegt sich im Takt. Dann schlängelt sich Kitty mit durchgestrecktem Oberkörper nach vorn, sodass ihr winziger Bauch fast den Boden berührt und ihr Hintern in die Luft ragt.

Jacie riecht ihren eigenen sauren Atem. Von ihren Achseln zu ihren schweren Brüsten breitet sich ein feuchter Gestank aus. Sie stellt sich vor, wie Leos Zunge in Kittys enge Möse eindringt und Kitty stöhnt, so wie sie es immer tut, wenn sie sich mit gespreizten, durchgedrückten Beinen nach unten beugt, bis ihre Stirn den Boden berührt.

Eine Woche später sagt Leo zu Jacie, dass er noch ein bisschen Musik hören und trommeln will. Als Jacie um drei Uhr morgens aufwacht, ist er immer noch nicht da. Die Babys schlafen in ihren Bettchen, die Leo zusammen mit Tim geschreinert hat. Jacie rennt zu Kittys Zelt am Ufer des Baches.

Sie schlägt mit den Fäusten gegen den Eingang, dessen Reißverschluss von innen zugezogen ist. Sie hört Kitty sagen: »Was ist los?«, und dann Leos Stimme: »Pst! Sei einfach leise.«

Jacie versucht, den Reißverschluss zu öffnen, reißt dabei aber nur einen der Zeltheringe aus dem Boden. »Leo, du elender Scheißkerl!«, brüllt sie und wirft sich mit dem Gesicht nach vorn in den Bach.

Susan und Tim nehmen die Babys in ihre Hütte, Leo und Gardner holen Jacie aus dem Bach, Goddess und Peter schauen zu.

Goddess deutet auf Kitty, deren nackter Körper in die Decke mit dem mexikanischen Muster eingewickelt ist, auf der sie morgens ihre Dehnübungen macht. »Die Bullen könnten dich verhaften, weil du einer Minderjährigen Unterschlupf gewährst«, erklärt sie Peter.

Gardner zieht sein Hemd aus und legt es Jacie über die nassen Schultern. Ihre Nase und ihr Kinn sind aufgeschürft. Sie weint nicht mehr, starrt bloß noch stumm vor sich hin.

Leo nimmt sie am Ellbogen und führt sie über das Feld zur Musikhütte. Er holt eine Jefferson-Airplane-Platte aus der Kiste, die eigentlich für Milchflaschen gedacht ist, legt sie auf und die Nadel auf die Stelle, an der Grace Slick Crosbys Song »Triad« covert.

Er hält Jacie an der Hand, während er laut mitsingt: *»I don't really see. Why can't we go on as three ... We love each other, it's plain to see ...«*

Sie starrt ihn an. In ihrem Kopf herrscht so viel Lärm, dass sie nicht einmal ihre eigenen Gedanken hören kann.

Leo hört zu singen auf. Er nimmt die Nadel von der Platte und schaut ihr in die Augen. »Jacie, ich bin zweiundzwanzig. Ich hatte noch nie mit einer anderen geschlafen außer dir.«

Sie hat ein Bild vor Augen, wie sie sich die Kehle aufschlitzt und ihr Blut auf den Boden strömt wie das eines fetten Schweines beim Schlachten.

Sie zerrt die Platte vom Teller und trampelt darauf herum.

Peter beraumt ein Riva-Krik-Treffen an, um »auf die Spannungen einzugehen, die in unserem Stamm köcheln. In unserer Familie«, fügt er hinzu.

Goddess führt Jacie in die Mitte des Kreises und bedeutet Leo und Kitty, ihnen zu folgen. Aus ihrer Rocktasche zieht sie ein Fläschchen mit einem ayurvedischen Duftöl, gibt den dreien jeweils einen Tropfen auf die Stirn und massiert den Duft in ihre Schläfen. Kitty hebt und senkt die Schultern lasziv. Sie streckt ihre Zehen aus und berührt mit der Nase ihre Knie. Dabei rutscht ihr winziges Top an ihrem schmalen Brustkorb hoch.

Jacie folgt Leos Blick, der an dem Streifen straffer Haut

zwischen dem Saum von Kittys Top und ihrem Jeansbund klebt. Jacie spürt die Fettwülste an ihrem Bauch und hört ihre Babys in Gardners und Helens Hütte weinen, wo die zehnjährige Alda auf sie aufpasst.

Peter wendet sich an Kitty. »Dein Kundalini fließt.« Damit meint er, dass jeder Mann in der Kommune und auch ein paar Frauen sie vögeln wollen, obwohl Leo der Einzige ist, der das bisher getan hat. »Aber wir befinden uns in einem Zyklus, in dem wir uns um Babys und Pflanzen kümmern. Wir sind nicht gut für dich.« Was im Klartext bedeutet, dass jemand ernsthaft zu Schaden kommen könnte, wenn sie weiter bei ihnen bliebe. Kitty, verkündet er, werde von ihnen fünfzig Dollar erhalten und solle dann zu Pippys Frauenkollektiv gebracht werden. Dort könne sie bleiben, bis sie herausgefunden hat, was sie weiter tun will.

Keiner wird später wissen, wie es dazu kommt, dass Leo Kitty in seinen VW verfrachtet. Er bringt sie nicht in Pippys Land der Frauen, sondern nach Mendocino, wo die beiden sich in einem Motel am Stadtrand einmieten. Was man weiß, ist nur, dass Leo an jenem Abend nicht zurückkehrt.

Am Morgen gibt Jacie Susan die Babys. Da sie Leo kennt, trampt sie nach Mendocino und klappert dort jede Unterkunft ab, bis sie den VW Käfer entdeckt. Sie findet Leo und Kitty in einem Zimmer, das sie nicht einmal abgeschlossen haben. Als Jacie den Raum betritt, vögeln die beiden gerade auf einem Sessel. Kitty hat die Beine um Leos Schultern geschlungen.

Jacie zieht das Taschenmesser, mit dem sie normalerweise Farbdosen öffnet, unter ihrem Hemd hervor. Sie stürzt sich auf Kitty und rammt ihr das Messer in den kindlich dünnen Oberschenkel. Wortlos starrt sie auf die große Menge Blut, die über Kittys Bein fließt – das zum Glück nach oben gestreckt ist, sonst wäre Kitty, deren Schreie den Motelbesitzer alarmiert haben, vermutlich bewusstlos geworden –, dann macht sie kehrt und stürmt aus dem Zimmer.

Am Abend fahren der Sheriff und sein Stellvertreter Leo, der den Nachmittag zusammen mit Kitty in der Notfallambulanz des Krankenhauses in Fort Bragg verbracht hat, zurück in die Kommune. Der Sheriff stellt die Sirene an, als sie über die zerfurchte Zufahrt holpern. »Der dürre Knabe hier behauptet, dass es zu dem kleinen Unfall gekommen ist, als er und das dürre Mädel – Zitat – ›ein bisschen Spaß‹ hatten«, verkündet der Sheriff Peter, der ihn an seinem Wagen begrüßt. »Die Wunde musste mit sechzehn Stichen genäht werden. Das dürre Mädel behauptet, sie sei neunzehn und habe im letzten Monat hier gelebt. Ich wette, dass sie erst sechzehn ist, und wenn ich recht behalte, dann hoffe ich für Sie, dass Sie einen guten Anwalt haben.«

Peter fragt, ob er einen Haftbefehl habe. Der Sheriff murmelt etwas von stinkenden, dreckigen Hippies und streift seine Jacke zurück, sodass seine Waffe sichtbar wird.

Dann läuft er zusammen mit seinem Stellvertreter über das Gelände und stellt eine Liste aller Personen auf, die auf Riva Krik wohnen. »Wer hat das hier verlegt?«, fragt der Sheriff, als er das Rohr sieht, das aus dem Brunnen zum Karma Kookhouse und zum Shiva Spa führt.

»Ein Installateur«, sagt Peter.

»Den Strom?«

»Ein Elektriker.«

»Habt ihr das beim Bezirksamt angemeldet?«

»Mit Formularen in doppelter Ausfertigung.«

»Quatsch«, sagt der Sheriff.

»Derselbe Quatsch wie Ihr Haftbefehl.«

Als der Sheriff und sein Stellvertreter in Leos und Jacies Hütte stehen, bückt sich der Stellvertreter, um die Babys zu betrachten.

»Wie alt sind sie?«, fragt er.

»Sieben Monate«, sagt Jacie.

»Zwillinge?«, fragt der Sheriff.

»Ja«, sagt Leo.

»Jawohl, Sir«, fügt Jacie hinzu. Sie bemerkt, wie der Sheriff die Babys und sie beäugt: die Kruste an Grace' Näschen, Garcias fleckiger Strampler, die Abschürfungen an ihrem Kinn, die sie sich beim Sprung in den Bach zugezogen hat.

»Jetzt hör mir mal gut zu, Mama: Ich werde euch ab sofort im Auge behalten. Erst mal gewähr ich dir und dem dürren Knaben 'ne kleine Pause, und dafür solltest du mir den Hintern küssen. Aber wenn ich die Kleinen das nächste Mal sehe, sollten sie besser so proper aussehen wie die Babys in der Werbung. Wenn nicht, werdet ihr das, was hier abgeht, dem Jugendamt erklären müssen.«

Leo weint. Er will die Babys nicht verlieren, er will nicht, dass seine Kinder wie er mutterlos aufwachsen. Er sagt Jacie, dass er sie liebe. Dass Kitty ihm nichts bedeutet habe, schließlich sei sie nur eine schlampige kleine Ausreißerin. Die Drogen seien an allem schuld. Er wolle wieder damit aufhören. Er sagt Peter, er wolle keine Pfeifen mehr mit ihm rauchen. Er und Jacie schlafen zum ersten Mal seit der Geburt der Babys wieder miteinander. Es ist so lange her, dass sie laut aufschreit, als sie kommt, und anschließend weint.

Auf einem Treffen der Kommune wiederholt Leo vor allen Anwesenden das, was er Jacie gesagt hat. Er hackt Holz, damit sie auf die kommende kalte Jahreszeit vorbereitet sind. Er verspachtelt die Risse im Holz der Hütte, wie Tim es ihm gezeigt hat. Er wäscht all ihre Laken und Decken in einem Waschsalon in der Stadt. Er wechselt Windeln und wäscht sie sogar.

Die Babys können schon stehen. Jacie hält Grace an den Ärmchen fest, während die Kleine ihre ersten Schritte wagt. Garcia klatscht dazu im Takt der Trommeln seines Vaters in die Hände.

Sie nehmen die Babys mit in ihr Bett. Leo drückt das eine an sich, Jacie das andere, bis die Kleinen eingeschlafen sind. Dann breiten sie eine Decke auf dem Boden aus und lieben sich.

Im Januar sind Garcia und Grace elf Monate alt und schwer erkältet. Die Erkältung wird zu einem Husten, der so heftig ist, dass sie sich erbrechen und nicht schlafen können. Sie bekommen Ausschlag im Gesicht, sie bekommen Fieber. Niemand hat ein Fieberthermometer, doch Susan meint, das Fieber komme ihr ziemlich hoch vor.

Leo und Jacie fahren mit den Zwillingen in die Notaufnahme. Der Kinderarzt stellt bei Grace einen Bronchialinfekt fest, bei Garcia eine Lungenentzündung. Beide haben einen üblen Windelausschlag und sind dehydriert. Leo umarmt Jacie, während sie weint. Bei der Eiseskälte hat sie ihre Haare seit Wochen nicht mehr gewaschen. Sie fallen ihr in fettigen Strähnen ins Gesicht.

Die Babys müssen im Krankenhaus bleiben. Eine Frau vom Jugendamt taucht auf. Ihre weißen Haare sind so kurz wie die eines frisch geschorenen Schafs, und sie hat ein Klemmbrett mit mehreren Fragebogen und Kohlepapier dabei. Wenn sie am unteren Rand einer Seite angekommen ist, braucht sie eine volle Minute, um das Kohlepapier unter die nächste zu legen.

Jacie beantwortet jede Frage mit »Ja, Ma'am« oder »Nein, Ma'am«.

Als sie mit dem Ausfüllen fertig ist, verkündet die Frau, dass sie einen Hausbesuch machen wird, wenn die Babys aus dem Krankenhaus entlassen sind. Daran anschließend werde sie einen Bericht verfassen.

»Und was passiert dann?« Leo hat Angst, doch seine Angst klingt wie Streitlust.

»Das, junger Mann, hängt von dem Bericht ab.«

Nach vier Nächten im Krankenhaus werden die Zwillinge entlassen, und Jacie wird ein Kärtchen mit einem Termin und dem Namen der Frau vom Jugendamt in die

Hand gedrückt. Die Frau wird am darauffolgenden Montag um neun zu ihnen kommen.

Am Sonntagabend sagt Jacie Leo, dass sie Kopfschmerzen habe. Cathy gibt ihm eine Flasche Aspirin für sie mit. Leo legt die Babys zum Schlafen in ihre Bettchen und nicht in ihr Bett, in dem Jacie mit einem Kissen auf den Augen liegt. Er sterilisiert die Fläschchen, fegt die Hütte, schrubbt den Windeleimer und legt frische Bekleidung für Grace und Garcia zurecht.

Wenige Minuten nach Mitternacht wacht Leo von einem grässlichen Gestank auf. Hastig steht er auf, weil er denkt, dass er von einem der Babys kommt. Dann sieht er Jacie mit dem Gesicht nach unten auf dem Boden. Sie stöhnt, und ihr Kopf liegt in einer gelben Lache von Erbrochenem. Neben ihr die Flasche Aspirin – leer.

Tim und Gardner tragen Jacie zum Truck und fahren sie nach Fort Bragg in die Notaufnahme. Die Schwester am Empfang erkennt sie als die Mutter der Zwillinge, die letzte Woche dort waren, und der Arzt, der sie untersucht, ordnet an, dass ihr der Magen ausgepumpt wird. Cathy putzt den Boden der Hütte, Susan und Goddess helfen Leo, die Babys anzuziehen und zu füttern. Dann schnallen sie sie in den Kindersitzen auf der Rückbank von Leos VW an.

Um fünf Uhr früh läutet Leo bei seinem Vater. In jeder Hand einen Kindersitz mit einem schlafenden Baby.

Randall kommt in seinem grünen baumwollenen Morgenmantel zur Tür. Er ist einundsechzig, und es ist das erste Mal, dass er seine Enkel zu Gesicht bekommt.

Leo nickt seinem Vater zu, der einen Schritt zur Seite macht. Dann stellt er die Babys in der Diele ab und geht zu seinem VW zurück, um die Tasche mit der Kleidung, den Windeln, der Babynahrung und den Fläschchen zu holen. Er stellt sie zwischen seine beiden schlafenden Kinder.

»Das ist Grace«, sagt er und deutet auf den linken Kindersitz. »Und das Garcia.«

Als Leo noch einmal das Haus verlässt, denkt Randall, dass er noch etwas aus dem Auto holen will. Er beugt sich vor, um die Babys zu betrachten. Die langen dunklen Wimpern, die bogenförmig geschwungenen Münder. Das Baby, das Leo zufolge Grace ist, lächelt im Schlaf. Garcia spielt an den Gurten seines Sitzes.

Dann wird ein Motor angelassen, und als Randall sich aufrichtet, um auf die Straße zu schauen, ist der VW verschwunden.

13. Kapitel

Prudence, Sommer 1938 bis 1972

Am Tag nach Robert Burlinghams Tod verkündete Carlton, er habe die Europareise – ihre verspäteten Flitterwochen, zu denen sie in sechs Tagen hätten aufbrechen sollen – auf November umgebucht. »Weil du jetzt gar nicht in der Lage dazu wärst«, informierte er Prudence.

Was hätte sie dazu sagen sollen? Hätte sie gesagt, dass sie nichts lieber täte, als in sechs Tagen abzureisen, schon allein, um ihrem Schlafzimmer zu entkommen, aus dem sie, wenn sie die Vorhänge öffnete, einen direkten Blick auf den Fleck hatte, wo Robert mit seinem blau-weiß gestreiften Pyjama in seinem Blut lag, hätte Carlton sie dann als hartherzig betrachtet oder geglaubt, sie stünde am Rande eines Nervenzusammenbruchs?

»Meine erste Sorge gilt dir. Aber natürlich gibt es da auch noch CCB. Ich kann ihn im Moment nicht ruhigen Gewissens allein lassen. Es wäre anders, wäre Louie noch am Leben, aber ohne sie …«

Carlton saugte die Wangen ein. Prudence wusste mittlerweile, dass er das tat, um sich zu beruhigen. »Dorothy hat laut CCB nicht die Absicht, zu Roberts Beerdigung aus London anzureisen. Die Freuds werden nächste Woche aus Paris nach London kommen, und sie ist der Meinung, dass sie bei Professor Freuds Schwägerin bleiben sollte, bis sie da sind.«

Prudence fragte sich, ob Carlton wusste, was sie von Mr Feeney gehört hatte, wenn sie sich recht erinnerte: dass Dorothy auch nicht zur Beerdigung ihres Vaters zurückgekommen war. Würde Carlton Dorothy weniger oder noch stärker verurteilen, wenn er das wüsste? Jedenfalls missbilligte er, dass ihre Loyalität gegenüber Miss Anna Freud offenbar stärker war als gegenüber ihrem Mann. Dass sie Professor Freud gegenüber loyaler als ihrem Schwiegervater war.

Prudence schalt sich dafür – wie kleinmütig von ihr, wie egoistisch –, dass ihre Gedanken zu dem Koffer schweiften, den sie und Louise sorgfältig gepackt hatten. Für die Abendspaziergänge in Stresa mit Blick auf den Lago Maggiore, die sie sich ausgemalt hatte. Carlton fand Italien moralisch fragwürdig. Stresa war der einzige italienische Ort, dem er einen Besuch abstatten wollte – aber nur im noblen Grand Hotel des Iles, das eher österreichisch denn italienisch anmutete. Dort war er schon als Kind mit seinen Eltern gewesen und hatte seine Abendmahlzeiten in der Suite eingenommen, die er mit seiner Gouvernante teilte, da Kinder nach achtzehn Uhr im Speisesaal nicht zugelassen waren. Von Stresa aus, so hatte Prudence gehofft, könnten sie die Isola Madre besuchen. Ella hatte ihr einmal erzählt, dass es dort inmitten eines Parks mit Zitrusbäumen,

Glyzinien und Pfauen ein baufälliges altes Schlösschen mit einem Marionettentheater und Trompe-l'Œil-Fresken gab. Dort, auf dieser magischen Mutterinsel, so hatte Prudence fantasiert, würde Carlton, der stets so pflichtbewusste, so wahnsinnig exakte Carlton, sich vielleicht vom Geist des *Sommernachtstraums* anstecken lassen. Würde vielleicht – und wenn auch nur für einen Tag, ja nur für eine Stunde – seine nordischen Ideale vergessen. Würde vielleicht seine schreckliche Tugendhaftigkeit abwerfen. Zurück im Hotel würde er sie vielleicht – alles war möglich, oder etwa nicht? – animalisch, leidenschaftlich erobern, nicht in der höflichen, rücksichtsvollen Art vorgehen, die ihre Beziehung kennzeichnete. Und daraus würde vielleicht ein Kind entstehen, das er gern bekommen würde.

Den Rest des Sommers verbrachte Carlton damit, Bachs dreistimmige Inventionen zu üben. Jeden Abend saß er zwei Stunden im Musikzimmer an seinem Flügel, bis Prudence fürchtete durchzudrehen. Sie wollte Chopin, sie wollte Debussy. Sie wollte den Arno, den Tiber, die Seine. Sie wollte ein Baby.

Im August begleiteten Prudence und Carlton seine Eltern zu einem einwöchigen Aufenthalt ins Calverton Hotel in Virginia Beach. Im Bad ihrer Suite gab es einen Hahn für eiskaltes Wasser, das von einem Tank auf dem Dach abgepumpt wurde, und eine Wanne, in der man in Salzwasser baden konnte. Jeden Abend spielte ein Orchester auf der Terrasse. Prudence wusste, dass Carlton hoffte, all die Annehmlichkeiten und das Unterhaltungsprogramm im Hotel würden ihr guttun. Da sie ihn nicht enttäuschen oder zu viel Aufmerksamkeit auf sich lenken wollte, bemühte sie sich, an den Tagen, die hauptsächlich in dem Strandhäuschen der Familie verbracht wurden, fröhlich zu wirken und sich am Abend zu dem fünfgängigen Menü festlich zu kleiden.

Nachts wartete sie, bis Carlton sich zur Wand drehte und sie ihn leise schnarchen hörte. Dann trat sie auf den Balkon und betrachtete den Atlantik mit seinen Gischtkronen, die im silbernen Mondlicht glitzerten und schließlich hinter gespenstischen nächtlichen Wolken verschwanden. Hier in Virginia – das Personal im Speisesaal war weiß, die schwarzen Angestellten beschränkten sich auf die Küche und die Wäscherei – wurde ihr zum ersten Mal klar, was es bedeutete, dass Carltons Familie aus dem Süden stammte. Seine Großeltern hatten Baumwollplantagen besessen – und Sklaven. Sie, jetzt eine Theet, schlief in einem Bett mit Satinlaken in einer Suite, in der eisgekühltes Wasser aus dem Hahn sprudelte. Ihren Reichtum verdankten die Theets Menschen, die wie Vieh oder ein paar Scheffel Erbsen verkauft worden waren.

In der Woche vor ihrer Abreise im November fragte CCB Carlton, ob er Dorothy, die jetzt in Hampstead am Rand von London lebte, ein paar Unterlagen vorbeibringen könne, die von ihr unterschrieben werden müssten. »Das Schiff legt in Southampton an. Das bedeutet eine zusätzliche Übernachtung in London, bevor wir nach Frankreich übersetzen«, verkündete Carlton. Prudence wusste, dass er sich über die Änderung seines Reiseplans ärgerte, seine Gefühle jedoch aus Verbundenheit zu CCB zu überspielen versuchte. Sie selbst bemühte sich ebenfalls um eine ausdruckslose Miene, weil sie ihm nicht zeigen wollte, wie aufgeregt sie war, dass sie Dorothy besuchen würden. Dorothy, an die sie sehr oft dachte, die sie jedoch seit jenem Nachmittag in der Tiffany-Villa an der 72nd Street, als ihr Vater noch lebte und sie kaum älter als zwölf war, nicht mehr gesehen hatte.

»Dorothy wohnt mit ihrer Tochter Tinky zusammen, die offenbar ihr Studium am Bennington College abgebrochen hat. Ihr Sohn Bob und seine Frau sind in die Wohnung über ihnen gezogen, und die Freuds leben nur ein paar Schritte entfernt.« Carlton ließ seine Fingerknöchel knacken. »Das ist ihr kleines soziales Experiment.«

Am folgenden Abend speisten sie bei CCB. An diesem Tag war in den Medien über die Reichskristallnacht berichtet worden. CCB war schrecklich besorgt, wie nah Dorothy und seine Enkel, die Wien erst ein paar Monate zuvor verlassen hatten, der Gefahr gewesen waren. Prudence hatte mit den Tränen zu kämpfen – Tränen für CCB, der mit dem Tod seiner Frau und seines Sohns so viel durchgemacht hatte und jetzt von nicht enden wollenden Sorgen um seine Schwiegertochter und seine Enkel geplagt wurde.

Als CCB sich während des Essens entschuldigte und zurückzog, bat Carlton ein Dienstmädchen um ein Telefon und rief Dr. Hinley an. Der Arzt kam und gab CCB eine Beruhigungsspritze. Den ganzen darauffolgenden

Tag befürchtete Prudence, Carlton würde ihre Reise abermals absagen. Doch nachdem CCB eine weitere Nacht dank einer weiteren Gabe des Beruhigungsmittels gut geschlafen hatte, war er in Carltons Augen stabil genug, dass sie ihre Reise antreten konnten.

Sie legten an einem frühen Montagnachmittag in Southampton an und waren am Spätnachmittag in London. Carlton hatte in mehreren Telegrammen mit Dorothy Burlingham vereinbart, sie am folgenden Morgen zu besuchen. Dorothy hatte angekündigt, in ihrem Hotel eine Nachricht mit ihrer Adresse zu hinterlegen.

Als sie in dem Hotel ankamen, überreichte man ihnen gleich einen Umschlag. Zu Carltons Überraschung stammte das Schreiben jedoch nicht von Dorothy, sondern von Miss Freud.

Lieber Mr Theet, liebe Mrs Theet,
ich wäre Ihnen sehr dankbar, wenn Sie mir vor Ihrem Treffen mit Mrs Burlingham einen kurzen Besuch abstatten würden. Meine Eltern und ich haben uns in Hampstead, 20 Maresfield Gardens, niedergelassen, nur wenige Häuser von Mrs Burlingham entfernt, die in Nummer zwei lebt. Könnten Sie um zehn Uhr bei mir eintreffen?
Mit freundlichen Grüßen
Anna Freud

Carlton runzelte die Stirn. Prudence wusste, dass es ihm nicht passte, seine Pläne nun schon zum zweiten Mal und obendrein noch auf Bitten von Miss Freud zu ändern. Aber er konnte wenig tun, was nicht zu einer Missstimmung geführt hätte, die ihm noch unerträglicher gewesen wäre.

Prudence wäre zum Abendessen gern in ein Restaurant gegangen und hätte bei der Gelegenheit in London, wo sie noch nie gewesen war, einen kleinen Spaziergang gemacht. Aber Carlton hatte bereits einen Tisch im Hotelrestaurant reserviert. Anschließend saß sie im Foyer, während er mit dem Portier vereinbarte, dass dieser für Punkt neun Uhr fünfzehn am nächsten Morgen ein Taxi bestellen sollte, das sie nach Hampstead bringen würde. Das Wort »Punkt« schrillte in Prudence' Ohren quer durchs Foyer.

In ihrem Zimmer ließ sie die Vorhänge einen Spaltbreit offen, damit sie aus dem Bett vorbei an Carlton die nahe gelegene Westminster Abbey betrachten konnte. Der Mond hing tief und weiß zwischen den Türmen. Prudence erinnerte sich, wie sehr ihre Mutter in jenem Jahr, bevor Randall wegging, die Hochzeit von Prinz Albert und Lady Elizabeth an ebendiesem Ort bewegt hatte. Abends hatte sie stets ungeduldig auf die Rückkehr ihres Mannes gewartet, der die Abendzeitung mitbrachte. Sofort hatte sie sich darauf gestürzt, um die neuesten Nachrichten über ein Mädchen zu erfahren, das sich anfangs geweigert hatte, den Heiratsantrag eines Prinzen anzunehmen, weil sie befürchtete, danach nicht mehr frei ihre Meinung äußern zu können. An ihrem Hochzeitstag rührte Elizabeth Tausende Frauen einschließlich Prudence' Mutter zu Tränen, als sie zum Gedenken an ihren Bruder, der im

Ersten Weltkrieg gefallen war, ihren Brautstrauß auf das Grab des unbekannten Soldaten legte.

Prudence wandte sich von Carlton und Westminster Abbey ab und schloss die Augen.

An dem Haus Nummer 20 in Maresfield Gardens wurden sie von einer rundlichen Frau mit einer weißen Schürze begrüßt, Frau Fichtl, der Haushälterin der Freuds, die die Familie aus Wien begleitet hatte. Sie gab Prudence und Carlton durch Gesten zu verstehen, ihr in ein kleines Empfangszimmer zu folgen.

Miss Freud wirkte ziemlich burschikos. Prudence wusste, dass Carlton ein solches Auftreten unangenehm war. Manchmal stimmte es ihn sogar feindselig, was andere zwar nicht merkten, Prudence hingegen sehr wohl. Offenbar betrachtete er solch eigenwilliges Verhalten als einen Affront zivilisierten Konventionen gegenüber. »Ich entschuldige mich für die Kälte«, sagte Miss Freud. Ihr Englisch war von einem starken deutschen Akzent gefärbt. »Mein Vater ist gerade mit einem Klienten in seinem Behandlungsraum auf der anderen Seite des Flurs, und selbst bei diesem Wetter lässt er die Verandatüren offen. Die kühle Luft beruhigt seine Nebenhöhlen, die von seinem Gaumenkrebs stark entzündet sind. Ich kann machen, was ich will – die Kälte dringt bis in die letzte Ecke.«

Prudence zog sich der Magen zusammen. Wie konnte man in einem Satz so viele Wörter erwähnen – »Nebenhöhlen«, »entzündet«, »Krebs« –, die für Carlton in einem höflichen Gespräch völlig inakzeptabel waren?

Miss Freud lächelte, wobei sie ihre bräunlichen, leicht krummen kleinen Zähne zeigte, und richtete ihren Blick dann direkt auf Carlton. »Aber vielleicht wären Sie so freundlich, mir Ihre Gattin für ein kleines Gespräch zu überlassen? Sie haben doch gewiss eine Menge mit Mrs Burlingham zu besprechen.«

Ohne auf Carltons Zustimmung zu warten, wandte sich Miss Freud auf Deutsch an Frau Fichtl, und zu Prudence' Verwunderung – sie hatte noch nie erlebt, dass jemand Carlton etwas befohlen hatte – wurde dieser von der Haushälterin aus dem Raum geleitet. Frau Fichtl, verkündete Miss Freud ihr, werde ihm den Weg zu Mrs Burlinghams Haus weisen.

»Kommen Sie mit, Mrs Teeth. Wir werden uns oben in meinem Behandlungsraum unterhalten. Dort ist es wenigstens etwas wärmer.«

Später würde Prudence irgendwo lesen, dass in dem Garten, zu dem man von Professor Freuds Behandlungsraum gelangte, wunderschöne Blumen und hohe Bäume wuchsen. Doch an jenem Tag sah sie weder den Behandlungsraum des Professors noch ihn selbst, obwohl sie Geräusche hörte, die klangen, als würde sich jemand die Nase putzen. Und als sie Miss Freud auf der breiten Treppe vorbei an dem Fenstersitz auf dem Treppenabsatz zu ihrem Behandlungszimmer folgte, erklang ein verschleimtes Husten.

Prudence' Blick fiel sofort auf den Diwan. Am Kopfende lagen Kissen, am Fußende eine gefaltete Decke. Sie hatte gehört, dass Patienten bei der Psychoanalyse auf einer Couch lagen. Lagen auf diesem Diwan Miss Freuds Patienten? Auch die Kinder?

Miss Freud schloss die Tür und bedeutete Prudence, sich auf einen Sessel dem Diwan gegenüber zu setzen. Sie selbst nahm auf einem Stuhl am Kopfende des Diwans Platz und holte ihr Strickzeug aus einem Korb auf einem Beistelltisch.

Sie entwirrte erst einmal die Wolle, bevor sie anfing zu reden. »Soviel ich verstanden habe, Mrs Teeth«, sie hob den Blick, »haben Sie Mr Burlinghams Suizid miterlebt. Vielleicht könnten Sie mir erzählen, was genau an jenem Morgen vorgefallen ist?«

Prudence beobachtete die Stricknadeln, die sich flink hin und her bewegten. Bis jetzt hatte sie mit niemandem außer dem Kommissar, der sie an jenem Morgen befragt hatte, darüber gesprochen. Sehr zu ihrer Überraschung stellte sie nun fest, dass ihr der Gedanke, das jetzt zu tun, nicht gänzlich unangenehm war. Doch wo sollte sie beginnen? Mit ihrer damaligen Befürchtung, dass es Carlton beim Aufwachen nach ihr verlangen würde, und ihrer Übelkeit bei dem Gedanken an einen Koitus interruptus? Mit dem Arzt in White Plains? Mit Carltons Aussage, dass er niemals Kinder haben könne?

»Ich hatte Schlafprobleme und wollte draußen etwas frische Luft schnappen.«

Sie hielt inne. Konnte sie wirklich fortfahren?

»Als ich um die Ecke auf die Park Avenue bog, bemerkte ich eine Gestalt an einem Fenster auf der gegenüberliegenden Straßenseite. Die Gestalt verschwand kurz, dann tauchte sie wieder auf, und …«

Prudence' Kehle war wie zugeschnürt. »Und dann gab es ein schreckliches Geräusch.«

Sie schloss die Augen, um die Tränen zurückzudrängen. »Schrecklich.«

»Hmmm«, murmelte Miss Freud.

»Ich wusste, dass es Robert war. Ich war entsetzt, als ich ihn blutend und zerschmettert auf dem Boden liegen sah. Es war mir peinlich, dass ich aus der Wohnung geschlichen war und das miterlebt hatte.«

»Warum war Ihnen das peinlich?«

Prudence hatte dem Kommissar nicht gesagt, dass sie sich wie eine Diebin aus dem Schlafzimmer davongestohlen hatte, dass sie sich ein Cape übergeworfen, ihre Haare unter einer Kapuze verborgen und das Haus schließlich durch die Dienstbotenpforte verlassen hatte.

»Ich fühlte mich schuldig. Ich weiß, dass es dafür keinen Grund gibt. Ich kannte Robert nicht persönlich, ich hatte ihn nur ein einziges Mal flüchtig gesehen, als wir bei seinen Eltern zum Essen eingeladen waren. Als wir damals dort eintrafen, stürmte er erregt an uns vorbei. Seine Mutter war verstimmt, weil Robert und Carlton in ihrer Vorstellung gute Freunde waren und sie uns eingeladen hatte, damit die beiden sich wieder einmal sahen.«

»War es der Leichnam, der Sie verlegen gemacht hat?«

»Es war nicht der erste Tote, den ich gesehen habe. Als mein Vater starb, wurde bei uns zu Hause eine Totenwache für ihn abgehalten, wofür er in einem offenen Sarg aufgebahrt war. Und ich war bei meiner Mutter, als sie vor drei Jahren starb.«

»Nur Sie?«

»Ich habe einen Bruder, doch von dem habe ich seit Langem nichts mehr gehört.«

Bei der Erwähnung von Randall wanderten ihre Gedanken zu Laurelton Hall. Wusste Miss Freud, dass Dorothy Prudence' Vater, der damals dort arbeitete, gekannt hatte?

Natürlich wusste sie das. Prudence vermutete, dass es nichts an Dorothy gab, was Miss Freud nicht wusste.

Ohne zu ahnen, in welcher Beziehung Prudence zu Laurelton Hall stand, hatte Harriet einmal erwähnt, dass Akron, ihr Mann, entsetzlich neidisch gewesen sei, als er mitbekam, dass Tiffany einhundertfünfzig Genies eingeladen hatte, ihn jedoch nicht. »Als ob er mit den drei Gedichten, die er je veröffentlicht hat, eine Einladung verdient gehabt hätte. Einige Monate zuvor hatten sich sieben Dichter, darunter Yeats und Pound, auf einem Landgut in England getroffen. Dabei wurden ebenfalls gebratene Pfauen serviert. Vielleicht glaubte Akron, der Verzehr von Pfauenfleisch würde seine Talente freisetzen.« Harriet hatte abfällig geschnaubt. »Selbstverständlich waren auch dort nur Männer versammelt. Aber welche Frau hätte auch Pfauenfleisch essen wollen? Ich habe gehört, dass es grässlich schmeckt.«

Anna Freud legte ihr Strickzeug in den Schoß. »Sie sehen aus, als würden Sie sich an etwas erinnern.«

»Ja, an eine der Feiern von Mr Tiffany auf Laurelton Hall. Miss Tiffany – ich meine Mrs Burlingham – wirkte dabei mit.«

»Sie denken an das Ereignis, das Tiffany ›das Pfauenfest‹ nannte? Es fand 1914 statt. Mrs Burlingham war damals zweiundzwanzig. Aber Sie haben recht, damals war sie noch Miss Tiffany. Sie heiratete erst im Herbst jenes Jahres. Was dort geschah, war für Dorothy und ihre Schwestern eine große Erniedrigung: Sie wurden der ausschließlich männlichen Gästeschar ihres Vaters barfuß wie Sklavinnen vorgeführt.«

»Ich erinnere mich nur noch sehr schwach daran. Aber ich weiß, dass ich alles von der Veranda aus beobachtete.«

»Wie alt waren Sie damals?«

»Ich war zwei.«

»Waren Sie allein?«

Wo war ihr Vater gewesen? Hatte er die Orchideen im Brunnenhof bewacht? Und ihre Mutter? War sie in die Küche abkommandiert worden, um dort auszuhelfen?

War Randall bei ihr gewesen? Randall musste damals fünf gewesen sein. Vielleicht war er beauftragt worden, dafür zu sorgen, dass sie beide nicht ins Blickfeld der Gäste gerieten?

Aber sie erinnerte sich nicht an Randall, sondern an ein anderes Kind, einen Jungen, klein wie sie, dessen Finger eine Pfauenfeder umklammerten.

Plötzlich hatte sie das Gefühl, eine Welle bräche sich über ihrem Kopf. Sie wollte nicht mehr hier sein, in Miss Freuds Behandlungsraum. Sie wollte weg. Sofort weg.

»Mr Burlingham hat uns gebeten, mit seiner Schwiegertochter zu sprechen. Wir haben ein paar Unterlagen dabei, die sie unterschreiben muss.«

Wie absurd sie klingen musste. Miss Freud kannte ja

den Grund ihres Besuchs. »Es tut mir sehr leid, aber mein Mann wartet sicher schon auf mich.«

Dorothy erhob sich und lächelte breit, als Prudence ins Wohnzimmer kam. »Nun sieh mal einer an! Als wir uns zum letzten Mal begegnet sind, waren Sie noch ein kleines Mädchen.« Sie umfasste Prudence' Hände. »Ich freue mich wirklich sehr, Sie wiederzusehen. Vielen Dank, dass Sie sich in Ihren Flitterwochen die Zeit genommen haben, als Kurier zu fungieren.«

Dorothy deutete auf den dritten Stuhl, der an dem kleinen Tisch stand, an dem Carlton bereits mit seinem Tee saß. Seine Miene war unbewegt, doch Prudence war sich sicher, dass er innerlich vor Wut schäumte, weil ihr Besuch bei Anna Freud die von ihm kalkulierte Aufenthaltsdauer in Hampstead gesprengt hatte.

»Nehmen Sie Milch, Sahne oder Zucker?«

»Nur Sahne, bitte.«

»Wie ich Ihrem Mann bereits sagte, freue ich mich, ihn endlich kennenzulernen. Mein Schwiegervater hat ihn sehr ins Herz geschlossen. Für ihn ist er fast wie ein Sohn. Und als ich erfuhr, dass er Eddies Tochter geheiratet hat! Ich mochte Ihren Vater sehr. Aber das habe ich Ihnen ja schon geschrieben, als er starb.«

Prudence wich Carltons Blick aus. Sie wollte in seiner Miene nicht das Unbehagen sehen, das ihn bei der Anspielung auf den Bedienstetenstatus ihres Vaters mit Sicherheit überkommen hatte. *Na und?*, hätte sie am liebsten gesagt. Laut gesagt. *Ist es etwa eine Schande, dass meine Eltern*

Gärtner und Zimmermädchen waren? Es ist ja wahrhaftig nicht so, als wären sie ein Krimineller und eine Prostituierte gewesen.

Sie wunderte sich über ihre Gedanken. Es war fast, als hätte die Zeit in Miss Freuds Behandlungsraum aus ihrem Inneren eine wilde Frau befreit. Eine wilde Frau, die schrie: *Das bin ich. Ich bin die Schändliche: die in deinem Gefängnis der guten Manieren eingesperrt ist. Und du bist genauso: du, der du mich wie eine Prostituierte behandelst. Eine Frau, die deinen sexuellen Gelüsten dient, aber nicht die Mutter deines Kindes werden darf.*

»Ich glaube, ich erwähnte die Sache damals in meinem Brief an Sie«, fuhr Dorothy fort. »Den zweiten Sommer, als ich aus dem Internat heimkehrte. In St. Timothy's litt ich unter schrecklichem Heimweh. Ich dachte wirklich, ich würde daran zugrunde gehen. Natürlich hatte ich vergessen, dass ich diejenige gewesen war, die darum gebettelt hatte, die Schule besuchen zu dürfen. Mein Vater weigerte sich anfangs und gab erst nach, als meine großen Schwestern ihn an meiner Stelle darum baten.«

Dorothy wirkte belustigt bei der Erinnerung an das Kind, das sie damals gewesen war. »Nach all dem, was ich in jenem Jahr gelitten hatte, konnte ich nicht fassen, dass er in Europa unterwegs war, als ich heimkam. Ich trottete einen ganzen Nachmittag lang hinter Ihrem armen Vater her, während er den Küchengarten jätete, und ließ meinem Zorn freien Lauf. Ich war so schrecklich wütend darüber, dass mein Vater drei Monate lang mit Clara Driscoll, der Leiterin seiner Fabrik in Queens, und Dr. Parker McIlhiney, seinem Chemiker, auf Reisen war und mich nicht mitgenommen hatte.«

Dorothy nippte an ihrem Tee. »Einige Jahre später war Ihr Vater bei meinem einzigen Akt der Auflehnung vor meiner Hochzeit dabei. Es war am Tag vor dem Pfauenfest, und wir übten auf der Veranda die Parade, die mein Vater choreografiert hatte. Seine Freundin Patsy wollte mich dazu bringen, die Pfauenkopfbedeckung zu tragen, aber ich weigerte mich. Meine Schwester Julia hatte sie bei dem ägyptischen Fest im Vorjahr aufsetzen müssen und Comfort und mir berichtet, wie grässlich das Ding gewesen war mit den roten Augen, die auf sie herabgeblickt hatten, dem Schnabel, der ihre Stirn zerkratzt hatte, und den fettigen Federn, die einen grauenhaften Geruch in ihren Haaren hinterlassen hatten. Ich erinnere mich, dass Ihr Vater mir zuzwinkerte. Ich dachte, er verstünde, wie es mir ging.«

Dorothy lächelte. »Ihre Mutter kannte ich nicht näher, und ich fürchte, mir ist sogar ihr Name entfallen, doch ich sehe sie noch deutlich vor mir.«

Sollte sie Dorothy sagen, dass ihre Mutter Bridget geheißen hatte und dass sie bei Clara Driscoll gearbeitet hatte, die sie sehr gemocht hatte? Dass Clara ihrer Mutter das Fahrradfahren beigebracht hatte?

»Sie war sehr zierlich und hatte am Ende ihrer Schwangerschaft einen riesigen Bauch. ›Ihr werdet schon sehen‹, meinte meine Schwester Comfort, ›sie bekommt bestimmt Zwillinge.‹ Als klar war, dass sie recht gehabt hatte, lief sie den ganzen Tag mit stolz geschwellter Brust herum.«

Prudence spürte Enttäuschung darüber in sich aufsteigen, dass Dorothy sich wirklich nicht an ihre Mutter erinnerte.

Dass sie sie mit einem der anderen rothaarigen Dienstmädchen verwechselte. Obwohl sie wusste, dass Carlton einen solchen Einwand nicht billigen würde, erwiderte sie: »Richtig, meine Mutter war zierlich, aber sie hatte nie Zwillinge. Es gab nur meinen großen Bruder und mich.«

Dorothy hob die Brauen und musterte Prudence zweifelnd.

Diese wollte das Missfallen nicht sehen, das sich jetzt auf Carltons Gesicht abzeichnen musste, doch als sie einen kurzen Blick auf ihn warf, schien es, als hätte er gar nicht zugehört. Stattdessen starrte er nicht nur demonstrativ auf seine Uhr, er klopfte sogar aufs Ziffernblatt. Doch Prudence beschloss, sich nicht von ihm zur Eile drängen zu lassen. Wozu auch? Damit sie genau zu der von ihm geplanten Uhrzeit im British Museum eintrafen und er ihr die Magna Carta zeigen konnte?

»Ich erinnere mich an Ihre Hochzeit«, sagte sie. »Mein Vater half, die Blumen zur Kirche zu tragen, und ich weinte, weil ich mitwollte. Als Sie aus der Kirche heimkehrten, setzte er mich auf seine Schultern, damit ich Ihr Kleid sehen konnte.«

»Mein Vater hat sich mit den Blumen schrecklich angestellt. Zum Mittagessen hätte ich gern schlichte Fliedersträuße gehabt, doch er beharrte darauf, dass die Gestecke mit dem Geschirr und der Tischwäsche abgestimmt wurden.« Dorothy seufzte. »Er war ein Perfektionist, und Perfektionisten können Despoten sein. Sein ästhetisches Urteil bedeutete ihm mehr als irgendwelche albernen Ansichten oder Gefühle von mir.«

Carltons Knie begannen, nervös zu zucken. *Hör auf!*, wollte Prudence sagen. *Hör auf und hör zu! Du bist doch genauso: mit deinen zweistimmigen Inventionen, deinen dreistimmigen Inventionen, deiner Sammlung seltener Bücher, deinen Bergen.*

»Wann hat Ihre Familie eigentlich Laurelton Hall verlassen?«

»Im Juni 1916.« Prudence fügte nicht das genaue Datum hinzu, den sechzehnten Juni, wie es ihre Mutter immer getan hatte.

»Das war der Sommer des episch langen Kampfes zwischen meinem Vater und der Gemeinde Oyster Bay um den Badestrand.« Dorothy wandte sich an Carlton, als wollte sie ihm zu verstehen geben, dass das Gespräch jetzt in andere Bahnen gelenkt würde, in die der Welt des Handels, in der er sich auskannte. »Mein Vater konnte es nicht ertragen, wenn ihn jemand ärgerte, und er hatte nicht nur das Gefühl, er war überzeugt davon, dass die Gemeinde ihn ärgern wollte, angestachelt von Teddy Roosevelt. Roosevelt mochte meinen Vater nicht, weil der seine progressive Politik nicht unterstützte. Wir alle – meine älteren Schwestern Comfort und Julia wie auch ich – standen übrigens auf der Seite der Gemeinde. Warum sollten die Bewohner von Oyster Bay nicht an den Strand zum Baden gehen können, der früher einmal öffentlich gewesen war? Aber wir waren von unserem Vater zu eingeschüchtert, um offen für unsere Meinung einzutreten. Ich kam mir zwar feige vor, weil ich nicht sagte, was ich dachte, aber damals war ich mit Bob, der ein schwieriges Baby war, und Robert, der eine schlechte Phase hatte, ziemlich überfordert.«

Bei der Erwähnung von Robert richtete sich Carlton ein wenig auf, als wäre er auf seinen Wachposten zurückgekehrt. Dorothy schien das Wort nun direkt an ihn zu richten. »Davor hatte CCB stets eingegriffen, wenn Robert manisch oder depressiv wurde. Doch damals war er selber depressiv. Es war eine schreckliche Zeit: drei Generationen – Roberts Vater, Robert und unser Baby – waren labil. Meine Schwiegermutter mochte mich zwar nicht, aber sie bemühte sich, uns zu helfen, obwohl sie sich natürlich hauptsächlich um ihren Mann kümmerte. Als es CCB am Ende des Sommers besser ging, bestanden er und Louie darauf, dass Robert und ich näher zu ihnen zogen, und zwar in ein Haus direkt gegenüber der Stadtvilla, in der sie damals lebten.«

Wusste Dorothy, dass jetzt Prudence und Carlton gegenüber von CCB wohnten? Dass aus ebendiesem Grund Prudence gesehen hatte, wie Robert in den Tod gesprungen war?

»Es war die reine Katastrophe. Einmal weinte Bob in meiner Abwesenheit so laut, dass CCB es hörte und in die Wohnung stürmte, um das Kindermädchen zu feuern. Als ich heimkam, war sie weg, und CCB saß mit Bob in den Armen da. Er hat sich ständig eingemischt, aber ich war abhängig von ihm und Louie, weil sie mir mit Robert halfen; wenn er eine besonders schlimme Phase hatte, konnte er auch gewalttätig werden. Jedenfalls wagte ich nicht, etwas zu sagen. Im Sommer darauf schenkte mir mein Vater ein Stück Land westlich von Laurelton Hall, und ich ließ ein kleines Häuschen darauf bauen, wohin ich mich zurückziehen konnte.«

Prudence stutzte. Warum war ihr bei all den Zusammenkünften mit CCB, bei denen dieser Dorothy kritisierte, weil sie Robert verlassen hatte und ihn von seinen Enkeln fernhielt, noch nie in den Sinn gekommen, dass Dorothy vor ihrem Mann Angst gehabt haben musste? Einen Moment lang regte sich auch in Prudence ein Gefühl der Angst – Angst, dass Carlton, der nie auch nur die Stimme, geschweige denn die Hand gegen sie erhoben hatte, sie schlagen könnte, wenn sie dieses Haus verließen.

Carlton stand auf.

»Gerade fällt mir ein«, fügte Dorothy hinzu, »dass mir damals zum ersten Mal bewusst wurde, dass Ihre Eltern weg waren.«

Prudence hat den Eindruck, sich noch an nahezu jedes Wort zu erinnern, das in der halben Stunde mit Anna Freud und der darauffolgenden Stunde mit Dorothy gefallen ist. Vom Rest ihrer Reise existieren hingegen nur noch Bruchstücke: die Knoblauchscampi, garniert mit Petersilie, im Restaurant des Negresco in Nizza; die Schatten der Palmen auf der Isola Madre, die Carlton keinesfalls so berührte, wie von ihr erträumt; das Schwappen der kleinen Wellen am Ufer des Genfer Sees, als Carlton ihr Alfreds Ansichten über die verschiedenen Routen auf den Mont Blanc erläuterte, dessen schneegekrönter Gipfel in der Ferne zu sehen war; der Staub an ihren Händen und im Nacken, als sie durch die Ruinen des Apollontempels in Korinth wanderten.

Im darauffolgenden Sommer erfuhr Prudence von CCB,

dass Dorothy wegen der Geburt ihres ersten Enkels in New York war. Prudence schickte ihr eine illustrierte Ausgabe von Hans Christian Andersens Märchen für das Baby. Obwohl die Geste von Herzen kam, hoffte sie insgeheim, dass diese Dorothy dazu bringen würde, sie zum Tee einzuladen. Was sie nicht tat. Kurz darauf erfuhr Prudence aus der Zeitung, dass Sigmund Freud gestorben war, in ebenjenem Haus, in dem sie Miss Freud besucht hatte. Carlton berichtete ihr, Dorothy habe unbedingt zur Beerdigung in London sein wollen und CCB gebeten, ihr bei den Reisearrangements zu helfen. Doch der Krieg machte ihr einen Strich durch die Rechnung.

Prudence hofft jetzt, dass sie Miss Freud damals eine Beileidskarte geschickt hat, aber sie kann sich nicht erinnern. Sie weiß nur noch, dass es Dorothy um die Zeit, als sie und Carlton im August 1940 zum zweiten Mal zu einem Urlaub im Calverton Hotel in Virginia Beach aufbrachen, gelungen war, zurück nach London zu reisen, wo sie, wie CCB berichtete, zusammen mit Miss Freud einen Hausstand gründete.

Bald nach dem Krieg starben Carltons Eltern kurz hintereinander: erst seine Mutter, sieben Wochen später sein Vater. Mit seinem Erbe und dem Wissen, dass es seinen Vater, wäre er noch am Leben, bekümmert hätte, würde er sich aus der Firma gänzlich zurückziehen, setzte Carlton seinen Cousin als Geschäftsführer ein und begann, sich ausschließlich seinen Projekten zu widmen.

Zu Prudence' Erleichterung schien er die Idee aufgegeben zu haben, dass sie ihn bei seiner Besteigung des Kilimandscharo begleitete. Er bezwang diesen Gipfel im folgenden Jahr zusammen mit Alfred. Schon kurz nach ihrer Rückkehr begannen die beiden, ihre nächste Bergtour zu planen – die Besteigung des Mount Kosciuszko in Australien. Als Carlton ihr vorschlug, ihn auf der geplanten viermonatigen Reise zu begleiten, entschuldigte sie sich taktvoll, indem sie murmelte, es sei doch eine sehr lange Zeit, in der sie sich dann nicht um die Wohnung kümmern könne. In Wahrheit freute sie sich auf die Tage, in denen Carlton abwesend war. Dann musste sie keine Mahlzeiten planen, auch gesellschaftliche Verpflichtungen gab es quasi keine mehr, und sie konnte jeden Vormittag Kurse an der Art Students League besuchen. Mittlerweile hatte sie ihren Frieden geschlossen mit dem, was sie als Mittelmäßigkeit betrachtete. Und sie war an einen Punkt gelangt, an dem es ihr Freude machte, mit Farben und Pinsel vor einer Staffelei zu stehen, unabhängig von dem Ergebnis.

Ein Jahr später brach Carlton nach Argentinien auf, um den Cerro Aconcagua, den höchsten Gipfel der westlichen und südlichen Hemisphäre, zu erklimmen. Wobei der Berg keineswegs so schwierig wie der Mount McKinley sei, klärte er sie auf. Da Alfred ihn wegen Knieproblemen nicht begleiten konnte, nahm Carlton zu einem argentinischen Bergführer Kontakt auf, der ihm schrieb, er empfehle die Ruta de Falso Polacos. Carlton hoffte, den Gipfel an seinem fünfzigsten Geburtstag zu erreichen.

Offenbar hatte er Alfred als seinen Notfallkontakt angegeben, denn er war es, der das Telegramm erhielt, das der Bergführer in einem kleinen Dorf in den Anden abgeschickt hatte: Es habe einen Unfall gegeben. Señor Theet sei beim Abseilen abgestürzt. Weitere Informationen enthielt das Schreiben nicht.

Alfred nahm den nächstmöglichen Flug nach Santiago. Prudence' Angebot mitzureisen lehnte er ab. Er meinte, ohne eine Frau im Schlepptau könne er rascher zum Basislager gelangen.

Die ersten Tage danach saß Prudence von morgens bis abends bei CCB, der mittlerweile einundneunzig war, jedoch noch bei klarem Verstand. Er beauftragte den amerikanischen Botschafter in Argentinien, in sämtlichen Krankenhäusern im Umkreis von hundert Kilometern rund um den Aconcagua nach Carlton zu fragen. Prudence war froh, als sie nützliche Informationen ihren Mann betreffend liefern konnte, doch als sie gebeten wurde, Carltons Unterlagen über seinen Zahnstatus bereitzuhalten, verließ sie der Mut.

Alfred blieb fast einen Monat in Argentinien. Da es in den Bergdörfern keine Möglichkeit gab, ins Ausland zu telefonieren, schickte er in zeitlichen Abständen Telegramme und unterrichtete sie über die neuesten Entwicklungen. Wann immer ein Bild Formen annahm, wurde es wenige Tage später durch neue Nachrichten überzeichnet. Anfangs erklärten die anderen Bergführer Alfred, sie hätten noch nie von dem Mann gehört, der Carlton begleitet habe. Später räumte einer ein, dass Carltons Bergführer geflohen sei, vielleicht nach Bolivien.

Erst nach seiner Rückkehr erzählte Alfred Prudence, was ihm kurz vor seiner Abreise ein Schweizer Bergsteiger berichtet hatte, der eine Woche nach Carlton den Berg bestiegen hatte. Dieser habe von seinem Träger erfahren, dass ein Amerikaner in eine Schlucht gestürzt sei. Jedoch nicht beim Abseilen, sondern während des Aufstiegs. Der Führer des Amerikaners habe ihn nicht bergen können.

»Glaubst du, dass die Geschichte stimmt?«, fragte Prudence.

Alfred nahm ihre Hände.

»Bitte sag es mir. Ich muss die Wahrheit wissen.«

»Ich glaube nicht, dass man seinen Leichnam je finden wird, also werden wir niemals absolute Gewissheit haben.« Alfred senkte den Blick. »Aber ich glaube, dass es so war.«

Einen Monat später fragte Elaine Prudence behutsam, ob sie denn je erwogen habe, Carlton könne geplant haben zu verschwinden. »Er stand kurz vor seinem fünfzigsten Geburtstag. Man liest ja immer wieder Geschichten über so etwas …«

Prudence lachte lauthals. Es war das erste Mal, dass sie lachte, seit sie gehört hatte, was Carlton passiert war. »Es tut mir leid, aber es ist einfach unmöglich, sich vorzustellen, dass Carlton etwas so Impulsives getan haben könnte. Ganz ehrlich, ich wäre froh, würde ich erfahren, dass er sich in ein argentinisches Mädchen verliebt hat und jetzt irgendwo in einem Bergdorf lebt.« Sie fügte nicht hinzu: *mit einer ständig wachsenden Kinderschar.*

Harriet lud Prudence zum Lunch ein. »Ein Nein als Antwort kommt nicht infrage. Wir ersticken hier in Arbeit, und ich brauche dich. Ich verdopple dein Gehalt, und du kannst die Neue als Assistentin haben.« Prudence war finanziell gut gestellt, doch sie erinnerte sich daran, vor ihrer Ehe sehr gern gearbeitet zu haben und enttäuscht gewesen zu sein, als Carlton darauf beharrt hatte, dass sie ihren Job aufgab. Außerdem hätte sie damit auch einen Grund, abgesehen von ihren Malstunden, das Haus zu verlassen; denn in ihrer Wohnung fühlte sie sich ohne Carlton so unbehaglich wie nie zuvor. Eigentlich lebte sie dort wie ein Geist, während Louise und Mrs Meechin, die sie beide nicht entlassen wollte, ihre Wäsche wuschen, ihr die Mahlzeiten servierten und ihr Bad putzten.

In der Möbelbranche erlebte der Internationale Stil gerade seine Glanzzeit, und Prudence stellte fest, dass sie ein Händchen dafür hatte, einige dieser Stücke mit ansonsten traditionell eingerichteten Räumen zu kombinieren. Plastik gefiel ihr nicht, doch sie verwendete gerne sogenannte Womb Chairs – von Eero Saarinen entworfene weich gepolsterte Sessel mit einem Gerüst aus einer Plastikschale auf einem Chromgestell, die mit Sitzhockern komplettiert wurden –, Barcelona-Sessel mit elfenbeinfarbenem Leder von Mies van der Rohe und EM-Tische von Jean Prouvé mit schwarzen Metallgestellen und Platten aus Eichenfurnier. Zusammen mit den englischen Sofas und den Empire-Sideboards ihrer Kunden – Erbstücke, die wegzuwerfen ihr dekadent vorgekommen wäre – erhielten die Räume eine jüngere und frischere Note, ohne dass sie die persönliche Qualität verloren, die ein Zuhause ausmacht und von einer unpersönlichen Unterkunft unterscheidet, selbst wenn diese noch so geschmackvoll eingerichtet ist.

Schon nach einem Jahr war Prudence ebenso gefragt wie Harriet. Gemeinsam besprachen sie vorab die Konditionen, die Harriet dann in einem gemeinsamen Treffen dem Kunden unterbreitete. Für Prudence war Harriet stets eine furchtlose Nonkonformistin gewesen. Umso verblüffter war sie, wenn diese während solcher Treffen immer wieder von dem abwich, was sie vorab besprochen hatten, um dem Kunden die Sache schmackhafter zu machen. Prudence empfand solche spontanen Änderungen als Verrat und Akt der Schwäche. Wenn sie Harriet im Anschluss vorsichtig darauf hinwies, hatte diese stets eine vage Erklärung parat. Manchmal stritt sie aber auch einfach ab, sich auf dieses oder jenes vorher mit Prudence geeinigt zu haben.

Anfangs sah Prudence rot, wenn so etwas passierte. Eine Lüge war für sie ebenso inakzeptabel wie Ladendiebstahl. Schließlich begann sie, ihre Vereinbarungen schriftlich festzuhalten. Vor dem Treffen mit einem Kunden drückte sie Harriet dann die Kopie ihrer Notizen mit den Worten in die Hand: »Als kleine Erinnerungsstütze an das, was wir besprochen haben.«

Drei Jahre nachdem Prudence wieder zu arbeiten begonnen hatte, erhielt Harriet ihren größten Auftrag: Sie sollte die Villa eines Automobilherstellers einrichten, die einem Schloss in Burgund nachempfunden war. Harriet überhörte Prudence' Vorbehalte – die Gattin des Klienten wollte nur Möbel aus dem achtzehnten Jahrhundert, die Prudence viel zu verschnörkelt und charakterlos fand – und beauftragte sie mit der Projektleitung. »Du wirst das ganz hervorragend machen. Lass einfach die Bauhaus-Sachen weg.«

Rasch stellte sich heraus, dass Prudence' Job auch darin bestand, sich um Claire, die Ehefrau des Automobilmagnaten, zu kümmern. Claire war zwar dreizehn Jahre jünger als ihr Mann, aber auch nicht mehr taufrisch und seit der Geburt ihrer Tochter vor sechs Jahren tablettensüchtig. Vor allem schluckte sie ein Beruhigungsmittel, Miltown, bekannt als *mother's little helper*, das sich zu all den anderen Helfern von Claire gesellte: dem Kindermädchen, der Haushälterin, dem persönlichen Dienstmädchen, der Köchin, dem Gärtner und dem Chauffeur. Der Kunde hatte mit Harriet vereinbart, dass Prudence seine Frau und deren Dienstmädchen Anfang Januar auf eine ausgedehnte Einkaufstour begleiten sollte. Erst würde es nach Paris gehen, dann nach Südfrankreich, um dort Möbel und Stoffe zu erwerben. In Wahrheit, vermutete Harriet, wollte der Ehemann die Gelegenheit nutzen, um seine Affäre mit einer Kabarettsängerin aus Chicago zu vertiefen.

In der Woche in Paris stand Prudence Claire beim Kauf von vierundzwanzig Louis-Quinze-Stühlen, dreihundert Metern Scalamandré-Stoff und einem kleinen Ölgemälde von Jacques-Louis David zur Seite. Als sie in L'Isle-sur-la-Sorgue ankamen, einem Ort, der berühmt für seine provenzalischen Antiquitäten war, kam sich Prudence vor, als wäre ihr von zu viel Gänseleberpastete schlecht geworden.

Mitten in der zweiten Nacht, die sie dort verbrachten, hämmerte Claires Dienstmädchen an Prudence' Tür. »Mrs Claire, Mrs Claire stirbt!«, kreischte sie.

Offenbar hatte Mrs Claire die ganze Packung ihres Miltown-Vorrats geschluckt, nachdem sie im Foyer mit ihrem Mann telefoniert hatte. Prudence stürmte zur Rezeption, und der diensthabende Mitarbeiter rief einen gewissen Docteur Jean-Christophe Lemier herbei, einen schlanken Mann mit langen Wimpern und schmalen Handgelenken, der hervorragend Englisch sprach, da er nach dem Krieg zwei Jahre in einer Klinik in Manchester gearbeitet hatte. Docteur Lemier verabreichte ein Brechmittel, und zwei Tage später kehrten Claire und ihr Dienstmädchen nach Detroit zurück. Von Harriet erfuhr Prudence später, dass die Kabarettsängerin aus Chicago sich rechtzeitig aus dem Staub gemacht hatte. Somit lag es nun allein an Prudence, Bettgestelle und Schränke für rund ein Dutzend Zimmer auszuwählen.

Am Morgen nach Claires Abreise erhielt Prudence eine Nachricht von Docteur Lemier. Ob sie ihm das Vergnügen gönnen würde, an diesem Abend mit ihm zu speisen? Falls ja, würde er sie um zwanzig Uhr abholen.

In den vergangenen zwei Tagen war Prudence alleine in den Speisesaal des Hotels gegangen. Da sie zuvor noch nie allein in einem Restaurant gegessen hatte, war sie die beiden Abende ein wenig befangen gewesen. Auch weil ein Herr, der ebenfalls allein an einem Ecktisch saß, sie immer wieder angestarrt hatte. Andererseits war sie nach zehn Tagen, in denen sie sich Claires leeres Geschwätz hatte anhören müssen, froh über die Ruhe gewesen. Sie sagte also nur zögerlich zu. Aber vielleicht wollte der Arzt ihr ja noch etwas über Claires Gesundheitszustand mitteilen? Jedenfalls fühlte sie sich dazu verpflichtet, sich anzuhören, was er zu sagen hatte.

Sie speisten in einem Restaurant, das an einem der Kanäle lag, die den Ort durchzogen. Obwohl Docteur Lemier sich beiläufig nach der armen Amerikanerin erkundigte, merkte Prudence rasch, dass er sie nicht deshalb zum Essen eingeladen hatte. Bei einem anderen Mann hätte sich daraufhin vielleicht alles in ihr angespannt, doch der Arzt war sehr freundlich und akzeptierte gleichzeitig ihre Zurückhaltung, sodass sie sich nicht bedrängt fühlte. Sein Interesse an ihr war ihr sogar weniger unangenehm, als von ihr erwartet.

Sie erfuhr, dass er verwitwet war und zwei kleine Töchter hatte – Nicole war neun, Simone sieben. Jean-Christophe war achtunddreißig, also drei Jahre jünger als sie. Seine Frau war vor zwei Jahren an einer seltenen Blutkrankheit gestorben, und anschließend war er aus Paris, wo er als Kinderarzt gearbeitet hatte, in sein Elternhaus nach L'Isle-sur-la-Sorgue zurückgekehrt. Hier arbeitete er in der Praxis seines Vaters, die in einer ehemaligen Handschuhfabrik untergebracht war und fast schon als kleine Klinik durchging. Jean-Christophes jüngere Schwester war dort Krankenschwester, die ältere, die drei Kinder hatte, saß am Empfang und übernahm die Buchhaltung. Seine Mutter passte nach der Schule auf die fünf Enkel auf und kümmerte sich mithilfe des Hausmädchens um das Mittagessen, an dem alle vier Familien teilnahmen.

Jean-Christophe war Hobbymusiker. Als Kind hatte er bei einem ehemaligen Orchestermusiker der Pariser Oper

Klavier- und Cellounterricht genommen, seine Töchter hatten in Paris bei einem japanischen Lehrer Geige spielen gelernt. Nach ihrem Umzug gab Jean-Christophe ihnen Unterricht. Sonntags spielte er in einem Quartett mit seiner jüngeren Schwester, einem ehemaligen Klassenkameraden und der Musiklehrerin des Gymnasiums.

Er erkundigte sich, welche Komponisten Carlton gefallen hatten und was für ein Repertoire er beherrscht hatte. »Der Musikgeschmack ist etwas sehr Persönliches«, sagte er. Ihm sei Bach zu manieriert, zu kalt. Er liebe Debussy und Gershwin und übe gerade *Clair de Lune*, den dritten Satz der *Suite bergamasque* von Debussy, sowie *Rhapsody in Blue*. Die beiden Stücke seien für ihn wie Zwillinge, geboren aus einem gemeinsamen Bauch.

Er sprach von Anne, seiner Frau: wie schön, wie klug, was für eine einfühlsame Mutter sie gewesen sei. Vor ihrem Tod habe sie für jede Tochter ein Fotoalbum angelegt, mit Fotos von sich als Kind mit ihren Eltern, als Teenager beim Skifahren mit Freundinnen, von ihrer Hochzeit und schließlich mit Fotos von jedem Mädchen, angefangen bei ihrer Geburt bis zu ihrem eigenen letzten Lebensmonat. Irgendwann habe sie keine Fotos mehr von sich machen lassen wollen, weil sie nicht gewollt habe, dass ihre Töchter sie mit tief in den Höhlen liegenden Augen und ausgedünntem Haar im Gedächtnis behielten. Zudem habe sie Geburtstagsbotschaften für beide Töchter bis zu deren einundzwanzigstem Geburtstag verfasst und Briefe, die an ihren Hochzeiten und nach der Geburt ihrer ersten Kinder vorgelesen werden sollten.

Am Ende des Abends lud Jean-Christophe Prudence ein, am folgenden Tag im Kreis seiner Familie zu Mittag zu essen. Das Hausmädchen servierte vier Gänge: von Jean-Christophes Mutter zubereitete Gemüsetartines, Filet, grünen Salat, Käse. Die Erwachsenen unterhielten sich über die Artikel im *Le Figaro*, einer Zeitung, die den Schwestern zu konservativ war, und die Kinder redeten über Schulfreunde und Fußballspiele. Prudence saß still dabei und staunte über die Großzügigkeit und Akzeptanz, mit denen all diese Menschen einander begegneten. Wo waren die Geschwisterrivalitäten, der Groll zwischen Eltern und Kindern? In diesem Esszimmer war nichts davon zu spüren, ebenso wenig wie in dem Salon, in den sich die Erwachsenen nach dem Essen mit ihrem Kaffee zurückzogen, und auch nicht dann, als Jean-Christophes Lippen die Stirn seiner Mutter streiften und er den Arm um die Schultern seines Vaters legte, als sie in die Klinik zurückkehrten.

Es war das erste Mal in ihrem Leben, dass Prudence sich verliebte – nicht nur in Jean-Christophe, sondern in sein ganzes Leben. In seine Tage, wenn er Seite an Seite mit seinen Geschwistern unter der Aufsicht seines Vaters arbeitete. Dieser hielt es für seine Pflicht, jeden Bürger in dem Bezirk zu behandeln und sich mit ein paar Kisten Pfirsichen oder einem frisch geschlachteten Schwein als Bezahlung zufriedenzugeben, wenn das alles war, was seine Patienten aufbringen konnten. In seine Abende, wenn er seinen Töchtern ein Kapitel aus *Der Graf von Monte Christo* oder ein paar Gedichte von Jacques Prévert vorlas und ihnen vor dem Gutenachtkuss eine Geschichte von ihrer Mutter erzählte. Die Mädchen sprachen so unbeschwert über sie, als wäre sie an diesem Tag nur etwas früher zu Bett gegangen.

Sich zu verlieben fühlte sich für Prudence eher wie eine Krankheit als ein Segen an. Wie eine Infektion, die dazu führte, dass sie an nichts anderes mehr denken konnte als an Jean-Christophe und seine Familie. Abgesehen von ihrer Sorge über ihr schreckliches Erröten, das zum Glück mit dem Alter nachgelassen hatte, war sie den Großteil ihres Lebens frei von Eitelkeit oder Unsicherheit gewesen. Sie hatte ihren Körper seit dem ersten Mal, als sie sich in dem zerkratzten Spiegel in der Wohnung in Hell's Kitchen betrachtet hatte, immer akzeptabel gefunden. Doch jetzt fürchtete sie, dass Jean-Christophe sie vielleicht körperlich nicht attraktiv genug finden könnte, zu unscheinbar und unbedeutend neben Anne mit ihren blonden Haaren, die auf den Fotos so groß und stattlich wirkte. Und zu alt im Vergleich zu Anne, die, als sie starb, elf Jahre jünger gewesen war als Prudence jetzt.

»Du bist wunderschön«, sagte er ihr. »Wie eine Porzellanpuppe, nur nicht so zerbrechlich.« Er habe gewusst, dass er sich in sie verlieben könne, sagte er, als er sie in jener ersten Nacht im Hotel erlebt habe. Wie sie mit Claire umgegangen sei, dass sie nicht davor zurückgeschreckt sei zu tun, was getan werden musste. Als sie geholfen habe, Claire festzuhalten, während er ihr das Brechmittel einflößte, und als sie der weinenden Claire sanft die Nase geputzt habe.

Er löste Prudence' Haare und bürstete sie mit langen

Strichen aus. Er entkleidete sie im Tageslicht, küsste sie an Stellen, an denen sie nie Carltons Lippen gespürt hatte, Stellen, von denen sie immer geglaubt hatte, dass ein Mann sie ekelhaft finden würde. Jean-Christophe atmete ihren Duft tief ein, verwöhnte sie mit seiner Zunge. Er betete ihre Brüste an, die noch immer fest waren, da nie ein Baby an ihnen gesaugt hatte, ihre schmale Taille, die roten Büschel unter ihren Armen, ihr festes kleines Hinterteil. Carlton war im Bett zwar behutsam gewesen, doch er hatte sich nie um ihre Lust gekümmert und eigentlich immer nur morgens nach ihr verlangt, wenn er mit einer Erektion aufwachte, oder an einem der seltenen Abende, wenn in seinem Klub der Alkohol reichlich geflossen war. Jean-Christophe schien sie immer zu begehren. Selbst wenn sie voll bekleidet nebeneinander am Tisch seiner Mutter saßen, spürte sie sein Verlangen, wenn seine Fingerspitzen ihr Schulterblatt berührten oder sich sein Oberschenkel an den ihren presste.

In den vier Jahren seit Carltons Tod hatte sie es nie wissen wollen. Doch jetzt bat sie Jean-Christophe, der schließlich Arzt war, ihr zu sagen, was seiner Meinung nach aus Carltons Leichnam geworden war, sollte er tatsächlich auf dem Grund einer Schlucht in Argentinien liegen, wovon sie ausging.

»Willst du das wirklich wissen?«

Sie nickte.

»An dem Fleisch und den Organen haben sich wahrscheinlich Geier bedient.«

Sie waren in ihrem Hotelzimmer, seine Töchter schliefen einen Kilometer entfernt im Haus seiner Eltern, in das er vor Sonnenaufgang zurückkehren würde, um die beiden in die Schule zu schicken.

»Die Knochen zerfallen und werden zu Erde. Aus der Erde wachsen Gräser und Blumen, die von Vögeln und kleinen Tieren gefressen werden.« Jean-Christophe betrachtete ihr Gesicht. *»Ma belle.«*

»Rede weiter.« Ihr war, als würde er ihr ein Märchen erzählen.

Er lächelte traurig. Hatte er bei seiner geliebten Anne auch über solche Dinge nachgedacht?

»Die Vögel werden vermutlich von größeren Tieren gefressen, von denen einige wiederum von den Menschen, die in der Gegend leben, gejagt werden.«

»Die sie essen?«

»Ja.«

»Also ist Carlton jetzt ein Teil von anderen Menschen, von Menschen in Argentinien.«

»Es ist nicht ganz so einfach, aber ja, unsere Körper sind Materie, und Materie verschwindet nicht. Sie nimmt nur neue Formen an.«

»Und unsere Seelen? Glaubst du, sie verschwinden auch nicht?«

Jean-Christophes Eltern gingen jeden Sonntag in die Kirche, und er schloss sich ihnen gewöhnlich mit seinen Töchtern an. Im Esszimmer der Familie hing ein hölzernes Kruzifix an der Wand. Eine seiner Schwestern hatte früher einmal in Erwägung gezogen, Nonne zu werden, aber er und sein Vater waren Ärzte und glaubten an die Naturwissenschaften. Beim Essen unterhielt sich die Familie über Politik, über die Werke von Sartre, über Filme.

»*Ma chère*, das wird ein längeres Gespräch, und es ist schon ziemlich spät.« Er küsste sie. »Darüber reden wir ein andermal.«

Er zeigte ihr einen ganz besonderen Flecken Erde, einen geschützten Felsvorsprung etwa eine halbe Stunde vom Ort entfernt mit Blick auf den Fluss. Es war Mitte Februar. Harriet hatte darauf bestanden, dass Prudence sich ein bisschen Zeit nahm, um sich »von dem Vorfall« mit Claire zu erholen. Nun war ein ganzer Monat daraus geworden, und Prudence würde bald heimkehren müssen.

Er hatte ein Picknick zusammengestellt: Käse, Pastete, Brot, eingeweckte Pfirsiche vom Baum im Garten seiner Mutter, eine Flasche Wein, eine Thermoskanne Kaffee. Er machte ein kleines Feuer, legte eine Decke auf den Boden und eine weitere um ihre Schultern.

Er bat sie zu bleiben. Ihn zu heiraten. Er gab ihr ein Buch, das aus Zeichnungen seiner Töchter bestand. Es handelte von zwei Schwestern, die mit ihrem Huhn nach New York reisen.

Ihr Herz zog sich zusammen, als sie das Buch las. Sie biss sich auf die Zunge, um bei den Zeichnungen nicht zu weinen – das kleine rotbraune Huhn, die Freiheitsstatue mit einem Blumenstrauß in den Händen. Sie spürte, wie sehr sich Jean-Christophes reizende Mädchen danach sehnten, dass Prudence es zuließ, von ihnen geliebt zu werden.

»Ich kann keine Kinder bekommen. Ich bin zu alt.«

»Du wirst meinen Mädchen eine Mutter sein.«

»Ich habe eine Arbeit.«

»Du kannst ein Antiquitätengeschäft eröffnen. Viele amerikanische und britische Händler kommen hierher ...«

Er streichelte ihren Arm, umfasste ihren Ellbogen, schmiegte sein Gesicht an ihre Brüste.

Sie versuchte, sich vorzustellen, in L'Isle-sur-la-Sorgue zu leben. Nicole und Simone zur Schule zu bringen, dabei an den bemoosten Schaufelrädern der Mühlen und den alten Männern vorbeizugehen, die in den Cafés am Fluss ihren Espresso tranken; Jean-Christophes Mutter und dem Hausmädchen bei der Zubereitung des Mittagessens zu helfen; Jean-Christophe zuzuhören, wenn er Cello spielte, nachdem er seine Töchter ins Bett gebracht hatte. Eine Galette des Rois zum Dreikönigstag, Skiurlaube in den Alpen in den Winterferien. Fische und Hasen aus Schokolade zu Ostern, von denen die Kinder glaubten, die fliegenden Glocken der Kirche hätten sie direkt aus dem Vatikan mitgebracht. »Die musst du unbedingt sehen!«, hatte Simone begeistert gerufen und auf den Glockenturm der Kirche aus dem zwölften Jahrhundert gedeutet, in der die Familie ihre eigene Kirchenbank hatte. Drei Wochen im Sommer in einem Häuschen am Strand auf Korsika, wo die Mädchen unbeschwert herumtollten und dann braun gebrannt und mit gold gesträhnten Haaren heimkehrten. Maronen und Trüffel und Allerheiligen im Herbst, dann Weihnachten mit Austern und einer gebratenen Gans und der traditionellen Bûche, einer mit Haselnusscreme gefüllten Biskuitrolle, die Kinder voller Vorfreude auf die Geschenke, die Père Noël bringen würde.

Und was hatte New York ihr zu bieten? Die japanischen Drucke im Metropolitan Museum? Den Schuhdesigner, den Ella ihr vorgestellt hatte? Harriet, die enttäuscht wäre, Elaine, die sie vermissen würde? CCB, der mittlerweile fünfundneunzig war? Nichts von all dem kam gegen den einen Moment an, wenn Nicole ihr die Hand drückte oder Simone den Kopf an ihre Schulter legte.

Prudence starrte auf das langsam verglühende Feuer. Es sei zu schnell, sagte sie Jean-Christophe. Sie brauche mehr Zeit, um sich an die Idee zu gewöhnen. Sie könne nicht einfach mit einem Fingerschnippen New York und ihre Arbeit aufgeben und sich als französische Hausfrau und seine Ehefrau neu erfinden.

Er weinte, sagte, es sei nicht zu schnell. Sie könne New York verlassen – Herrgott noch mal, er habe auch Paris verlassen. Er sagte, neue Arbeit könne man immer finden. Er habe seine Kinderarztpraxis aufgegeben und sei als Allgemeinarzt in die Praxis seines Vaters eingetreten.

»Es ist die Liebe. Du hast Angst vor der Liebe.«

Sie vergrub das Gesicht an Jean-Christophes Brust. Bei Carlton war sie in ihrem Kokon geblieben. Mit Jean-Christophe würde sie eng verbunden sein, wie auf den Bildern von Zwillingen vor der Geburt, die sie einmal gesehen hatte. Von Kopf bis Fuß eng verbunden.

»Du kannst mit den Mädchen in den Frühlingsferien nach New York kommen. Sie werden einen Riesenspaß haben. Ihr könnt bei mir wohnen. Ich habe viel Platz. Dann gehen wir mit ihnen ins Ballett, ins Museum of Natural History und aufs Empire State Building. Im August komme ich wieder her, und danach werden wir sehen. Wir werden sehen …«

In ihrer Wohnung an der Park Avenue wartete ein blauer Luftpostbrief auf sie.

Ma chère Prudence,
es bricht mir das Herz, dir das zu schreiben, aber wir müssen endgültig Adieu sagen. Ich habe lange und intensiv nachgedacht und bin in mich gegangen, und ich weiß, dass du nie hierherziehen und meinen mutterlosen Mädchen eine Mutter sein wirst. Ich kann ihnen nicht das Arrangement zumuten, das du vorgeschlagen hast. Ich bin jung, ich habe Liebe in meinem Herzen. Es gibt nichts, was ich lieber täte, als dich zu meiner Frau und zur Mutter meiner Mädchen zu machen. Aber wenn du das nicht sein kannst, dann muss ich daran glauben, dass ich eine andere Frau finden werde, die es kann. Ich bitte dich, meine liebe Prudence, mir nicht zurückzuschreiben. Es wäre zu qualvoll, so weiterzumachen.
Zutiefst bekümmert dein dir ergebener
Jean-Christophe

Prudence nahm den Brief mit ins Bett. Sie weinte. Heftiger als damals, als ihr bewusst geworden war, dass Carlton mit allergrößter Wahrscheinlichkeit tot war. In der Nacht presste sie die Nase ans Fenster und blickte auf die Stelle auf dem Bürgersteig, auf dem sie Robert Burlingham in seinem Blut hatte liegen sehen. Musste sie wirklich hierbleiben?

Am nächsten Morgen rief sie Harriet an. »Offenbar habe ich mir auf dem Heimflug etwas eingefangen.« Harriet schickte ihr Blumen, Elaine nahm am Hafen die erste Sendung der Louis-Quinze-Stühle in Empfang und veranlasste ihren Weitertransport zum Château des Automobilmagnaten in Detroit.

Nachdem sie zwei Tage lang nur Kamillentee und Mrs Meechins Hühnersuppe zu sich genommen hatte, wagte sich Prudence wieder auf die Straße. Sie ging die Park Avenue nach Norden. Die Kälte kroch ihren Hals hinunter und ihre Arme hinauf. Ihre Augen tränten.

Sie winkte ein Taxi herbei, wobei ihr erst, als sie auf der Rückbank saß, klar wurde, wohin sie wollte. »Die Kathedrale von Saint John the Divine«, sagte sie und überraschte sich selbst damit. War sie deshalb darauf gekommen, weil die Tiffany Chapel, die 1896 dort eingebaut worden war, 1911 von einem Architekten verbannt worden war, der strikt dem neugotischen Stil anhing und den Tiffany-Entwurf überbordend und für ein Zwiegespräch mit Gott unpassend fand? Weil es das französischste Gebäude in der Stadt war, ein Bauwerk, das auch in Rouen oder in Reims oder Rennes hätte stehen können? Weil es am Rand von Harlem lag und sie dort höchstwahrscheinlich niemandem begegnen würde, den sie kannte?

Sie setzte sich in das kalte hohe Kirchenschiff und lauschte der Orgel, auf der gerade jemand übte. In seinem Brief hatte Jean-Christophe geschrieben, er sei in sich gegangen. Er hatte auch den Glauben erwähnt. Er müsse daran glauben, dass er eine Frau finden würde, die seinen mutterlosen Mädchen eine Mutter sein würde. Sie hatten nie mehr darüber gesprochen, was seiner Meinung nach nach dem Tod eines Menschen aus dessen Seele wurde.

Prudence setzte sich in das Café gegenüber der Kathedrale und trank einen Tee zu einem Aprikosen-Mürbeteig-Teilchen. Eine Mutter hob ihren kleinen Sohn an der Kuchenvitrine hoch, damit er der Bedienung sagen konnte, wofür er sich entschieden hatte.

Mit Carlton hatte sie sich immer der Illusion hingegeben, er würde sich ändern und irgendwann einmal ein Kind haben wollen. Jean-Christophe liebte seine Töchter so sehr, dass er sie nicht seinen Illusionen aussetzen wollte. Wenn sie Harriet im Stillen vorgeworfen hatte, in Verhandlungen über Finanzielles mit ihren Kunden feige zu sein, war es dabei nur um Geld gegangen. Jean-Christophe hatte erkannt, dass sie in Herzensangelegenheiten feige war.

Am darauffolgenden Montag kehrte sie zur Arbeit zurück. Harriet zeigte ihr ein Dankesschreiben mit einem Bonusscheck über fünftausend Dollar, den Claires treuloser Ehemann den Mitarbeitern von Masters Design dafür ausgestellt hatte, dass »sie etwas, das weit über ihren Job hinausging, bestens bewältigt« hätten. Vor allem Prudence lobte er über den grünen Klee.

Harriet sah Prudence flehentlich an. »Ich könnte natürlich Elaine damit beauftragen, das Projekt abzuschließen …«

»Nein, das mache ich schon. Aber in Zukunft …«

»Selbstverständlich«, fiel Harriet ihr ins Wort, bevor sie sagen konnte, dass sie sich nie mehr auf einen Auftrag einlassen würde, der ihr von vornherein so zuwider war.

In Wahrheit war Prudence' Reaktion auf Claire und die Einrichtung ihrer Detroiter Villa stärker als die Übelkeit, die die schrillen Vorstellungen ihrer Auftraggeber anfangs bei ihr ausgelöst hatten. Das Unterfangen an sich – das Heim eines anderen Menschen einzurichten – kam ihr grundsätzlich unseriös vor. Damit ein Zuhause wahre Schönheit besaß, musste sich in ihm das Empfinden seines Besitzers spiegeln, es musste die Geschichte seiner Bewohner erzählen. Ansonsten war es nur ein Ausstellungsraum mit glänzenden Oberflächen und leerer Schönheit. Sie hatte zum Lachen komische, auf sie jedoch tatsächlich eher traurig wirkende Geschichten von Porträts aristokratisch wirkender Fremder gehört, die in den Esszimmern von Männern hingen, deren Mütter nie mehr als zwei Kleider besessen hatten. Natürlich gab es Situationen, in denen ihr ihre Arbeit sinnvoll erschien: zum Beispiel, als sie Dinge für die Zweitwohnung eines deutschen Paares ausgesucht hatte, das aufgrund seiner philanthropischen Arbeit in Lepra-Kolonien seine New Yorker Wohnung bislang noch nicht hatte betreten können. Oder als sie für einen verwitweten Richter tätig gewesen war, der keine Ahnung hatte, wo er eine Tomate, geschweige denn ein Sofa kaufen sollte, und obendrein noch farbenblind war. Bei diesen Aufträgen hatte Prudence sich bemüht, die Persönlichkeit ihrer Kunden zu erahnen und ihr irgendwie Ausdruck zu verleihen. Doch das war die Ausnahme.

Sie dachte daran, ihren Job aufzugeben, hasste aber den Gedanken, ausschließlich vom Einkommen aus Carltons Nachlass zu leben. Da ihre Kommissionen nun, da sie die hochherrschaftlichen Villen und Landsitze anderen Innenausstattern überlassen hatte, nur noch einen Bruchteil ihres früheren Einkommens ausmachten, verkaufte sie ihre Wohnung an der Park Avenue und erwarb stattdessen eine kleinere – zu einem Drittel des Preises und auch nur noch halb so groß – in der West End Avenue. Der Kauf lieferte ihr auch den längst fälligen Anstoß, Louise und Mrs Meechin zu entlassen. Selbstverständlich gewährte sie den beiden eine großzügige Abfindung und half ihnen dabei, kurz nacheinander neue Anstellungen zu finden. Anschließend wunderte sich Prudence, warum sie diesen Schritt so lange vor sich hergeschoben hatte.

Im März 1957 zog sie in die West End Avenue um, wo sie heute noch lebt. In demselben Monat, in dem Laurelton Hall abbrannte, das fiel ihr an dem Morgen auf, als sie den Artikel über das Feuer aus dem Holzkästchen ihres Bruders holte. Als sie sich mit dem Zeitungsausschnitt in der Hand vorstellte, wie Randall ihn aus der frisch gedruckten Zeitung ausgeschnitten hatte.

Einmal hatte sie kurz ernsthaft überlegt, nach Randall zu suchen. 1972, in dem Jahr, in dem sie sechzig wurde und alle Menschen um sie herum neue Identitäten ausprobierten. In jenem Jahr nahm Elaine sie auf eine Party mit, auf der ein Mann, der bis vor Kurzem als Banker gearbeitet hatte, barfuß Hackbrett spielte. Harriets Sohn Stewart, der so alt war wie Prudence, schwärmte für die EST-Seminare von Werner Erhard. Stewart behauptete, seine gesamte Persönlichkeit sei währenddessen staubfein zermahlen, jede seiner Psychomacken eliminiert worden. Damals hatte Prudence sogar eine Detektei angerufen und einen Termin vereinbart, bei dem sie die Möglichkeiten besprechen wollte, ihren Bruder ausfindig zu machen. Doch dann hatte sie den Termin wieder abgesagt.

Jetzt ist sie kurz verwirrt. Sie überlegt, ob vielleicht *sie* Randall den Zeitungsausschnitt geschickt hat. Schließlich ist er ja wie sie auf Laurelton Hall zur Welt gekommen. War sie selbst diejenige, die den Artikel ausgeschnitten hat? Hat sie damals seine Adresse herausgefunden? Hat sie Randall den Ausschnitt geschickt, den ihr Grace in dem Holzkästchen gebracht hat? Den Ausschnitt, der jetzt auf ihrem Lesetisch liegt?

Nein, das hat sie nicht getan. Dessen ist sie sich ziemlich sicher.

14. Kapitel

Grace & Garcia

Nach dem Lunch in dem pseudofranzösischen Bistro verabschiedet sich Grace von den anderen unter dem Vorwand, noch etwas erledigen zu müssen. Sie geht durch den Südeingang in den Central Park. Ihr Großvater hat ihr früher erzählt, er und sein Vater hätten in heißen Sommernächten Decken eingepackt und im Park geschlafen, wo es viel kühler gewesen sei als in ihrer stickigen Wohnung in Hell's Kitchen.

»Nur du und dein Vater?«, fragte Grace dann.

»Meine Schwester bettelte immer darum mitzukommen. Aber meine Mutter hielt es für Mädchen und Frauen für zu gefährlich. Nach unserer Rückkehr sagte mein Vater jedes Mal: ›Bridget, Alice McDonnell war mit ihrem Mann und ihren fünf Kindern da, und wie du weißt, sind drei davon Mädchen.‹ Aber meine Mutter blieb unerbittlich.«

Seine Schwester. Prudence. Wie seltsam, dass Grace nun, nach so vielen Jahren, ein Gesicht zu der Geschichte ihres Großvaters hat, auch wenn es das einer sehr alten Frau ist, nicht eines Mädchens.

Gelegentlich begleitete ihr Großvater seine Schwester durch den Park zur Tiffany-Villa. Ihre Mutter hatte es ihr strikt verboten, den Park alleine zu durchqueren. Das Haus sah den Beschreibungen ihres Großvaters nach wie eine Burg aus, mit eisernen Fallgittern und hohen Türmen. Eine düstere Burg, wie die Behausung eines Hexenmeisters.

Als Grace den Park nun von West nach Ost durchquert, wie es vermutlich auch ihr Großvater und Prudence getan haben, erkennt sie, dass es ihr leichter fällt, sich die ersten Lebensjahre ihres Großvaters vorzustellen als ihre eigenen. Der eine Besuch bei ihrer Mutter – ein Tag in Houston – hat wenig Licht auf das knappe Jahr geworfen, das sie und Garcia bei ihren Eltern verbracht hatten. Für ihre Mutter schien jene Zeit in dem zähen Brei versunken zu sein, zu dem ihre Gedanken geworden waren.

Als Grace ihren Großvater einmal fragte, wie ihre Eltern sich ohne Strom und fließend Wasser um zwei Babys gekümmert hatten, schüttelte er den Kopf. »Ich wünschte, ich könnte es dir sagen, Gracie. Alle paar Wochen rief dein Vater mich an, um mich wissen zu lassen, dass ihr am Leben wart, und um kurz mit Angela zu plaudern. Er bat mich nie um Geld, doch ich ging davon aus, dass er und deine Mutter es brauchten, also schickte ich ab und zu ein paar Zwanziger an ein Postfach, das deine Mutter in Mendocino gemietet hatte.«

Grace erinnert sich natürlich weder an den modrigen Gestank der Bettdecken ihrer Eltern noch daran, dass ihre Mutter pausenlos weinte und die anderen Frauen aus der Kommune Garcia und sie im Waschbecken badeten. Aber noch heute bekommt sie manchmal spontan Hautausschlag. Sie glaubt, dass ihr Körper sich dann an seine ersten Monate in einer Hütte mit schmutzverkrustetem Boden und einem Fensterbrett voller toter Fliegen erinnert. Selbst nach zehn Jahren, in denen sie bei ihrem Großvater wohlbehütet in warmen, sonnendurchfluteten Räumen lebten, mit in Lavendelwasser gewaschenen Laken, die so sorgfältig gebügelt waren, dass sie flach wie Briefpapier auf der Matratze lagen, spürte sie noch, dass jene ersten Lebensmonate sich nicht auslöschen ließen. Hinter dem Frühstück – Rührei mit Tomaten und Paprika –, das Angela ihnen jeden Morgen zubereitete, hinter dem Maisbrot und dem Obstsalat nach der Schule und hinter den Abendessen mit knusprigen Hühnerteilen und gelbem, mit Paprikastückchen gesprenkeltem Reis lauerte unsichtbar immer etwas Ungutes. Sie spürte, wie es tief in ihr nagte. Ein Gefühl der Gefahr, ein Gefühl, dass die Welt nicht in Ordnung war.

Erst mit drei Jahren begriff Grace, dass Angela nicht ihre Mutter und Randall, den sie und Garcia »Pop« nannten, nicht ihr Vater war. Mit dieser Erkenntnis ging das Bewusstsein einher, dass die Wachsamkeit ihres Großvaters, was Wasser betraf, etwas seltsam, ja beunruhigend war. Sie schien nie nachzulassen, schien ihn ständig zu begleiten wie der Glaube einen religiösen Menschen. Grace spürte sie, wenn ihr jemand einen Schluck Wasser anbot: die Angst ihres Großvaters, dass Garcia oder sie sich daran verschlucken und ersticken könnten. Wenn sie badeten, drückte sich ihr Großvater an der Türschwelle herum, während Angela neben der Wanne kniete. Spielzeug beim Baden war verboten, weil es für ihn eine gefährliche Ablenkung war. Am Strand zu spielen, ja selbst im Kinderwagen an den Booten im Hafen vorbeigefahren zu werden? Streng verboten. Dennoch waren sie auf allen Seiten von Wasser umgeben. Von der Dachterrasse aus waren die Bucht und das Meer zu sehen, und der vom Meer aufsteigende Nebel hinterließ seine salzigen Rückstände im Garten.

Als Angela ihr viele Jahre später erzählte, dass ihr Vater in seiner Highschoolzeit Surfen gelernt hatte, keuchte sie erschrocken auf. »Er hat versucht, es vor mir zu verheimlichen, und ist in seine Schuluniform geschlüpft, bevor er heimkam. Aber in seinen Schuhen und in den Taschen seines Sweatshirts war Sand. ›Nein, nein‹, sagte er immer, ›ich war nicht am Strand, wir haben in einem Sandkasten im Park gespielt.‹ ›Leo‹, sagte ich dann, ›mein Englisch ist vielleicht nicht sehr gut, aber ich bin nicht dumm. Große Jungs wie du spielen nicht mehr in Buddelkästen.‹ Irgendwann erzählte er mir die Wahrheit, aber davor musste ich ihm beim Grab seiner Mutter schwören, es nicht eurem Großvater zu sagen.«

Angela blickte auf ihre braunen Hände. »Das war das einzige Mal, dass ich zu eurem Großvater nicht ehrlich war. Es hat mich richtig krank gemacht. Ich habe die Sache sogar dem Priester gebeichtet. Es sei falsch, es vor eurem Großvater zu verheimlichen, sagte ich. Und ich wusste, dass Leo weitersurfen würde, egal, was ich unternehmen würde. Ich hatte Angst, euer Großvater könnte einen Herzinfarkt bekommen, wenn er es herausfindet.«

»Was hat der Priester gesagt?«

»›Gott gab uns Lippen, damit wir unsere Worte auswählen können. Hast du denn die Unwahrheit gesagt?‹, fragte er mich. ›Nein‹, erwiderte ich. ›Aber nur, weil Mr Randall mich nie gefragt hat, ob Leo nach der Schule surfen geht.‹«

Angela schüttelte den Kopf. Sie trug ihre Haare immer noch zu zwei Zöpfen geflochten, wie vor dreiundvierzig Jahren, als sie in diesem Haus zu arbeiten begonnen hatte. Jetzt glitten sie über ihren breiten Rücken. »›Nun, Tochter‹, erwiderte der Priester daraufhin, ›dann respektierst du damit seine Wünsche.‹«

Als Grace in die Vorschule ging, wusste sie, dass ihr Vater auf Hawaii lebte. Aber sie wusste nicht, dass er jeden Tag mit einem Joint begann und beendete, dass er mit einem persischen Mädchen zusammengelebt hatte, dessen Mutter eine der zahllosen Cousinen des Schahs war, und dass er, nachdem er sich von dem Mädchen getrennt hatte, immer noch mit einem ihrer Brüder abhing, einem zwielichtigen jungen Mann, der Heroin zum Rauchen in einem Diplomatenkoffer nach Honolulu schmuggelte. Grace wusste, dass ihre Mutter in Houston lebte, aber nicht, dass sie aufgrund psychotisch-depressiver Schübe immer wieder in einer Nervenklinik behandelt wurde und eine ihrer Wahnvorstellungen auf ihrer Überzeugung basierte, dass John Lennons Song »Woman is the Nigger of the World« von ihr handelte.

Bis dahin schickte ihre Mutter gelegentlich Päckchen für Grace und Garcia: Weihnachtsgeschenke, die manchmal erst im März ankamen, oder verspätete Geburtstagsgeschenke. Meist waren es Bilderbücher, die ihre Mutter ihnen gemalt hatte. Einmal, erinnert sich Grace, auch eine Kassette mit Kinderliedern, von einer Frau aufgenommen, auf deren Zwillinge Grace' Mutter in ihrer Jugend aufgepasst hatte: *Itsy Bitsy Spider; Twinkle, Twinkle, Little Star; Hush, Little Baby; John Jacob Jingleheimer Schmidt.* Im Wohnzimmer gab es Fotos von ihrem Vater als Baby und als Kind, viele zeigten ihn zusammen mit seiner Mutter, ihrer wunderschönen Großmutter Carolyn, die sie nie kennengelernt hatte. Aber es gab nur ein einziges Foto ihres Vaters zusammen mit ihrer Mutter. Auf ihm standen ihre Eltern nebeneinander auf einem Feld. Ihre Mutter war klein und rund mit wilden lockigen Haaren. Sie hatte dichte Brauen und braune Augen, die Grace von ihr geerbt hat. Sie sah aus wie jemand, dachte Grace damals, der in einem tiefen dunklen Wald schlafen sollte.

Als sie und Garcia fünf waren, kehrte ihr Vater aus Hawaii nach San Francisco zurück. Einige Monate lebte er mit ihnen in der Jackson Street. Sie kann sich erinnern, dass er sich in der Küche mit Angela unterhalten hat, dass er die Treppe zur Lyon Street zusammen mit ihr und Garcia hinabgerannt und dann wieder raufgestiegen ist, dann mit Garcia auf den Schultern. Sie erinnert sich, dass er Garcia ein kleines Schlagzeug und ihr eine Kindergitarre gekauft hat und zwischen ihnen auf der Couch saß und ihnen Gedichte von E. E. Cummings und »The Owl and the Pussycat« vorlas: »In 'nem tollen erbsengrünen Boot … das Land, wo der Bong-Baum wächst … der Mond, der Mond, sie tanzten im Mondenschein.«

Dann war ihr Vater wieder weg. Erst viele Jahre später erfuhr sie, dass ihr Großvater ihn hinausgeworfen hatte, nachdem er ihn beim Heroinrauchen auf der Dachterrasse erwischt hatte; dass ihr Vater in der Stadt geblieben war und auf der Couch seines Freundes Shane übernachtet hatte, bis auch Shane ihn hinauswarf. Dass er danach in einem schäbigen Hotel in der Mission Street unterkam und immer wieder versuchte, eine Entziehungskur zu machen. Denn mittlerweile spritzte er sich das Heroin und konnte seine Sucht mehr schlecht als recht mit den Fünf-Dollar-Tütchen Pot finanzieren, die er im Golden Gate Park verkaufte.

Mit sechs kam Grace auf die private Mädchenschule, die schon ihre Großmutter Carolyn besucht hatte, und Garcia auf die Privatschule, auf der schon ihr Vater und ihr Urgroßvater, Gramps Winston, gewesen waren. Doch damit hörten die Parallelen auch schon auf. Grace bereitete die Schule keinerlei Mühe, Garcia wiederum hatte schon fast die zweite Klasse hinter sich, als seine Buchstaben endlich aufhörten, wie zufälliges Gekritzel auszusehen. Er konnte sechs minus drei nicht von sechs plus drei unterscheiden, und sosehr er sich auch bemühte, kam er ständig nur mit der Hälfte dessen nach Hause, was er in die Schule mitgenommen hatte – Jacken, Bücher, ein Baseballhandschuh. Weder Grace noch Garcia waren verwundert, als der Rektor von Garcias Schule ihren Großvater am Ende des dritten Schuljahrs darüber informierte, dass eine Schule mit einem flexibleren Lehrplan für den Jungen wohl besser geeignet wäre, auch wenn ihr Großvater sich darüber entrüstete.

Grace' Stellung in der Schule wurde in demselben Monat gefestigt, als ein Mädchen ein anderes mit einer vernarbten Hasenscharte verspottete. »Auf deinen Lippen werden Haare wachsen«, höhnte das gemeine Mädchen, woraufhin das andere in Tränen ausbrach. Grace, die noch nie jemanden geschlagen hatte, verpasste der Spötterin eine Ohrfeige, und zwar eine so heftige, dass ihre Hand einen Abdruck hinterließ. Danach lud eines der beliebten Mädchen, das einerseits vor Grace Angst bekommen hatte, andererseits jedoch auch schwer beeindruckt von ihr war, sie zu ihrem Geburtstag ein, und Grace sagte, sie komme nur, wenn das Mädchen mit der Hasenscharte ebenfalls eingeladen werde – was prompt geschah.

In dem Jahr, in dem ihr Großvater Grace und Garcia den Tod ihres Vaters verheimlichte, waren sie neun, also genauso alt wie ihr Vater, als er seine Mutter verloren hatte. Sie waren alt genug, um zu spüren, dass etwas nicht stimmte, doch gleichzeitig so jung, dass sie ganz im Hier und Jetzt lebten. Sie lebten quasi so, wie Autofahrer im dichten Nebel fahren – auf Sicht.

Wenn Garcia sich nach ihrem Vater erkundigte, reagierte ihr Großvater unwirsch oder tat, als hätte er ihn nicht gehört.

»Vietnam? Ist mein Vater in Vietnam?«

»Nein, er ist nicht in Vietnam.«

»Vielleicht ist er ja von Hawaii aus dorthin gegangen?«

»Kannst du dich nicht erinnern? Er ist doch aus Hawaii zurückgekommen. Und Hawaii liegt überhaupt nicht in der Nähe von Vietnam.«

Sie und Garcia waren zehn und besuchten die fünfte Klasse, als ihr Großvater ihnen endlich mitteilte, dass ihr Vater gestorben sei. Er fuhr mit ihnen nach Oakland, und sie besuchten sein Grab auf dem Mountain View Cemetery, den Frederick Law Olmsted entworfen hatte. Vom Friedhof aus hatte man einen direkten Blick auf die Bucht. Ihr Vater ruhte neben seiner Mutter, ihrer Großmutter Carolyn.

In jener Nacht erlaubte ihr Großvater Kate, Grace' bester Freundin, bei ihr zu übernachten. Sie kuschelten sich in Grace' riesigem Himmelbett aneinander, und Grace vertraute Kate an, dass ihre Großmutter vermutlich gebeten habe, auf jenem Friedhof bestattet zu werden. Denn ihr Großvater hätte nie einen Ort gewählt, der so nah am Wasser lag.

Und jetzt ist sie im Central Park, ebenfalls von Olmsted entworfen, und läuft auf dem Literary Walk vorbei an Statuen von Robert Burns, Walter Scott und William Shakespeare nach Norden.

Im Rückblick kommt es Grace vor, als hätte sich ihr Großvater, nachdem er ihnen von dem Tod ihres Vaters erzählt hatte, verändert, vor allem Garcia gegenüber. Er wurde toleranter und unterstützte Garcias Wechsel auf eine Schule mit weniger hohen Ansprüchen; er ließ ihn

Schlagzeugunterricht nehmen und hieß seine neuen Freunde willkommen. Grace war damals sehr erleichtert, dass sie nicht mehr hilflos zusehen musste, wie ihr Bruder in einem Teufelskreis schlechter Noten feststeckte, die ihren Großvater enttäuschten. Was wiederum dazu geführt hatte, dass Garcia noch unsicherer wurde und seine Leistungen weiter nachließen. Sie war froh, nicht mehr das Gefühl zu haben, dass jeder ihrer Erfolge neben Garcias Versagen gestellt wurde.

Zu Grace' Überraschung wurde sie als Teenager richtig hübsch. Sie hatte die großen braunen Augen ihrer Mutter sowie deren olivfarbenen Teint und die schlanke Figur und die hohen Wangenknochen ihres Vaters geerbt. Kleider waren ihr ziemlich egal, doch sie wusste, dass sie das Glück hatte, zu den Mädchen zu gehören, dic selbst in locker auf der Hüfte sitzenden Jeans und einem T-Shirt, das sie mit vierzehn gut ausfüllten, eine blendende Figur machten. Ihre kastanienbraunen Haare mussten nach dem Waschen nur kurz gebürstet werden und trockneten dann in sanften Wellen. Kate, die zu der Zeit an Mathematikwettbewerben teilnahm und widerspenstige Haare und stämmige Beine hatte, stöhnte oft: »Ich würde zehn IQ-Punkte dafür geben, deinen Körper zu haben. Und fünfzehn für deine Haare!«

Garcia, der siebzehn Zentimeter größer und natürlich breiter gebaut war als sie und bei dem die ersten Barthaare sprossen, hatte ansonsten ganz ähnliche Züge wie sie. Er sah so gut aus, dass ihr Großvater befürchtete, homosexuelle Männer könnten sich an ihn ranmachen. Zum

Glück, so dachte er, stand außer Frage, dass Garcia Mädchen mochte. Er war sogar so vernünftig, Mädchen, die so waren wie seine Schwester, also freundlich, klug und ruhig, zu bevorzugen, obwohl er so schüchtern war, dass er noch keinen wirklichen Erfolg bei ihnen gehabt hatte.

Grace hatte einige der intellektuelleren Jungs der Schule ihres Bruders als Verehrer und war mit zwei von ihnen auf Schulbälle gegangen. Die Kleider dafür hatte sie zusammen mit Mrs Cecelia Brown bei I. Magnin gekauft. Nach dem Tod von Grace' Großvater erzählte Mrs Brown ihr, ihr Großvater habe einmal gemeint, er sei sich sicher, dass Grace einen guten Ehemann gefunden hätte, wenn nicht passiert wäre, was später mit Garcia passiert war. Einen klugen Mann, keinen Spieler, der auf sexy Blondinen oder exotische Brünette stand, sondern einen, der sie für ihre wundervolle Seele und ihre Güte geliebt hätte, die daher stammte, dass sie immer auf ihren Zwillingsbruder aufgepasst hatte.

In ihrem ersten Highschool-Jahr entdeckte Grace auf dem langen Flur im Keller, der zur Umkleide führte, ein Foto der Mädchen-Volleyballmannschaft aus dem Jahr 1937 mit ihrer leicht gelangweilt wirkenden Großmutter in der ersten Reihe. Einige Tage später stieß sie in der Schulbibliothek auf eine Ausgabe des Jahrbuchs von 1938 und las den Eintrag zu der Mutter ihres Vaters:

Carolyn Deprew: Co-Captain des Varsity-Volleyballteams, French Society, Art-Appreciation Club, Mills College.

»Die Seele wählt sich ihre Gesellschaft selbst.« – Emily Dickinson

Manchmal las Grace nach dem Abendessen Garcia und ihrem Großvater Gedichte vor. Ihr Großvater erzählte, ihre Großmutter habe das auch getan. Wie ihre Großmutter liebte Grace Sprachen. Vielleicht, schlug ein Lehrer ihr vor, könne sie auf dem College Komparatistik studieren.

Eines Abends trug sie ihrem Großvater und Garcia die Übersetzung eines Gedichts von Lorca vor, das sie in ihrem Wahlkurs Spanisch behandelt hatten. Es hieß: »Ghasel vom toten Kind«.

In Granada stirbt jeden Nachmittag,
stirbt jeden Nachmittag ein Kind.
Jeden Nachmittag setzt das Wasser sich hin
und redet mit seinen Freunden.

Als sie den Blick hob, bemerkte sie, dass Angela, die den Tisch abgeräumt hatte, sich die Augen wischte.

»Granada«, sagte ihr Großvater. »Mrs Brown hat mir dort die Alhambra gezeigt, die ihrer Meinung nach in die schönsten Gärten der Welt eingebettet ist. Ich musste bei unserem Besuch an Laurelton Hall denken. Viele Jahre später las ich, dass Tiffany als junger Mann dorthin gereist war, die Ähnlichkeit also kein Zufall war. Wie es für ihn typisch war, hat er nur die Extravaganzen nachgeahmt, aber die schlichte Schönheit weggelassen.«

»Was ist eine Ghasel?«, fragte Garcia, und Grace bekümmerte es wie so oft, dass sein Gedächtnis nicht mit seinem neugierigen Geist Schritt halten konnte, was es ihm schwer machte, aus Büchern zu lernen.

»Unsere Lehrerin hat uns erklärt, dass es sich dabei um eine alte orientalische Gedichtform handelt. Lorca stammte aus Andalusien, das früher lange das Zentrum der islamischen Welt war. Sie meinte, seine Ghasel seien seine Hommage an diesen Teil seiner Herkunft.«

Nach dem Essen ging Grace in die Küche und fragte Angela, woher sie das Gedicht kenne.

»Deine Großmutter, *niña*, liebte Lorca. Als sie mir Englisch beibrachte, haben wir seine Gedichte gemeinsam übersetzt. Sie war sechzehn, als er ermordet wurde, und sie erzählte mir, sie habe damals tagelang geweint.«

Angela drehte den Wasserhahn zu und trocknete sich die Hände an ihrer Schürze ab. Dann atmete sie tief durch und sagte das Gedicht auf Spanisch auf:

Todas las tardes en Granada,
todas las tardes se muere un niño.
Todas las tardes el agua se sienta
a conversar con sus amigos.

»Ich habe deinem Vater diese Zeilen beigebracht.«

Grace wollte nicht zu weit weg von ihrem Großvater studieren, der damals neunundsiebzig war, und auch nicht von Garcia, der plante, sich am College of Marin zum

Rettungssanitäter ausbilden zu lassen. Deshalb bewarb sie sich in Stanford, was sie allerdings nur Garcia erzählte; denn sie wollte nicht, dass Cecelia Brown ihren Einfluss geltend machte.

Eine Woche vor Weihnachten lag ein dicker Briefumschlag aus Stanford im Briefkasten. Sie riss ihn auf. Garcia saß neben ihr auf der Bettkante, las über ihre Schulter gebeugt mit und begann zu jubeln.

Ihre Augen wurden feucht, weil Garcia ihr alles gönnte. Nie nahm er ihr übel, dass sie all die Empfehlungen, Auszeichnungen und Anerkennungen bekam.

»Bist du denn nicht sauer auf mich?«

»Spinnst du, Sis? Ich bin so froh, dass ich dich habe!« Er umarmte sie. »Bestimmt kannst du ein Auslandssemester in Spanien machen, in der Stadt, von der Pop letztens geredet hat. Dann besuche ich dich da, wir schauen uns diese Gärten an und trinken Sangria.«

Ihre Spanischlehrerin hatte ihnen Fotos von der Alhambra gezeigt. Grace stellte sich vor, wie sie mit Garcia in einem der gefliesten Innenhöfe sitzen und dem leisen Plätschern eines Brunnens lauschen würde. Dann dachte sie an die fernere Zukunft: Wie Garcia als Rettungssanitäter arbeiten würde, wie er es schaffen würde, dass die Leute sich bei ihm sicher fühlten, und dass sie, sollte sie je einen Unfall haben, wollen würde, dass er ihr half.

»Das, was du tun wirst, ist wichtiger«, sagte sie.

»Es geht doch nicht darum, das, was ich tue, mit dem, was du tust, zu vergleichen. Vielmehr geht es darum, was *wir* tun. Wir sind Zwillinge. Wir sind seit dem Beginn unseres Lebens zusammen gewesen. Denkst du je darüber nach?«

»Manchmal.«

»Ich ständig. Ich weiß, dass wir zwei getrennte Menschen sind, aber gleichzeitig sind wir auch nur einer. Eine – wie heißt das noch mal?«

»Gesamtheit?«

»Eine Einheit. Deshalb geht es nicht darum, was du tust versus was ich tue. Nur das, was *wir* tun, ist wichtig.« Er hielt die Hände hoch und kreuzte an beiden den Mittelfinger über den Zeigefinger zum Zeichen ihrer innigen Verbundenheit.

In dem Moment sah sie ihn deutlich vor sich: den Mann, der aus ihm werden konnte. Ohne die Zusage aus Stanford loszulassen, schlang sie ihre Arme um Garcias Schultern, die so viel breiter und muskulöser waren als ihre. Als sie ihn so berührte, spürte sie die Weisheit und Zartheit, die ihm innewohnten, und welch guter Ehemann er einmal sein würde.

»Ich werde einen Zwilling zum Heiraten finden müssen«, flüsterte sie.

»Einen Zwilling, der eine schlaue Schwester hat«, sagte er.

Einen Monat vor ihrem Highschool-Abschluss eröffnete Garcia ihrem Großvater seinen Plan: »Ich möchte im Sommer einen Roadtrip machen, bevor ich aufs College gehe.«

Garcia war ihrem Großvater in dessen Arbeitszimmer

gefolgt, und Grace war auf sein Drängen hin mitgekommen: »Wenn du dabei bist, wird er nicht völlig ausrasten.« Die Stirn ihres Großvaters runzelte sich, und Grace wusste, dass er an ihren Vater dachte – wie der vom erwarteten Weg abgekommen und auf die schiefe Bahn geraten war. Aber Garcia war ganz anders als ihr Vater. Er hatte nie heimlich am Kelly Beach gesurft. Er hatte jeden Samstag im Geschäft seines Großvaters gearbeitet. Er hatte sich nie betrunken, und seine Erfahrungen mit Mädchen beschränkten sich bisher auf Zungenküsse.

»Ich habe ein bisschen Geld gespart. Ich möchte ein Auto kaufen und mit Jamie an die Westküste fahren.« Jamie war Garcias bester Freund, ein gut aussehender Junge, der bei seiner verwitweten Mutter lebte, nachmittags in einer Autowerkstatt arbeitete und an der San Francisco State Betriebswirtschaft studieren wollte. »Seine Kurse fangen in der letzten Augustwoche an, meine nach dem Labor Day, wir haben also genügend Zeit.«

»Pop«, sagte Grace, »du weißt, dass Garcia der beste Autofahrer von uns dreien ist. Und Jamie ist achtzehn und sehr reif für sein Alter. Du redest doch immer von deiner Reise als blinder Passagier quer durchs ganze Land. Garcia und ich sind beschützt aufgewachsen und noch nie alleine unterwegs gewesen. Du hast uns fast schon überbehütet.«

Ihr Großvater wirkte bestürzt. Offenbar war ihm plötzlich klar geworden, dass sie recht hatte, und weil er seine Enkel über alles liebte, wollte er tun, was das Beste für sie war, selbst wenn es ihm unerträglich erschien.

Am Abend vor Garcias Abreise backte Grace Haferkekse mit Rosinen für ihn, und Angela verstaute sie, ein paar Schinken-Käse-Sandwiches, ein Maisbrot und eine Thermoskanne mit gesüßtem Eistee in einer Kühlbox. Um acht Uhr früh standen Grace und Angela vor dem Haus, während ihr Großvater sich zum dritten Mal vergewisserte, dass Garcia einen Erste-Hilfe-Kasten, die Liste mit wichtigen Telefonnummern, die Kreditkarte und die Reiseschecks eingepackt hatte. Und dass die Reifen seines Gebrauchtwagens – der nicht allzu gebraucht war, weil ihr Großvater den Kauf mit tausend Dollar bezuschusst hatte – den richtigen Reifendruck hatten.

Garcia umarmte sie und hob sie ein paar Zentimeter hoch. Sie atmete seinen Duft ein. »Pass auf dich auf«, flüsterte sie.

»Das werde ich, Sis.«

»Zwillingsehrenwort?«

»Zwillingsehrenwort.«

Ein paar Tage vor Garcias Abreise hatte ihr Großvater ihnen das Buch mit Fotos der Veranda von Laurelton Hall gezeigt, die im Metropolitan Museum of Art ausgestellt wurde. »Ich schau sie mir an, wenn wir in New York sind«, hatte Garcia versprochen.

Jetzt sitzt Grace auf den Stufen vor dem Museum, das Garcia nie erreicht hat, und hört einer A-capella-Gruppe zu. Die Sänger wirken in ihren Nadelstreifenanzügen und den zweifarbigen Schuhen sehr elegant, und für ihre Lieder lassen die Passanten gern ein paar Münzen springen, denn die Gruppe ist wirklich gut. Grace merkt, dass sie nach der Feindseligkeit, die ihr nach ihrem Vortrag entgegengeschlagen ist – der Rechthaberei, dem Beharren darauf, dass der eine ein Faschist und der andere ein Mörder sei –, keine Lust mehr auf das Museum hat. Sie fühlt sich außerstande, sich die Reste des Anwesens anzusehen, auf dem ihr Großvater und auch Prudence – wie ihr gerade bewusst wird – geboren wurden.

Die jungen Japanerinnen, die ein paar Schritte von ihr entfernt auf den Stufen sitzen, ignorieren die Band und schneiden Grimassen für die Fotos, die sie gegenseitig von sich machen. Südlich vom Museum verkaufen Straßenhändler bedruckte T-Shirts, die Garcia gefallen hätten: Che Guevara mit seiner typischen schwarzen Baskenmütze, Alfred E. Neumann mit den abstehenden Ohren.

Grace hat mehrere Jahre gebraucht, die Lücken zu schließen zwischen dem, was Garcia ihr über das Geschehen nach seiner Abreise aus San Francisco berichtet hat, und dem, was sie wissen wollte, sich ihn aber nicht zu fragen traute aus Angst, ihn damit zu sehr zu quälen. In den ersten Monaten, in denen sie in Huntsville lebte, rief sie Jamie immer wieder mal in der Hoffnung an, er würde ihr die Fragen beantworten, die sie Garcia nicht stellen wollte. Doch jedes Mal behauptete Jamies Mutter, er sei gerade nicht da oder unter der Dusche, oder er schlafe.

Erst als sie nach San Francisco zurückgekehrt war, unterhielt sie sich mit ihm. Zu der Zeit hatte Jamie sein Studium abgebrochen und arbeitete Vollzeit in der Werkstatt, in der er schon während der Highschool gejobbt hatte. Als sie sich in einer Bar in der Gegend trafen, wo er mit seiner Mutter wohnte, war sie über sein verändertes Aussehen bestürzt: Sein Haaransatz war zurückgegangen, sein Arbeitshemd spannte über einem Schmerbauch, seine Wangen waren von zerplatzten Äderchen durchzogen. Außerdem zitterte er leicht. Sie fragte sich, ob er Medikamente nahm.

Jamie leerte ein Bier und den größten Teil eines zweiten, bevor er auf- und sie ansah.

Sie berührte behutsam seinen Arm. »Es tut mir leid, Jamie, aber ich muss es wissen. Ich möchte, dass du mir erzählst, was du weißt.«

»Frag mich, was immer du willst.«

»Garcia sagte damals meinem Großvater und mir, ihr wolltet die erste Nacht bei deinem Cousin übernachten, irgendwo in Nevada.«

»Das haben wir auch. Soll ich damit anfangen?«

»Das wäre gut.«

Jamie trank den Rest seines Biers. »Warren – er ist ein Cousin meiner Mutter – hat ein Haus etwa zwanzig Meilen außerhalb von Las Vegas. Ein ganz netter Kerl, aber ich warnte Garcia vor, dass er ununterbrochen quasselt. Vielleicht weil er alleine lebt. Er lud uns zum Abendessen und am nächsten Morgen zum Schießen auf eine Shooting-Range ein. Ich war echt schlecht und traf so gut wie nie, aber schon Garcias dritter Schuss landete im Schwarzen.«

Grace rang sich ein Lächeln ab. Sie wollte Jamie zu verstehen geben, dass sie nicht vorhatte, ihm Vorwürfe zu machen. Es sah eindeutig danach aus, dass er das schon zur Genüge selbst tat.

»Warren sagte ständig, dass sich Garcia mit seiner Treffsicherheit an der Polizeiakademie bewerben solle. Garcia hörte sich das eine ganze Weile höflich an, bis er ihm schließlich erklärte, er wolle Rettungssanitäter werden, also mehr oder weniger das Gegenteil. Daraufhin hielt Warren endlich seine Klappe.«

Jamie gab dem Barmann ein Zeichen, ihm noch ein Bier zu bringen. »Ich hab bestimmt schon Millionen Mal über unsere Fahrt von Las Vegas nach Phoenix nachgedacht.« Er kramte eine Schachtel Zigaretten hervor. »Hast du was dagegen?«

Das hatte sie zwar, aber ihr war klar, dass er dringend eine Zigarette brauchte. Sie schüttelte den Kopf.

Er klopfte eine aus der Packung. »Wir sind erst gegen Mittag los. Es war verdammt heiß. Wir legten uns mit Eiswasser getränkte Tücher um den Hals und redeten, hauptsächlich deshalb, um nicht schlappzumachen. Wir kamen auf alle möglichen ernsten Themen. Ich weiß noch, dass Garcia meinte, sobald er seinen Abschluss als Rettungssanitäter habe, würde er gern in einem Kriegsgebiet arbeiten; er wollte Menschen helfen, deren Leben wirklich auf Messers Schneide stand.«

Grace fragte sich, ob sie auf Jamie ebenso fertig wirkte wie er auf sie.

»Als wir in Phoenix ankamen, waren wir von der Hitze so erledigt, dass wir beschlossen, dort zu übernachten. Es war so gegen sechs, und das Thermometer an der Fassade einer Bank zeigte noch zweiundvierzig Grad an. Da wir für die vorige Übernachtung kein Geld ausgegeben hatten, leisteten wir uns ein Zimmer in einem Motel mit Pool. Es war ziemlich schäbig, aber immerhin konnten wir uns ein bisschen abkühlen.«

Jamie klemmte sich die Zigarette zwischen die Lippen und zündete sie an. »Am Pool hüpften zwei Mädchen herum, die ebenfalls eine Weile durchs Land fahren wollten. Sie kamen aus Butte in Montana. Wir taten uns mit ihnen zusammen und machten Party. Allerdings im Rahmen, wir tranken nur ein paar Bier und hörten Musik.«

Er verstummte, und Grace sah ihm an, dass er sich überlegte, was er jetzt sagen sollte.

»Red weiter.«

»Irgendwie endete ich mit einer von ihnen, einer blöden Tusse namens Nell. Doch im Grunde war ich derjenige, der sich blöd aufführte, und schließlich bin ich in ihrem Bett in dem Zimmer, das sie sich mit ihrer Freundin teilte, eingepennt. Ihre Freundin flippte vollkommen aus und rief ihre Mom an, und die fing an herumzujammern, sie müsse auf der Stelle heimkommen, weil ihre Grandma krank sei – das reine Chaos.«

Jamie zog noch mal an seiner Zigarette, bevor er sie ausdrückte. »Das Auto, mit dem sie unterwegs waren, gehörte Nell. Wir überlegten uns einen Plan: Garcia sollte die Freundin zur Bushaltestelle bringen, damit sie von da nach Butte zurückfahren konnte, um sich um ihre Mom und ihre Grandma zu kümmern, und würde dann alleine nach Houston weiterfahren. Ich würde am Nachmittag mit Nell aufbrechen, die zu ihrer Tante nach Austin wollte, aber keine Lust hatte, sich allein auf den Weg zu machen. Sie sollte mich dann unterwegs in Houston rauslassen.«

»Wir wussten gar nicht, dass ihr nach Houston wolltet.«

»Garcia hat das erst bei Warren vorgeschlagen. Ich weiß nicht, ob er davor überhaupt daran gedacht hatte. Er sagte mir, dass er eure Mutter zum letzten Mal als kleines Kind gesehen habe und sie euch zuletzt geschrieben habe, als ihr ungefähr fünf oder sechs wart. Aber er sprach nicht weiter darüber. Vermutlich dachte er, es sei sinnlos, groß einen Besuch zu planen, weil er keine Ahnung hatte, was ihn erwarten würde.«

Grace nickte. Das klang ganz nach Garcia.

Der Kellner brachte Jamie sein drittes Bier. Er leerte das halbe Glas mit tiefen Zügen, bevor er weiterredete.

»Im ersten Jahr danach dachte ich ständig, es sei das Tattoo gewesen. Das Mädchen, Nell, hatte eins auf einer Pobacke, eine Schlange, die sich um eine Rose wand. Ich glaubte, es sei irgendein Zauber gewesen, der mich dazu gebracht hatte, bei ihr zu bleiben, und dass ich mit Garcia weitergefahren wäre, hätte sie dieses teuflische Tattoo nicht gehabt.«

Jamie senkte den Kopf. Sein Kinn streifte den Kragen seines Baumwollhemds. Grace wünschte, sagen zu können: *Es ist nicht deine Schuld*, aber das konnte sie nicht. Er hätte Garcia nicht alleine nach Houston fahren lassen dürfen. Ihr Bruder hätte das umgekehrt niemals getan.

»Garcia und ich überlegten hin und her, wo wir uns in Houston treffen sollten. Schließlich kam er auf das Amtsgericht. Jeder Cop würde wissen, wo das ist, sagte er. Wir vereinbarten, uns dort am nächsten Nachmittag um fünf zu treffen. Am Samstag. Genügend Zeit, dachten wir, dass wir es beide dorthin schaffen.«

Grace spürte, wie ihr Magen sich verkrampfte. Einen Moment lang dachte sie daran, sich einen Drink zu bestellen, doch seit ihrer Rückkehr aus Huntsville hatte sie keinen Alkohol mehr getrunken, und sie befürchtete, dann vielleicht etwas zu verpassen von dem, was Jamie ihr erzählte.

»Ich war ziemlich früh dort. Dieses Mädchen, Nell, und ich saßen auf den Stufen vor dem Amtsgericht und warteten bis um acht. Ich sagte ständig: ›Ich habe bestimmt was missverstanden, wahrscheinlich haben wir Sonntag um fünf ausgemacht.‹ Am nächsten Tag bin ich alleine dorthin, es war so gegen vier, und saß bis weit in die Dunkelheit auf der Treppe.«

Jamie wirkte entschlossen, das, was er wusste, bis zum Ende zu erzählen. »Gegen zehn bin ich dann in das billige Motel zurück, wo Nell auf mich wartete. Sie war sauer, weil ich so lange weg gewesen war. Sie versuchte, mir einzureden, dass Garcia höchstwahrscheinlich jemanden getroffen hatte und ich mit ihr nach Austin weiterfahren sollte. Aber ich wollte das nicht, und dann wurde sie richtig sauer und nannte mich ein Arschloch und eine Schwuchtel, weil ich keine Lust hatte zu vögeln.«

Er zündete sich eine weitere Zigarette an. »Am nächsten Morgen ist sie abgehauen, als ich noch schlief. Sie hat sich nicht mal von mir verabschiedet. Ich bin den ganzen Tag durch Houston gelaufen und habe nach Garcia gesucht. Ich habe Typen an Getränkeständen und Penner, die im Park rumhingen, gefragt, ob sie jemanden gesehen hätten, der wie er aussah.«

Jamies Stimme klang belegt, und Grace hatte Angst, er würde gleich zusammenbrechen. »Am Abend rief ich dann bei deinem Großvater an.«

Grace war zu dieser Zeit mit Kate in Paris gewesen. Sie hatten bei Kates Tante in deren Wohnung in einem Haus aus dem neunzehnten Jahrhundert in der Avenue de Wagram übernachtet. Eigentlich hatten sie vorgehabt, zwei Wochen zu bleiben. Doch am zweiten Abend rief ihr Großvater Kates Mutter an, die wiederum Kates Tante anrief, die Grace ein Flugticket besorgte, damit sie ihren Großvater in Sierra Blanca in Texas treffen konnte.

An einer Bar im Flughafen Paris-Orly hatte Kates Tante Grace einen Brandy bestellt. Er werde ihr helfen, auf dem Flug zu schlafen, hatte sie ihr versichert. Über England geriet das Flugzeug in Turbulenzen, und Grace erbrach den Brandy in ihren Spuckbeutel.

15. Kapitel

Prudence, London und L'Isle-sur-la-Sorgue, 1975 bis zur Gegenwart

Wie anders es damals auf der Reise mit Carlton gewesen war. Sie hatten mit dem Dampfer in Southampton angelegt. Carlton hatte sich darum gekümmert, dass ihr Gepäck von Trägern in den Zug nach London befördert wurde und vom Londoner Bahnhof zu ihrem Hotel. Dort hatte ihnen ein weiß behandschuhter Angestellter Tee und Gurkensandwiches gebracht und sie zu ihrer Suite geleitet. Jetzt kommt Prudence alleine in Heathrow mit dem Flugzeug an. Sie reiht sich in die Schlange am Taxistand ein und lässt sich zu der Unterkunft fahren, die ihr Elaine empfohlen hat. Die Pension ist charmant und verfügt über wenig Pomp, den Prudence, wie Elaine weiß, verabscheut.

Am nächsten Tag fährt Prudence mit der Tube zur Finchley Road. Sie hat Dorothy vorher geschrieben – ihr erster Briefwechsel seit Dorothys Kondolenzschreiben zu Carltons Tod – und sie gefragt, ob es ihr recht sei, wenn sie sie im Mai besuche. Dorothy antwortete sofort und lud Prudence nach 20 Maresfield Gardens ein. Nun läuft sie von der Haltestelle durch baumbestandene Straßen, und die Luft duftet nach frisch gemähtem Gras und Rosen.

Bei ihrer Ankunft wird sie von einer älteren Frau mit starkem Akzent begrüßt. Überrascht merkt Prudence, dass es dieselbe Angestellte ist, die damals Carlton und sie empfangen und sie dann zu dem Gespräch mit Miss Freud begleitet hat. Damals lebte Professor Freud noch, und Dorothy wohnte ein paar Häuser die Straße runter. Die Frau deutet auf die Treppe, auf deren Absatz sich noch immer der Fenstersitz befindet, und Prudence folgt ihr in den ersten Stock in ein großes Schlafzimmer mit Blick auf den Garten. Dorothy liegt auf Kissen gestützt im Bett. Sie wirkt zart wie eine Elfe.

Die ihr so bekannte Hitze kriecht von Prudence' Brust in ihr Gesicht.

Dorothy fährt mit der Hand durch die Luft, als wollte sie Prudence' Verlegenheit darüber wegwischen, dass sie bei ihrem Besuch im Bett liegt. »Ich habe mich sehr auf Sie gefreut. Leider beharren mein Arzt und Anna darauf, dass ich diese Woche das Bett hüte. Ich habe bloß eine kleine Erkältung, aber sie halten mich nach wie vor für eine tuberkulöse Invalidin. Nehmen Sie bitte Platz. Frau Fichtl wird uns gleich Tee bringen.«

Prudence setzt sich auf einen Sessel, der direkt am Bett steht, sodass Dorothy ihre Hand nehmen könnte.

»Das war das Zimmer des Professors. Anna hat mich in dem Jahr hier einquartiert, als mir strikte Bettruhe verordnet wurde, und seitdem scheine ich es nicht mehr zu verlassen.«

An den Wänden hängen Fotos von den vieren, die Prudence aus CCBs Wohnung kennt, aber auch von anderen Kindern, vermutlich Kindern der vier.

»Ja, ich habe jetzt dreizehn Enkelkinder.« Dorothy deutet auf eine große Schachtel, die auf einer Kommode steht. »Ich schreibe jedem einmal im Monat. Sie schreiben zwar nicht immer zurück, aber wenn sie es tun, bewahre ich ihre Briefe auf.«

»Dreizehn Enkelkinder! In meiner Vorstellung sind Ihre Kinder immer noch klein. Ich erinnere mich so gut daran, wie Sie mir vor langer Zeit ein paar Malsachen von Mabbie mitbrachten.«

Dorothys Miene verdüstert sich, und Prudence bereut ihre Bemerkung sofort. Ist sie Dorothy damit zu nahe getreten? Hat sie sich mit ihrer Tochter überworfen?

»Es tut mir sehr leid, Ihnen das sagen zu müssen.« Dorothy holt tief Luft, dann richtet sie sich etwas senkrechter auf. »Aber woher sollen Sie es auch wissen? Mabbie hat letzten Juli Selbstmord begangen.«

Prudence hält sich erschrocken die Hand vor den Mund.

»Es war ein Schock für Anna und mich. Sie war hier bei uns, weil sie im Sommer noch einmal eine Analyse bei Anna machen wollte. Aber dann hat sie eine Überdosis Schlaftabletten genommen.«

Dorothy verstummt, und Prudence ist peinlich berührt, weil sie den Eindruck hat, Dorothy mache sich Sorgen, wie sie diese Nachricht verdaut.

»Mabbies Mann denkt, dass es eine Reaktion auf den Tod ihres Bruders war. Bob ist vier Jahre zuvor an einem Herzinfarkt gestorben, doch Mabbie glaubte, er habe den Infarkt selbst herbeigeführt. Ihr Mann meint, dass Mabbie ihrem Bruder auf diese schreckliche Weise folgen wollte.«

Prudence bringt kein Wort heraus. Wie kann es sein, dass Dorothy die Hälfte ihrer Kinder verloren hat? Wie können die vier jetzt nur noch zwei sein?

Frau Fichtl kommt mit dem Tee und stellt das Tablett auf den Tisch neben Prudence.

»Lassen Sie es einfach stehen«, sagt Dorothy. »Wir bedienen uns selbst.«

»Das tut mir schrecklich leid«, sagt Prudence, als Frau Fichtl den Raum verlassen hat. »Ich hatte davon keine Ahnung. Solange Ihr Schwiegervater noch lebte, hat er mich über Ihre Kinder immer auf dem Laufenden gehalten.«

»Ich bin froh, dass CCB nicht unter Mabbies oder Bobs Tod leiden musste. Er hat meine Kinder geliebt. Das mochte ich sehr an ihm.«

»Ja, er hat sie wirklich geliebt. Pausenlos hat er von ihnen gesprochen.« Was Prudence nicht hinzufügt: *Und sich ständig Sorgen um sie gemacht.*

»Bitte schenken Sie uns doch den Tee ein. Das habe ich in meiner Zeit in England gelernt: Es gibt kaum etwas, gegen das eine Tasse Tee nicht hilft. Als wir während des Blitzkrieges mit unseren Nachbarn im Keller Zuflucht suchten, haben Anna und ich manchmal gescherzt, dass deren Sorge, ihren Fünf-Uhr-Tee zu verpassen, vermutlich größer sei als die, dass über uns eine Bombe einschlägt.«

Dorothy lächelt. »Manchmal ist der Gedanke bizarr, dass wir in Blättern, die wir mit heißem Wasser überbrühen, Trost finden. Aber manchmal denke ich auch, dass genau das Zivilisation bedeutet: selbst im Bombenhagel an Ritualen festzuhalten und dabei zu versuchen, gelassen zu bleiben.«

»Wie trinken Sie Ihren Tee?«

»Anna mag es gar nicht, dass ich ihn süße. Sie meint, dass der Zucker mir nicht guttut. Aber heute hätte ich gern zwei Löffel.«

Dorothy nippt an der Tasse, die Prudence ihr reicht. »Anna glaubt nicht an meine Interpretation davon, warum Mabbie sich umgebracht hat. Für sie ist Mabbies Selbstmord das Resultat ihrer Schuldgefühle, weil ihr sexuelles Verlangen so stark war, dass sie die Analyse immer wieder unterbrechen musste, um zu ihrem Mann zurückzukehren. Aber ich bin die Mutter. Es mag überheblich klingen, doch ich glaube, es besser zu wissen. Mabbie hat es wie all meine Kinder sehr verletzt, dass ich es vorzog, hier und nicht in den USA bei ihnen und meinen Enkelkindern zu leben. Als sie letzten Sommer bei Anna und mir war, muss sie diese Verletzung besonders intensiv gespürt haben.«

Dorothy lehnt sich in den Kissen zurück. »Und meine Kinder hatten recht. Ich kann meine Entscheidungen nicht schönreden. Ich habe Anna und unserer psychoanalytischen Arbeit den Vorrang vor ihnen gegeben. Einmal war ich ganz besonders taktlos und sagte ihnen, sie seien jetzt erwachsen und bräuchten mich nicht mehr so dringend.«

Dorothy deutet auf das benachbarte Haus. Über der Gartenmauer kann Prudence die oberen Stockwerke sehen. »Dort haben Anna und ich viele Jahre eine Schule für blinde Kinder geleitet. Wir merkten rasch, dass ihre Blindheit ihre sämtlichen Sinne in Mitleidenschaft gezogen hatte. Sie hatten nie die Gelegenheit bekommen herauszufinden, was sie in der Lage waren, körperlich zu leisten. Wir glaubten fest daran, dass in einer Umgebung, in der sie sich frei bewegen können, ihre wahre Persönlichkeit zum Ausdruck kommen würde. Und genau das geschah. Damals musste ich immer an die Gärten von Laurelton Hall denken. Dort konnte ich nach Herzenslust herumtoben und auf Bäume klettern und in der Bucht schwimmen und entdeckte dabei meine Stärke. Dafür muss ich meinem Vater dankbar sein, so tyrannisch er auch in vielerlei Hinsicht war.«

Dorothy zieht die Brauen hoch und tippt sich an die Schläfen. »Sehen Sie, wie der Verstand arbeitet? Hier liege ich und vermeide das Thema Mabbie, indem ich Ihnen von den blinden Kindern erzähle. Und noch etwas ist ziemlich paradox: Unsere Untersuchungen der Kinder während des Blitzkrieges führten zu dem Ergebnis, dass das Wichtigste für die Kinder die Beziehung zu ihren Müttern war. Diejenigen, die nicht von ihnen getrennt waren oder bei denen die Trennung einfühlsam gehandhabt wurde, bewältigten die Erfahrung am besten. Dennoch habe ich diese Erkenntnis bei meinen eigenen Kindern ignoriert. Mabbie hatte zwar den Körper einer Erwachsenen, doch ihrem Wesen nach war sie immer noch ein kleines Mädchen.«

Prudence hat noch nie erlebt, dass jemand sich selbst

bezichtigt, Fehler begangen zu haben, wie es Dorothy gerade getan hat, ohne sich gleichzeitig dafür zu geißeln. Eine Geißelung, die ihr immer wie eine verdeckte Bitte um Trost und Vergebung vorgekommen ist.

»Ich habe sehr viel Glück gehabt. Man kann nicht alles haben. Mit Anna habe ich ein sehr erfülltes Leben gehabt – unsere gemeinsame Arbeit, Arbeit, bei der ich ihr helfen konnte.«

Dorothy leert ihre Tasse und stellt sie auf den Nachttisch. »Manche Leute sind der Meinung, ich hätte mich Anna zu sehr unterworfen. Aber sich den Bedürfnissen eines anderen Menschen zu unterwerfen ist Teil einer gesunden Liebe. Bei meinem Mann und seiner Krankheit ...« Dorothy senkt die Stimme. »Die Zeiten, in denen er gewalttätig war ... Wenn ich seinen Wünschen nachgekommen wäre, wäre das für die Kinder und mich einer Selbstzerstörung gleichgekommen.«

Sie mustert Prudence prüfend, als wollte sie abschätzen, wie weit diese ihren Ausführungen folgen kann. »Bei Anna ist es anders. Ihr verdanke ich mein Leben. Es gibt manches, worauf ich verzichten muss. Kein Zuhause zu haben, in dem ich Gäste empfangen kann, weil Anna lieber allein sein will – das ist ein Verzicht, aber letztlich ein trivialer. Durch einen Ozean getrennt von meinen Kindern und Enkeln zu leben – das freilich ist nicht trivial.«

Prudence folgt Dorothys Blick in den Garten. Von CCB weiß sie, dass Dorothy und Anna während ihrer Aufenthalte in ihrem Haus am Meer begeisterte Gärtnerinnen geworden sind.

»Ich kann nicht leugnen, dass ich manches bedauere«, fährt Dorothy fort. »Sehr bedauere. Aber ich bin zu der Einsicht gelangt, dass hinter dem Bedauern noch etwas anderes steckt: die Illusion von Allmacht – als könnten wir ständig die richtigen Entscheidungen fällen.« Sie wendet sich wieder an Prudence. »Ich glaube, das hat mir Ihr Vater damals zu sagen versucht.«

»Mein Vater?«

»Ja, in dem Sommer, als ich mich an ihn klammerte, weil mein Vater auf Reisen war. Ich erinnere mich noch sehr gut daran, dass er sagte: ›Miss Dorothy‹ – so hat er mich immer genannt –, ›wir müssen in unserem Leben akzeptieren, wer wir sind.‹ Vielleicht hat er sich sogar so ausgedrückt: ›wo unser Platz ist‹. Ich ärgerte mich darüber, dass er sich in seinem tiefsten Inneren offenbar als Dienstbote sah. Später, als ich ihn im Haus meines Vaters an der Madison Avenue arbeiten sah – was mir falsch vorkam, weil er doch eigentlich im Freien hätte arbeiten sollen –, ärgerte es mich, dass er offenbar akzeptierte, dass mein Vater ihn und seine Familie wie Möbelstücke von Oyster Bay nach New York verfrachtet hatte.«

Prudence spürt ein flaues Gefühl im Magen. *Wie Möbelstücke.* Sie waren wie Stühle und Schränke und Sofas von einem von Louis C. Tiffanys Häusern in ein anderes verfrachtet worden.

»Am meisten bedrückt mich, dass ich mit meinen Kindern das wiederholt habe, was ich mit meinem Vater erleben musste. Seine Genialität ließ alles um ihn herum in den Hintergrund treten. Ich wusste schon sehr früh, dass ich immer in seinem Schatten stehen würde. Für ein Kind ist das nicht einfach zu ertragen.«

Dorothy legt sich ihre flache Hand auf die Brust. »Ich habe nur einen Bruchteil dessen erreicht, was mein Vater erreicht hat, aber für meine Kinder sah mein Leben wahrscheinlich ebenfalls so aus, als spielte es sich auf einer viel höheren Ebene ab, als ihres das je tun würde. Sie fühlten sich als Satelliten von Anna und mir.«

Dorothy kneift die Augen zusammen. »In gewisser Weise beneide ich Sie. Ihr Vater wusste, dass seine Kinder einmal in der Lage sein würden, mehr zu erreichen als er. Das war sein Ziel.«

In Prudence regt sich Reue. Wenn sie an ihre Eltern denkt, dann meist nur im Zusammenhang damit, dass sie deren Leben entkommen ist. Nie hat sie dem, was sie ihr mitgegeben haben, viel Bedeutung beigemessen. Die Momente der Freude, an die sie sich erinnert, in der Zeit, in der sie auf Laurelton Hall lebten: die Nachmittage, wenn Mr T. und seine Familie nicht da waren und ihr Vater sie auf seinen Armen ins Meer trug und sie behutsam in die sanften Wellen senkte. Ihr Vater, der auf dem feuchten Sand saß und lachte, wenn Prudence dem sich nahenden und wieder fliehenden Saum des Wassers hinterherlief; ihre Mutter, die den Kern aus einer Pflaume saugte und ihr mit klebrigem Daumen und Zeigefinger die purpurfarbene Frucht in den Mund steckte, wo deren süßsaurer Geschmack explodierte. Ihre Mutter – das einzige Mädchen, das so mutig war, auf dem Fahrrad mit Clara Driscoll um das Memorial von General Grant zu fahren –, die nach dem Tod ihres Vaters beherzt einen Fuß vor den anderen setzte, um sie beide über Wasser zu halten; die Küchlein aus Porridge backte und sie Prudence mit reichlich Sahne und Zucker vorsetzte; die morgens fröhlich zu ihrer Arbeit bei Wanamaker's aufbrach und die Sonntagnachmittage bei einem Tässchen Tee mit Mr Feeney verbrachte. Ihre Mutter, die Prudence nie zurückhielt: nicht als sie an dem Zeichenwettbewerb teilnehmen wollte, nicht als sie sich an der New York School of Fine and Applied Art einschrieb und auch nicht als sie eine Zeit lang in Paris studierte, obwohl sie sich damals, wie ihre Tante Prudence später anvertraute, monatelang in den Schlaf weinte.

»Erst jetzt, im Alter«, fährt Dorothy fort, »erkenne ich, dass Entscheidungen im Leben meines Vaters nur eine sehr kleine Rolle gespielt haben. Damit will ich nicht sagen, dass er keine Wahl hatte, aber er war ebenso Sklave seines Perfektionismus und seines Talents, wie wir Sklaven seines zwanghaften Ausdruckswillens waren. Als Erwachsene empfand ich es als Segen, nicht sein künstlerisches Talent geerbt zu haben.«

Dorothy deutet auf ein Aquarell an der Wand hinter Prudence. »Anna hat darauf bestanden, dass ich es aufhänge. Ich habe es in dem Jahr gemalt, als ich ans Bett gefesselt war. Damals wurde mir mit lebenslangem Siechtum gedroht, sollte ich mich nicht an den ärztlichen Rat halten. Als ich das Lesen und Stricken leid hatte, bat ich um Malfarben.«

Prudence dreht sich um und betrachtet das Bild. Es stellt den Garten vor dem Fenster dar.

»Als ich Sie als Mädchen im Atelier meines Vaters traf, waren Ihre Zeichnungen besser als das, was ich als Erwachsene zustande gebracht habe. Mein affektiertes kleines Bild ist nichts weiter als eine ungeschickt ausgeführte Kopie. Wie ein billiges Polaroidfoto.«

Prudence wendet sich wieder Dorothy zu. »Aber meine Zeichnungen waren doch nichts anderes. Und später habe ich viele Jahre damit zugebracht, für Kunden Räume einzurichten, die Kopien dessen waren, was sie in Zeitschriften gesehen hatten. Ich konnte nie eine eigene Vision entwickeln.«

»Visionen werden häufig überschätzt. Für meinen Vater gab es seine Vision und sonst nichts. Als Theodore Roosevelt ins Weiße Haus einzog, soll er beim Anblick der gläsernen Trennwand, die mein Vater für Präsident Chester A. Arthur gestaltet hatte, gesagt haben: ›Zertrümmert sie!‹ Mein Vater zeterte, Roosevelt habe das nur angeordnet, weil sie politisch so weit auseinanderlagen. Aber ich glaube, Roosevelt hatte gemerkt, dass mein Vater die Trennwand nicht für Chester, sondern für sich selbst geschaffen hatte.«

Prudence überlegt, ob sie Dorothy sagen soll, dass sie die Geschichte von Harriet kennt, die behauptete, die Trennwand sei ausgebaut worden und würde noch irgendwo lagern, aber das scheint nichts mit dem zu tun zu haben, worauf Dorothy hinauswill.

»Zum Glück hat er sich dem Glasbusiness zugewandt und seine innenarchitektonischen Ambitionen auf seine eigenen Häuser beschränkt. Wer außer ihm hätte schon in Räumen leben wollen, die den Topkapi-Palast zum

Vorbild hatten? Oder zusammen mit einer Sammlung von Artefakten der amerikanischen Ureinwohner?«

Dorothy seufzt. »Und dann die Feste meines Vaters! Von meiner Tochter Tinky weiß ich, dass so etwas heute als Aktionskunst bezeichnet wird. Es übersteigt mein Vorstellungsvermögen, darüber nachzudenken, was für einen Aufwand er in sein Pfauenfest gesteckt hat. Von seinem ägyptischen Fest, das er das Jahr zuvor veranstaltet hatte, war er enttäuscht, weil einige seiner prominenten jungen Gäste am Ende des Abends das Thema vergessen und zu tanzen begonnen hatten. Und zwar nicht als Sklaven, die Kleopatra und Marc Antonius unterhalten sollten, sondern so, wie sie eben tanzen wollten. Außerdem hatten ein paar Geschäftsleute zu viel getrunken und angefangen herumzugrölen. Bei seinem Pfauenfest setzte er also alles daran, jede Kleinigkeit zu kontrollieren. Er lud keine weiblichen Gäste ein, sondern nur Männer, die als Genies galten. Der Chauffeurservice, den seine Gäste genossen, die Pergolen und Blumenbeete, die Orgelmusik, das Menü, die Kostüme – mit all dem wollte er ein Gesamtkunstwerk schaffen. Punkt elf, bevor jemand aus der Reihe tanzen konnte, wurden die Herren zu den Limousinen zurückbegleitet, und während sie losfuhren, wurden der Garten und der Brunnen in verschiedenfarbiges Licht getaucht.

Dorothy zieht sich die Decke bis an die Schultern hoch. »Als ich Anna einmal Fotos von diesem Abend gezeigt habe, sagte sie: ›Was sind Pfauen, wenn nicht Symbole phallischer Destruktivität?‹ Ich widersprach ihr und meinte, sie seien auch sehr schöne Geschöpfe. ›Ja‹, entgegnete sie. ›Dein Vater hat ein Tableau der Schönheit geschaffen, das von Grausamkeit durchzogen wurde.‹«

Dorothy lacht. »Damals neckte ich Anna damit, dass sogar ihr Vater mal gesagt hatte, eine Zigarre sei manchmal einfach eine Zigarre. Aber sie hat natürlich recht gehabt: Hinter jedem Genie steckt ein Tyrann. Und mein Vater war ein kompromissloser Tyrann. Meine Schwestern und ich nannten ihn ›Pascha der Perfektion‹. Manchmal frage ich mich, wie viele Generationen es dauern wird, bis wir verarbeitet haben, was er in uns angerichtet hat. Noch heute leben wir in seinem Schatten.«

Als Dorothy zu husten beginnt, fürchtet Prudence, dass Anna Freud hereinmarschieren und darauf bestehen wird, dass sie jetzt ihre Ruhe braucht.

Noch immer hustend deutet Dorothy auf die Wasserkaraffe. Prudence füllt das Glas, das auf dem Nachttisch steht, und Dorothy trinkt.

»Ich bin schon viel zu lange geblieben und sollte mich jetzt wohl besser verabschieden.«

»Nein, bitte gehen Sie noch nicht. Ich weiß, dass der Husten grässlich klingt, aber es geht mir gut – so gut, wie es mir in diesen Tagen eben möglich ist. Es gibt mittlerweile so wenige Menschen, die begreifen, was ich meine, wenn ich von meinem Vater spreche. Nicht einmal Anna tut das im Grunde. Ihr Vater war ein noch viel größeres Genie als meiner, hat sie aber auf andere Weise eingeschüchtert als meiner mich.«

Dorothy hebt die Hände, als sie wieder zu husten beginnt. Nachdem der Anfall vorbei ist, nimmt sie noch einen Schluck Wasser und fährt dann fort: »Einmal habe ich Mabbie verärgert, weil ich einen Plan ablehnte, den sie und ihre Geschwister gemacht hatten: Ich sollte ein Haus in den USA kaufen, in dem wir alle den Sommer hätten verbringen können. Ich war dagegen, weil ich Anna nicht so lange allein lassen wollte, dass sich das Ganze gelohnt hätte. Mabbie behauptete daraufhin, allein das Scheitern meiner Analyse sei der Grund, der mich hier festhalte. Damals tat ich ihre Worte als etwas ab, was im Zorn geäußert worden war, aber im Rückblick muss ich ihr recht geben. Es gibt niemanden, dem ich mich näher fühle und bei dem ich stärker das Gefühl habe, ich selbst zu sein, als Anna. Aber ich habe genauso viel Angst wie damals bei meinem Vater, mich mit ihr wegen bestimmter Dinge zu streiten, zum Beispiel wegen dieses Sommerhauses.«

Dorothy hält inne, und Prudence denkt: *Jetzt wird sie bestimmt gleich einschlafen.*

Doch Dorothy redet weiter. »In jenem Sommer, als mein Vater verreist war, hörte Ihr Vater mir einfach zu, während ich mich pausenlos beklagte, wie gemein und ungerecht das alles doch sei. Er muss gewusst haben, dass ich das meinem Vater niemals ins Gesicht hätte sagen können. Letztlich verhält es sich mit Anna genauso. Ich konnte ihr nie vermitteln, dass mein Wunsch, mit meinen Kindern und Enkeln Zeit zu verbringen, dasselbe Gewicht hat wie ihrer, in dem Haus zu bleiben, in dem ihr Vater gestorben ist.«

Dorothy lächelt. »Sie halten mich bestimmt für eine verwirrte alte Frau, wenn ich über Dinge rede, die vor so langer Zeit passiert sind. Aber Ihr Anblick hat etwas in mir ausgelöst: Die Erinnerungen an meine Jugend schwirren plötzlich wie Samenschirmchen einer Pusteblume um mich herum. Sie sind überall. Als wäre ich nicht mehr in der Lage, sie zu verdrängen. Doch jetzt habe ich viel zu lange von mir geredet. Sie müssen mir auch etwas von sich erzählen. Was hat Sie zu mir geführt?«

Warum ist sie hier? Warum eigentlich?

Aber Prudence kann nur daran denken, dass Dorothy sich gegenüber Anna Freud nicht behaupten konnte. Dass sie ihren Wunsch, mehr mit ihren Kindern zusammen zu sein, nicht durchsetzen konnte.

»Mir ging es genauso wie Ihnen«, sagt sie schließlich leise. »Jeder ging davon aus, dass Carlton und ich kinderlos waren, weil wir keine Kinder bekommen konnten. Aber so war es nicht. Carlton wollte keinen Nachwuchs, und ich habe meinen Standpunkt nie vehement vertreten.«

Prudence' Augen werden feucht. »Dass er starb, als meine Gebärfähigkeit schwand, kam mir wie ein grausamer Scherz vor. Selbst wenn ich noch einmal geheiratet hätte, hätte ich an der Situation nichts ändern können.«

Dorothy mustert Prudence eingehend, sagt jedoch nichts Tröstliches. Und ebendies, dass Dorothy Prudence' Schmerz wahrnimmt und dessen Tiefe nicht verharmlost, ist die tröstlichste aller Reaktionen: zu akzeptieren, dass es keinen Trost gibt, ist an sich tröstlich.

Erst auf dem Rückweg in ihr Hotel merkt Prudence, dass Dorothy Robert nur ein einziges Mal erwähnt hat. Und das, als sie erklärte, dass es für ihre Kinder schädlich gewesen wäre, hätte sie sich seiner Krankheit untergeordnet. Sie wünscht, sie hätte Dorothy gesagt: »Es war sehr mutig von Ihnen, Ihre Kinder vor ihrem Vater zu beschützen. Ich war einmal bei CCB, als sein Sohn einen seiner Schübe hatte. Ich erinnere mich noch sehr gut, wie erschreckend das war.«

Weiß Dorothy überhaupt, dass Prudence Roberts Sprung aus dem Fenster gesehen hat? Dass Robert einen blau-weiß gestreiften Schlafanzug trug? Dass das Geräusch seines Körpers, als er auf dem Pflaster aufschlug, so laut war, dass es Prudence auf der gegenüberliegenden Straßenseite hörte?

Nachdem Robert das Fenster in CCBs Arbeitszimmer geöffnet hatte, verschwand er kurz. Jetzt fragt sich Prudence, was er in diesem Moment getan hat. Hat er gebetet? Sich im Spiegel in die Augen geschaut? Das Foto von Dorothy und ihren Kindern geküsst, das auf seinem Nachttisch stand?

Am Morgen fährt Prudence mit dem Zug nach Dover und von dort mit der Fähre nach Calais, wo sie einen Zug nach Paris nimmt. Den ersten Tag in Paris verbringt sie im Bett. Sie kämpft gegen eine Mattheit an, die sich wie Grippe anfühlt, aber sie weiß, dass es die Nachwehen ihres Besuchs bei Dorothy sind: ein Kampf in ihrem Inneren, die Väter, über die Dorothy gesprochen hat. Ihren eigenen, der ihre Mutter eine dreckige irische Sau genannt hat, und Prudence' Vater Eddie, der die Faust gegen Randall erhoben und sich dann mit seinem Erbrochenen besudelt hat.

Zwei Tage später fährt sie mit dem Zug nach L'Isle-sur-la-Sorgue. Sie nimmt sich ein Zimmer in demselben Hotel, in dem sie damals mit Claire und deren Dienstmädchen übernachtet hat. Das Hotel, in das Jean-Christophe nachts gekommen ist, um Claire ein Brechmittel zu verabreichen, nachdem diese eine Überdosis Miltown genommen hatte. Sie denkt an Dorothys Tochter Mabbie, die dasselbe mit ihren Schlaftabletten getan hat. Prudence war erschrocken, als Claires Dienstmädchen an ihre Tür hämmerte, glaubte aber keinen einzigen Moment lang, dass Claire wirklich sterben wollte. Die Pillen sollten wohl eher eine Nachricht für Claires untreuen Ehemann sein: ein Telegramm, in dem sie ihm mitteilen wollte, dass er seine Kabarettsängerin nicht mit noch so vielen Louis-Quinze-Stühlen und provenzalischen Schränken wiedergutmachen konnte. War es Mabbie ernster gewesen als Claire, oder hatte sie bloß nicht so viel Glück gehabt?

Prudence nimmt ein Blatt des hoteleigenen Briefpapiers und einen Umschlag und geht damit in ein Bistro, in dem sie zu Abend isst. Es ist noch warm, und sie sitzt an einem Tisch vor weit geöffneten Fenstern. Sie bestellt eine Suppe und ein Paillard, dann schreibt sie Jean-Christophe. Sie sei ein paar Tage in L'Isle-sur-la-Sorgue. Wäre es vielleicht möglich, sich einmal auf einen Kaffee zu treffen?

Auf dem Rückweg ins Hotel macht sie einen Umweg über die alte Handschuhfabrik, die Jean-Christophes Vater zu einer Klinik umgebaut hat. Die Klinik befindet sich nach wie vor dort. Auf dem Türschild steht Jean-Christophes Name und darunter ein zweiter: Docteur Nicole de Grange. Prudence schiebt ihren Brief unter der Tür hindurch.

Sie kann nicht schlafen. Jean-Christophe hat sie damals gebeten, ihm nicht zu schreiben. Vielleicht verärgert ihn jetzt ihre Nachricht. Aber zweiundzwanzig Jahre sollten doch eigentlich zeigen, dass sie seinen Wunsch respektiert hat. Vielleicht ist er ja auch gar nicht da? Vielleicht auf einer Konferenz oder im Urlaub?

Um neun Uhr morgens läutet das Telefon in ihrem Zimmer. Jean-Christophes Stimme klingt tiefer, trüber, als sie sie in Erinnerung gehabt hat. Er freue sich, dass sie ihn kontaktiert habe, sagt er. Er hat seinen Tagesablauf beibehalten: bis halb zwei Sprechstunde, dann noch einmal um halb fünf bis in den Abend. Er schlägt vor, sich zum Mittagessen in einem Restaurant mit Blick auf den Fluss zu treffen. Er wird einen Tisch reservieren.

Nach dem Telefonat betrachtet sie ihr Gesicht im Spiegel. Sie ist dreiundsechzig, er sechzig. Ihr Aussehen ist ihr nicht egal, auch wenn ihr das töricht vorkommt. Sie färbt sich die Haare, sie sind also immer noch rot, wenn auch ein bisschen heller, honigfarbener als damals. Sie hat die zarte irische Haut ihrer Mutter, doch besser gepflegt. Und sie ist immer noch schlank, ihr Körper hat nie eine Geburt überstehen müssen, die Menopause ist nahezu spurlos an ihr vorübergegangen und hat ihr keine zusätzlichen Pfunde hinterlassen. In New York nennen Taxifahrer sie gelegentlich immer noch »Miss«.

Als sie um zwei das Restaurant betritt, ist Jean-Christophe nicht da. Einen Moment lang befürchtet sie, er habe sie aus Rache versetzt. Doch die Inhaberin führt sie zu einem Tisch auf der Terrasse mit Blick aufs Wasser und meint, Docteur Lemier habe für sie reserviert und werde sicher gleich kommen.

Ein paar Minuten später entdeckt Prudence Jean-Christophe. Er nähert sich mit eiligen Schritten. Er ist kleiner als in ihrer Erinnerung und erheblich beleibter. Als er sich zu ihr herabbeugt und ihr erst die linke, dann die rechte Wange küsst, sieht sie, dass seine Haare schütter geworden sind.

»Verzeih mir. Kurz bevor wir schließen wollten, kam noch eine Mutter mit ihrem kleinen Sohn herein, der im Garten auf einen Nagel getreten war. Ich musste die Wunde reinigen, mit drei Stichen nähen und ihm eine Tetanusspritze geben.«

Er faltet seine Hände und legt sie auf den Tisch. Prudence sieht den Ehering. Wieso hat sie nicht daran gedacht, dass er geheiratet haben könnte? Oder ist das noch der Ring aus seiner Ehe mit Anne? Sie kann sich nicht entsinnen, ob er ihn damals schon getragen hat.

»Aber das ist doch selbstverständlich. Ein verletztes Kind hat immer Vorrang.«

»Immer derselbe Konflikt im Leben eines Arztes: seine Patienten oder sein Privatleben.«

Die Bedienung tritt zu ihnen, und Jean-Christophe fragt Prudence, ob sie einen Aperitif trinken sollen.

Wenn er die Zeit habe, erwidert sie. Wenn er das wolle.

Er bestellt Pastis mit einer Karaffe Wasser und Eis.

»Meine Frau«, er hält kurz inne, wohl um Prudence die Zeit zu geben, die Neuigkeit zu verdauen, »hat sich nie daran gewöhnt, einen Mann mit geteilter Loyalität zu haben – seiner Familie und seinen Patienten gegenüber. Meine Töchter empfinden das als ganz natürlich, sie haben nie etwas anderes gekannt, aber nicht meine Frau. Damit will ich nicht sagen, dass sie meine Arbeit kritisiert, aber es kränkt sie immer noch, wenn sie mal den Kürzeren zieht.«

»Du hast wieder geheiratet.«

Er mustert sie bedeutungsvoll. »In dem Jahr, nachdem du hier warst. Ich glaube, du hast sie sogar kennengelernt. Suzette, die Musiklehrerin aus der Schule. Sie spielte in meinem Quartett.«

Prudence erinnert sich vage an eine Frau mit einem runden Gesicht, die Bratsche spielte.

»Sie hat Nicole und Simone adoptiert, und wir haben noch eine Tochter bekommen, Renée.«

»Drei Töchter?«

»Ja, aber mittlerweile sind alle erwachsen. Nicole ist einunddreißig und hat zwei Söhne. Sie arbeitet mit mir in der Praxis und kümmert sich um unsere weiblichen Patienten. Sie ist Allgemeinärztin und Gynäkologin.«

»Ich habe ihren Namen auf deinem Schild gelesen, aber die Verbindung zu Nicole nicht hergestellt. Und Simone?«

»Sie ist Architektin und lebt in Paris. Aber sie hat auch hier ein Büro eröffnet, speziell für Ferienhäuser. Die Gegend erfreut sich bei Engländern großer Beliebtheit.

Sie schwärmen fürs provenzalische Landleben. Renée, unsere Jüngste, studiert in Avignon. Sie wohnt dort in einem Studentenwohnheim, aber wir sehen sie jeden Sonntag. Sie ist die Patentante von Nicoles Söhnen und liebt die beiden heiß und innig.«

Prudence erkundigt sich nicht nach Suzette, fragt sich aber, ob diese immer noch Musik unterrichtet, ob sie immer noch in Jean-Christophes Quartett spielt. Ob sie die Matriarchin geworden ist, die Jean-Christophes Mutter einst war, und sich nun um Nicoles zwei kleine Söhne kümmert und mithilfe einer Hausangestellten das Mittagessen für alle zubereitet. Sie fragt sich, welchen Grund Jean-Christophe ihr wohl dafür genannt hat, dass er heute Mittag nicht daheim ist.

Der Pastis kommt. »Darf ich?«, fragt Jean-Christophe. Sie nickt, und er schenkt den Likör in ihre Gläser ein, fügt Wasser hinzu, rührt mit einem langen Löffel behutsam die trübe Flüssigkeit um.

»Salut!«, sagt er und stößt sein Glas an ihres.

»Salut.«

Er legt beide Hände um ihre rechte und fährt mit den Fingern ihre Knochen nach. Der Geste entnimmt sie, dass er zufrieden, aber nicht glücklich ist. Er liebt seine Frau, aber er ist nicht verliebt in sie.

Ist irgendjemand nach zwanzig Jahren noch verliebt? Vielleicht nicht, doch sie ist sich sicher, dass Jean-Christophe, würde sie ihm die Frage stellen, erwidern würde, dass er nie in Suzette verliebt war.

Aber spielt das eine Rolle? Auch Claires Mann war früher vermutlich in sie verliebt, was ihn aber nicht davon abgehalten hat, seine Ehe und Claire zu zerstören.

Doch, es spielt eine Rolle. Prudence, der es mit Carlton genauso ergangen ist, weiß, dass es das tut.

Jean-Christophe betrachtet sie traurig. Ja, sie ist sich sicher. Er hat mit der Zeit begonnen, seine Frau zu lieben, so wie einige ihrer Kunden mit der Zeit eine Liebe zu ihren Häusern entwickelt haben, bei deren Anblick ihr Herz nie höhergeschlagen hat.

»Ich hätte mir keine aufopferungsvollere, großzügigere Ehefrau als Suzette wünschen können. Unsere Töchter sind dank ihr zu wohlgeratenen jungen Frauen herangewachsen.«

Prudence befürchtet, dass er sich jetzt nach ihr erkundigen wird. Sie kann ihm nicht sagen, dass es in ihrem Leben nach ihm keinen anderen Mann mehr gegeben hat. Dass niemand sie intim berührt hat, seit er das in ebendem Hotel getan hat, in dem sie die vergangene Nacht alleine verbracht hat.

Mit ihrer freien Hand hebt sie das Glas an ihre Lippen und nippt daran. Sie trinkt tagsüber so wenig und so selten, dass selbst diese winzige Menge Alkohol Wirkung zeigt: Ihre Gedanken werden ein bisschen unscharf, wie ein Bild, auf dem die Umrisse verschwommen sind.

»Du bist immer noch wunderschön«, flüstert er.

Sie bekommt kaum noch Luft. Sie stellt sich vor, wie sie beide in ihr Hotelzimmer gehen, wie Jean-Christophe – nun schwerer als früher – sich nackt auf sie legt, wie er ihre Brüste mit seinem Mund liebkost, wie er in sie eindringt und welch intensive Lust er ihr damit bereitet.

Abrupt lässt er ihre Hand los und rückt vom Tisch ab. Seine Wangen sind gerötet, und an seinem zurückweichenden Haaransatz entdeckt sie eine Schweißperle. Sein Glas kippt um, als er aufsteht. Er stellt es wieder auf, tupft am nassen Fleck mit seiner Serviette herum, greift in die Tasche und zieht ein paar Francs heraus, die er auf den Tisch wirft.

Als er sich zu ihr beugt und ihre Stirn küsst, spürt sie die Feuchtigkeit seiner Oberlippe. »Ich muss gehen, *ma chère. Immédiatement.*«

Am nächsten Morgen kehrte sie nach Paris zurück. Fünf Tage lang streifte sie ziellos umher. Sie konnte kein Restaurant betreten oder mehr als einen Café au Lait zu sich nehmen, den sie im Stehen an einem Kiosk trank, und ein Stück Baguette oder etwas Obst, das sie auf einer Bank aß. Sie setzte sich in den Parc Monceau und beobachtete die jungen Mütter, die ihre schlafenden Babys in Kinderwagen vor sich herschoben. Sie setzte sich in den Jardin du Luxembourg und beobachtete die Kinder mit ihren Spielzeugsegelschiffen. Sie saß da und schaute einer Gruppe von Jungs beim Fußballspielen auf dem Champ de Mars zu.

So wie sie Jean-Christophe von früher kannte, wusste sie, dass etwas in ihm zerrissen wäre, wäre er mit ihr ins Bett gegangen: sein Glauben, dass er die Güte seiner zweiten Frau in Ehren hielt, dass er ihr mit seiner ehelichen Treue das zurückzahlte, was sie ihm und seinen Töchtern gegeben hatte. Auf diesen Bänken sitzend, erinnerte sich

Prudence an die Sätze, mit denen er sie einst angefleht hatte, den Sprung zu wagen – New York zu verlassen und nach L'Isle-sur-la-Sorgue zu ziehen und seinen Mädchen eine Mutter zu sein. Wie feige sie im Vergleich zu Dorothy gewesen war, die sich mit ihren vieren auch in Connecticut hätte niederlassen können: So wären die Tiffanys und die Burlinghams das A und O ihres Lebens geblieben, und Robert hätte, wenn es ihm gut genug gegangen wäre, seine Kinder an den Wochenenden sehen können. Aber Dorothy hatte den Sprung gewagt, der sie weit mehr gekostet hatte, als er Prudence gekostet hätte.

Sieben Jahre nach dieser Reise hörte sie auf zu arbeiten. Einige Monate lang versuchte sie, wieder zu malen. Ihre Technik war besser als früher, und sie verfeinerte sie weiter, indem sie erneut Unterricht an der Art Students League nahm. Doch im Grunde hatte sich nichts verändert: Ihre eigene Vision blieb formlos.

Sie gab den Malunterricht auf und ging auch in kein Atelier mehr. Stattdessen begann sie, als Tutorin an einer Schule in East Harlem zu arbeiten, die von Kindern besucht wurde, deren Eltern kaum oder gar kein Englisch sprachen. Ein Junge aus der zweiten Klasse, Bernardo, kam jeden Morgen ohne Mantel und ohne Stift in die Schule. Wenn sie ihn eine halbe Stunde vor Unterrichtsbeginn in der Bücherei traf, hörte sie seinen Magen knurren. Als sie ihm ein Sandwich mit gekochtem Ei und Orangensaft mitbrachte, wurde sie zurechtgewiesen: Die Kinder dürften in der Bücherei nicht essen, und außerdem sei es unfair, nur einem Schüler etwas mitzubringen und nicht allen. In der folgenden Woche teilte man sie für die Nachmittagsschicht ein. Das bedeutete, dass sie fortan nur die Hausaufgabenbetreuung übernahm und sich ihr Kontakt zu den Kindern darauf beschränkte, dass sie diejenigen ermahnte, die mit den Nachbarn redeten, Dinge durch die Gegend warfen oder mit den Stiften auf die Tische klopften.

Am Hunter College besuchte sie einen Kurs für Senioren über Psychoanalyse und einen weiteren über japanische Kunst. Sie wurde eine ehrenamtliche Führerin am Cooper Hewitt Museum. Sie reiste mit dem Museum of Natural History nach Japan und nach Indien, mit der Harvard Alumni Association, deren regelmäßige Mitteilungen sie als Carltons Witwe erhielt, nach Machu Picchu und auf die Galapagosinseln. Jede Reise kam ihr vor wie eine weitere Perle einer Kette, wie ein weiteres Wunder, ein weiteres Staunen, das jedoch nicht an ihr Inneres rührte und von dem ihr nur Fotos und Reiseaufzeichnungen blieben, aber keine Fingerabdrücke auf dem, was Jean-Christophe ihre Seele genannt hätte.

Schließlich begann sie, ihr Leben in Jahrzehnten zu sehen, nicht mehr in Jahren, wie damals, als sie nach Carltons Tod wieder für Harriet gearbeitet hatte, oder in Monaten, wie damals, als Carlton noch lebte, oder in Wochen, wie als kleines Mädchen, als Randall fortgegangen war, oder in Tagen, wie damals, als sie und Randall ein Zimmer in der Wohnung in Hell's Kitchen geteilt hatten. Oder in Stunden, wie vor sehr langer Zeit, als sie ihre Zehen in der feuchten Erde vergraben hatte, während ihr Vater bei seiner Arbeit fröhlich vor sich hin pfiff, oder in Minuten, wie damals, als sie die Hände ihrer Mutter ergriffen und deren Arme hin und her geschwungen hatte, während sie gemeinsam am Rand des Meeres standen, mit Laurelton Hall im Rücken.

16. Kapitel

Ein Donnerstag im April 2013

Grace und Prudence sitzen nebeneinander auf Prudence' cremefarbener Couch. Mit seiner hohen Decke und den ausgesuchten Möbelstücken erinnert Grace der Raum an die Wohnung von Kates Tante in Paris. Damals war Grace zu eingeschüchtert, um die seltsame, doch wunderschöne Einrichtung zu berühren, die Kates Tante ihnen erklärt hatte: die Stühle von Josef Hoffman, die sie in Wien gekauft hatte, die Chaiselongue von Le Corbusier mit ihrem schwarz-weiß gefleckten Ponyfellbezug aus dem Haus der Eltern des Architekten am Genfer See.

Prudence hat das Foto von Randall als kleinem Jungen mit zwei molligen Babys – beide etwa gleich alt – aus dem Holzkästchen genommen, das jetzt geöffnet auf dem Beistelltisch steht.

»Auf der Rückseite ist ein Vermerk«, sagt Grace.

Prudence dreht das Foto um. »Für Eddie und Bridget. In Liebe, Dorothy«, liest sie laut, dann schaut sie Grace an. »Das Foto stammt anscheinend von Dorothy Tiffany. Sie muss es vor ihrer Hochzeit aufgenommen haben. Bevor sie Laurelton Hall verließ.«

Prudence legt das Foto in ihren Schoß. Sie stellt sich vor, wie sie auf eine Decke neben Randall gelegt wurde. Wie ihre Mutter außerhalb des Bildausschnittes über sie wachte. Wie sie lachte, die Finger mit der Zungenspitze befeuchtete, um einen Fleck an Prudence' Mund – Marmelade? Schokolade? – wegzuwischen. Und die Mutter des anderen Babys? Vielleicht ein weiteres Dienstmädchen oder eine Küchenhilfe?

»Ich war fünf oder sechs«, sagt Grace, »als ich das Foto zum ersten Mal sah. Damals suchte ich ständig nach allem, was mit Zwillingen zu tun hatte, vielleicht um mir zu beweisen, dass Garcia und ich nichts Anormales waren. Ich dachte, du und das andere Baby, ihr wärt Zwillinge.«

»Dorothy war auch zwanghaft besessen von Zwillingen, weil ihre großen Schwestern welche waren. Als ich sie einmal in Hampstead besuchte, sagte sie mir, ihre Schwestern hätten sie gnadenlos gehänselt, weil sie ständig darum bettelte, bei ihren Spielen mitmachen zu dürfen. Die beiden hatten eine spezielle Sprache entwickelt, in der sie miteinander redeten. Jedes Mal wenn Dorothy sie so sprechen hörte, brach sie in Tränen aus.«

Prudence dreht das Foto wieder um. Die Babys sind identisch gekleidet. Sie tragen weiße Hemdchen und weiße Baumwollmützchen, deren Bänder unter dem Kinn zusammengeknotet sind. Erst ist sie davon ausgegangen, dass sie das Baby gleich neben Randall ist, aber jetzt, da sie das Foto näher betrachtet, kann sie nicht sagen, welches von beiden sie ist.

Grace beharrt darauf, Prudence zum Abendessen in ein Restaurant einzuladen. Prudence möchte ihr gern sagen, dass das eine Verschwendung ist, weil sie so wenig isst. Aber es scheint dem Mädchen wichtig zu sein. Der jungen Frau. Na ja, dem Mädchen, im Vergleich zu ihr.

Auf dem Weg zum Aufzug hält Grace ihren Arm. Prudence widersteht dem Impuls, ihre Hand abzuschütteln, wie sie das gelegentlich bei Maricel macht. Sie muss sich eingestehen, dass die Welt unter ihr manchmal unvorhergesehen ins Schwanken gerät. Nicht jeden Tag, nicht einmal jede Woche. Aber wenn, dann tauchen plötzlich schwarze Punkte hinter ihren Augen auf, und sie befürchtet, ihre Beine könnten sie nicht mehr tragen.

Der Pförtner winkt ein Taxi herbei. Sie steigen ein, und Prudence lehnt sich an die Rückbank. Etwas läutet, und sie glaubt, dass das Geräusch in ihrem Kopf ist, doch dann sieht sie, wie Grace in ihrer Tasche kramt und ihr Handy herausholt.

»David?« Grace richtet sich ein wenig auf und kaut auf ihrer Unterlippe.

Mit dem Straßenlärm und dem Radio und Grace, die ihre Stimme mit der Hand dämpft, die sie sich vor den Mund hält, versteht Prudence nichts von dem kurzen Gespräch.

»Entschuldige«, sagt Grace, nachdem sie das Handy weggesteckt hat. »Normalerweise wäre ich nicht rangegangen, aber es war der Sohn eines Patienten, der vor Kurzem gestorben ist. Herman, der Mann, von dem ich dir erzählt habe, dessen Schwester mich darauf brachte, dass ich versuchen sollte, dich zu finden.«

Prudence nickt.

»Die Angehörigen melden sich oft monate-, manchmal sogar noch jahrelang bei uns. Wir begleiten sie in einer sehr besonderen Zeit ihres Lebens, weshalb sie häufig das Gefühl haben, wir wären ein Teil ihrer Familie geworden.«

Prudence hätte gern gefragt: *Und warum hat er angerufen?* Aber sie fürchtet, dass das übergriffig wäre, dass Grace es als ungebührliche Einmischung in ihre Arbeit betrachten würde. Als Grace weiterredet und damit die Frage beantwortet, denkt Prudence: *Natürlich tut sie das. Sie gehört nicht zu den Menschen, die eine Tür öffnen und ihre Begleiter draußen stehen lassen.*

»Seine Tante Rose hat ihn gebeten, mich zu einem Essen einzuladen. Sie will es an dem Tag, an dem sein Vater neunzig geworden wäre, bei sich geben.«

Bremsen kreischen, es wird laut gehupt.

»Wirst du hingehen?«, fragt Prudence.

»Ich habe ihm gesagt, dass ich in meinem Kalender nachsehen und ihm dann Bescheid geben werde. Aber ich denke, ich sage ihm ab. Wir versuchen, die Angehörigen sanft von uns zu entwöhnen.«

Etwas nagt an Prudence. Ein Gedanke, der seinen Kopf kurz rausgestreckt hat und dann wieder in den Hintergrund ihres inzwischen manchmal leicht benebelten Verstandes zurückgeschlüpft ist. *Denk nach!*, ermahnt sie sich streng. *Konzentrier dich!*

Es ist die Art, wie Grace »David?« gesagt, sich aufgerichtet und auf die Lippe gebissen hat.

Wenn Prudence' lebenslange Vorsicht nicht dazu geführt hätte, dass es ihr zuwider geworden ist, im Leben von anderen herumzuschnüffeln, und wenn ihr irgendein anderes Wort für den schrecklich altmodischen Begriff »Verehrer« eingefallen wäre, dann hätte sie Grace vielleicht gefragt, ob sie sich denn sicher sei, dass das Abendessen die Idee von Tante Rose gewesen ist.

Das vegane Restaurant, das Grace ausgesucht hat, wirkt mit weiß gedeckten Tischen und einem opulenten Blumenbukett auf der Eingangstheke, hinter der die Empfangsdame auf die Gäste wartet, überraschend elegant. Sie werden zu ihrem Tisch begleitet, und Prudence liest die Speisekarte. Sie weiß nicht, was all diese Sachen sind: Tempeh, Buchweizen, Quinoa. Sie denkt daran, dass Carlton in dieser Situation wahrscheinlich die Lippen geschürzt und mit gepresster Stimme verkündet hätte, er werde nur einen Tee trinken.

»Vielleicht kannst du mir etwas aussuchen? Etwas Leichtes?«

»Ich trinke keinen Alkohol, aber vielleicht hättest du gern einen Cocktail oder ein Glas Wein?«

»Ich fürchte, meine Zeit des Alkohols ist vorbei. Es fällt mir schon ohne Alkohol schwer genug, wach zu bleiben und meine Gedanken zusammenzuhalten.«

»Ach was! Du hast doch noch alle fünf Sinne beisammen.«

»Mein Verstand ist nicht mehr so wie früher, und das Grausame daran ist, dass ich mich noch gut daran erinnern kann, wie er damals gearbeitet hat.«

»Es gab eine Zeit, in der ich viel getrunken habe«, sagt Grace. »Jeden Abend. Aber dann habe ich von einem Tag auf den anderen damit aufgehört. Ich dachte, ich müsse vorsichtig sein, schließlich war mein Vater drogensüchtig. Jetzt habe ich nicht mehr das Gefühl, dass ich darüber die Kontrolle verlieren könnte, aber ich mag das Gefühl einfach nicht, wenn ich Alkohol trinke.«

Grace nimmt einen Schluck von dem Wasser, das bereits auf ihrem Tisch stand. »Ich bin mir sicher, dass mein Unbehagen von meinem Großvater stammt. Er verehrte die Schönheit in all ihren Spielarten, doch Dekadenz war ihm verhasst. Ich glaube, die einzige Person, mit der er sich entspannen und Spaß haben konnte, war meine Großmutter, hauptsächlich deshalb, weil er sie so sehr liebte und kein Spielverderber sein wollte. Nach allem, was er mit unserem Vater durchgemacht hatte, trank er, als er uns großzog, so gut wie gar keinen Alkohol. Er machte allerdings auch nicht viel Aufhebens darum. Nur ganz selten genehmigte er sich ausnahmsweise ein paar Schluck Champagner, den seine Freundin Mrs Brown mitzubringen pflegte.«

»Er hatte einen guten Grund, sich vom Alkohol fernzuhalten. Auch unser Vater trank zu viel. Damals tat das zwar die Hälfte der Männer, die wir kannten, aber in der heutigen Zeit hätte er vermutlich als Alkoholiker gegolten.«

Prudence sieht sich in dem Raum um. Die meisten

anderen Gäste scheinen in Grace' Alter zu sein, aber sie entdeckt auch ein Paar, das in den Siebzigern sein dürfte. Trotzdem eine Generation jünger als sie. »Ich bin froh, dass du dieses Jahr gekommen bist, denn ich glaube nicht, dass es noch sehr viele weitere geben wird.«

Für Grace ist es keine Hilfe, dass der Tod ihr Metier ist. Sie muss sich daran hindern zu entgegnen: *Sag das nicht. Natürlich wird es die noch geben.*

Der Kellner tritt an ihren Tisch, und Grace bestellt für sie beide: grüne Sojabohnen als Vorspeise, dann Wokgemüse mit Seitan und eine Lasagne mit Lauch.

»Danke«, sagt Prudence, nachdem der Kellner gegangen ist.

Grace trinkt ein halbes Glas Wasser. »Ich überlege, ob ich dir von Garcia erzählen soll.« Sie presst einen Finger an ihre Unterlippe, um sich daran zu hindern, darauf herumzukauen. Das hat sie sich in Huntsville angewöhnt, als sie ihre Lippe so heftig malträtierte, bis sie sich entzündete. »Einerseits würde ich es gerne tun, andererseits nicht.«

Prudence schaut sie so betrübt an, dass Grace einen Moment lang glaubt, sie wisse – woher auch immer – bereits Bescheid.

»Bitte erzähl«, sagt Prudence.

Nach einem tränenreichen Abschied auf dem Flughafen Paris-Orly flog Grace in siebenundzwanzig Stunden nach El Paso in Texas, dem Flughafen, der dem Hudspeth County Jail in Sierra Blanca, wo Garcia eingesperrt war, am nächsten lag. Ihr Großvater hatte in der Zwischenzeit bereits Mr McGinnety, den teuersten Strafverteidiger in ganz Texas, mit dem Fall beauftragt, und McGinnetys Sekretärin hatte dafür gesorgt, dass ein Fahrer Grace am Flughafen abholte und sie direkt zu dem Gefängnis fuhr. Garcia hatte darum gebeten, alleine mit ihr zu sprechen.

Sie rechnete damit, ihn völlig aufgelöst anzutreffen – ungewaschen, mit wirrem Blick und zitternden Händen. Doch hinter der zentimeterdicken Glaswand trat Garcia ihr frisch geduscht und rasiert entgegen, und seine dunklen glänzenden Haare waren ordentlich gekämmt. Allerdings sah er so aus, als hätte er fünf Kilo abgenommen in der Woche, seit sie und Angela und ihr Großvater ihm zugesehen hatten, wie er mit der Kreditkarte, den Reiseschecks und der Liste von Notfallnummern, die ihr Großvater dreimal überprüft hatte, aufgebrochen war. Seine Wangenknochen zeichneten sich deutlich ab, und auch sein Kinn war scharf konturiert wie das ihres Vaters auf Fotos von ihm im gleichen Alter. Ganz kurz schoss Grace der Gedanke durch den Kopf: Das ist bestimmt nur eine Art Erfahrung auf dem Weg zum Erwachsenwerden, so eine Art Erlebnispädagogikreise, wie sie ein paar Mädchen aus ihrer Schule gemacht hatten. Ganz kurz schöpfte sie Mut.

Garcia sagte nicht Hallo, und er lächelte sie auch nicht an. Er deutete auf die Uhr. »Wir haben eine Dreiviertelstunde. Ich habe mich so vorbereitet, dass die Zeit reicht, um dir alles zu erzählen.«

Sie wollte die Lippen aufs Glas pressen, ihren Bruder

durch das Glas küssen, nickte aber nur. Wie oft hatte sie ihm bei einem Referat geholfen oder mit ihm geübt, wenn er mit einem Lehrer reden musste. Jetzt war sie die Zuhörerin.

»Alles begann in Phoenix. Jamie und ich trafen diese zwei Mädchen und machten aus, dass er eine der beiden nach Houston fahren und mich dort treffen sollte.«

Sie musste sich beherrschen, ihn nicht zu unterbrechen. *Du hast mir nie gesagt, dass du nach Houston wolltest. Dass du unsere Mutter sehen wolltest. Wie konntest du mir so etwas verschweigen?* Doch Garcia hatte ja gerade erst mit seiner Geschichte angefangen, und es war klar, dass es jetzt das Wichtigste für ihn war, dass sie ihm zuhörte.

»Es war meine Idee. Ich wollte eine Weile alleine fahren.«

Grace nickte.

»Ich brach früh auf, und es ging mir richtig gut. Ich hörte Kassetten mit der Musik, von der ich dachte, dass sie auch unseren Eltern gefallen hatte: Jefferson Airplane, Grateful Dead, frühe Beatles. Ich fuhr ohne Pause bis nach Tucson, kein Problem, nur zwei Stunden. Dort hielt ich an, um mir einen Kaffee zu holen. Kurz darauf, vielleicht zehn Meilen hinter Tucson, sah ich einen Jungen am Straßenrand sitzen. Er hatte lange blonde Haare, die er zu einem Pferdeschwanz zusammengebunden trug, und klimperte auf seiner Gitarre. Der Gitarrenkoffer und ein Rucksack lagen neben ihm auf dem Boden.«

Grace starrte durch das Glas ihren Zwillingsbruder an. Ihr war, als könnte sie die Szene mit seinen Augen sehen:

die flimmernde Hitze auf dem Asphalt, ein Junge wie ein Hippie-Jesus, mit hoher Stirn und dünnen Armen, die er um seine Gitarre schlang.

»Pop hatte mir tausendmal eingeschärft: ›Nimm keine Tramper mit!‹, also bin ich weitergefahren. Aber der Junge ging mir einfach nicht aus dem Kopf. Ich hatte ein schlechtes Gewissen, weil ich ihn dort sitzen gelassen hatte. Es wurde richtig heiß, auf der Straße war kaum Verkehr, und bei der nächsten Gelegenheit machte ich kehrt. Der Typ grinste, als hätte er gewusst, dass ich für ihn wenden würde. Er öffnete die hintere Tür und verstaute den Gitarrenkoffer und seinen Rucksack auf der Rückbank. Dann setzte er sich wortlos neben mich, nickte mir kurz zu und machte es sich mit seiner Gitarre auf den Knien bequem.

Wir fuhren etwa eine Stunde und hörten Musik, ohne viel zu reden. Als die Kassette zu Ende war, begann er, auf seiner Gitarre ein paar Akkorde zu spielen, deshalb legte ich keine neue ein. Nach einer Weile lehnte er sich nach hinten, um die Gitarre in dem Koffer zu verstauen, und als er sich wieder nach vorn drehte, hatte er ein Tütchen mit Gras in der Hand. Er drehte einen Joint, zündete ihn an, nahm einen Zug und bot ihn mir an.«

Garcia hielt kurz inne. »In meinem letzten Jahr auf der Highschool hab ich mal Pot ausprobiert. Zwei- oder dreimal im Keller bei einem Freund. Ich habe dir das damals nicht gesagt, weil du dir Sorgen gemacht hättest, schon allein wegen Dad.«

Es war das erste Mal, dass Garcia ihr etwas verschwiegen hatte.

»Ich saß am Steuer, deshalb lehnte ich ab. Zu dem Zeitpunkt waren wir schon in New Mexiko, und der Highway war so schnurgerade und so leer, dass ich gar nicht das Gefühl hatte zu fahren. Ich musste einfach nur den Fuß auf dem Gaspedal halten. Als er mir den Joint ein zweites Mal anbot, nahm ich einen Zug, und er stellte sich vor. ›Hey‹, sagte er, ›ich heiße Hank.‹

Ich nannte ihm meinen Namen, und mehr sagten wir kaum. Wir ließen den Joint zwischen uns hin und her wandern, er spielte am Radio rum, und dann fingen wir an zu witzeln, wie gut es sei, dass der Empfang des Senders mit der Countrymusik so schlecht sei, weil wir uns so nicht all die lausigen Texte anhören mussten. Nach einer Weile hielten wir an einer Fernfahrerkneipe, um uns etwas zu essen zu kaufen, und ich merkte, dass ich Hank nicht mal gefragt hatte, wohin er wollte. Er habe kein spezielles Ziel, erklärte er mir schließlich, und ich sagte ihm, dass ich nach Houston unterwegs sei. ›Cool‹, meinte er. ›Klingt wie ein gutes Ziel.‹

Wir setzten uns wieder ins Auto, er holte seine Gitarre nach vorn und spielte und sang ein paar Lieder von David Crosby, Jackson Browne und auch von Tom Waits. Ich fand ihn ziemlich gut. Dann legte er die Gitarre wieder weg und kramte einen Beutel aus seinem Rucksack.«

Garcia legte eine Pause ein. Er schien einschätzen zu wollen, ob sie den Rest ertragen konnte und er sich dazu durchringen konnte, ihn ihr zu erzählen.

»Sprich weiter. Und dann?«

Er sah sie ein paar Sekunden lang an, dann fuhr er fort:

»In dem Beutel war ein Glasröhrchen mit einem weißen Pulver, ein Spiegel, eine Rasierklinge und ein kurzer Strohhalm. Hank formte ein paar Lines und schnupfte zwei, dann hielt er mir den Spiegel unter die Nase. Ich hatte noch nie Koks geschnupft und meinte, da würde ich passen, doch er meinte: ›Es ist cool. Es wird dir beim Fahren helfen, dich wach halten. Wie sechs Tassen Kaffee.‹ Also versuchte ich es, und es war unglaublich. Mein Hintern hatte mir vom langen Sitzen schon wehgetan, doch der Schmerz hörte sofort auf. Die Musik aus dem Radio klang plötzlich fantastisch, und nach einer Weile fingen wir an, uns ganz ernsthaft zu unterhalten. Ich erzählte ihm von unserer Mutter und dass ich sie besuchen und meine anderen Großeltern kennenlernen wolle, und er erzählte mir, er habe in Flagstaff Probleme gehabt und sechzig Tage im Knast absitzen müssen. Und dass sein Vater in Vietnam ein Bein verloren habe, im Rollstuhl sitzen müsse und von seinen Schmerztabletten süchtig geworden sei und seine Schwester mit neunzehn ihr zweites Baby bekommen habe, dass alles ein Riesenschlamassel sei und er deshalb beschlossen habe, eine Weile zu verschwinden.

So gegen zwei überquerten wir die Grenze nach Texas. Hank fragte mich, ob er mich mal beim Fahren ablösen solle, und ich meinte: ›Gern.‹ Ich fuhr an den Straßenrand, wir wechselten die Plätze, und er gab mir den Beutel und erklärte mir, wie man mit der Rasierklinge Lines formte, und damit war ich dann beschäftigt und achtete gar nicht darauf, wie schnell er fuhr, bis ich hinter uns eine Sirene hörte.«

Garcia befeuchtete die Lippen und schluckte, wie immer, wenn sein Mund trocken war. Grace wünschte, er könnte sich an dem Trinkwasserspender hinter ihr einfach ein Glas Wasser holen.

»Im Rückspiegel entdeckte ich ein Polizeiauto, das sich uns näherte, und als ich auf den Tacho schaute, sah ich, dass wir mit fünfundneunzig Meilen unterwegs waren. Hank brüllte, ich solle alles aus dem Fenster werfen, zerrte seinen Rucksack von der Rückbank und schmiss ihn mir auf den Schoß. ›Mach ihn auf, du Idiot!‹, schrie er.

Ich öffnete ihn. Er gab Vollgas, lenkte den Wagen mit einer Hand und durchwühlte mit der anderen seinen Rucksack. Zuerst dachte ich, er suche das Grastütchen, aber dann zog er eine Pistole heraus, presste sie mir in die Hand und schrie: ›Ziel auf ihre Reifen! Na los, schieß schon!‹

Ihm strömte der Schweiß übers Gesicht, und ich hatte Angst, er würde das Auto schrotten. ›Spinnst du?‹, widersprach ich. ›Ich kann doch nicht auf die Cops schießen.‹

Er begann, mit der Faust auf das Armaturenbrett einzuschlagen. ›Schieß, du Arschloch!‹, schrie er. ›Wenn wir von denen jetzt gestoppt werden, verrotten wir hier im Knast.‹«

Garcia presste die Fingerspitzen auf seine Augen.

»Mein Herz hämmerte so heftig von dem Kokain, dass ich dachte, ich stünde kurz vor einem Herzinfarkt. Hank warf die ganzen Drogen aus dem Fenster und brüllte: ›Schieß, Arschloch! Schieß ein Loch in ihre Reifen!‹ Er gab immer noch Vollgas, und ich fürchtete, er würde gleich einen Unfall bauen oder den Motor ruinieren.

Die Pistole war ungefähr so groß wie die von dem Cousin von Jamies Mutter, mit der ich an diesem Schießstand bei seinem Haus geschossen hatte. Hank riss sie mir aus der Hand. ›Wenn du's nicht tust, mach ich's‹, sagte er, aber ich entwand ihm die Waffe und drehte mich um. Die Cops kamen immer näher, und dann hörte ich einen Knall. Der Cop auf dem Beifahrersitz hatte einen Warnschuss in die Luft abgegeben.

›Scheiße!‹, kreischte Hank. ›Drück endlich ab, du blödes Arschloch! Schieß, oder die töten uns!‹«

Was hätte Grace darum gegeben, ihren Bruder zu umarmen.

»Ich streckte den Kopf aus dem Fenster und zielte auf ihre Reifen. Das Auto schlitterte hin und her, und ich zitterte, aber ich traf irgendwas, vielleicht den Kotflügel. Dann lehnte sich der Cop, der in die Luft geschossen hatte, also der auf dem Beifahrersitz, aus dem Wagen und zielte mit seiner Waffe geradewegs auf mich.«

Garcia sah Grace direkt an. »McGinnety hat versucht, mich zu der Aussage zu überreden, dass ich nur auf die Reifen zielte, dass der Wagen hin und her schlingerte und ich vor dem Tag mit dem Cousin von Jamies Mutter noch nie eine Waffe in der Hand gehabt hätte. Aber ich sah, wie der Cop die Waffe auf mich richtete und …«

Garcia schloss für ein paar Sekunden die Augen. »Alles war unscharf, bis ich sah, dass der Polizist zusammengesackt war und halb aus dem Auto heraushing. Ich schrie: ›Halt an! Ich glaube, ich habe ihn erschossen!‹ Ich weinte und flehte Hank an, den Wagen zu stoppen. Und dann hab ich mich bekreuzigt, ich weiß selber nicht, warum, denn das mache ich normalerweise nie.

Als Hank sich zu mir drehte, sah er aus, als hätte er sich plötzlich in einen Werwolf verwandelt. Er machte eine Vollbremsung und ließ den Wagen auf ein Feld rollen, dann sprang er raus und rannte bis zu den Bäumen, die es begrenzten.«

Tränen strömten über Garcias Gesicht.

»Der Cop am Steuer hielt am Straßenrand, legte den anderen, den ich erschossen hatte, auf den Boden und presste ihm die Hände auf die Brust. Ich wollte hin und ihm helfen, aber ich hatte Angst, er würde mich erschießen, wenn ich ausstieg. Deshalb blieb ich auf dem Beifahrersitz sitzen und wartete auf die Verstärkung, die er angefunkt hatte.«

Als Grace am Ende der Geschichte angelangt ist, die ihr Garcia beim ersten Mal, als sie ihn im Hudspeth County Jail sah, erzählt hat, laufen auch ihr die Tränen übers Gesicht. Prudence langt über den Tisch und betupft Grace' Wangen mit ihrer Serviette. Ihre eigenen Augen sind zwar trocken, jedoch von einer Traurigkeit erfüllt, die über die von Tränen hinausgeht. Grace wird bewusst, dass ihr Gegenüber die Schwester ihres Großvaters ist. Prudence' Mitleid gilt nicht nur ihr, sondern auch ihrem Großvater Randall.

»In jener ersten Woche übernachteten mein Großvater und ich in einem Motel in Sierra Blanca, das nur eine kurze Autofahrt vom Gefängnis entfernt lag. Jeden Morgen trafen wir uns mit McGinnety und dem Bezirksanwalt von Hudspeth County, Ray Gardner, den wir auf McGinnetys Drängen hin kontaktiert hatten. McGinnety und Gardner rieten Garcia dringend dazu, auf unschuldig zu plädieren. Unschuldig deshalb, weil auf das Töten eines Polizisten in Texas die Todesstrafe stand. Aber Garcia weigerte sich.«

Grace nimmt ein Brötchen aus einem Korb. Sie hat gar nicht bemerkt, dass ihn der Kellner gebracht hat. Sie bricht das Brötchen auseinander und legt die zwei Teile auf ihren Teller.

»›Garcia steht noch unter Schock‹, meinte McGinnety. ›Er wird bestimmt bald zur Besinnung kommen und sein Schuldeingeständnis widerrufen.‹ Dann kehrte er für ein paar Tage nach Dallas zurück und überließ Gardner erst mal alles Weitere.«

Grace nimmt eine Brötchenhälfte in die Hand, legt sie aber wieder zurück, ohne davon abgebissen zu haben.

»Als McGinnety wieder da war, traf er Garcia im Gefängnis und anschließend uns in Gardners Kanzlei. Auf dem Schreibtisch standen eine Flasche Whiskey und zwei Gläser. Offenbar hatte er schlechte Nachrichten. McGinnety füllte die zwei Gläser, reichte meinem Großvater eines und leerte das zweite in einem Zug.

›Ich kann nicht behaupten, dass mir so was schon mal passiert ist‹, sagte er. ›Aber ich habe Kollegen, die bereits mit ähnlichen Fällen zu tun hatten – mit jemandem, der seine Tat zu sehr bereut, um sich zu verteidigen. Und genau mit einem solchen Fall, Sir‹, sagte er und blickte meinen Großvater an, ›haben wir es jetzt zu tun: mit einem jungen Mann, der glaubt, er habe es verdient zu sterben.‹«

Grace schafft es nicht, Prudence zu erzählen, wie sie zwei Monate später die Hand ihres Großvaters bei Garcias Urteilsverkündung gedrückt hat. Als der Richter verkündete, dass er Garcia zum Tod durch die Giftspritze verurteile, atmete ihr Großvater tief ein und hielt so lange die Luft an, dass sie befürchtete, er würde ohnmächtig werden. Vor ihren Augen schwebten silberne Punkte, die sich zu schwarzen Löchern verdichteten. Sie klammerte sich an ihrem Stuhl fest, um nicht zusammenzubrechen, und dann trat sie ihrem Großvater auf den Fuß, sodass er keuchte und alle Luft aus ihm entwich.

Garcia beobachtete sie, seine traurigen Augen waren feucht. Sie wusste, dass er nur um ihren Großvater und sie besorgt war. *Sis,* sagte er tonlos und kreuzte dann Zeige- und Mittelfinger seiner beiden Hände.

Der Kellner bringt einen Teller mit Sojabohnen. Sie sehen aus wie grüne Schnecken. In Grace steigt Übelkeit auf, die sie daran erinnert, wie es ihr nach jenem Tag im Gerichtssaal jahrelang gegangen ist. Prudence weiß wohl nicht, wie man die Bohnen isst, und selbst wenn sie es wüsste, hätte sie wahrscheinlich genauso wenig Appetit darauf wie Grace. Dennoch verspürt Grace unter der Übelkeit auch eine Erleichterung. Sie hat Prudence die Geschichte erzählt. Der schlimmste Teil kommt zwar noch, doch jetzt weiß Prudence, wohin die Reise geht – eine lange Reise, die dort endet, wo nie jemand sein will.

»Im November wurde Garcia in die Ellis Unit verlegt,

in den damaligen Todestrakt für männliche Gefangene in Texas. Ich hatte meinen Studienbeginn verschoben und meldete mich schließlich endgültig an der Uni ab. Mein Großvater versuchte, mich zu überreden, mit ihm heimzufahren und Garcia dann abwechselnd zu besuchen. Aber ich konnte mir nicht vorstellen, so weit von ihm entfernt zu sein.«

Prudence nickt.

»Wir wurden als die Totenwache bezeichnet. In Huntsville, dem Ort, der dem Gefängnis am nächsten liegt, lebte etwa ein Dutzend von uns, hauptsächlich Ehefrauen und Freundinnen. Drei wohnten mit mir in derselben Anlage. Wir sprachen nicht viel miteinander, kannten aber den Status der Fälle der anderen. Natürlich waren das nicht unsere persönlichen Fälle, aber wir betrachteten sie als solche. Jede Woche durften wir unsere Angehörigen für eine Dreiviertelstunde sehen. Die Besuchszeiten waren samstags und sonntags. Ein pensionierter Gefängniswärter hatte einen Fahrdienst zur Ellis Unit organisiert. Er fuhr uns zu dritt jeden Samstag von unserer Unterkunft dorthin. Wir bezahlten ihm sechzig Dollar, und er wartete dann auf uns.

Ich besorgte mir einen Job in einem Diner und übernahm die Nachtschicht. Mein Großvater wollte nicht, dass ich von elf Uhr nachts bis sieben Uhr früh arbeitete, aber ich konnte sowieso nicht schlafen, da war mir dieser Job ganz recht. Manchmal kam einer der anderen Angehörigen der Todestraktinsassen ins Diner und setzte sich in meinen Bereich. Die meisten redeten kaum mit mir, doch ab und zu reichte mir jemand einen Artikel über einen bestimmten Fall oder über die Todesstrafe allgemein.«

Grace hätte am liebsten den Kopf auf den Tisch gelegt und sich kurz ausgeruht, aber selbst wenn das nicht zu merkwürdig gewesen wäre und es Prudence nicht beunruhigt hätte, so hätte es doch nichts daran geändert, dass sie zum Ende kommen musste.

»Jedes Mal wenn mein Großvater ihn besuchte, versuchte er, Garcia zu überreden, sein Schuldeingeständnis zu widerrufen und eine Revision zu beantragen, aber Garcia blieb standhaft. ›Ich bin schuldig‹, wiederholte er beharrlich. ›Ich habe einen Polizisten getötet, der nur seinen Job gemacht hat. Er hatte eine Frau und zwei Kinder.‹«

»Aber dein Bruder war doch selbst noch ein Kind. Hat das bei Gericht denn keine Rolle gespielt?«

»Nicht in Texas. Dort wurden damals schon Siebzehnjährige exekutiert. Garcia war achtzehn, als er festgenommen, und einundzwanzig, als er hingerichtet wurde. Vor dem Gesetz war er also ein Erwachsener.«

Prudence zuckt zusammen. Grace ist sich sicher, dass Prudence das Wort »exekutiert« noch nie im Zusammenhang mit jemandem, den sie kennt, gehört hat. »Exekutiert« – ein Euphemismus für »ermordet«. Was für ein unsägliches Wort.

»Ich flehte Garcia an, Berufung einzulegen. ›Du hast doch nie geplant, diesen Mann zu töten, du hast es nicht gewollt‹, sagte ich immer wieder. ›Du standest unter Drogeneinfluss. Es war ein Unfall.‹ Aber er gab nicht nach, sagte immer nur: ›Ich bin schuldig.‹ Und dann fügte er stets hinzu, der Polizist habe zwei Kinder gehabt. ›Was wird dein Tod daran ändern, was geschehen ist?‹, fragte ich. ›Erklär mir das.‹«

Grace schüttelt den Kopf so wie damals, als sie Garcia durch eine Glasscheibe von ihm getrennt zuhörte. »Nur ein einziges Mal spürte ich, dass er ins Wanken geriet. ›Vielleicht würde es mir anders gehen, wenn die Frau des Beamten mir gesagt hätte, dass sie nicht will, dass ich sterbe‹, sagte er. ›Aber das hat sie nicht. Mein Tod wird ihr die Erleichterung verschaffen, dass der Gerechtigkeit Genüge getan worden ist.‹«

Der Kellner tritt zu ihnen. »Alles okay, die Damen?« Er deutet auf den unberührten Teller Sojabohnen.

»Ja, wir sind fertig.« Grace sieht Prudence an. »Oder willst du etwas davon?«

Prudence schüttelt den Kopf. Grace wartet, bis der verwirrte Kellner den Teller abgeräumt hat. Sie ist erleichtert, dass sie einen Moment lang ihren Gedanken nachhängen kann. Denn jetzt kommen die Kapitel der Geschichte, die sie bisher nie jemandem erzählen konnte. Wie sie am Morgen nach der Arbeit immer wach im Bett lag, wie sie sich Wort für Wort überlegte, was sie Garcia bei ihrem nächsten samstäglichen Besuch sagen wollte, und die Sätze laut aussprach. Könne er nicht wenigstens ihr zuliebe Berufung einlegen? »Kannst du es nicht für Pop und mich tun?« Wie er jedes Mal, wenn sie das sagte, auf seine Hände starrte, mit denen er die Tischkante umklammerte, und sie vor Schuldgefühlen verging, weil sie ihn bat, das aufzugeben, was ihm an Würde geblieben war: dass er bereit war, hingerichtet zu werden für etwas, was er getan hatte.

Selbst als sie das verstanden hatte, hatte sie nicht aufhören können, ihn zu bedrängen. »Was, wenn die Frau des Polizisten sagen würde, dass sie will, dass du gefoltert wirst? Wenn sie sagen würde, dass sie will, dass Pop und ich gefoltert werden? Wärst du damit auch einverstanden?«

Garcia konnte sie nicht einmal anschauen. Und in dem Moment hatte sie zum ersten Mal gespürt, dass sie es war, die ihn folterte.

Sie presste ihre Handflächen ans Glas, und Garcia legte seine auf der anderen Seite dagegen. »Gracey«, sagte er mit durch das Mikrofon verzerrter Stimme. »Hör bitte auf, mit mir zu streiten. Lass uns einfach nur zusammen sein in der Zeit, die wir noch haben. Vielleicht könntest du mir Gedichte vorlesen wie damals, als wir in der Highschool waren. Oder vielleicht welche, die Dad uns vorgelesen hat. Erinnerst du dich noch an das über das Käuzchen und das Kätzchen? Wie sie im Mondenschein tanzten?«

Im Mondenschein.

»Der ›Göffel‹. Weißt du noch, wie ich dich gebeten habe, dass du das für mich im Wörterbuch nachschlägst?«

»Na ja, das ist ja eigentlich ein Nonsenswort. Eine Gabel, die zugleich Löffel ist.«

»Ich habe mich vor allen anderen außer dir so geschämt, dass mir die winzigen Wörter in den Wörterbüchern Kopfschmerzen bereiteten. Nur dir konnte ich es erzählen, und du hast mich verstanden. Du könntest Pop bitten, ein paar von Dads Lyrikbänden mitzubringen, und dann könntest du mir die Gedichte vorlesen, die er besonders gern mochte.«

An jenem Nachmittag hatte Garcia so traurig wie noch nie ausgesehen. Seine Tage waren buchstäblich gezählt. Er wollte sie nicht damit vergeuden, mit ihrem Großvater und ihr zu streiten.

Sie hatte sich gefühlt, als würde er sie auffordern, in ein loderndes Feuer zu gehen. Oder Steine in ihre Schuhe zu stecken, sie anzuziehen und in einen eiskalten See zu springen.

»Und rede bitte mit Pop über das, was ich gesagt habe, okay? Ich ertrage solche Gespräche einfach nicht mehr.«

Prudence langt abermals über den Tisch, um die Tränen wegzuwischen, die Grace' Wangen hinunterlaufen. Wie oft hat ihr Großvater dasselbe getan? Ihr Gesicht mit einer zusammengeknüllten Serviette oder seinem Taschentuch abgewischt? Nur ein einziges Mal, an jenem schrecklichen Morgen, als sie sich dazu durchgerungen hatte, mit ihm das zu besprechen, worum Garcia sie gebeten hatte, streckte *sie* ihre Hand mit einer zusammengeknüllten Serviette über den Tisch, um seine Tränen wegzuwischen.

Jetzt fragt Prudence sie, wie ihr Großvater mit der Situation umgegangen ist. »Mein Bruder … wie … wie hat er das verkraftet?«

Grace sieht ihren Großvater, wie er in einer Nische ganz hinten im Diner sitzt und seinen schwarzen Kaffee trinkt, während er darauf wartet, dass sie ausstempelt, ihr Trinkgeld einsteckt und sich anschließend zu ihm gesellt.

»Er ist nur ein einziges Mal in meiner Anwesenheit zusammengebrochen: unmittelbar nachdem ich ihm gesagt hatte, Garcia würde sich wünschen, dass wir aufhörten, mit ihm über einen Einspruch zu reden.«

»O nein.« Prudence schließt die Augen, als könnte sie sehen, was Grace jetzt sieht: das einundachtzigjährige Gesicht ihres Großvaters, wie es rot anläuft. Dass er die Fäuste ballt.

Grace' Großvater musste seine Frau, die Liebe seines Lebens, begraben, als sie sechsunddreißig war. Danach zog er ihren Sohn, Grace' Vater, alleine groß, verlor ihn an die Sucht und musste auch ihn begraben. Und zog Garcia und sie groß.

»Er sagte: Nein. NEIN! Ich werde mich nicht Garcias Auffassung fügen, dass er es verdient hat zu sterben. Es ist barbarisch, einen Jungen wegen eines Fehlers, den er mit knapp achtzehn begangen hat, zu töten. Ich werde nicht tatenlos zuschauen, wie sie meinen Enkel umbringen.«

Die Schultern ihres Großvaters bebten, als er sein Gesicht in den Händen vergrub und Geräusche wie die eines verwundeten Tiers ausstieß. Es war das Traurigste, was Grace je gesehen hatte – diesen stolzen alten Mann, der von Verzweiflung geschüttelt wurde. Sie wollte aufhören. Sie wollte nichts mehr sagen. Kein weiteres Wort, das den Menschen verletzte, den sie – von Garcia abgesehen – so liebte wie keinen anderen.

Abgesehen von Garcia. Sie hatte Garcia, ihrem Bruder, ihrem Zwilling, versprochen, nicht mehr mit ihm darüber zu reden, wie sein Leben gerettet werden könnte.

»Ich reichte meinem Großvater eine Serviette. ›Pop‹, sagte ich, ›bitte versuche, es mit Garcias Augen zu sehen. Er möchte für das, was er getan hat, sterben. Ich glaube ebenso wenig wie du, dass er das tun sollte, aber er hat gesagt, dass er bei unseren Besuchen einfach nur noch mit uns zusammen sein will. Er will nicht mehr über Anwälte und irgendwelche Strategien reden.‹«

»Und mein Bruder ist Garcias Wunsch nachgekommen?«

»Er hörte auf, mit ihm über die Möglichkeit eines Einspruchs zu reden. Aber er hat nie akzeptiert, worum Garcia uns im Grunde gebeten hatte: dass wir ihn loslassen und sterben lassen für das, was er getan hatte.«

Als ihr Hauptgang serviert wird, legt Grace ihnen beiden etwas von dem Wokgemüse mit Seitan und der Lauch-Lasagne auf ihre Teller. Sie kaut an einem Stück Brokkoli, nimmt einen Bissen von der Lasagne. Dann fährt sie fort zu erzählen.

»Von McGinnety wussten wir, dass es fünf Personen von Garcias Besucherliste gestattet sein würde, bei der Exekution dabei zu sein. Ich versuchte, meinen Großvater zu überreden, nicht zu kommen; es sich in seinem Alter zu ersparen. Doch er beharrte darauf, genauso wie Angela.«

Angela, der ihr Großvater bis dahin nicht erlaubt hatte, Garcia zu besuchen, die sich jedoch am Ende geweigert hatte, sich mit einem Nein abzufinden, stieg zum ersten Mal in ihrem Leben in ein Flugzeug, um dafür zu sorgen, dass böse Mächte bei Garcias Tod nicht seiner Seele auflauerten.

»Am Morgen seines letzten Tages wurde Garcia aus Ellis Unit zu dem alten Gefängnis im Stadtzentrum gebracht. Dort fanden die Hinrichtungen statt, meistens bei Sonnenuntergang. An dem Tag durfte ihn bis auf einen Geistlichen niemand mehr besuchen. Ich hatte nicht einschätzen können, ob er mit einem Priester sprechen würde, doch er tat es.«

Die einzige andere Person, der Grace je von Garcias letztem Tag erzählt hat, ist Kate.

»Ich hatte gehört, dass die zum Tode Verurteilten sich eine besondere letzte Mahlzeit wünschen durften und dass die meisten eine umfangreiche Bestellung aufgaben: ein Steak, ein gebratenes Hähnchen und ein großes Eis – so was in der Art. Doch ich wusste, dass Garcia das nicht tun würde. Sie sagten uns, dass er nur um ein Glas Orangensaft und einen Apfel gebeten habe.«

Konnte sie den Rest überspringen und gleich das Ende erzählen? Wie sie auf dem Mountain View Cemetery standen und Kate ihre Hand hielt, während Garcia in das Grab gesenkt wurde, das eigentlich für ihren Großvater gedacht war, das zwischen ihrem Vater und ihrer Großmutter Carolyn? Jede Generation starb früher als die vorherige.

Doch Prudence hat gesagt: »Bitte erzähl.«

Wenn Grace in einer Krankenschwesternklasse von Palliativmedizin erzählt, beginnt sie immer damit, dass das Allerwichtigste, was man einem Sterbenden sagen kann, diese zwei Worte sind, eine Kurzfassung für: »Erzählen Sie mir alles, was Sie vor Ihrem Tod noch erzählen wollen.«

»Kurz vor sechs wurden wir vier – mein Großvater, Angela, McGinnety und ich – in einen Raum mit einer Glasscheibe geführt. Es gibt Tage, an denen ich mir wünsche, vergessen zu können, was dann passierte, aber es gibt auch die, an denen ich dankbar dafür bin, es nie vergessen zu können, weil es das letzte Mal war, dass ich meinen Bruder sah.«

Es ist nicht dasselbe, denkt Prudence. Überhaupt nicht dasselbe: die Minuten, als sie auf der Kante ihres Bettes kauernd Randall dabei zusah, wie er Dinge in seinen Rucksack stopfte: den Pullover, den die Großmutter gestrickt hatte, die weder er noch sie je getroffen hatten, *Der Ruf der Wildnis*, das Holzkästchen, das jetzt auf ihrem Beistelltisch steht. Aber irgendwie hat auch sie damals gewusst, dass es das letzte Mal war, dass sie ihren Bruder sehen würde. Jene Minuten stehen ihr immer noch lebhaft vor Augen, inmitten all des Nebels in ihrem hundertjährigen Gehirn.

»Auf der anderen Seite des Raums, hinter der Glasscheibe, stand eine Bahre mit breiten Ledergurten, und an der Wand hingen zwei Telefone. Das eine, erklärte uns McGinnety, stelle die direkte Verbindung zum Büro des Gouverneurs her, das andere zum Generalbundesanwalt von Texas. Beide Männer konnten bis zur letzten Minute einen Aufschub gewähren. McGinnety stand auf der einen Seite meines Großvaters, den Blick auf die Telefone gerichtet, Angela auf seiner anderen und umklammerte seinen Arm.«

Grace hatte Angst, zusammenzubrechen und ihren Großvater mit sich zu Fall zu bringen. Deshalb hatte sie sich nicht neben ihn, sondern auf die andere Seite von

Angela gestellt, deren Hand sie drückte. Angela mit ihrem entschlossenen Blick und einem Säckchen Bohnen, das an ihrem faltigen Hals baumelte. Sie hatte die Bohnen vorher in Rosenwasser eingeweicht, um mit ihnen die bösen Geister in die Irre zu führen, die Garcia daran hindern könnten, den Eingang zu einer ihrer Meinung nach besseren Welt zu finden.

»Als Garcia hereingeführt wurde, sah er uns direkt an. Ich bemerkte, dass er Daumen und Zeigefinger zusammenpresste, was er immer tat, wenn er Angst hatte. Aber als er uns sah, lächelte er ein echtes Lächeln, nicht eins, zu dem er sich zwingen musste. Er freute sich, uns in seinen letzten Minuten zu sehen.

Es gab drei Gefängniswärter, daneben noch den Direktor und den Priester. Aber die Wärter wären nicht nötig gewesen. Garcia kletterte auf die Bahre und hätte sich sogar selber mit den Gurten festgeschallt, wenn sie ihn dazu aufgefordert hätten. Als er sich nicht mehr rühren konnte, verließen alle bis auf den Priester den Raum, und Garcia durfte noch einmal etwas sagen.«

In jener Nacht schrieb Grace seine letzten Worte auf, um sie nie zu vergessen. Sie hat sie bis heute so oft gelesen, dass sie ihr jetzt wie Untertitel in einem ausländischen Film vorkommen.

»›Ich bin schuld am Tod eines Polizisten‹, sagte er. ›Eines Mannes, der nichts anderes verdient gehabt hätte, als geehrt und geachtet zu werden. Ich weiß, dass ich das Leid, das ich seiner Familie zugefügt habe, nicht lindern kann, aber ich möchte seinen Angehörigen sagen, dass es mir mit jeder Faser meines Körpers leidtut und dass ich für das Verbrechen, das ich begangen habe, sterben möchte.‹

Auf der Bahre liegend konnte Garcia uns nicht mehr sehen. Das hat mich innerlich zerrissen. Doch dann drehte er den Kopf, sodass wir die Seite seines Gesichts sehen konnten, und er wirkte so friedlich, dass ich dachte, vielleicht ist es besser, dass er uns nicht sehen kann. ›Pop‹, sagte er, ›ich liebe dich. Du hast mir eine wundervolle Kindheit geschenkt und mich zu einem anständigen Menschen erzogen. Was passiert ist, ist nicht wegen irgendetwas, was du getan hast, passiert. Es ist einzig und allein meine Schuld. Hundertprozentig.‹«

Grace konnte ihren Großvater nicht anschauen und musste sich darauf verlassen, dass Angela und McGinnety ihn stützten. »›Ich liebe dich, Angela‹, fuhr Garcia fort. ›Du hast dich um Grace und mich gekümmert, als wären wir deine Kinder, und obwohl ich mir immer gewünscht habe, unsere Mutter wiederzusehen, habe ich dank dir nie das Gefühl gehabt, es würde mir an irgendetwas Wichtigem fehlen.‹«

Grace atmet tief durch, wie es Garcia getan hat, bevor er zu seinen allerletzten Worten ansetzte.

»›Für mich‹, sagte er, ›warst du, Grace, die wundervollste, verständnisvollste Schwester, die man nur haben kann. Ich müsste einer dieser Lyriker sein, deren Gedichte du mir vorgelesen hast, um ausdrücken zu können, wie sehr ich dich liebe. Weißt du noch, wie ich gesagt habe, wir seien eine Einheit? Jetzt musst du für uns beide weiterleben. Bitte, Gracey, tu es für mich.‹«

Bei Garcias »Bitte, Gracey« wird sie vom Gewicht des Kummers fast erdrückt. Am liebsten würde sie aus dem Restaurant laufen, aber sie weiß, dass sie jetzt bis zum Ende durchhalten muss. Bis zu Garcias Ende.

»McGinnety hatte uns erklärt, dass ihm drei Medikamente verabreicht würden. Erst eins zur Beruhigung, dann ein Mittel, das Garcia lähmen würde, und dann das tödliche. Von Angehörigen anderer Todeskandidaten hatte ich erfahren, dass dabei manchmal etwas schiefläuft. Einem Mann war die Nadel aus der Vene gerutscht, bei einem anderen war das tödliche Mittel zu schwach dosiert gewesen. Aber bei Garcia funktionierte alles planmäßig. Ich habe mich bis heute an den Glauben festgeklammert, dass er nicht sehr lange leiden musste. Er zuckte etwa eine Minute lang heftig, dann lag er still da.«

Grace betrachtet Prudence' Gesicht. Sie weiß, dass Prudence jetzt an ihren Bruder denkt, der mit zweiundachtzig mit ansehen musste, wie sein Enkel starb.

»Einige Jahre später durften in Texas auch die Angehörigen der Opfer bei den Hinrichtungen dabei sein. Ich bin immer noch dankbar, dass wir Garcias letzte Momente nicht mit Fremden teilen mussten. Mit Menschen, deren Verlust ebenso groß war wie unserer.«

»Wann seid ihr dann wieder nach San Francisco zurück?«

»Angela und mein Großvater flogen am nächsten Morgen, ich kehrte zwei Tage später zusammen mit Garcias Leichnam heim.«

Grace betrachtet das unberührte Essen auf Prudence'

Teller. Es kommt ihr sinnlos vor, Prudence zum Essen aufzufordern.

»In Huntsville hatte ich mich einer Gruppe angeschlossen, die sich um ein Gnadengesuch für einen Insassen bemühte, den Garcia kannte – einen kognitiv beeinträchtigten Jugendlichen, der zum Tode verurteilt worden war für einen Mord, den er mit siebzehn begangen hatte. Mein Großvater hat nie verstanden, dass ich grundsätzlich gegen die Todesstrafe war und sie als staatlichen Mord betrachtete, jedoch respektiert hatte, dass Garcia seine Strafe akzeptierte. Aber für mich sind das keine Widersprüche. Garcia hat sich ja nicht für die Todesstrafe entschieden, vielmehr glaubte er, dass seine Annahme der Strafe eine Art Sühne für sein Verbrechen war.«

Prudence nickt, und Grace merkt, dass ihre Großtante versteht, was sie meint. Ihr Verständnis ist ihr wichtiger als Prudence' Zustimmung – ob sie ihrer Meinung ist, kann Grace nicht sagen. Wie selten und wie kostbar es doch ist, denkt Grace, zu wissen, dass jemand deinen Standpunkt versteht, egal, ob er ihn nun teilt oder nicht.

Grace spießt ein Stück Lauch auf, schafft es aber nicht, die Gabel zum Mund zu führen. Prudence hat aufgehört, so zu tun, als würde sie noch etwas essen.

Grace winkt den Kellner herbei. »Wir sind fertig. Bringen Sie uns bitte noch eine Kanne Earl Grey.«

»Was ist aus dem behinderten Jungen geworden, den du gerade erwähnt hast?«, fragt Prudence, nachdem der Kellner ihre Teller abgeräumt hat.

»Du meinst den *kognitiv beeinträchtigten* Jungen? Er

wurde 1992 hingerichtet. Und als Bush Gouverneur von Texas wurde, gab es keine Hoffnung mehr. In seiner Amtszeit wurden einhundertzweiundfünfzig Menschen hingerichtet. Gerüchten zufolge las er nicht einmal die Einsprüche.«

Wie kommt es, dass sie so weit abgeschweift ist? Dass sie den Begriff »behindert« korrigiert und über George W. Bush redet? Sie reißt sich zusammen. »In meinem zweiten Ausbildungsjahr hatte mein Großvater einen Herzinfarkt, danach hörte ich auf, mich in dieser Gruppe zu engagieren. Ich spendete zwar noch Geld und unterschrieb Petitionen, aber meine Freizeit verbrachte ich mit meinem Großvater. Als er aus dem Krankenhaus heimkehrte, war er so schwach, dass er nicht einmal sitzen konnte. Und nachdem wir beide akzeptiert hatten, dass er nicht mehr genesen würde, einigten wir uns darauf, dass er zu Hause palliativ versorgt werden sollte. Also wie in einem Hospiz.«

Mit der Verwendung des Begriffs »Hospiz« fühlt sich Grace wieder auf sicherem Terrain. »Ich hatte meine Ausbildung ja schon mit dem Ziel begonnen, später in der Palliativmedizin zu arbeiten. Doch erst als ich mich persönlich in einer solchen Situation wiederfand, begriff ich zur Gänze, was das bedeutet. Wir stellten eine sehr weise Pflegerin ein, die uns riet, den Abschied voll auszukosten. Und das taten wir, größtenteils zumindest.«

Grace legt eine Pause ein. Sie hört noch einmal Prudence' »Erzähl es mir«, sieht, wie sie sie mit ihren immer noch bemerkenswert klaren Augen beobachtet. »Größtenteils deshalb, weil mir nach dem Tod meines Großvaters noch einige Fragen in den Sinn kamen, die ich ihm gern gestellt hätte. Aber vielleicht waren es auch Fragen, bei denen der Schmerz, den sie ihm bereitet hätten, den Nutzen aus seiner Antwort überwogen hätte.«

»Verstehe.« Prudence hat den gleichen Gedanken auch schon bezüglich Carlton gehabt. Selbst wenn er unter anderen Umständen gestorben wäre und sie vor seinem Tod etwas Zeit gehabt hätten, um miteinander zu reden, hätte es Themen gegeben, über die er mit ihr mit Sicherheit nicht gesprochen hätte.

»Allerdings schnitt mein Großvater ein sehr schmerzliches Thema von sich aus an. Er lehnte Garcias Bitte, das Erbe, das er erhalten hätte, der Familie des getöteten Polizisten zu überlassen, radikal ab. Ich war traurig, dass er Garcias Wunsch nicht respektieren wollte, aber damit hätte er wohl Garcias Tod akzeptieren müssen. Deshalb änderte er sogar sein Testament dahingehend, dass das Geld nicht auf diese Weise verwendet werden konnte.«

Grace seufzt. Ihre Wangen wirken eingefallen, und Prudence wünscht, sie selbst hätte sich mehr Mühe gegeben, etwas zu essen, dann hätte Grace es ihr vielleicht gleichgetan. »Nachdem mein Großvater gestorben war, erkannte ich, dass ich diese Klausel nur umgehen konnte, wenn ich meinen Teil des Erbes in Garcias Sinne verwenden würde.«

»Das muss sehr schwierig für dich gewesen sein.«

»Es war die Hölle. Ich hasste mich, weil ich dieses Schlupfloch gefunden hatte. Es kam mir vor, als müsste ich mich zwischen meinem Großvater und Garcia entscheiden.«

»Und was hast du getan?«

»Die Polizei von Hudspeth County hatte einen College-Fonds für die Kinder ihres getöteten Kollegen eingerichtet, und ich machte eine anonyme Spende. Ich habe hin und her überlegt, ob ich, indem ich anonym spende, was ich aus Respekt meinem Großvater gegenüber tun wollte, der Familie die Möglichkeit nehmen würde zu verstehen, wie sehr Garcia seine Tat bereut hatte. Andererseits hätten sie das Geld vielleicht nicht angenommen, wenn sie gewusst hätten, dass es von unserer Familie stammt.«

Der Kellner kommt mit dem Tee und zwei Tassen. Grace hat sich nie vorgestellt, dass sie jemandem so viel erzählen würde wie gerade Prudence. Allerdings hat sie dabei über sich selbst kaum ein Wort verloren. Hat verschwiegen, wie sie in den zwei Jahren zwischen dem Morgen, als Garcia zum Tode verurteilt wurde, und dem Abend, als er getötet wurde, gelebt hat. Darüber hat sie noch mit niemandem gesprochen, und sie glaubt auch nicht, dass sie es je tun wird.

Sie blickt auf ihre Uhr. Es ist schon fast neun. »Habe ich dich jetzt zu lange aufgehalten? Wird es nicht zu spät für dich?«

»Überhaupt nicht. Wir Alten haben oft wieder den Schlafrhythmus von Kleinkindern. Es ist gut, wenn man sich dem ein wenig widersetzt.«

Grace deutet auf den Tee. »Sahne gibt es hier nicht. Wie wäre es mit Sojamilch?«

»Ich kann nicht behaupten, Sojamilch je getrunken zu haben, aber ich probiere sie gerne mal.«

Grace winkt den Kellner herbei. »Bitte etwas Sojamilch für den Tee meiner Großtante. Und die Rechnung.«

Es ist das erste Mal, dass Grace Prudence als ihre Großtante bezeichnet. Andererseits hat Prudence Grace bislang auch noch nie als Großnichte bezeichnet. Sie hat auch nie an einen Großneffen gedacht. Und doch einen gehabt.

Mit ihrem von Wind und Wetter gezeichneten Gesicht und ihrem Körper, an dem kein Gramm Fett zu viel ist, sieht Grace, ihre Großnichte, wie jemand aus, der selbst im Gefängnis saß. Ob sie sich wohl jemals zugestanden hat, sich über Garcia wegen dem zu ärgern, was sie seinetwegen aufgegeben hat? Stanford, mit großer Wahrscheinlichkeit eine Ehe, Kinder. Wenn Prudence ihr diese Frage stellen würde, würde sie sehr wahrscheinlich zu hören bekommen, dass Garcia für sein Verbrechen sterben wollte. Aber er wollte doch auch, dass Grace weiterlebte, und zwar für sie beide. Das war sein letzter Wunsch gewesen. Doch wie sie seit seinem Tod gelebt hat, ist ausschließlich ihre Sache gewesen.

Grace' Sache. Und, denkt Prudence, war es bei ihr nicht genauso? Carlton hatte sich geweigert, ein Kind zu zeugen, aber war ihr weiteres Leben nicht ausschließlich ihre Sache gewesen?

Der Kummer, der Mangel an Freude, der Rückzug aus dem Leben: All das zusammen stellt sogar eine noch stärkere Verbindung zu Grace her als ihre verwandtschaftliche. Eine Art Arroganz, wie es Prudence jetzt vorkommt. Als wären wir berechtigt, uns vom Leben zurückzuziehen, wenn uns nicht gefällt, was es uns auftischt, denkt sie. Als ob dieser Rückzug uns eine gewisse Überlegenheit verleiht.

Dieser Kummer, dieser Mangel an Freude, überlegt Prudence weiter, ist eine Sünde. Eine Sünde, die sie und Grace begangen haben.

Als die Rechnung kommt, greift Prudence nach ihrer Tasche, doch Grace winkt ab.

Prudence fügt sich. Zum ersten Mal kommt ihr in den Sinn, dass sie jetzt eine Erbin hat. Sie nimmt sich vor, gleich am nächsten Morgen Thomas anzurufen und ihm zu sagen, dass sie ein neues Testament aufsetzen möchte. Grace wird das Geld nicht für sich verwenden. Was immer Prudence ihr vermacht, wird nicht in die von ihr, sondern von Grace ausgewählten wohltätigen Einrichtungen fließen.

Was nichts daran ändert, dass sie, Prudence Theet, diese Welt wie ein pflichtbewusster Camper verlassen wird, der sorgfältig sein Feuer löscht und seinen Abfall mitnimmt. Kaum Spuren hinterlässt.

17. Kapitel

Grace, Huntsville, 1988 bis zur Gegenwart

Ein paar Tage nach Garcias Urteilsverkündung kam Grace der Gedanke, dass sie nach Houston fahren sollte. Garcia hatte gesagt, er habe sich und sie als Gesamtheit gesehen. Als Einheit. Da er ihre Mutter jetzt nicht mehr besuchen konnte, musste sie es tun.

Ihren Großvater wollte sie nicht mit hineinziehen, indem sie ihn nach einer Telefonnummer oder einer Adresse fragte. Deshalb ging sie in die Stadtbücherei, wo sie in einem Telefonbuch einen Eintrag für Helen und Norman Klein fand. Noch am selben Nachmittag schrieb sie ihnen einen Brief. Sie lebe momentan in Huntsville, ob sie sie mal besuchen könne? Jeden Morgen um halb neun würde ein Bus von Huntsville nach Houston fahren, wo er um zehn Uhr ankäme. Falls es einen Tag gäbe, der besonders günstig für sie sei, würde sie sich gerne nach ihnen richten.

Eine Woche später erhielt sie eine Karte von Helen. Das Motiv auf der Vorderseite war ein Bild von Chagall. Der kommende Montag sei ideal, schrieb Helen. Sie würden sie am Busbahnhof abholen.

Es war nicht schwer, Helen ausfindig zu machen, denn sie war die einzige weiße Frau auf dem Bahnhof. Klein und adrett, mit kohlrabenschwarzen Haaren, die im Nacken von einer Perlmuttspange zusammengehalten wurden, stand sie unter dem mit Wellplatten gedeckten Dach.

»Grace?«

»Helen?«

Helen küsste Grace auf die Wange. Als sie zurücktrat, schimmerten Tränen in ihren Augen. »Sieh mal einer an! Ich kann nicht behaupten, dass du deiner Mutter ähnelst, als sie in deinem Alter war, aber du hast ihre Augen. Ich finde es heute recht frisch, aber für Norm sind schon zwanzig Grad zu heiß. Er sitzt im Auto und wacht darüber, dass dort Kühlschranktemperaturen herrschen.«

Grace folgte Helen um die Ecke zu einem Parkplatz. Die Tür eines blauen Cadillac ging auf, und ein großer Mann mit Glatze und struppigen grauen Haaren, die aus seinen Ohren wucherten, stieg aus. Er streckte die Rechte aus, zog sie aber rasch zurück, als er von Helen mit einem schroffen »Norm!« getadelt wurde, und umarmte Grace steif.

Die Fahrt zu Helens und Norms Haus dauerte zwanzig Minuten. Häuser wie ihres kannte Grace, die in einem Viertel mit viktorianischen Gebäuden aufgewachsen war, bisher nur aus dem Fernsehen. Es war terrassiert mit einem Panoramafenster in der Mitte und einem mit Natursteinen gepflasterten Weg, der sich zum Eingang wand. Helen führte sie in einen Raum, den sie als Aufenthaltsraum bezeichnete. In ihm standen skandinavische Möbel, und er hatte gläserne Schiebetüren, die sich zu einem nierenförmigen blauen Pool öffnen ließen.

Norm sank auf einen ledernen Drehsessel und gab Grace zu verstehen, sich auf die niedrige Couch zu setzen.

»Wir essen später zu Mittag«, sagte Helen. Sie ließ sich neben Grace nieder und schenkte ihr Eistee aus einer Karaffe ein, die sie auf den gläsernen Couchtisch gestellt hatte. »Du willst bestimmt erst mal etwas über deine Mutter wissen.«

Im Rückblick erkennt Grace, wie eng Helen und Norm die Geschichte ihrer Mutter gestrickt hatten. Die Vorgehensweise ist ihr aus ihrer Hospizarbeit vertraut, wenn die Angehörigen der Meinung sind, dass der oder die Sterbende ihrem Ehepartner, einem Geschwisterteil oder dem Nachwuchs Leid zugefügt hat, weshalb sie an dem Krankheitsnarrativ festhalten. Damals, mit achtzehn Jahren und ihren Gedanken bei Garcia, machte Grace sich Sorgen, womöglich eine falsche Frage zu stellen. Würde Helen dann anfangen zu weinen? Würde Norm dann aufstehen und sagen: »Es tut mir leid, aber du musst jetzt gehen«?

Sie begriff nicht, dass sie sich eigentlich nur das anhören sollte, was die beiden ihr erzählen wollten, tat es aber. Helen beschrieb den Tag vor siebzehn Jahren, als Jacie in die psychiatrische Abteilung des Krankenhauses in Fort Bragg eingewiesen wurde, nachdem ihr der Magen ausgepumpt worden war, weil sie eine ganze Flasche Aspirin geschluckt hatte. An jenem Nachmittag waren Helen und Norm nach San Francisco geflogen und mit einem Leihwagen nach Mendocino gefahren. Sie sorgten dafür, dass

Jacie in ein psychiatrisches Krankenhaus in Houston verlegt werden konnte, und flogen vier Tage später zusammen mit ihr in einem Privatflugzeug, begleitet von einer Aufsichtsperson, zurück.

»Wir wollten auch dich und Garcia zu uns nehmen«, sagte Helen. »Aber dein Großvater hatte etwas dagegen. Jacie war am Boden zerstört, glaubte aber, dass es nur wenige Wochen dauern würde, bis sie so weit wäre, sich wieder um euch kümmern zu können.«

Helen trank einen Schluck Eistee und tupfte die Lippen mit einer Cocktailserviette ab, deren Muster mit dem der Kissen auf der Couch abgestimmt zu sein schien. Sie seufzte. »Von da an ging es stetig bergab. Den Ärzten gelang es nicht, die richtigen Medikamente für Jacie zu finden. Bei dem ersten Antidepressivum nahm sie fast fünfzehn Kilo zu und setzte es dann heimlich selber ab. Danach verfiel sie in psychotische Zustände, während derer sie davon überzeugt war, die elektrische Zahnbürste würde ihr verschlüsselte Botschaften schicken. Das nächste Medikament machte sie manisch. Einmal wurde sie in einem Einkaufszentrum verhaftet, weil sie eine Mutter mit Zwillingen im Kinderwagen in Angst und Schrecken versetzt hatte. Sie hatte unbedingt deren Telefonnummer haben wollen, damit sie sich mit ihren Kindern verabreden könnten. In ihren ersten fünf Jahren, in denen sie zurück in Houston war, musste Jacie vierzehnmal stationär behandelt werden.«

Die Ärzte, erklärte Helen, führten Jacies psychotische Schübe bald nicht mehr auf ihre Depressionen zurück.

Es war nicht nur die elektrische Zahnbürste, die mit ihr redete, sie hatte noch dazu die fixe Idee entwickelt, dass sie eine besondere Verbindung zu Stark Naked hatte, einem Mädchen, das sie in San Francisco getroffen hatte und das sich seinen Spitznamen damit verdient hatte, splitterfasernackt aus Ken Keseys psychedelisch-buntem Bus geklettert zu sein, als dieser, wenige Wochen bevor Jacie wegging, kurz in Houston Station machte. Jacie war überzeugt, sie und Stark Naked seien ein und dieselbe Person, die in zwei Körpern wohne, jedoch nur ein Leben habe, das zwischen diesen Körpern hin und her wandere.

Als vor drei Jahren ein Bett auf einer Station frei wurde, in der Patienten dauerhaft lebten, folgten Helen und Norm der Empfehlung des Krankenhauses, Jacie dort unterzubringen. Eine Zeit lang hatte Helen jeden zweiten Tag die vierzigminütige Fahrt dorthin auf sich genommen, doch mittlerweile besuchte sie Jacie nur noch einmal pro Woche. Norm hatte Probleme mit seinem Blutdruck, deshalb besuchte er seine Tochter nur einmal im Monat.

Norm fuhr Grace zum Krankenhaus. Zu dem Zeitpunkt hatte Grace ihre Angst verloren, er oder Helen könnte sie fragen, warum sie in Huntsville lebe oder was eigentlich mit Garcia sei. Helen und Norm gehörten nicht zu den Leuten, die Fragen stellten. Sie gehörten der großen Gruppe von Menschen an, die davon überzeugt sind, dass eine Person ihnen schon von sich aus etwas erzählen wird, wenn sie das denn tun möchte. Grace fühlte sich erleichtert, war aber gleichzeitig enttäuscht. Auf dem Flug nach Paris hatten sie und Kate *Das Buch vom Lachen und Vergessen* von Milan Kundera gelesen, und beide hatten unabhängig voneinander den Satz »Liebe ist ein Dauerverhör« unterstrichen. Am Tag bevor ihr Großvater Kates Tante anrief und Grace' Reise ein abruptes Ende nahm, hatten sie und Kate im Garten des Tuilerienpalasts gesessen und einander geschworen, nur einen Mann zu heiraten, der diese Idee verkörperte: der alles über sie wissen wollte und dessen Neugierde grenzenlos war.

»Meine Mom ist so ein Mensch«, hatte Kate gesagt.

»Wenn sie mit deinem Dad zusammen ist?«

Kate hatte erst ein bisschen nervös gewirkt, dann aber zwanghaft aufrichtig, wie sie nun mal war, geantwortet: »Ja, mit ihm, aber auch mit mir. Es tut mir leid. Das muss dir wehtun, weil du keine Mom hast.«

»Ich habe eine. Ich kenne sie bloß nicht.« Kate machte einen so verlegenen Ausdruck, dass Grace sie umarmt hatte. »Du brauchst kein schlechtes Gewissen zu haben. Ich habe meinen Großvater, Garcia und Angela und deshalb nicht das Gefühl, in puncto Liebe zu kurz gekommen zu sein. Im Gegenteil: Manchmal fürchte ich fast, dass ich in Liebe ertrinke. Wenn ich noch mehr bekäme, würde ich untergehen.«

Am Krankenhaus angekommen, bot Norm Grace an, sie zu begleiten. Vor Garcias Verhaftung hätte sie Angst gehabt, allein eine psychiatrische Klinik zu betreten, aber nun stellte sie sich vor, dass es wohl nicht so anders sein würde wie ihre Gefängnisbesuche, die ihr zwar immer noch surreal vorkamen, doch mittlerweile auch Normalität waren. »Schon gut. Ich gehe alleine.«

Norm reichte ihr eine Einkaufstüte eines Modegeschäfts, die Helen gefüllt hatte. »Hier drin sind ein paar Hygieneartikel für deine Mutter, die du bei den Stationsschwestern abgeben kannst. Und auch ein paar Kekse für sie. Überlass sie bloß nicht deiner Mutter. Sie hat erhöhten Blutzucker. Außerdem ist noch ein Album mit Fotos von dir und deinem Bruder drin, als ihr Babys wart. Jacie hat es angelegt, als sie mit euch in dieser Kommune lebte. Helen dachte, ihr könntet es euch vielleicht gemeinsam anschauen.«

Bei der Vorstellung, so nah neben ihrer Mutter zu sitzen, dass sie gemeinsam Fotos betrachten konnten, wurde Grace' Mund trocken. Einen Moment lang war sie kurz davor, Norm doch zu bitten, sie zu begleiten.

Er legte eine Hand auf ihr Knie. »Helen hat vor ein paar Tagen die Sozialarbeiterin angerufen und ihr gesagt, dass du kommst. Die Frau meinte, sie werde es Jacie sagen, aber es wird bestimmt trotzdem ein Schock für sie sein. Ich hoffe ja, dass es gut geht, aber bei Jacie …« Er betrachtete die Grünfläche vor der Klinik. »Bei Jacie weiß man heutzutage nie.«

Als sie das Krankenhaus betrat, fühlte es sich tatsächlich so an wie bei ihren samstäglichen Besuchen von Garcia im Gefängnis: die Frau hinter der gläsernen Trennwand, die ihren Ausweis verlangte, das Klemmbrett mit den Formularen, die sie ausfüllen musste, der Metalltisch, auf dem sie ihre Tasche ausleeren musste, damit der Inhalt überprüft werden konnte. Dann ein langer Flur mit vielen Abzweigungen und schließlich die Stufen, die in den zweiten Stock zur Station ihrer Mutter führten.

Eine Schwester sperrte die Tür auf und überprüfte Grace' Besucherausweis. Sie musterte ihn, Grace' Gesicht und wieder den Ausweis, dann deutete sie auf den mit orangefarbenen Plastikstühlen gesäumten Gang. »Jacie Klein. Letztes Zimmer rechts.«

Die Türen rechts und links des Flurs standen offen. In einem Raum saß eine Frau auf dem Fußboden und hörte mit einem Walkman Musik. In einem anderen lag ein Mann auf seinem Bett und stemmte Gewichte. Nur die Tür des letzten Zimmers auf der rechten Seite war geschlossen.

Grace klopfte.

»Ja?«

Es war kaum mehr als ein Grunzen. Dennoch hämmerte Grace' Herz. Sie hatte die Stimme ihrer Mutter nicht mehr gehört, seit sie elf Monate alt gewesen war. »Ich bin's. Grace.«

»Komm rein.«

Sie öffnete die Tür. Eine kleine dicke Frau mit widerspenstigen Haaren hockte im Schneidersitz auf dem Bett, den Rücken an der Wand. Ihr Blick war verhangen, über ihrer Oberlippe spross ein feiner Flaum. Sie musterte Grace, dann deutete sie mit dem Kopf auf einen Stuhl. »Du kannst dich da hinsetzen.«

Grace zog den Stuhl unter dem Schreibtisch hervor.

Auf ihm lagen eine unfertige Makramee-Pflanzenampel und eine Schachtel Pastellkreiden neben einer Plastikkaraffe mit Wasser. Grace biss sich auf die Unterlippe, um nicht loszuheulen.

Die Frau beobachtete sie. »Ich habe Fotos von dir als Kind gesehen, die mir dein Großvater geschickt hat. Aber dann habe ich keine mehr bekommen. Ich hätte nie gedacht, dass du dünn bist, aber gut für dich, dass du nicht so eine fette Kuh wie ich geworden bist.«

Jacie machte ein paar Kaubewegungen. »Du siehst aus wie dein Vater in deinem Alter. Er war siebzehn, als wir uns kennenlernten. Ein Baby. Ich hab ihn immer damit aufgezogen, dass er jünger war als ich.«

»Ich werde nächsten Monat neunzehn.«

»Ich kenne deinen Geburtstag. Einundzwanzigster Februar.«

Die Zähne ihrer Mutter waren schlecht. Gelb verfärbt, und unten fehlte einer. Sie deutete auf die Tasche mit dem Firmenlogo, die Grace neben das Bett gestellt hatte. »Ist die von Helen?«

»Ja.«

»Ich bin keine Hellseherin, aber du schaust nicht so aus, als würdest du in so noblen Läden wie Neiman Marcus einkaufen.«

»Tue ich auch nicht. Ich kaufe überhaupt nicht gerne ein.«

»Das habe ich auch nie gern getan. Außer auf dem Flohmarkt oder auf Kunsthandwerkermärkten.«

Als ihre Mutter sich vorbeugte und die Tasche hochhob,

konnte Grace sie nicht aufhalten. Hilflos sah sie dabei zu, wie ihre Mutter die Keksdose öffnete und sich einen Keks in den Mund stopfte.

»Gib mir ein bisschen Wasser. Der ganze Mist, den ich hier schlucken muss, macht durstig. In der Kommode, unterste Schublade, ist eine Flasche.«

Grace zog die Schublade auf und schob auf der Suche nach der Flasche die Kleider beiseite – überwiegend Männerunterhemden und Trainingshosen. Sie reichte sie ihrer Mutter.

»Dieses Wasser ist ungefährlich. Ich behandle es. Das dort«, ihre Mutter deutete auf die Plastikkaraffe auf dem Tisch, »ist vergiftet. Sie versetzen es mit Beruhigungsmitteln, damit die Bestien Ruhe geben.«

Ihre Mutter nahm die Keksdose. »Willst du auch einen?«

»Nein danke. Eigentlich sollte ich die Kekse den Schwestern geben. Dein Vater meinte, dein Blutzuckerwert ist zu hoch.«

Ihre Mutter lachte. »Er kriecht Helen in den Arsch. Sie hasst es, dass ich so fett bin, aber nimm sie ruhig. Ich möchte nicht, dass du Ärger kriegst.«

Sie hielt Grace die Keksdose hin und zog dann das Fotoalbum aus der Tasche.

»War das die Idee meiner Mutter?«

Grace nickte.

»Ich will sie nicht schlechtmachen. Ihr Herz ist so riesengroß wie Kansas, und ohne sie wäre ich gar nicht mehr am Leben. Ich weiß, dass ich die Medikamente, die ich nehme, brauche – na ja, die meisten jedenfalls –, aber sie machen mich träge und führen zu Verstopfung, und das macht mich reizbar.«

Ihre Mutter trank noch ein bisschen Wasser, dann saß sie stumm da und musterte Grace. »Glaub ja nicht, dass ich so war, als du und Garcia noch bei mir wart. Und ich war auch nicht so, als ich so alt war wie du. Ich weiß, dass man sich das jetzt kaum vorstellen kann, aber ich war ein süßes, etwas naives junges Ding. Am liebsten saß ich damals am Pool meiner Eltern rum und las, oder ich malte mit den Nachbarszwillingen, auf die ich aufgepasst hab. Das waren auch ein Junge und ein Mädchen. Doch als Stark Naked nach Houston kam und unsere Tiergeister sich vereinten, hat sich alles verändert.«

Ihre Mutter schlug das Album auf. Sie musterte die erste Seite, dann drehte sie das Buch so, dass Grace die Fotos sehen konnte.

Die drei Bilder sahen aus, als stammten sie aus derselben Zeit wie jenes, das im Haus ihres Großvaters hing und ihre Eltern auf einem Feld zeigte. Doch auf diesen Fotos trug ihre Mutter keine Jeans, sondern ein ärmelloses Kleid aus indischem Stoff. Hinter ihr war eine Hütte zu sehen, weiter weg eine Gruppe hoher Bäume.

»Damals war ich schwanger. Kaum zwei Monate, aber schon so dick wie ein Wal. Riva Krik. Wir glaubten, wir würden das Paradies auf Erden finden. Dein Vater glaubte, er würde sich dort in einen Bob Dylan verwandeln, und ich mich in Georgia O'Keeffe.«

Jacie klappte das Album zu. »Was für ein verlogenes Drecksloch.«

Sie legte sich hin, drehte sich zur Wand und zog die Decke, die am Fußende lag, bis ans Kinn hoch. Dann furzte sie laut.

Grace kratzte sich an der Nase. Sie wusste nicht, ob sie gleich weinen oder kotzen würde.

Als sich der Atem ihrer Mutter in abgehacktes Schnarchen verwandelte, steckte Grace das Album und die Keksdose in die Einkaufstasche zurück. Sollte sie ihre schlafende Mutter auf die Stirn küssen, bevor sie ging?

Sie beschloss, es nicht zu tun.

Helen und Norm fragten sie, ob sie gern noch mit ihnen zu Abend essen würde, doch sie schlug die Einladung aus. Sie wollte ihnen nicht sagen, dass sie um elf im Diner anfangen musste, und erklärte deshalb nur, nach Huntsville zurückzumüssen. Die beiden forderten sie höflich auf, doch bald wieder mal vorbeizuschauen, aber alle Anwesenden wussten, dass sie das nicht tun würde und dass die zwei das auch eigentlich gar nicht wollten. Natürlich hätten sie das niemals laut gesagt und es wohl nicht einmal einander gestanden.

Zwei Tage später ging Grace zur Happy Hour in eine Bar, was sie zuvor noch nie getan hatte. Als der Barmann sie fragte, was sie gern trinken würde, murmelte sie: »Was empfehlen Sie mir?« Er brachte ihr eine Pink Lady mit zwei Maraschino-Kirschen. Ein kleiner Mann mit kurzen Haaren und breiten Schultern, der ihr erzählte, er sei in der Gegend für den Verkauf von Handtuchautomaten in Toiletten zuständig, lud sie zu einem zweiten und dritten

Cocktail ein, dann nahm er sie mit auf sein Zimmer. Er sagte ihr nicht, dass er verheiratet war, und sie sagte ihm nicht, dass sie noch nie mit einem Mann geschlafen hatte.

Es tat stärker weh als erwartet. Sie musste sich auf die Unterlippe beißen, um nicht laut aufzuschreien. Noch mehr überraschte es sie, dass der Mann unmittelbar danach einschlief. Leise zog sie sich an und schaffte es gerade noch rechtzeitig in ihr Apartment, um sich für ihre Elf-Uhr-Schicht fertig zu machen. Am Morgen kaufte sie ein kleines Notizbuch. Auf die erste Seite schrieb sie »Nummer 1«, den Namen des Mannes und das Datum.

Danach achtete sie darauf, nicht in die Bars zu gehen, in denen die Gefängnismitarbeiter verkehrten. Abgesehen von Nummer 9, dem sie danach noch einmal zufällig im Waschsalon begegnete, sah sie keinen der Männer je wieder.

Den letzten, Nummer 16, traf sie zwei Tage vor Garcias Hinrichtung. Er spendierte ihr ihren neuen Lieblingsdrink, Wodka mit Mineralwasser, und erzählte ihr, er habe vor Kurzem sein Studium abgeschlossen und arbeite als Ingenieur. Ein netter Bursche, nicht verheiratet, keine Kinder, die irgendwo auf ihn warteten. Hinterher weinte sie, und so, wie er sie festhielt, glaubte sie zu wissen, dass er kapiert hatte, dass ihre Reaktion nichts mit dem mittelmäßigen Sex zu tun hatte oder mit sonst etwas, was er gesagt oder getan hatte. Als er sie fragte, ob sie sich wiedersehen könnten – was fast alle fragten, wenn sie nicht sofort einschliefen, bevor sie aufbrach – und er sie am nächsten Tag zum Abendessen einladen könnte, erschien ihr die Vorstellung sehr verlockend. Vielleicht würde es ihr helfen, sich nicht mehr wie tot zu fühlen? Doch dann dachte sie daran, dass der nächste Tag der letzte volle Tag sein würde, der Garcia noch vergönnt war, und ihr wurde klar, dass ihr derartige Ablenkungen nicht weiterhelfen würden.

Zurück in ihrer Wohnung meldete sie sich bei ihrer Arbeitsstelle krank. Sie konnte sie nicht ertragen – weder die jungen Leute in ihrem Alter, die am Anfang ihrer Schicht nach einem Kinobesuch oder einer Verabredung zum Rollschuhlaufen kamen und Burger mit Zwiebelringen bestellten, noch die Betrunkenen, die eintrudelten, wenn die anderen Bars zumachten, und Hackbraten oder Nudelauflauf orderten, den sie kaum anrührten, oder die Bauarbeiter, die ein riesengroßes fettiges Frühstück wollten, und schließlich, am Ende ihrer Schicht, die Frühaufsteher unter den Senioren, die zum Frühstück Vollkornflakes und weiche Dörrpflaumen aßen. Nein, sie konnte diese Leute nicht bedienen, nicht einen einzigen von ihnen. Nicht in der Nacht vor dem Tag, an dem ihr Bruder umgebracht werden würde.

Neben »Nummer 16« schrieb sie den Namen des Ingenieurs und notierte das Datum. Dann riss sie die Seite aus ihrem Notizbuch und in kleine Fetzen. Sie goss den Wodka in den Abfluss, warf alles, was sie aus ihrem Kühlschrank und den Schränken nicht mehr brauchen würde, weg und packte ihre Habseligkeiten in vier Kartons. Am Vormittag, bevor ihr Großvater und Angela eintrafen, wollte sie die Boxen zur Post bringen und an die Adresse ihres Großvaters schicken lassen, sich dann bei McGinnety erkundigen, wie Garcias Sarg nach San Francisco transportiert werden konnte, und noch ein Ticket für denselben Flug buchen.

Sieben Jahre verstrichen, bevor sie wieder mit einem Mann schlief. Und wen suchte sie sich aus? Ausgerechnet Sunny, von dem jeder bis auf sie und ihn selbst wusste, dass er schwul war, wie ihr Ben später erzählte. Seitdem hatte es noch eine Handvoll anderer Männer gegeben – einen Juraprofessor, einen Töpfer, einen Akupunkteur –, doch all diese Beziehungen waren im Sande verlaufen, wenn auch ohne dramatischen Schlusspunkt. Die Intervalle zwischen ihnen waren länger und länger geworden, und jetzt sind bereits drei Jahre verstrichen, seit sie zum letzten Mal mit jemandem im Bett war.

Vor Garcias Verhaftung war ihr Großvater ein jung gebliebener Neunundsiebzigjähriger mit einem dichten grau melierten Haarschopf gewesen, der die Stufen der Lyon Street raufgehen konnte, ohne außer Atem zu geraten, und in seinem Laden problemlos die schweren Gefäße mit Blumen aus dem Kühlraum heben konnte. Nach Garcias Verhaftung wurde er hager, sein Haar schütter und seine Augenbrauen schneeweiß. Doch erst als Grace aus Huntsville nach San Francisco zurückkehrte, den vernachlässigten Garten ihres Großvaters sah und erfuhr, dass er die Leitung seines Geschäfts seinem dienstältesten Angestellten anvertraut hatte, erkannte sie, wie sehr er sich aufgegeben hatte.

Angela kümmerte sich genauso hingebungsvoll um ihn

wie einst um Grace' Großmutter: Sie machte ihm frische Fruchtsäfte und pürierte seine Suppen – mehr aß er abends kaum noch –, schickte ihn jeden Tag an die frische Luft und brachte ihm Kamillentee ans Bett, damit er besser schlafen konnte.

Nur an den Sonntagabenden, wenn Mrs Cecelia Brown zu ihnen zum Essen kam – damals war sie bereits Mitte neunzig, war jedoch abgesehen von einer künstlichen Hüfte, die sie ein paar Monate lang beeinträchtigt hatte, noch bemerkenswert agil –, bemühte sich Grace' Großvater, eine richtige Mahlzeit zu sich zu nehmen.

Grace wartete eines dieser Abendessen ab, um ihm ihren Plan mitzuteilen. »Ich würde gern auf eine Krankenpflegeschule gehen«, verkündete sie.

Ihr Großvater legte die Gabel weg.

»Hast du ›Krankenpflegeschule‹ gesagt, Gracey?«, fragte Cecelia.

»Ja. Krankenpflegeschule.«

»Ich dachte, du wolltest Literatur studieren«, sagte ihr Großvater.

Grace stocherte in dem fleischlosen mexikanischen Eintopf herum, den Angela extra für sie gekocht hatte. Sie wollte nicht sagen: *Das war früher. Früher, als das Lesen mir noch Spaß gemacht hat. Als Bücher mir noch etwas zu sagen hatten.* Sie wollte nicht erklären, dass sie sich nach drei Jahren in Huntsville und ihrer Arbeit nachts im Diner und ihren samstäglichen Besuchen bei Garcia und schließlich dem Beiwohnen dessen, was sie nur als die Ermordung ihres Bruders bezeichnen konnte, zu alt fürs College fühlte. Zu alt für ein Studentenwohnheim, zu alt, um auf Partys und Konzerte oder in Seminare über den Taoismus in China oder den deutschen Nachkriegsroman zu gehen. Sie wollte nicht sagen, dass sie sich jetzt nur noch vorstellen konnte, Verbände zu wechseln und ein kühles Tuch auf eine fiebrige Stirn zu legen.

»Warum willst du denn nicht Ärztin werden, Liebes?«, fragte Cecelia. »Du könntest in Stanford studieren. Dort gibt es eine hervorragende medizinische Fakultät.«

»Ich will nicht Ärztin werden«, sagte Grace und bedauerte gleich darauf ihre barschen Worte. »Es tut mir leid, das sollte nicht so hart rüberkommen. Ich möchte Krankenschwester werden, damit ich mit Menschen im Hospiz arbeiten kann.«

»Menschen im Hospiz?«, fragte ihr Großvater.

»Die im Sterben liegen, Randy. Erklär es doch bitte deinem Großvater, Grace.«

»In der Palliativmedizin kümmert man sich um Patienten, die akzeptiert haben, dass sie bald sterben werden, und nicht mehr auf Heilung hoffen. Dabei geht es darum, ihnen ein möglichst gutes Ende zu ermöglichen.«

Die Gesicht ihres Großvaters verhärtete sich. Offenbar ahnte er, dass ihr neuer Berufswunsch etwas mit ihm zu tun hatte. Und wenn sie ehrlich war, stimmte das auch. Ihr Großvater hatte sich Garcias Wunsch gefügt, mit ihm nicht mehr über eine mögliche Berufung zu reden, aber seine Bemühungen, Garcias Hinrichtung aufzuhalten, nie eingestellt. Grace hatte seine Ablehnung von Garcias Wunsch, für sein Verbrechen zu sterben, ebenso kritisiert wie ihr Großvater ihre Akzeptanz von Garcias Wunsch, seine letzten Tage in Frieden mit ihnen zu verbringen.

In solchen Momenten hielt Grace es kaum aus, sich mit ihrem Großvater im selben Raum aufzuhalten. Mit diesem Mann, der sie so liebte wie sonst keinen anderen Menschen, der ihm noch geblieben war, der jedoch die Tatsache, dass sie sich Garcias Wunsch gefügt hatte, als Resignation betrachtete – und für den diese Resignation quasi einer Mitschuld gleichkam. Einer Mitschuld an der Hinrichtung seines einzigen Enkelsohns.

In der Woche nach dem Tod ihres Großvaters bestand Grace darauf, dass Angela wieder in ihre eigene Wohnung zog. Die Wohnung, in die sie nicht zurückgekehrt war, seit Grace und Garcia vor dreiundzwanzig Jahren in der Diele ihres Großvaters abgestellt worden waren.

»Es ist nicht so, dass ich dich hier nicht mehr haben will«, erklärte Grace ihr. »Und auch nicht so, dass ich dich nicht mehr brauche. Das tue ich nach wie vor. Aber es ist Zeit, dass du ein eigenes Zuhause hast.« *Dass du ein eigenes Leben führst, das nicht um uns beziehungsweise mittlerweile nur noch um mich kreist*, hatte sie gedacht, aber nicht ausgesprochen.

Einen Monat später bot Grace das Haus ihres Großvaters, das Schmuckstück der Nachbarschaft von Presidio, zum Verkauf an. All die vertrauten Räume, in denen sie mit Ausnahme der Zeit in Huntsville gelebt hatte, seit sie ein Jahr alt war, wurden jetzt von dem Gefühl begleitet, dass sie sich wie auf dem Set eines Films vorkam, in dem sie keine Rolle bekommen hatte. Außerdem wurde sie auf Schritt und Tritt an Garcia erinnert.

Es dauerte ein Jahr, den beträchtlichen Nachlass ihres Großvaters zu regeln: beträchtlich deshalb, weil er den Besitz ihrer Großmutter geerbt hatte. Bis auf einen kleinen Teil, mit dem der Ruhestand für Angela finanziert werden sollte, ging alles an sie. Mithilfe des Vermögensverwalters ihres Großvaters gründete sie eine Stiftung, von der sie ein moderates Einkommen bezog und mit deren Hilfe sie ein Hospizprogramm etablieren wollte, wenn sie ihre Ausbildung abgeschlossen hatte.

Sie mietete eine kleine Wohnung am Strand im Sunset District. Sie wählte die Lage, weil sie nach einer Kindheit, in der ihr Großvater Garcia und ihr strikt verboten hatte, sich dem Wasser zu nähern, entdeckt hatte, dass das Einzige, bei dem sie sich zumindest halbwegs lebendig fühlte, war, den Strand entlangzujoggen. Das Rauschen der Brandung, der kühle feuchte Sand unter ihren Fußsohlen, der Geschmack der salzigen Luft auf ihren Lippen taten ihr gut.

Jeden Tag bei Sonnenaufgang joggte sie. Dienstags und freitags ging sie am Abend zum Integral Yoga Institute im Mission District und lernte Sanskrit-Gesänge und Kopfstand. Sie versorgte Kates Hund, als Kate mit dem Mann, den sie später heiraten sollte, nach Australien reiste. Anschließend schlug Kate ihr vor, sich doch einen eigenen Hund zuzulegen, und Grace musste ihr erklären, dass sie weder einen Hund noch eine Katze oder einen Vogel oder sonst ein Lebewesen um sich haben konnte, das nicht in

Freiheit lebte. Sie konnte ja kaum eine Topfpflanze ertragen.

Sie las Epiktet, der die Meinung vertrat, dass das persönliche Glück nur auf Dingen basiert, die man selbst beeinflussen kann, und dass das Trauern um einen geliebten Menschen unvernünftig ist, weil der Tod ein zu erwartendes und nicht beherrschbares Ereignis ist. Sie las Berichte von Leuten, auch von Wissenschaftlern, die glaubten, mit Verstorbenen kommunizieren zu können.

Nachdem sie ihre Ausbildung beendet hatte, arbeitete sie zwei Jahre lang bei einem etablierten Palliativpflegedienst. Es fiel ihr nicht schwer, Zeit mit Familien zu verbringen, deren Angehörige sich im Endstadium einer Krankheit befanden. Dass der Tod hier im Zentrum der Bühne stand und nicht hinter den Kulissen verborgen wurde, war eine Erleichterung für sie. Auf den Schulungen des medizinischen Leiters der Einrichtung lernte sie, viele der gängigen Vorschriften im Pflegebereich zu vergessen und zum Beispiel zu akzeptieren, dass bei einem Sterbenden das Zuführen von Flüssigkeit weitere Ödeme verursacht und Schmerz und Leid nur erhöht. Dass es besser ist, einfach nur die Mundhöhle mit einem nassen Schwämmchen zu befeuchten. Von einem jamaikanischen Kollegen lernte sie, die Cheyne-Stokes-Atmung zu erkennen, die dem Ende oft vorausgeht.

Am sechsten Jahrestag von Garcias Hinrichtung gründete sie ihren eigenen Palliativpflegedienst. Nun, sechzehn Jahre später, spürt sie, wenn der Tod unmittelbar bevorsteht. Sie weiß sehr viel über das Sterben.

Was ihr Großvater nie verstanden hat: Ihre Akzeptanz von Garcias Wunsch, in Frieden zu sterben, bedeutet nicht, dass sie je mit seinem Tod Frieden geschlossen hat. Wäre Garcia an jenem fatalen Nachmittag auf dem Highway in Texas bei einem Autounfall oder durch die Kugel eines Polizisten ums Leben gekommen, wäre das vielleicht sogar möglich gewesen. Doch sie wird nie akzeptieren, dass das Land, dessen Staatsbürgerin sie ist und in dem sie Steuern zahlt und wählen geht, ihren Zwillingsbruder ermordet hat. Für einen schrecklichen Fehler ermordet hat, den er zutiefst bereute und um dessen Wiedergutmachung er sich den Rest seines Lebens – wäre es ihm nicht geraubt worden – bemüht hätte. Dass es keine Barmherzigkeit gegeben hat. Dass die Tötung ihres wundervollen Bruders mit seiner wundervollen Seele als Gerechtigkeit hingestellt wurde.

18. Kapitel

Oyster Bay, an einem Freitag im April 2013

Es wird ziemlich anstrengend für Sie werden, Mrs P.«, wendet Maricel ein, als Prudence ihr von dem Ausflug nach Oyster Bay erzählt, den Grace organisiert hat, um die Reste von Laurelton Hall zu sehen.

»Meine Großnichte mietet einen Wagen. Sie holt mich von hier ab. Es ist alles ganz einfach.«

»Es ist kalt am Meer. Sie werden sich erkälten.«

»Ich werde diese dicke Hässlichkeit von Mantel tragen. Sie möchte sehen, wo ihr Großvater geboren wurde.«

»Und du auch«, hatte Grace hinzugefügt, als sie darüber sprachen.

Am Rand des schmalen Strandes lässt sich Prudence von Grace die Schuhe ausziehen und die Hosenbeine hochkrempeln. Ihre Füße, die früher so winzig, so kindlich waren, dass es ihr peinlich war, sind nun von Hühneraugen, Ballenzehen und gelben Nägeln verunstaltet. Grässlich, wenn auch nicht so schlimm wie die Füße ihrer Mutter kurz vor deren Tod, mit schwarzen und brandigen Zehen, die abzufallen drohten wie reife Erbsenschoten, wie der Arzt gewarnt hatte.

Es ist ein warmer Tag, um die fünfzehn Grad, doch Prudence trägt tatsächlich den knielangen Daunenmantel, wie sie es Maricel versprochen hat. Während Grace die Campingstühle aufstellt, die Maricels Mann bei Prudence vorbeigebracht hat, nähert sich Prudence dem Wasser. *Ich bin wie einer dieser Lachse, über die Carlton gesprochen hat. Lachse, die an den Ort zurückkehren, wo sie geschlüpft sind, und dort laichen und schließlich sterben. Doch für mich gibt es keine Fortpflanzung mehr, nur den Tod.*

Als das kalte Wasser – viel kälter als erwartet – über ihre Füße schwappt, stockt Prudence der Atem. Das Blau und das Grau des Meeres und des Himmels verdunkeln sich, eine Welle des Schwindels erfasst sie, und ihre Beine geben nach. Sie plumpst mit dem Hinterteil auf den Boden und hört Grace schreien. Sie spürt Grace' Schritte im Sand, als sie zu ihr rennt.

»Tante Prudence! Alles in Ordnung?«

Prudence schaut hoch. Grace hat noch einen Schuh an, den anderen ausgezogen. Ihre Augen wirken riesig.

»Ja.« Prudence lächelt. »Es geht mir gut.« Sie schüttelt Sand aus dem Ärmel ihres Mantels. *Es geht mir doch gut, oder etwa nicht?* »Bei dem kalten Wasser ist mir nur kurz schwummrig geworden.«

Auch der Boden ist kalt, aber sie möchte hierbleiben und das Wasser an ihren Füßen spüren. Sie atmet die Salzluft ein. Hat ihre Mutter ihr erzählt, dass die Bediensteten immer an den Strand gingen, wenn die Familie Tiffany nicht da war? In ihrer Erinnerung sieht sie ihre Mutter und ihren Vater hier, zusammen mit ihr, ganz nah am Meer.

»Entschuldige, dass ich so laut geschrien habe. Ich bin erschrocken, als ich sah, dass du hingefallen bist.« Grace schiebt die Hände unter Prudence' Achseln und zieht sie hoch. »Ich weiß nicht, wann ich das letzte Mal so erschrocken bin. Eigentlich erschüttert mich so leicht nichts mehr.« Grace entfernt die Steinchen, die noch an Prudence' Mantel hängen. »Bist du nass geworden?«

»Überhaupt nicht. Dieser alberne Mantel. Ich war nie besonders eitel, aber früher war ich immerhin stolz auf meinen guten Geschmack in Mode und anderen Stilfragen. Das Ding hier sieht aus wie eine Rettungsweste.«

»Er hält warm.«

Auf dem Weg zu den Campingstühlen und der Tasche, in die Maricel eine Decke, Handtücher und eine Thermoskanne Earl Grey gepackt hat, stützt sich Prudence auf Grace' Arm. Links von ihnen kann sie sehen, was noch von dem stattlichen Landsitz übrig ist: ein paar Mauerreste und das Minarett, in dem die Heizungsanlage untergebracht war.

»Zieh den Mantel aus«, schlägt Grace vor. »Wenn wir ihn ausbreiten, kann er besser trocknen. Ich glaube, hier in der Sonne ist es auch ohne warm genug für dich.«

Prudence nickt. Sie hat das Minarett viel größer und blau gefliest in Erinnerung gehabt, so blau wie das Geschirr von Jean-Christophes Mutter. Jetzt sind die Fliesen zum Großteil verschwunden.

Grace hilft Prudence beim Ausziehen ihres Mantels

und beim Hinsetzen auf einen der Stühle. Sie wickelt die Decke um sie und kniet sich hin, um Prudence' Füße mit einem Handtuch abzutrocknen.

»Das kann ich doch alleine. Du musst das nicht tun.«

»Aber ich bin Krankenpflegerin. Das machen wir nun mal. Wir baden Leute und trocknen sie ab.«

Prudence mustert das freundliche Gesicht ihrer Großnichte. Warum ist sie keine Mutter, die die feuchten Haare ihrer Kinder trocknet, sondern widmet sich den verbrauchten Körpern von Menschen wie ihr? Prudence' Vater hatte sechs Geschwister, ihre Mutter acht. Wie kann es sein, dass der Familienzweig nach zwei Generationen offenbar mit Grace ausstirbt?

Grace setzt sich auf den zweiten Stuhl. »Mein Großvater hatte schreckliche Angst vor dem Wasser. Dabei fürchtete er nicht um sich, sondern ausschließlich um uns. Als Kinder durften wir nie an den Strand. Als mein Vater als Teenager mit dem Surfen anfing, hat er das vor meinem Großvater verheimlicht. Angela fand es heraus, hat es ihm aber nie erzählt. Sie befürchtete, er würde einen Herzschlag bekommen.«

Prudence durchrieselt ein Schauder. »Früher haben wir immer hier gespielt.« Sie verschränkt die Arme vor der Brust und reibt sich die Oberarme.

»Ist dir kalt? Wir können auch zum Auto zurückgehen.«

»Nein, es gefällt mir hier. Ich kann gar nicht glauben, dass ich niemals zurückgekehrt bin.«

Grace beugt sich vor und rubbelt Prudence' Füße noch einmal gründlich mit dem Handtuch ab, bevor sie die

Thermoskanne und zwei Becher aus der Tasche nimmt und ihnen Tee eingießt. Prudence führt ihren Becher an die Lippen und lässt den Dampf in ihr Gesicht aufsteigen, bevor sie einen Schluck trinkt. Kann es sein, dass sie seit dem Tag, als Jean-Christophe sie fragte, ob sie ihn heiraten wolle, nie mehr ein Picknick gemacht hat?

»Du kannst dir gar nicht vorstellen, wie großartig Laurelton Hall war«, sagt sie. »Dein Großvater war sieben, ich war vier, als wir in die Stadt zogen, deshalb kenne ich es hauptsächlich von Fotos, die ich später gesehen habe. Wenn die Leute heutzutage den Namen Tiffany hören, denken sie nur noch an kitschige Lampen. Aber dieses Haus war sein Meisterwerk.«

»Mein Großvater meinte, Louis C. Tiffany sei ein Mann mit vielen Fehlern gewesen, aber dafür, dass seine Lampen für Eisdielen und Pizzerien von Florida bis nach Washington State reproduziert wurden, könne man ihm keinen Vorwurf machen.«

»Seine Lampen hingen auch früher schon in Geschäften. Habe ich dir erzählt, dass meine Mutter vor ihrer Hochzeit in der Fabrik gearbeitet hat?«

Grace schüttelt den Kopf.

»Ihr zufolge hat Tiffany die meisten Lampen nicht einmal selbst designt. Die Entwürfe stammten von Clara Driscoll, einer seiner Arbeiterinnen.«

»Und sie hat keine Anerkennung dafür bekommen?«

»Nicht in der Form, die sie verdient gehabt hätte.«

Prudence nippt an ihrem Tee. Wie seltsam, jetzt hier zu sitzen, nach einem Jahrhundert der fragmentierten Erinnerungen: die chinesischen Löwen, der Brunnen, eine Braut. Die Pfauen. Der Geruch einer Apfelkiste.

»Das ist schrecklich«, sagt Grace. »Schrecklich, aber typisch für die Zeit.«

»Meine Mutter hielt ihn für keinen besonders sympathischen Menschen.«

»Tiffany?«

»Wir nannten ihn nur Mr T.«

»Warum mochte sie ihn nicht?«

»Sie behauptete, er habe sie genötigt.«

Grace runzelt die Brauen. »Du meinst, er hat sie vergewaltigt?«

Prudence merkt, dass sie dieses Wort nicht einmal in Gedanken zulassen kann. »Als sie es mir erzählte, hatte der Krebs schon ihr Gehirn angegriffen. Zu der Zeit wusste man nie so recht, was man von ihren Äußerungen halten sollte.«

Jetzt erscheint es ihr gemein, dass sie die Geschichte ihrer Mutter angezweifelt hat – deren Worte für einen Ausbund ihrer Krankheit oder zumindest für unplausibel gehalten hat, weil sich die Sache vor so langer Zeit ereignet haben musste. »Kommt so etwas vor?«, fragt sie.

»Was denn?«

Prudence weiß selbst nicht so recht, was genau sie Grace fragen wollte. Dem am nächsten kommt noch ihre Frage: »Woher weiß man, ob das, was Leute auf dem Sterbebett sagen, wahr ist?«

In Grace' Blick liegt ein Anflug von Mitleid, wie Prudence befürchtet. »Du meinst, ob solche Erzählungen, würden wir sie überprüfen können, sich als wahr oder falsch herausstellen würden?«

»Ja, vermutlich meine ich das.«

»Der Sohn meines letzten Patienten, ein Neurowissenschaftler, sagte mir mal, eine der großen Fragen in seinem Fachbereich laute: Warum haben wir falsche Erinnerungen? Liegt darin möglicherweise ein evolutionärer Vorteil? Also kann ich deine Frage nur mit ›vielleicht ja, vielleicht nein‹ beantworten. Aber wenn du wissen willst, ob die Erzählungen für die Sterbenden wahr sind …«

Der Sohn von Grace' Patienten. Prudence erinnert sich nicht mehr an seinen Namen. Nur noch daran, dass er eine Tante hat, die Grace zum Abendessen eingeladen hat.

»Für den Sterbenden sind sie wahr.«

Als sie in Prudence' Wohnung zurückkehren, werden sie von Maricel empfangen.

»Was tun Sie denn um diese Zeit hier?«, fragt Prudence, nachdem sie Grace vorgestellt hat.

»Ich habe meine andere Arbeit getauscht. Sie glauben doch nicht, ich könnte ein Auge zumachen, wenn ich nicht wüsste, dass Sie Ihren Ausflug gut überstanden haben. Außerdem wusste ich, dass Sie gern heiß duschen würden, nachdem Sie am Meer waren. Und vielleicht auch etwas Warmes essen.«

»Du hast mit Maricel wirklich großes Glück.« Grace lächelt Maricel an. »Ich fliege erst morgen Abend heim. Vielleicht könnte ich um die Mittagszeit noch mal vorbeischauen, um mich zu verabschieden?«

»Ja, das wäre mir recht«, sagt Prudence. »Sehr sogar.«

Maricel steht vor der Badezimmertür, während Prudence lange und ausgiebig duscht. Wie recht sie damit gehabt hat, dass sie diese Dusche genießen würde! Danach gibt es Hühnersuppe mit Gemüse. Um acht schickt Prudence Maricel heim. »Vielen Dank, aber Sie haben ja auch noch einen Mann, den Sie füttern müssen. Ich habe alles, was ich brauche, und es ist hundert Jahre her, seit man sich um mich wie um ein Baby kümmern musste.«

Im Bett denkt Prudence daran, wie Maricel mit ihrem Mann an dem Küchentisch sitzt, an dem früher auch ihre drei Kinder gesessen haben, und dann denkt sie an das Essen, das die Schwester von Grace' letztem Patienten ihm mitgebracht hat. Die Schwester, die Grace zu sich nach Hause eingeladen hat, damit sie den Tag, an dem ihr Bruder neunzig geworden wäre, gemeinsam begehen können.

Wenn sie und Randall sich nicht aus den Augen verloren hätten, wäre sie vielleicht zu seinen Geburtstagen zu ihm geflogen. Nicht zu seinem neunzigsten, denn so lange hat er ja gar nicht gelebt. Und auch nicht zu seinem achtzigsten, denn den Geburtstag hätte er bestimmt nicht feiern wollen, weil Garcia zu der Zeit im Gefängnis saß. Aber vielleicht zu seinem fünfundsiebzigsten. Sie hätte an seinem Tisch gesessen, an dem Tisch, den seine Frau Carolyn vor vielen Jahren gekauft hatte, zusammen mit Grace und Garcia, die ihrer Rechnung nach vierzehn gewesen sein mussten, und vielleicht auch mit seiner Freundin Mrs Cecelia Brown. Sie hätten Hühnchen mit gelbem Reis gegessen, von Angela zubereitet, und »Happy Birthday« gesungen, und der Schein der Kerzen hätte sich in Angelas golden schimmerndem Vanilleflan gespiegelt.

Prudence wacht nicht wie üblich um vier Uhr dreiundfünfzig auf, sondern zwei Stunden früher. Ihr Herz rast. Sie denkt: *Jetzt passiert es. Ich sterbe.* Sie hört die Stimme ihrer Mutter so deutlich, dass sie denkt: *Ich bin wohl schon gestorben.*

Ob er noch diese roten Locken hat?, hört sie ihre Mutter fragen.

Prudence setzt sich auf. Ihr Nachthemd ist verrutscht, sie spürt den Saum unter ihren Achseln. Anscheinend lebt sie doch noch. Sie stellt die Füße auf den Boden, zählt bis zwanzig, wie der Arzt es ihr geraten hat, um Schwindel vorzubeugen, und steht auf.

In ihren letzten Tagen hat ihre Mutter oft nach Oliver gerufen.

Sie tritt ans Fenster und schiebt die Spitzengardinen beiseite. Der Mond ist fast voll. Sie kann die Wassertanks auf den Dächern, die belaubten Baumkronen im Riverside Park und die Wolkenkratzer am gegenüberliegenden Ufer vom Hudson sehen.

Carlton und sie sind in einer Vollmondnacht in London angekommen. Der Mond hing zwischen den Türmen von Westminster Abbey. Damals lag sie wach im Bett und hat daran gedacht, wie gern ihre Mutter die Kathedrale besucht und das Grab des unbekannten Soldaten gesehen hätte. Das Grab, an dem die Frau, die später im Volksmund als Queen Mum bekannt werden sollte, an ihrem Hochzeitstag ihren Brautstrauß in Erinnerung an ihren im Krieg gefallenen Bruder abgelegt hatte. Am Morgen fuhren Prudence und Carlton dann nach Hampstead, um Dorothy ein paar Unterlagen vorbeizubringen, und diese enttäuschte Prudence, als sie ihre Mutter mit einem der anderen rothaarigen Dienstmädchen verwechselte.

»Ihr werdet schon sehen«, hatte Dorothys Schwester Comfort gesagt, »sie bekommt bestimmt Zwillinge.«

Prudence sieht das Minarett vor sich, den groben weißen Sand. Den Schoner am Strand, von dem sie in einem Zeitungsartikel gelesen hat. Sie spürt das glatte Holz unter ihren Füßen, während sie und ein kleiner Junge auf dem Deck spielen.

Der kleine Junge ist ein Pirat. Randall ist auch da. Sie fechten mit Pfauenfedern.

Randalls laute Stimme: »Ahoi, Seemann. Du bist dran, Seemann, geh über die elende Planke.«

Seemann Oliver …

Oliver.

19. Kapitel

Oyster Bay, 16. Juni 1916

Zieht los«, sagt ihre Mutter und richtet die wasserblauen Augen auf Randall. »Euer Vater ist hinten im Garten. Geht spielen, wo er euch im Blick hat. Ich muss im Haus arbeiten, und eure Schwester ist krank.« Sie verscheucht die Jungs. Die Pfauenfedern, die ihr Vater ihnen geschenkt hat, stecken in ihrem Hosenbund.

Prudence riecht den süßen Seifenduft, der den Haaren ihrer Mutter entströmt, als sie aus dem Bett gehoben und samt ihrer Lumpenpuppe in eine Decke gehüllt wird. Als sie aus dem Gärtnerhäuschen, das sie bewohnen, über den Weg mit den Steinplatten zur Küchentür getragen wird. Ihre Mutter überreicht sie Molly, der Köchin, polstert die Kiste, in der vor Kurzem noch Äpfel aus dem Garten lagerten, mit einem Handtuch aus, legt Prudence hinein, deckt sie mit einem Schal zu und streicht ihr über die Stirn. Sie ist in den Schal eingehüllt, der ebenfalls nach der Seife ihrer Mutter duftet. »Molly passt auf dich auf, solange ich oben arbeite. Wenn Molly dir sagt, dass du etwas trinken sollst, dann hörst du auf sie.«

Molly singt, während sie Teig knetet für die Zimtbrötchen, die es heute zum Tee geben soll. Später trägt Molly sie zum Außenklo. Plötzlich ertönt ein furchtbarer Knall – explodiert die ganze Welt? –, und sie klammert sich an Mollys Armen fest. Sie hat Angst, dass Molly sie loslässt und sie in das schreckliche schwarze Loch unter ihrem Hintern stürzt.

»Grässlich, nicht wahr, meine Kleine? Mr T. sprengt den Strand, damit die normalen Leute ihn nicht benutzen können.«

Dann liegt sie wieder in der Apfelkiste und döst. In der Küche ist es warm. Die Tür steht offen, die Sonnenstrahlen malen ein langes helles Dreieck auf den Steinfußboden. Es riecht nach Butter und Zucker. Und ein bisschen nach Mollys hefigem Atem. Sie macht die Augen zu. Ihr ist heiß, dann ist ihr kalt, dann wieder heiß. Sie reißt sich den Schal ihrer Mutter vom Leib. Es gibt eine zweite Explosion, noch lauter als die erste. Die Tassen klirren in den Regalen, und das Mädchen, das gerade Äpfel schält, schreit: »Jesus, Maria und Josef!« Molly kommt zu Prudence, hebt ihren Oberkörper ein wenig an, damit sie kühles Wasser aus einer Blechtasse trinken kann, und wickelt den Schal wieder um sie.

Sie wacht von Randalls Weinen auf. Er klammert sich an Mollys Hals, und Molly schreit das Apfelmädchen an: »Hol Eddie. Hol ihn sofort!« Jemand nimmt Prudence hoch und hält ihr die Augen zu, aber es ist zu spät. Sie hat ihn gesehen: Olivers zerschmetterten Körper, den einer von den anderen Arbeitern hereingetragen hat. Einen weißen

Knochen, der die Haut an seinem Oberschenkel durchbohrt hat, die blutige Schneise in seinem Kopf, das nasse blaue Auge der Pfauenfeder, die an seiner Brust klebt.

Dann ist ihr Vater in der Küche, und hinter ihm kommt ihre Mutter. Ihr Vater schluchzt. »Sie haben das Unkraut im Kohlrabibeet gejätet. Alle beide«, stammelt er wieder und wieder. »Beide waren sie da. Noch vor zwanzig Minuten hab ich Oliver gesagt, er soll seinen Hut wieder aufsetzen.«

Ihre Mutter ist auf den Boden gesunken, neben Oliver. Sie stößt Klagelaute aus, das grauenhafteste Geräusch, das Prudence je gehört hat. Es klingt, als würde ihr jemand den Kopf absägen, den sie auf Olivers Brust presst.

Selbst mit vier versteht Prudence, was passiert ist. Ihre Brüder haben sich davongeschlichen, um auf dem Schoner am Strand Piraten zu spielen. Das tun sie jeden Tag, alle drei zusammen, nur heute tut ihr der Hals weh, und ihr Kopf ist heiß, deshalb ist sie in der Küche bei Molly.

Und als Prudence jetzt an ihrem Fenster steht, sieht sie es ganz deutlich vor sich: ihre Brüder, die sich hinter den Felsen verstecken und zuschauen, wie die Männer Dynamit an der Mole deponieren.

Sie spürt sie – die Explosion. Die Apfelkiste, in der sie liegt, erzittert unter ihr. Ihre Wucht wirft ihre Brüder zu Boden und schickt riesige Wellen auf den Strand.

Randall greift nach Olivers Hand, erwischt sie. Er hält sie ganz fest, doch dann kommt eine weitere Welle, die sie beide an die Felsen schleudert, und dann hält er Olivers Hand nicht mehr.

Sie haben ein Bett, eine Wiege, einen Kinderwagen geteilt.

Sie haben einen Mutterleib geteilt.

Oliver, der bei der Explosion ins Meer gerissen und dann zurück gegen die Felsen geschmettert wurde.

Oliver.

Ihr Bruder.

Ihr Zwilling.

Der abnehmende Mond spiegelt sich im Hudson, und Prudence fällt eine Zeile aus dem Gedicht ein, das sie vor vielen Jahren in ihr Notizheft abgeschrieben hat.

Nichts hat das Meer zu bieten als ein wohlgeformtes
Grab …

Sie wirft einen Blick auf den Wecker. Es ist fast vier. Bald werden die Straßenlampen erlöschen, und der Mond wird verschwinden. Sie erinnert sich daran, wie sie zum ersten Mal die Lichter der Stadt gesehen hat, so viele, so erstaunlich hell. Durch das Fenster des Wagens, der sie in der Nacht nach der Explosion zum Haus ihrer Tante nach Staten Island brachte. Der Geruch der Lederpolster, der Geruch nach Whiskey, den jemand ihrem Vater gegeben hat, damit er ihrer Mutter ab und zu einen Schluck einflößen kann. Randall, der ihr einen Eimer unter die Nase hält, als sie sich erbricht, ein Fremder im Wagen, vielleicht ein Vorarbeiter von Mr T. oder einer seiner Anwälte. Ein Mann, der ihrem Vater erklärt haben muss, dass es seinen

Sohn nicht zurückbringen wird, wenn er Olivers Tod bei der Polizei in Oyster Bay meldet. Doch mit dem Geld – die Umschläge, die bis zum Tod von Mr T. regelmäßig bei ihnen eintrafen – und dem Job, den ihr Vater in Tiffanys Stadtvilla an der Madison Avenue erhalten würde, könnte er die Miete in Hell's Kitchen und Schuhe und Wintermäntel für Randall und sie bezahlen.

Zwei weitere Zeilen des Gedichtes kommen ihr in den Sinn:

Verdrängung ist freilich nicht die herausragende
Eigenschaft des Meeres;
das Meer ist ein Sammler, es antwortet prompt mit
raffgierigem Blick …

20. Kapitel

Ein Samstag im April 2013

Als Grace' Telefon wie so oft im Morgengrauen läutet, wenn die Frau, die Tochter oder eine Pflegekraft eines ihrer Patienten bei ihr anruft, weiß sie, dass die Person am anderen Ende der Leitung den Himmel beobachtet und auf den ersten Streifen Helligkeit gewartet hat, das Signal, dass sie jetzt zum Telefon greifen kann. Sie weiß, dass sie keine Fragen stellen, sondern einfach in eine bequeme Hose schlüpfen und aufbrechen soll – wie jetzt, nachdem Prudence gesagt hat: »Wir hatten Mittag vereinbart, aber vielleicht könntest du jetzt gleich kommen?«

Prudence begrüßt sie an der Tür. In ihrem weißen Nachthemd, mit dem hellen Schal, den sie um sich geschlungen hat, und den schneeweißen Haaren, die sie sich aus dem verhärmten Gesicht gekämmt hat, sieht sie aus wie ein Geist. Sie lächelt schwach, lässt sich von Grace am Arm zu ihrer Couch führen.

»Könntest du uns einen Tee bringen?«, fragt sie.

Grace stellt das Tablett zusammen: die Thermoskanne, die Maricel am Abend aufgefüllt hat, das kleine Kännchen mit Sahne, zwei Tassen. Sie schiebt den Sessel an die Couch.

»Ich möchte nicht melodramatisch sein, aber … ich bin mitten in der Nacht aufgewacht und habe gedacht, dass ich sterbe.« Prudence schaut Grace entschuldigend an. »Mir ist eine Zeile aus einem Gedicht eingefallen, das ich mal als Schulmädchen in ein Notizheft geschrieben habe. ›Verdrängung ist freilich nicht die herausragende Eigenschaft des Meeres.‹«

Grace kennt das Gedicht. Es stammt von Marianne Moore. Als sie in Huntsville lebte, bat sie ihren Großvater, ihr die Lyrikbände ihres Vaters zu schicken. Die Bücher durchsuchte sie dann nach Gedichten, die sie Garcia vorlesen wollte. Dieses Gedicht war nicht darunter gewesen, aber sie selbst hatte es mehrmals gelesen.

»Verdrängung«, sagt Prudence, »diesen Begriff habe ich bisher nur aus dem Mund eines einzigen anderen Menschen gehört. Dorothy Tiffany benutzte ihn, als ich sie kurz vor ihrem Tod in London besuchte. Sie sagte mir, es komme ihr so vor, als würden Momente ihrer Jugend wie Samenschirmchen einer Pusteblume in der Luft zwischen uns schweben.«

Prudence zieht sich den Schal enger um die Schultern. »Ich glaube, du hast bei mir so etwas Ähnliches ausgelöst. Als ich letzte Nacht aufwachte und dachte, ich sterbe, war mir, als würde das Verdrängte wiederkehren, als könnte ich sehen, was ich fast ein Jahrhundert lang aus meinem Bewusstsein verbannt hatte.«

Grace gießt Tee ein und fragt sich, wie viele Millionen Menschen im Lauf der Jahrtausende wohl solche Momente überstanden haben, indem sie ihre Hände damit beschäftigten, Tee einzuschenken. Und ist es nicht ein himmelweiter Unterschied, dass sie jetzt weiß, dass ihre Großtante ihren Tee mit Sahne, aber ohne Zucker trinkt?

»Ein bisschen fürchte ich mich davor, dir das zu erzählen, weil es auch deinen Großvater betrifft.«

Grace reicht Prudence eine Tasse. »Erzähl es mir.«

»Ich bin mir jetzt sicher, wer das andere Baby auf dem Foto deines Großvaters ist, das da neben ihm auf der Decke liegt.«

Einen Gedanken zu haben ist das eine, jedoch etwas völlig anderes, ihn laut zu äußern.

»Es ist mein Zwilling, Oliver.«

Erst zeigt sich Überraschung, dann ein beinahe gegenteiliger Ausdruck auf dem Gesicht ihrer Großnichte.

»Er muss ums Leben gekommen sein, als Tiffany die Mole von Laurelton Hall in die Luft sprengte.« Prudence schließt kurz die Augen. »Ich erinnere mich daran, dass mein Bruder, dein Großvater, weinte. Wir waren in der Küche. Meine Mutter hatte mich bei Molly, der Köchin, abgegeben, weil ich an jenem Tag krank war.«

Sie atmet tief durch und zwingt sich dazu weiterzureden. »Ein Mann trug Olivers blutigen, vom Meer zerschmetterten Körper herein.«

Grace steigen Tränen in die Augen. Sie beißt sich auf die Unterlippe.

»Mein Vater schluchzte, meine Mutter vergrub das Gesicht an Olivers zerquetschter Brust. Ich erinnere mich daran, dass wir in jener Nacht Laurelton Hall verließen. Wir alle, außer Oliver.«

Grace sieht das Foto ihres Großvaters vor sich, mit den zwei Babys links und rechts von ihm. Damals muss er vier oder fünf Jahre alt gewesen sein, wahrscheinlich ein Rotschopf. Am Tag, als Louis C. Tiffany den Strand zerstörte, war er sieben.

Sie stellt sich vor, wie ihr Großvater bei der Explosion die Hand seines Bruders festhielt. So fest wie nur möglich. Wie das Wasser über die Köpfe der beiden hinwegrauschte und ihm die Hand seines Bruders entriss. Wie ihr Großvater sich ins Meer stürzte und nach Oliver tauchte, bis einer der Männer am Strand ihn aus dem Wasser zerrte und festhielt. Sie hört ihren Großvater schreien: *Mein Bruder! Mein Bruder!* Wie er aufs Meer starrt und nichts als Wasser sieht.

Das Meer ist ein Sammler, es antwortet prompt mit raffgierigem Blick.

In der Schule hat sie gelernt, dass in manchen Familien häufig Zwillinge vorkommen. Sie entsinnt sich, ihren Großvater einmal beim Essen gefragt zu haben: »Gab es in unserer Familie vor Garcia und mir schon mal Zwillinge?« Damals ist ihr der Großvater eine Antwort schuldig geblieben.

Grace zwingt sich dazu, nicht an ihrer Lippe zu kauen. Doch jetzt zittert sie, ihre Zähne klappern unkontrolliert wie so oft vor so langer Zeit in Texas, obwohl es dort fast vierzig Grad hatte. Sie zog dann immer einen Pullover über ihre Kellnerinnenuniform. Jetzt setzt sie sich neben ihre Großtante auf die Couch und legt das Gesicht an deren knochige Schulter.

Prudence schlingt einen Teil ihres Schals um Grace, sodass sie beide darin eingehüllt sind. Kann es sein, dass sie noch nie jemanden umarmt hat, der weint?

Ella weinte, als sie ihr von ihrer ersten Liebe erzählte, doch Prudence hat ihr nur den Arm gestreichelt. Ihre Mutter weinte, als sie kurz vor ihrem Tod mit rasselndem Atem nach Oliver rief. Doch Prudence hat bloß ihre Kissen aufgeschüttelt und die Kompressen auf ihrem geschwollenen Bauch verlagert. Jean-Christophe weinte, als sie ihm erklärt hatte, dass sie nicht bleiben könne. Doch dann tröstete er sie, nicht sie ihn.

Sie spürt Grace' Tränen durch ihr Nachthemd hindurch. Sie hält ihre Großnichte fest und macht beruhigende Geräusche. Taubengeräusche, die hoch aus einem Baum, tief aus einer nasskalten Höhle, vom Grund einer kahlen Schlucht kommen. Geräusche, zu denen es keine Worte gibt.

Grace tupft Prudence' Schulter mit einem Taschentuch ab. »Ich habe dein Nachthemd nass gemacht.«

Sie streift die Schuhe ab, dreht sich zu Prudence um und setzt sich im Schneidersitz hin. »Garcia und ich haben nie begriffen, warum unser Großvater uns nicht in die Nähe von Wasser lassen wollte. Wir haben versucht, es uns als Teil seines maßlosen Beschützerinstinkts zu erklären, den er entwickelt hatte wegen unseres Vaters und was mit ihm passiert war. Aber so richtig eingeleuchtet hat uns das nicht, denn Angela hatte uns erzählt, dass die Sache mit dem Wasser noch schlimmer gewesen war, als unser Vater klein war.«

Randall, denkt Prudence. Wie mutig er war. Erst vierzehn, als er seine Sachen in einen Rucksack stopfte und auf einen Zug sprang, um nicht gegen ihren betrunkenen Vater die Hand zu erheben. Wie traurig, dass sie, die ihn als Jungen so gut gekannt hat wie sonst niemand, ihn als Mann nie kennengelernt hat.

»Und du«, sagt Grace. »Ich war am Boden zerstört, als ich mit einundzwanzig meinen Zwillingsbruder verlor. Aber du warst erst vier.«

Prudence blickt auf Randalls Kästchen, das auf dem Beistelltisch steht. Maricel hat die Sachen zurückgelegt und es dorthin gestellt. Prudence öffnet es und breitet den Inhalt auf dem Tisch aus.

Sie hebt die drei weißen Steine hoch. Sie sehen aus wie die Steine, die sie gestern am Strand gesehen hat. Steine, die Randall gesammelt haben muss, als Oliver noch lebte. Auch sie war dabei, wenn sie sich davonschlichen, um zu dritt am Ufer Piraten zu spielen. Ein Stein für jedes Kind.

Sie betrachtet die Kopie des Zeitungsartikels, den Randall überschrieben hat: *Das Pfauenfest, 15. Mai 1914.* Die zwei Monate später erfolgte Ankündigung der Hochzeit von Miss Dorothy Tiffany und Dr. Robert Burlingham. Dorothy, die vor ihrem Vater, den sie in ihrer Altersmilde Sklave seiner künstlerischen Obsessionen nannte, obwohl er auch andere Menschen versklavte, floh und sich in die Arme eines Mannes warf, dessen psychische Labilität dazu führte, dass sie sich nach Übersee flüchtete. Wie das Kaninchen, das dem Fuchs entkommt und dafür dem Wolf über den Weg läuft.

Sie findet das Foto von Randall auf einer Decke, gerahmt von zwei wohlgenährten Babys, liest noch einmal die Widmung auf der Rückseite: *Für Eddie und Bridget. In Liebe, Dorothy.* Sie stellt sich vor, wie ihre Mutter, die außerhalb ihres Sichtfelds steht, lacht und mit ihrem mit Spucke benetzten Zeigefinger die Münder ihrer drei Kinder abwischt.

Die Briefe ihrer Mutter, anfangs ein großes Chaos mit schiefen Zeilen und einer völlig willkürlichen Zeichensetzung. Schließlich der Brief – als sie sich nach dem Tod ihres Ehemannes wieder aufgerappelt hatte – mit einem Schluss in schwarzer Tinte, als wäre dieser später hinzugefügt worden.

… *Glaub nicht, das ich nicht weis, wie schwer es für dich war, das dein Vater dir verbotn hat, von bestimtn Dingen zu reden. Du hast gedacht, dein Vater gibt dir die Schult, aber tif in seinem Innern hat er gewusst, das du noch ein Kind warst.*

Wer von ihnen, Randall oder sie, fragt sie sich nun, hat damals das leichtere Los gezogen? Randall musste mit dem schrecklichen Wissen leben, dass ihm Olivers Hand entglitten war, ihr aber war das Wissen um Oliver selbst entglitten.

Wäre ihr Leben anders verlaufen, wenn sie sich an Oliver erinnert hätte? Ja, denkt sie. Sie kann zwar nicht sagen, warum – jedenfalls nicht jetzt, nach einer Nacht mit so wenig Schlaf, und vielleicht wird sie den Grund nie in Worte fassen können –, doch sie ist sich ziemlich sicher, dass sie nie einer Abtreibung zugestimmt hätte, wenn sie sich an Oliver hätte erinnern können. Dann wäre ihr die Abtreibung wie die Amputation eines weiteren Teils von sich vorgekommen.

Wäre sie, wenn sie sich an Oliver erinnert hätte, das Risiko eingegangen, sich noch einmal so fest an einen anderen Menschen zu binden, wie sie miteinander verbunden gewesen waren? Hätte sie dann den Sprung gewagt und sich mit Jean-Christophe und seinen Töchtern ein Leben aufgebaut?

Und Grace' Vater, Leo? Hätte er, wenn er die Ängste seines Vaters verstanden hätte, darauf verzichtet, sich heimlich mit seinen Freunden zum Surfen zu treffen? Hätte er dann keine Beziehung mit einem psychisch labilen Mädchen eingehen müssen, nur um der Kapitän seines eigenen Lebens zu sein?

Wäre er dann vielleicht heute noch am Leben?

Wie sinnlos, diese unendlichen »Hätte«, »Würde«, »Könnte«, und gleichzeitig so verlockend. Es ist, als würde man an einem endlos langen Wollfaden ziehen, bis die ganze Geschichte aufgetrennt ist. Was, wenn es an diesem Abschnitt des Highways in Arizona keine Möglichkeit zum Wenden gegeben hätte und Garcia nicht umgekehrt wäre, um den blonden Jungen mit der Gitarre mitzunehmen? Wenn das Dynamit, das Louis C. Tiffany seine Leute deponieren ließ, zu feucht gewesen wäre, um zu explodieren? Wenn Oliver und Randall ihrem Vater gehorcht hätten und in dem Kohlrabibeet geblieben wären und Oliver seinen Sonnenhut aufbehalten hätte? Wenn sie auf Laurelton Hall geblieben wären, ihr Vater ein geschätzter Gärtner, ihre Mutter vom Zimmermädchen fürs Obergeschoss zum Zimmermädchen fürs Erdgeschoss befördert und Randall nicht weggelaufen wäre?

Dann hätte es keinen Leo gegeben. Es hätte keinen Garcia gegeben, und es hätte auch keine Grace gegeben.

Prudence' Schläfen pochen. Sie will das Gedankenkarussell stoppen, aber es geht nicht: In ihrem Kopf ist eine Mole gesprengt worden, Gedanken überfluten ihren Strand. Jetzt, mit hunderteins, versteht sie, dass es zu simpel, zu schematisch ist, wenn man die Tragödien von drei Generationen mit einer einfachen Explosion begründen will. Keine wahre Geschichte hat nur einen Handlungsstrang. Es gab ihre Gene, ineinander verwobene DNA-Stränge, die man in ihrer Lebenszeit entdeckt hatte. Die physische Umgebung, in der ihre Neuronen Verbindungen eingingen. Die Blaupause der Erniedrigung: Selbst wenn die Geschichte ihrer Mutter über Louis C. Tiffany nichts weiter war als ein Neuronenfeuer in ihrem vom Krebs zerstörten Gehirn, eine Umformung des Traumas wegen Olivers Tod und des Blutes, das ihrer Meinung nach an den Händen ihres Arbeitgebers klebte, selbst wenn kein Mann ihrer Mutter je unter den Rock gegriffen und »Dreckstück« gegrunzt hatte, um sich aufzugeilen, waren diese Worte dennoch über deren Lippen gekommen. Sie hatten ausgedrückt, wie sie sich in den Augen des Mannes gespiegelt sah, in dessen Händen ihr Lebensunterhalt lag und der sich ihrer Meinung nach für einen wertvolleren Menschen hielt als sie. Sie hatten ausgedrückt, wie sie sich fühlte, wenn das Geld jeden Ersten des Monats aus dem Büro von Mr T. bei ihnen in Hell's Kitchen eintraf.

Prudence legt die drei Steine in das Kästchen ihres Bruders zurück. Wären sie und Randall in Kontakt geblieben, wenn sie über solche Dinge geredet hätten? Darüber geredet hätten, wie sie beide, Kinder einer Frau, die davon überzeugt gewesen war, als minderwertig betrachtet zu werden, in Familien eingeheiratet hatten, die ihren Wohlstand zum Teil Sklaven verdankten.

Sie rügt sich, weil sie Parallelen zwischen ihrem und Randalls Leben sucht, denn jegliche Ähnlichkeiten sind verglichen mit dem entscheidenden Unterschied zwischen ihnen nichtig: Ihr Bruder war mutig. Er hat seine Frau, seinen Sohn, seine Enkel geliebt. Er hat weitergekämpft, nachdem er alle verloren hatte – alle bis auf die außergewöhnliche Grace, sein Vermächtnis, die jetzt im Schneidersitz auf Prudence' Wohnzimmercouch sitzt und sie beobachtet. Sie ohne das geringste Zeichen von Ungeduld beobachtet, während Prudence die Pfauenfeder und die Fliese auf die Steine legt.

Das schenkt Grace wohl auch ihren sterbenden Patienten: den Trost ihrer Aufmerksamkeit, zusammen mit der Freiheit, dass sie in ihren Gedanken verweilen dürfen.

Sie umfasst Grace' Hände. Sie weiß, dass Jean-Christophe das auch mit ihren gemacht hat, doch sie erinnert sich nicht daran, selbst je die Hände eines anderen Menschen ergriffen zu haben. Nicht in den hundert Jahren, die sie so abgekapselt verbracht hat.

Nicht ganz hundert Jahre. Siebenundneunzig Jahre. Davor müssen Oliver und sie sich ständig berührt haben: Hüften, Knie, Zehen, Hinterteile, Finger, Wangen. Sie teilten einen Korb neben dem Bett ihrer Eltern, eine Badewanne, ein Versteck hinter einem eingetopften Zitronenbaum.

Oliver, der sich an sie presste, als sie die Prozession der Mädchen mit den gebratenen Pfauen auf den Schultern beobachteten.

Oliver, der die Zunge in ihre Handfläche bohrte, als sie ihm den Mund zuhielt.

Ihr anderes Bein.

Zwei Teile eines Puzzles.

Zwei, die sich gleichen wie ein Ei dem anderen.

Oliver & Prudence.

Prudence & Oliver.

Prudence hebt Grace' Hand an ihr Gesicht. »Ich werde dich höchstwahrscheinlich nie wiedersehen.« Sie küsst Grace die Fingerspitzen. »Ich bin so dankbar! Noch vor einer Woche wusste ich nicht, dass ich eine Großnichte habe – oder einen Großneffen hatte.«

»Garcia hätte dir gefallen. Er war sanft und bescheiden, wie du. Nie selbstgefällig, kein Sprücheklopfer.«

Wenn Grace den Tod nicht so gut kennen würde, wenn der Tod nicht jahrelang ihr Geliebter gewesen wäre, hätte sie Prudence vielleicht gesagt: *Ich komme wieder. Ich küm-*

mere mich um dich, wenn es Zeit wird zu gehen. Ich bin bei deinem letzten Atemzug bei dir. Aber sie spürt, dass es für ihre Großtante keine Phasen des Sterbens geben wird – keine Wochen, in denen sie erst zu essen, dann zu trinken aufhören und schließlich zwischen wachen und bewusstlosen Momenten hin und her schweben wird. Keine Cheyne-Stokes-Atmung. Keine Zeit für Maricel, Grace anzurufen, keine Zeit für Grace, über den Kontinent zu fliegen. So gut, wie sie den Tod kennt, ist sie sich sicher, dass sich ihre Großtante einfach still und leise und ohne großes Aufhebens hinlegen und einschlafen wird. In einem kurzen, beängstigenden Moment wird sie spüren, dass ihr Atem versiegt, wird sie das Gefühl haben zu ersticken und zu ertrinken, doch dann wird der Schreck verschwinden, und ihr Herz wird stillstehen.

»Ich liebe dich«, sagt Grace. »Mein Großvater hat dich geliebt. Dessen bin ich mir sicher.«

Prudence nickt.

»Oliver hat dich geliebt. Er muss dich so geliebt haben, wie Garcia mich geliebt hat.«

Prudence spürt, wie ihr die Traurigkeit in die Kehle steigt und sich die Höhlen hinter ihren Augen mit Geistertränen füllen.

»Glaubst du, dass du ihn sehen wirst? Dass du deine Eltern und Randall wiedersehen wirst?«

»Nein. Ich wünschte, ich würde es glauben, aber das tue ich nicht.«

Am meisten wünscht sich Prudence, jetzt, mit Grace an ihrer Seite, zu sterben. Aber dann wäre dieser Moment, dieser großartige Moment mit der Enkelin ihres Bruders, ihrer Großnichte, vorbei.

Sie wischt Grace die Tränen mit dem Ende ihres Schals ab. »Es gibt etwas, was ich mir von dir wünsche.«

Grace runzelt die Stirn, und in ihrem Hals bildet sich ein Kloß. Sie weiß, dass sie Ja dazu sagen muss, dass sie einwilligen muss in etwas, was ihr vielleicht unmöglich erscheint, worum sie sich aber fortan mit aller Kraft bemühen muss.

»Ich möchte, dass du lebst. Ich möchte, dass du Menschen an dich heranlässt. Ich möchte, dass du alles riskierst, um die Liebe zu finden.«

Grace schließt die Augen. Garcia hat kurz vor seinem Tod dasselbe gesagt. Er wollte, dass sie lebt. Dass sie für sie beide lebt.

»Ich habe mich kaputtmachen lassen und wusste nicht, warum. Ja nicht einmal, dass es so war. Ein halbes Leben lang habe ich ohne menschliche Berührung verbracht und nicht verstanden, dass wir weder reine Seelen noch ausschließlich Tiere sind, sondern dass sich beides auf geheimnisvolle Weise in uns verbindet. Carlton hat sich geweigert, das zu akzeptieren. Er hielt Selbstbeherrschung für eine Tugend und glaubte, man könne unser animalisches Wesen bezwingen. Ich ließ mich überzeugen, dass er recht hatte und seine Bestrebungen wichtiger waren, auf einer höheren Ebene, auf der es keinen Raum gab für Dinge wie ein Baby wickeln und Essen für die Familie kochen und – es ist mir peinlich, das zu sagen, denn damals sprach man nicht darüber – befriedigende sexuelle

Beziehungen pflegen. Und du, meine liebe Grace, lebst genau so wie ich – kaputt, wie eine Invalidin.«

Ihr Blick schweift über ihre perfekt eingerichtete und gepflegte Wohnung: Sie scheint Welten entfernt von Jean-Christophes entzückenden Töchtern und deren selbst gebasteltem Büchlein über zwei Schwestern, die mit ihrem Huhn nach New York reisen. Nicht im selben Universum wie Grace, die nickt und zuhört und Prudence nun sanft umarmt.

Prudence erinnert sich, wie Grace sich ein wenig aufgerichtet und auf die Unterlippe gebissen hat, als der Sohn ihres letzten Patienten anrief. Wie Grace gesagt hat, dass es am besten sei, wenn danach alle losließen.

»Ich möchte, dass du zu diesem Abendessen gehst.«

Grace wirkt leicht verwirrt.

»Zu der Schwester deines Patienten. Tante …«

»Tante Rose.«

»Tante Rose. Zusammen mit dem Sohn deines Patienten.«

»David.« Grace errötet, als sie den Namen ausspricht.

»Ich möchte, dass du in ein Kaufhaus gehst und dir von den netten Verkäuferinnen, die dort arbeiten, helfen lässt, etwas Hübsches zum Anziehen und einen passenden Lippenstift auszusuchen.«

Prudence hätte gern noch hinzugefügt: *Und lass dir die Haare schneiden und frisieren und kauf dir bitte auch noch ein Paar Schuhe, das nicht nur praktisch aussieht.* Aber sie möchte nicht zu weit gehen. Möchte Grace nicht die Möglichkeit nehmen, von alleine daraufzukommen.

»Ich will, dass du am Leben festhältst und es nicht loslässt.«

»Verstehe«, sagt Grace. »Ja, ich weiß, was du meinst.«

Prudence sieht, dass Grace sie wirklich verstanden hat. Die Marianne Moores und Debussys und Freuds und Louis C. Tiffanys hinterlassen ihre Werke, doch sie, Prudence Theet, wird bei ihrem letzten Atemzug – bis zu dem es, wie sie weiß, nicht mehr lang ist – nicht an die Räume denken, die sie für die traurige Claire und ihren treulosen Ehemann eingerichtet hat; Räume, deren Möbel und Tapeten zweifellos längst etwas Modernerem weichen mussten. Nein, sie, Prudence Theet, wird wissen, dass sie ihre Spuren bei Grace hinterlassen hat. Bei Grace, die jeden Tag bei den Sterbenden ihre Spuren hinterlässt, bei den Guten wie den weniger Guten, und bei deren Angehörigen, bei denen, die den Sterbenden lieben, wie auch bei denen, die ihn nicht besonders mögen.

»Du und ich, wir sind zu vorsichtig gewesen, zu höflich, zu ängstlich.«

»Ja«, sagt die jüngere Frau.

Grace reckt die Arme in die Höhe. Es sieht aus, als würde sie zu einem Sprung ansetzen.

»Viel zu …«

Sie sieht aus wie eine Tänzerin, eine Fischerin, eine Schnitterin … eine Liebende …

»… besonnen und selbstlos.«

21. Kapitel

New York, 2013

Grace hat recht gehabt mit ihrer Vermutung, dass Maricel keine Zeit haben würde, sie anzurufen. Außerdem ist es Sonntag und Maricel nicht da. Doch nicht einmal Grace, die so viele Hände während des Endes gehalten hat, weiß, wie der Übergang sein wird, und nur wenig entspricht ihren Vorstellungen, als ihre Großtante vor der Pforte steht.

Es ist nicht mitten in der Nacht, der Morgen dämmert. Der Himmel wird heller, die Vögel beginnen zu zwitschern. Es gibt keinen erschreckenden Moment, in dem Prudence spürt, dass ihr Atem versiegt, oder gar fürchtet zu ertrinken oder zu ersticken. Stattdessen schlägt sie die Augen auf und sieht die Stuckrosette über ihrem Bett und die Lampe. Der Name der Pflanze, zu der die Blätter gehören, Akanthus, fällt ihr ein, und sie erinnert sich an einen Lehrer mit dem unmöglichen Namen Mr Vine, der ihnen Fotos gezeigt hat, auf denen Akanthus-Blätter an den Kapitellen korinthischer Säulen im alten Griechenland zu sehen waren. In Griechenland, wo sie mit Carlton war. Sie sind nach Korinth gefahren, um den Apollontempel zu besichtigen … Und dann kommt ihr auf einmal der Gedanke: *Wir sind aus der Dunkelheit geboren.*

In der Dunkelheit war Olivers Hinterteil an ihren Bauch gepresst, ihr Mund am höchsten Punkt seiner Schulter. Sie ist sich jetzt sicher, dass er als Erster das Licht der Welt erblickt hat, dass er die erste Hälfte der süßen Pflaume gegessen hat, die ihre Mutter ihnen gab, nachdem sie den Kern herausgesaugt und auf den Boden gespuckt hatte. Sie sieht Dorothys lange Haare, die sich in Pfauenfedern verheddert haben, Oliver, der eine Feder, die nicht gebraucht wurde, als Schwert schwingt. Sie hört Randalls: »Ahoi, Seemann!«, und Olivers Antwort: »Ahoi, Seemann!« Sie riecht die überreifen Äpfel in der Holzkiste, in der sie liegt, den Duft nach Zimtbutter, die Molly für die Brötchen zum Tee zubereitet hat. Sie hört die Explosion, als Molly sie auf den Sitz des Plumpsklos hebt.

Der Boden bebt.

Molly schreit: »Holt Eddie!«

Der feuchte blaue obere Teil einer Pfauenfeder, der an Olivers Brust klebt.

Dann noch lauter: »Holt ihn sofort!«

»Pru«, flüstert Randall, »pass auf dich auf.« Dorothy bringt ihr Mabbies Pastellkreiden, die Maske, aus der Chloroform in Mund und Nase strömt, das lauwarme Wasser aus dem Krug in der Küche, bevor sie sich durch die Dienstbotenpforte ins Freie schleicht, die kühle Morgenluft, die auf ihren Wangen brennt, als Robert am Fenster auftaucht und wieder verschwindet. Carltons sauber abgenagte Knochen am Grund einer schwarzen Schlucht. Jean-Christophes Schwestern, die sich über einen Leitartikel im *Le Figaro* unterhalten, während das Hausmädchen das blau-weiße Geschirr abräumt und Jean-Christophe den Oberschenkel an ihren drückt. Maricels bronzefarbenes Gesicht, auf das sich dunkle Reue legt, als sie erzählt, dass sie für Guadeloupe vielleicht an der Olympiade hätte teilnehmen können, ihr Stolz, wenn sie von ihren Kindern berichtet, die sie alle auf einen guten Weg gebracht hat.

Sie sieht Grace und Garcia mit rotzverschmierten Näschen, die hoch aufragenden Mammutbäume auf den Hügeln hinter ihnen, Jacie, die die Kälte nicht vertreiben kann und deren Bauch noch genauso dick ist wie kurz vor der Geburt ihrer Kinder. Sie sieht Leo, den einst so unkomplizierten Sohn ihres Bruders, der das Gesicht an den vom Krebs zerfressenen Bauch seiner Mutter presst und weint und später ihre Stimme verbannt, damit er in die grausamen grauen Wellen des Pazifiks eintauchen kann. Sie sieht die Glasscheibe zwischen Grace und Garcia, hört, wie Garcia seine Schwester anfleht: »Lasst mich für das sterben, was ich getan habe.« Sie spürt, wie ihre Haut von Grace' Tränen feucht wird, spürt den Luftzug, als Grace ihre wunderschönen Arme weit nach oben reckt.

Grace' Stimme bei den Telefonaten, die sie in den letzten zwei Monaten alle paar Tage geführt haben. Ihr schüchternes Lachen, als sie berichtet, dass sie ihr Versprechen gehalten hat. Ja, sie ist zu dem Abendessen bei Tante Rose gegangen. Und ja, sie hat sich dafür etwas Neues zum Anziehen gekauft. Einen grünen Bleistiftrock, von dem die Verkäuferin behauptet hat, er bringe Grace' schlanke Beine bestens zur Geltung, und dazu einen korallenroten Lippenstift, von dem die Frau in der Kosmetikabteilung meinte, er würde Grace' schokoladenbraune Augen betonen. Und sie hat alles gegessen: die Hühnersuppe, die Reibekuchen, den Spargel mit zerflossener Butter. Alles bis auf den Schmorbraten: »Das habe ich nicht über mich gebracht.« Die mädchenhaft unbeschwerte Stimme, mit der sie ihr eine Woche später erzählt, dass David sie zu einer Wanderung auf den Mount Tamalpais eingeladen und sie zugesagt hat. Und dann noch einmal ein Ja zu einem Konzert von Jackson Browne und einem Abendessen, das sie gemeinsam bei ihm zu Hause gekocht haben. Und bei dem sie ihm von Garcia und ihrem Leben in Huntsville erzählt hat.

Prudence spürt, wie sie sanft fällt und das Bett sich auflöst, über ihr smaragdgrüne Wolken und dahinter ein silberner Vollmond und unter ihr die glitzernde Oberfläche des Flusses und dann der rosafarbene Grund des Meeres, und dann kann sie sich nicht mehr bewegen. Nicht einmal die Augenlider.

Sie sieht Schwalben in V-Formation, die den Himmel aufschlitzen.

Die Worte werden schwächer und stammen von einer anderen Person.

In die Dunkelheit, hört Prudence Theet geborene Prudence O'Connor, und dann kehrt Stille ein, und sie ist gegangen.

Danksagung

Dies ist ein fiktives Werk, und wie es für ein solches typisch ist, sind alle Personen und Ereignisse im Wesentlichen meiner Vorstellung entsprungen. Ungeachtet dessen folgte ich meiner Faustregel, mich bei Personen, die tatsächlich gelebt haben, und wahren Begebenheiten so weit wie möglich an die historischen Überlieferungen zu halten. Im Zusammenhang mit Louis C. Tiffanys Leben und Wirken fand ich die folgenden Bücher überaus wertvoll: Alice Cooney Frelinghuysen, *Louis Comfort Tiffany and Laurelton Hall: An Artist's Country Estate,* eine Veröffentlichung anlässlich der gleichnamigen Ausstellung, die 2006 bis 2007 im Metropolitan Museum of Art, New York, stattfand. Des Weiteren: Robert Koch, *Louis C. Tiffany: Rebel in Glass,* sowie Hugh F. McKean, *The »Lost« Treasures of Louis Comfort Tiffany.* Sheldon Finkelsteins Artikel »Shattered Glass: Theodore Roosevelt, Louis Tiffany, and Unneighborly Litigation« lieferte wichtige Details zu Tiffanys Rechtsstreit mit der Gemeinde Oyster Bay über den öffentlichen Zugang zum Strand vor Laurelton Hall. George Martins Werk *CCB: The Life and Century of Charles C. Burlingham, New York's First Citizen* war ebenfalls eine wichtige Quelle, genauso die von der Oyster Bay Historical Society herausgegebene Schrift: *An »Upstairs, Downstairs« Look at Oyster Bay Estate Life.*

Michael Burlingham bin ich für *The Last Tiffany*, die einfühlsame und hervorragend recherchierte Biografie seiner Großmutter Dorothy Burlingham, zu Dank verpflichtet. Elisabeth Young-Bruehl eröffnete mir mit ihrem Werk *Anna Freud: A Biography* einen weiteren wesentlichen Zugang zu der Beziehung zwischen Dorothy und Anna und zu ihrem gemeinsamen Wirken. Dank schulde ich auch Byrony Davies und den Mitarbeitern des Freud Museums in London, in welches das ehemalige Haus der Familie Freud umgewandelt wurde. Dort konnte ich die Briefe und Telegramme sichten, die Dorothy Anna während ihrer Trennung zwischen August 1939 und April 1940 schrieb.

Meine Wertschätzung von Clara Driscoll, der viel zu spät Anerkennung für ihre Entwürfe für die Tiffany-Studios gezollt wurde, erfuhr durch die von der New York Historical Society 2007 organisierte Ausstellung und Podiumsdiskussion *Clara Driscoll and the Tiffany Girls* noch eine Steigerung. Mein Wissen um die Geschichte der Inneneinrichtung wurde durch die Sammlung der Bibliothek im Cooper-Hewitt, Smithsonian Design Museum, durch Erica Browns *Sixty Years of Interior Design: The World of McMillen* und Adam Lewis' *The Great Lady Decorators: The Women Who Defined Interior Design, 1870–1955* gefördert. Bei meiner Schriftstellerkollegin Mary Kay Zuravleff, die sich wie ich für Kunst begeistert, möchte ich mich dafür bedanken, dass sie mir Whistlers *Harmony in Blue and Gold: The Peacock Room* in der Freer Gallery of Art in Washington,

D. C., gezeigt hat. Dank dieses Bildes konnte ich Tiffanys Verwendung ähnlicher Motive und die Extravaganz seiner Inneneinrichtungen im Kontext sehen. Edith Whartons erstes veröffentlichtes Werk, *The Decoration of Houses*, ein Sachbuch, das sie zusammen mit Ogden Codman jr. verfasst hat, schildert die Entwicklung weg von viktorianischer Inneneinrichtung und begründet die Idee, dass die schöpferische Gestaltung von Häusern den Charakter ihrer Bewohner zum Ausdruck bringt.

Tom Wolfes *Der Electric Kool-Aid Acid Test* und Keith Melvilles *Communes in the Counter Culture* konkretisieren die Geschichte von San Francisco und den Hippie-Kommunen in Nordkalifornien in den 1960er Jahren; ebenso die Website von Cathryn Casamo alias Stark Naked. Bei Sally Grigg von der Howard Creek Ranch und bei Carmen Goodyear von der Turtle Time Farm möchte ich mich für ein Gespräch über das Leben in den Kommunen von Mendocino bedanken. Auch der Dokumentarfilm *Women on the Land*, den Goodyear mit Laurie York gedreht und veröffentlicht hat, war sehr hilfreich.

Für einen Einblick in die Geschichte von jugendlichen Todeskandidaten in Texas schulde ich Karen Olson Dank für ihren 2001 erschienenen Leitartikel in *The Texas Observer* sowie Lianne Hart für einen 2002 in der *Chicago Tribune* veröffentlichten Artikel. Über Philosophie und die Praxis der Hospizarbeit und Palliativpflege informierten mich Maggie Callanans *Final Journeys: A Practical Guide for Bringing Care and Comfort at the End of Life* und Michael Appletons *Good End: End-of-Life Concerns and Conversations*

About Hospice and Palliative Care. Auch der klugen Hospizpflegerin Nina Schneider bin ich zu Dank verpflichtet.

Aus ganzem Herzen danke ich meiner klugen und freundlichen Agentin Geri Thoma, die viele Jahre an diesen Roman geglaubt hat. Sie und die talentierte Andrea Morrison von Writers House durchforsteten geduldig das Unterholz und brachten mit viel Feingefühl Licht ins Dunkel. Meine brillante Lektorin Sarah Crichton zeigte mir Dinge in diesem Buch, die ich selbst so nicht gesehen hatte. Sie und ihre erfahrenen Kollegen begleiteten den Roman bis zur Veröffentlichung. Besonders bedanken möchte ich mich bei meinem engagierten Verleger Steve Weil, bei Steve Boldt und Susan Goldfarb für ihre Mitarbeit im Lektorat, bei Kate Sanford, die mich bei vielen Details beraten hat, und bei Marsha Samsor, die eine der ersten Fassungen dieses Romans gelesen hat.

Dank gebührt natürlich auch meiner klugen und eifrigsten Leserschaft: Marian Gornick, Ken Hollenbeck, Jane Pollock, Jill Smolowe, Nancy Star und Mary Kay Zuravleff. Außerdem bin ich Lila Kalinich für ihre Einsichten bezüglich der psychoanalytischen Bedeutung des Pfaus dankbar, und George Makari danke ich dafür, dass er die Stellen mit Anna Freud genau überprüft hat.

Shira Nayman danke ich für ihre Unterstützung in allen Lebensbereichen und den Gornick-Frauen – Janet, Marian und Vivian – für ihre Liebe und für die Inspiration, die in jedem ihrer Werke zu finden ist. Grenzenloser Dank gebührt meinem Mann Ken und meinen Söhnen Damon und Zack dafür, dass sie aus meiner Welt ein üppiges Fest machen.